新世紀海外華文女性文學獎作品精選

◎吳玲瑤、呂紅 主編

序／歡慶豐收：女性文壇繁花碩果

吳玲瑤

經過近二十年的筆路藍縷，海外女作家協會已經成長得「亭亭玉立」，是海外最大、最有影響力的文學社團，會員網羅海外所有的著名女作家，每一位成員都可比喻成一枚星辰，孤獨地在暗暗的天際放著各自的光芒；她們抱持何其樸素而堅定的意念書寫著，二十年來的成就照耀星空，明明閃閃、五光十色，交織出萬紫千紅的奇景。

以往聽到「海外」、「華文」、「女作家」幾個名詞，人們所聯想到的，可能都有邊緣、受歧視，或者弱勢的意涵，流放到海外無論是出於自願或被動，故鄉的失落總是悲情與無奈，但是一個有組織的「協會」，使這幾個相連在一起的字詞產生了力量、提振了聲勢，藉著這樣一個團體，女作家的生活心境，像找到一個交流的管道，她們領受相當的陶冶，也引發了深刻的共鳴，海外女作家們浪跡天涯的感懷，在沒有文友切磋琢磨以前，寫作的甘苦也只能留給自己午夜夢迴時去反思，而如今常有機會可以文會友，把寫作的歷程與大家共享。

經過這些年來的努力，文壇情勢起了重大的變化，海外女作家頭角崢嶸，各有創意，不只人數攀升，內質亦超越以往，以更精緻、更壯美、更廣闊的作品自我期許；新人輩出，各領風騷，每一個後浪都可能激起更大的浪花、掀起更雄偉的高潮，為海外文壇開繁花、結碩果。如此一波接一波的傳承，演變到今天，幾乎是個女性作家當道的時代，報章雜誌的書市，處處都是女性作家的作品。如果從數量來看，女性作家是超過男性作家的，而大部分買書的人也是女性，她們偏愛女性作家的作品，女性文學吸引文學女性，走進第十個雙年會，讓我們一起歡慶且期待更美好的豐收成果。

二〇〇八年會主辦人吳玲瑤

目 次

3 夢歸何處 139

6 女性回歸線 307

第一篇

瀟灑走天涯

曼荷蓮的女生

陳若曦

一九六二年，我榮獲美國私立曼荷蓮女子學院（下文簡稱荷院）獎學金，秋天即前往麻州辦理註冊，住進了研究生宿舍希區考克樓。

學院是美國「七大姐妹院校」之一，校舍多為半個世紀前的紅磚樓房，爬滿長春藤，新建物也是紅磚紅瓦，一派端莊典雅。校園裏花香鳥鳴，有古木參天，也有山坡傍小湖，曲徑可通半圓形露天劇場……，新來乍到的我彷彿置身人間仙境。

研究生宿舍為紀念捐贈的屋主，取名西區考克，保留了原始的三層木造房，共有九個隔間，全都住滿了學生。建築年代超過校史，但外牆年年塗白漆，整個維護得古色古香，只是樓梯有幾階走起來會吱吱作響而已。房子前後都種植花木，屋後的蘋果樹據說和房子同齡，春來滿樹花朵，堪稱老當益壯。學校在鄉下，我們的宿舍和大學生宿舍隔街相對，但路上難得見到車輛，環境十分幽靜。按姓氏的英文字母配房，我姓陳，住進門右邊的頭一間，推開窗可以觀賞丁香和迎春花，而人來人往也一覽無餘，不會感覺孤寂。

沒有舍監，只有一位六旬出頭的管家叫安娜，每天做的事就是抹一下客廳裏的茶几和鋼琴蓋上的灰塵，然後坐在搖椅裏織毛線，有機會逮到學生聽她聊陳年舊事，就樂得眉開眼笑。她五點下班後，宿舍便成了我們的天下，彈琴唱歌，鬧到午夜或通宵達旦都沒人干涉。沒有舍監，自不必遵守十點關燈鎖門的宵禁，僅是這一點就羨煞全校三、四百位大學部學生，有些和男友約會晚歸，因而被擋在宿舍門外的女生會跑來敲門，我就讓她們睡在客廳的沙發上。

這個無人查夜的便利，讓我找到一份賺零用錢的工作。學院對街有個「大學客棧」，地處鄉下，平常沒人下榻，專做周末男孩子來荷院探望女友時的住宿生意，每到周日下午便門可羅雀，店主想回家休息，便找我代看一晚，算一天工錢。我做了半年的旅店伙計。

希區考克不開伙，我們三餐都到宿舍對面的大學生宿舍餐廳用餐。沒有舍監，九名研究生成了化外之民，吃不吃飯沒人管。我早餐從不問津，不過熬夜時還是得煮東西吃。我們當中有個雅典來的學生叫薇姬，笑容比蒙娜麗莎還迷人，她和餐廳的希臘主廚攀同鄉，「走私」了很多罐頭食品，宵夜就不愁沒東西吃。

周日的午餐我也很少用，因為舍監要求梳裝打扮，而我怕麻煩。有一回忙亂中忘了穿絲襪，在客廳等候進餐時，老舍監銳利的眼光在我腳下來回逡巡了一陣，當時窘得好像自己赤身露體被人撞見了一般。

「七姐妹院校」有「貴族學校」之稱，學生多來自富裕家庭，嬌生慣養之餘，對伙食十分挑剔，有一次甚至舉行「罷吃」，抗議牛肉少過豬肉。美國學生找我響應，當場被我拒絕。

「你們如果為了肉吃太多、太浪費而罷食抗議，我一定參加。」

罷食那天，我和幾個外國學生都照吃不誤。

我們研究生裏，僅有兩位是美國土生土長的，其他來自南美及歐亞、非洲，大家都能和睦相處。外國學生彼此都是離鄉背井，更是一見如故，親如姐妹，但這倒不意味著絕無意見衝突的時候。

有個黑裏俏的印度學生，長得小巧玲瓏，她愛美也相信印度服裝最美，大雪紛飛的日子仍穿裸肩露臍的沙麗，看得我牙齒直「打架」。她本來跟我很要好，直到有一回因中印邊界戰爭才吵起來。她罵中國窮兵黷武，我聽得刺耳，忍不住譏笑印度像個好哭的嬰兒，氣得她直翻白眼。還有一回聽她誇耀一個未婚的叔父，這人遊手好閒，還用了三十五名僕役侍候。我知道印度有種姓制度，但如此奢華未免也太誇張了，不禁憤憤然。

「你們印度怎麼富強得起來？」我脫口而出，「除非實行共產主義！」

她聽了，好幾天都不理我。

我們這些年過二十的女子，熱門話題常圍繞著愛情打轉。那年頭，誰收到一封情書便要奔走相告。埃及來的帕翠西亞身材修長，膚如白雪，又愛塗脂抹粉，一頭濃密的黑髮挽成高髻，像煞伊麗莎白扮演的埃及豔后。她是打定主意要來征服美國男人的，偏偏老家的男友緊追不放，常打電話來糾纏。電話來了，她會懊惱，沒電話卻又惶惶然，大家只好以「天下男人本負心」來安慰她。

薇姬自稱獨身主義者，見大家為情發痴，會邊唱《星期天永不應召》的電影主題曲，邊跳希臘舞來娛樂我們。她不喜歡美國男孩子，嫌他們「永遠長不大」。妙的是，一年後她搭機返國，一位美國生長的遠親到機場送行，竟一見鍾情，趕搭下班飛機追到雅典，不久便結了婚。

我來自臺灣，那裏四季草木茂盛，對自然界變化不敏感，直到住在四季分明的新英格蘭，才品嘗到「冬天來了，春天的腳步已不遠」的企盼心情，也發現了外界影響內在的種種微妙關係。

不經歷那光禿蕭索得一望無際的冬野，怎能感受乍見番紅花掙脫殘雪，冒寒報春的驚喜？我開始對花木感到好奇，觀察不夠還要找書印證。十八年後回歸家鄉，即參加荒野保護協會並投身大安森林公園的義工解說組，想來這份興趣應是萌芽自新英格蘭的求學日子吧。

那年冬天，希區考克有幾個女孩子抑鬱寡歡，甚至茶飯不思，還勞駕醫生給抗憂鬱的處方。然而春來柳枝一開始抽芽，埃及豔后便宣布逮到一名麻州大學的男生。等到丁香花開成心結時，印度姑娘也有了男友；她約會歸來一披露，喜得大家奔去擁抱她，又喊又叫地瘋成一團。不過，好事不是她倆的專利，畢業典禮時大家都喜形於色，眼看就要分道揚鑣了，個個內心充滿了幸福的憧憬。我在臺北第一女中待了六年，臺大四年也交了不少知心女友，但都不曾像這樣九個女孩子朝夕相守，神魂顛倒地生活過。這段經驗算是空前絕後。

寫到這裏，不禁想起了查理。

荷院這一帶，除了麻大，幾個私立學校都是男女分校。為了開展社交，學校每年都會安排一、兩個「大周末」，舉行音樂會或舞會，歡迎方圓百哩內，如哈佛和耶魯這些長春藤聯盟的學生來參加。有一回碰到我們學校要舉行這種活動，一個美國學生問我要不要一個「盲目的約會」（Blind Date）。據說有一批耶魯男生要來玩，少了一名女伴，慫恿我一起參加。

「你太用功了！」她勸我，「應該及時行樂，放鬆一下身心嘛！」

想想她說的也是事實，加上好奇心使然，我立刻就答應了。盲目的約會，還真的是盲目，除了知道對方叫查理之外，其他一無所知。

過了兩天，同學跑來問我：「你給查理訂了旅館沒有？」

我聽了，只覺得莫名其妙，一問才知道這裏的規矩是，女方請男方來玩，必須負擔對方的膳宿費用，包括舞會等入場券。當然，如果耶魯有人請我們，也會如此招待。我驚嘆自己未曾入境問俗，如今騎虎難下。算算一日三餐加入場券已十塊錢出頭，再加上旅館，二十塊跑不掉，這數目對我來說可是個大負擔。

「大學客棧早預訂一空了。」同學給我出主意，「你找附近的人家，租或借一個房間給查理過夜也行。」

我想爽約，一時又臉皮薄，只好硬著頭皮去找房間。

學校附近我只認識一位本校德文系的退休老小姐，家中確有空房。她是朋友介紹的，曾請我去她家吃過一次飯，態度十分親切友好。我把情況說了，希望她能讓我的客人借住一晚，不料她一口拒絕。據說這種大周末是她生財的機會，借住一晚要三塊錢，短一毛都不行。這是我第一次領教美國人實際和開朗的作風，友誼和金錢劃分得一清二楚。

「你中了美國人陳規陋習的毒了！這些女孩沒幾個是正經八百來念大學的，還不是想釣個金龜婿！」她還教訓我說：「你不遠千里而來，所為何事？專心念書才是正道哪！」

她的意見我並不全然同意，但當時卻給了我推掉約會的勇氣。

釣金龜婿也者，其實是公開的秘密。荷院舉行畢業典禮時，各地的校友紛紛趕來，按畢業年分排隊遊行，每個年級的代表還高舉牌子，上面以大寫字母標出那一屆的成就。我就看到一位白髮如霜的老太太在隊伍中昂首闊步，她的牌子寫著：「我們嫁了一打哈佛的丈夫」。靠近六十年代的牌子，才出現職業婦女的成就，這是時代進步的反映。

八十年代中，我曾有機會重訪曼荷蓮，校園依稀舊貌，但是風氣已大為開放。我那年代的學生是「兩耳不聞窗外事」，除了書本和約會，對其他如政治和社會上的事完全無動於衷；作為六十年代標誌的反越戰運動，此地無人過問。但八十年代就不同了，學生熱衷於女權運動，個個以「新女性」自我標榜。當年的酒禁和宵禁，這時或取消或無人過問。有人請男友來過夜，識相的室友便捲了被蓋到走廊打地鋪；不在乎的則紋風不動，數人同房也相安無事。以前還發生過男客誤闖女廁，以致女生嚇昏的事，如今女廁常有男士穿插其間，一片太平和睦的氣象。

學生也關注環境保護，要求每周一餐素食就是最好的證明。時代在進步，貴族學校如曼荷蓮能領先潮流，忝為校友也感到榮幸。

陳若曦簡介

陳若曦，本名陳秀美，一九三八年生於臺北縣。就讀臺大外文系時參與創辦《現代文學》雜誌，鼓吹現代主義，但作品多反映鄉土民情。留學美國時，偕夫投奔中國大陸，適逢文化大革命，一九七三年方得舉家還居香港。

一九七四年移居加拿大溫哥華前，開始撰寫《尹縣長》等一系列反映文革的小說和散文，為中國「傷痕文學」之始。一九七九年移居美國加州柏克萊，開始以美華社會和兩岸三地的人情世故為題材，並鼓吹華僑「落地生根」，《紙婚》為代表作。一九九五年返臺定居，投入人間佛教和生態環保工作，為荒野保護協會終身志工。著作包括長、短篇小說和散文約共四十部，中文為主。短篇小說集《尹縣長》有七國外文譯本，它和長篇小說《慧心蓮》均獲中山文藝獎。

有一種自由叫想像的自由

——從《在路上》原本出版談美國的六十年代

張讓

再荒唐的青春仍然是青春……

——馬世芳《地下鄉愁藍調》

一

傑克·克魯瓦克的《在路上》再度出版了。說「再度」有點勉強，因為這本書五十年前便出版過，但是大砍大削過的「淨化本」，這次全本還原，人物得以回復其真實姓名。

一九五一年，傑克·克魯瓦克以三周時間神速地在打字機上敲打出一軸狂熱長卷，寫他從東岸搭便車西遊的經歷，最後成為瘋迷美國一整個世代的浪遊文學《在路上》。許多年輕人對這本書愛不釋手，有些隨身攜帶，甚至也離家去浪遊，撰寫自己的版本。

浪遊文學並非始於美國，《西遊記》、《鏡花緣》和《唐吉訶德》可算是老祖宗，但到了美國才得到天真無忌的野性和活力。浪遊詩人惠特曼《草葉集》跌宕不羈的吟唱，充滿天真爛漫和生之禮讚，刻劃出自由的原型。馬克吐溫在《頑童歷險記》裏造就了美國文學裏真正（也許是唯一）的自由人赫克，什麼都不愛就只愛隨心所欲。他那種一無所有卻一無所缺的自由，草擬《獨立宣言》的那些大人物恐怕完全沒法理解。《在路上》將惠特曼和赫克的灑脫（至少在表面上）放大，遊蕩天涯加上放浪形骸，透過如醉如痴的爵士樂文字表現出來，和金斯堡的詩〈嚎〉合力點燃了一代的美國年輕人，讓他們得以跳出現實，集體睜眼做一場前所未有的大夢。

二

一九八〇年我到美國時，六十年代當然早已結束，不過餘音嬝嬝，讓我充滿了好奇。

與其說是好奇，不如說是疑惑。我不懂，養尊處優的年輕人、滿腹牢騷的年輕人，卻急欲破壞現實，重新改造，他們在憤怒什麼？咆哮什麼？憑什麼不快樂？固然他們有口號和理想，但為什麼一向就存在哲學和藝術裏的東西，竟在那時刻爆發為轟轟烈烈的群眾運動？他們的天不是比別人藍？地不是比別人平？路不是比別人廣？腳步不是比別人輕盈？心不是比別人年輕？他們不是生活在民主自由之中？不是平等富足？他們不是高人一等，未來充滿了光明？顯然不是，因此金斯堡的詩〈嚎〉這樣咆哮：

我看見我這一代最好的心靈
讓瘋狂給毀了，餓到神智不清、赤身露體，
破曉時分狂亂走過黑色街道
尋找洩憤之道……

那石破天驚的句子像衝出暗夜的火車轟轟而來，在多少年輕心靈裏引爆一場大霹靂，彷彿新宇宙誕生，彷彿縱魔出世，一發不可收拾。對圍堵撲滅唯恐不及的守舊人士來說，這些滿口夢囈的人無異是「兵臨城下的蠻子」，只等著破壞。對年輕人而言則剛好相反，忽然有人說出了他們的不滿和迷惘、道出了他們的激憤和夢想，且不是用說的，而是一聲發自肺腑、震耳欲聾的嘶喊，不但響徹雲霄，而且聲震全世界：歐洲人聽見了，亞洲人聽見了，連鐵幕裏的人也聽見了。回聲跨過時空，十年、二十年、三十年……，直到現在。

詩能讓人目眩神搖、如痴如狂，即使莎士比亞也不過如此而已。劉邦的「大風起兮雲飛揚」、岳飛的「怒發衝冠憑欄處」、李白的「君不見黃河之水天上來，奔流到海不復回」、杜甫的「國破山河在，城春草木深」，儘管來勢雄健，卻絕不及〈嚎〉挾泥沙以俱下那種奔騰的氣勢。在《嚎——五十年後》裏，每一個美國、非美國的作者回顧當初遭遇〈嚎〉的經驗，總結都只有兩個字：震撼。

但他們在嚎什麼？

三

無疑地，美國從來就不完美，美國人總是充滿了抱怨。怎麼可能有一個世代的人天真到愚蠢，以為只要夢做得夠美夠大就可以成真；以為愛可以代替恨、和平可以瓦解戰爭；以為跟著喊口號就是思想、放縱享樂就是悟道、迷幻縱欲便能提升心靈境界？這時來看，那樣集體的自我催眠、那樣大規模的青春揮霍，委實不可思議，只有未經憂患才能有那樣的天真和奢侈。

五十年後的今天，《在路上》以原身出現，只在文化界激起小小波瀾，當年的激情早已不再。克魯瓦克和金斯堡的〈嚎〉是冷戰年代的嘶喊，那一代的激情是挫敗（beat）的憤懣，不是叛逆的吼嘯，而是一群年輕文人急欲表現自己卻又無處著力的呻吟——然而這是多麼雄辯、多麼具感染力的呻吟啊！那些敗退小子（beatnik）滿腔生之騷動，急於尋求無名的什麼。克魯瓦克在日記裏描述構想《在路上》的經過時便這樣寫道：「我老在想……寫兩個傢伙搭便車到加州去尋覓一樣沒能找到的東西，在途中失落了自己，在回來的路上又生出了新的憧憬。」打開《在路上》，果然只見一群人莫名其妙地跑來跑去，彷彿大地是一張滾燙的鐵皮，逼得他們不斷奔逃。也許他們尋找的是一種新文體，如書裏金斯堡說的：「……我們正嘗試以絕對真誠和全然無隱的寫法來表達心中的想法……」相較於這些茫然的敗退小子，未來的嬉痞只流於幼稚、膚淺和庸俗。難怪克魯瓦克對他們只有鄙視。

以後見之明來看，六十年代就是美國的文化大革命，不過不是政府發動的政治運動，而是草根的文化運動，試圖給美國的資本主義文化換心換血。有的史家也這樣判定：六十年代是一場文化運動，不但跨階級、種族、性別，而且跨國。

B君只趕上了那場運動漫長的尾巴，在大麻和「死之華」樂團（The Grateful Dead）的音樂裏長大。我問他：「六十年代到底是怎麼回事？」畢竟他是土生土長的美國人。然而他儘管被風暴邊緣掃到，再怎麼說也不曾在那熱潮裏翻滾過。不過他三個哥哥剛好趕上，越戰徵兵令寄到家裏，但都因體檢未過關而逃過了殺戮戰場。六十年代對他們帶來什麼樣的影響？（烙印的的確確是留下了，但卻未必造成洗心革面的變化。）

B君沒法回答我的問題。

四

似乎也沒人明白六十年代的究竟。為什麼那樣的瀟灑飛揚就憑空消失了，除卻許多動人的歌謠和文學作品，簡直無影無蹤，像是一場迷幻大夢。

那場夢沒有改造世界，連美國都沒改變分毫——美國從未偏離立國當初設定的大方向，戰鼓咚咚，她唱的始終是響亮高昂的帝國征服進行曲（儘管絕大多數的美國人堅決否認）。也許那些叛逆年代，正如慷慨激昂的《獨立宣言》，只註解一件事：美國人天生叛逆，敢於做夢，更勇於逐夢。馬丁路德・金恩說：「美國的偉大在於人民有權利為爭取權利而抗議。」

若問什麼讓美國真正獨特？不是獨立革命、南北戰爭，我要說，是六十年代。從來沒有一個時代，美國人那樣以全新的眼光打量左右，並身體力行以掙破傳統。那一世代的人豁然張開眼睛，駕著想像的翅膀，重設地球軌道，改寫現世神話。

一個當年參加柏克萊學生運動的人在記錄片裏說：「那時我們有的是想像的自由。」那時美國似乎站在一個靈魂覺醒的關口，站在偉大邊緣。一九六八年，馬丁路德・金恩和羅伯・甘乃迪先後遭到暗殺。蠟翼熔毀，光華滅去，狂瀾畢竟不能力挽。那世代的人遽然跌落，鐘擺盪了回去。美國沒有改變，仍然精神奕奕、朝氣蓬勃，只是腐朽了、庸俗了。那旋乾轉坤的一刻，過去了。

或者六十年代便是美國的青春，激越、荒唐，然而輝煌。之後美國便成熟了，世故而精明。這一代人的想像，貼著鈔票糊成的翅膀，飛向超資本主義的藍天。

張讓簡介

張讓，曾獲首屆《聯合文學》中篇小說新人獎、聯合報長篇小說推薦獎、中國時報散文獎。著作包括長篇小說《回旋》，短篇小說集《並不很久以前》、《我的兩個太太》、《不要送我玫瑰花》、《當愛情依然魔幻》，及散文集《當風吹過想像的平原》、《時光幾何》、《剎那之眼》、《空間流》、《當世界越老越年輕》和《兩個孩子兩片天》（與韓秀合著）等多種，並譯有《初戀異想》、《感情遊戲》、《人在廢墟》和《出走》。現定居美國新澤西州。

行路難

嚴歌苓

我一到尼日利亞就發現行路難。國家政府收納了人民的稅務，卻連公共交通設施都不提供。這個首都城市最常見的交通工具就是「奧卡達」，意思是「摩托計程車」。奧卡達在大街小巷遊竄，招手即停，迅速賊快，生死由天。司機不戴頭盔，顧客當然就更不戴了。阿布賈的城市特色為多彎、坡大、石頭遍地。（這是個出產各種昂貴石料的國家，一堆擊碎的鋪路石都是花崗岩）一部奧卡達從坡上衝刺下來，遇急彎滑翔而過，靈巧如耍馬戲。我從來統計不出每天奧卡達的交通事故發生率，因為媒體放眼大事，民間對生命似乎也看得很開，乘奧卡達喪生的危險和虐疾、愛滋、上層社會的壓榨、警察的「誤殺」相比，應該算是最小的，所以奧卡達的危險只對惜命者而言。我出去散步，常看見路口聚著一群人，一打聽，都是攔截奧卡達的。但到鄉間，奧卡達就稀少了，假如要搭乘它去教堂或清真寺，大概會在上帝和真主那裏常做不守時、不守紀律的人。

有一次我燒菜燒了一半，發現買來的紅辣椒不辣，那是道不辣就不美味的菜，做出來也會煞風景。我和我的女管家——希望小姐說：「在這裏買辣椒像是摸彩，不切開來不知是辣還是不辣。」的確如此，當你需要不辣的辣椒時，常常也會事與願違。賣辣椒的小販們很會察顏觀色，往往在兩句話的交流後，他就能斷定你想買哪種，斷定出你想買辣的，他便見風使舵，告訴你他的辣椒如何之辣。奇怪的是，本地辣椒從外型和氣味上很難判斷它的滋味，除非你有著本地的採購經驗，如希望小姐。過了二十多分鐘，希望小姐拿出一包紅辣椒，放在洗菜池裏。我問她哪裏找來的，她說她剛去了一次市場。我家開車到市場得花半小時，但才二十多分鐘的時間，她已經滿載而歸。我問她怎麼來去得如此神速，她笑著跳到一邊，大聲說：「你不讓我乘奧卡達，但你看看，它有多快！」有時碰到堵車，奧卡達便開到人行道上，大車進不去的路，對奧卡達而言卻是暢通無阻，除了喪生之險，奧卡達一身美德。

再看看希望小姐的裝束，我又不解了，她穿一條長裙，實在很難騎坐在奧卡達後面，而她卻說：「坐習慣就好了。」非洲女子的裙子十分典雅，全都長及腳踝，從腰到膝是緊裹的，只在膝蓋以下散放開來，形狀像是美人魚的尾巴。這個國家食物緊缺，沒有發胖之憂，女孩子們都苗條秀麗，穿上長裙，優點更被突顯出來。當然，她們穿長裙也有宗教上的原因。街上從來看不見超短裙或短褲，我們這些休閒裝到處穿的人，一定會被她們看作不夠檢點，有傷風化。可長裙如何騎坐奧卡達，對我來說始終是個謎。大街上的奧卡達來如風去如電，很難看清女子們如何解決長裙的麻煩，諸如處理腿與裙、裙與車座的關係等等。

上了大街，一有奧卡達的聲響遠遠傳來，我便站下來等。有一次碰巧看到一個年輕姑娘，頭上頂個大塑膠盆，盆裏裝滿冰塊和鮮魚，站在街邊等奧卡達。我牽著愛犬可利亞，站在她身後看著。這齣「表演」是高難度的，她即便人上了車，那盆魚要怎麼上車？我很有耐心地陪她等車，有些居心不良，帶點看好戲的感覺。

終於從通往高爾夫球場的土路上飛車而來一輛奧卡達。土路口橫攔一塊大木牌，幾乎封鎖了進出的道路，上面寫道：「私人地產，禁止一切車輛、行人、牲口通過」，但從來沒見這段警語生效過，大家照樣自由穿行，尤其奧卡達，暢通無阻，人還得小心翼翼地從木牌旁邊穿過。奧卡達雜耍似的一溜邊就過來了，停得也漂亮，眨眼間已停在賣魚女子身邊。兩人悄聲抬價、殺價，交易達成，賣魚女子一提起長裙，緊箍在大腿上的那一截被提高到臀部，膝蓋下如喇叭花的裙擺便移到了大腿上，不知怎麼地腿向後一偏，就如同穩坐馬鞍似的騎在後座上了。她做這一套動作時只用一隻手，另一隻手還得扶住頭頂上的「小型水產商店」，它看上去不輕，至少有二、三十斤的魚再加上冰塊吧。

他們「雙人飛車加頂盆」的絕技令我感到震撼，目送他們向無路燈的大街駛去。我猜想賣魚女子是回教徒，要不就是奧卡達司機是回教徒，因為女子上車之後手並沒有去扶司機。雙手大撒把，頭頂上尚有輜重，兩腿被長裙約束，真是驚險至極！一百米外是大街，奧卡達車身偏斜，轉過彎去，前後配合之默契，彷彿經過多次排演似的。司機與乘客的身體在轉那個急彎時所形成的完美平衡，讓我看得目瞪口呆。這動作需要多徹底的信賴才能完成？首先乘客得完全信賴司機，讓他為她的性命負責，再來是司機信賴乘客的頂盆技術，萬一失重，破壞了他的平衡，也會人仰車翻。既然無法信賴這個腐敗無能的政府，大家只能將信賴託予萍水相逢的陌生人。

另一天的清晨，我看見一個女孩頂著一鍋煮熟的玉米乘坐在奧卡達後面，剛下過雨，地上一窪窪積水，奧卡達左右繞著水窪舞大龍，從鍋裏冒出的水蒸氣很是溫暖香甜，逶延一路。還有更絕的：兩個女子想分擔一份車費，招了一部奧卡達，司機面有難色，又不甘心放過這筆生意，讓她們各自添一點錢，便叫她們上車。畢竟已經是晚上八點，生意愈漸清淡。我馬上站下來，想看

「三人飛車」怎樣進行。兩個女子全穿長裙，這個難度就夠高了。第一個女子右腿曲起，先跪在後座上，腿再從座位另一邊伸下去，兩腿踩到前面的杠子上，第二個女子把自己硬擠進幾英吋的空座，身體緊緊靠在前面的女子背上。三個人合成了一個人，車子照樣靈巧如燕。

聽我們的司機說，一個奧卡達司機每月可以掙三、四萬尼拉，算一算他至少可以養三個孩子，租一處不錯的住房，假如是回教徒，娶得起第二個，甚至第三個妻子，一星期兩餐葷，孩子也上得起學。我們的司機掙的還不及一個奧卡達司機多。問他為什麼不買部摩托車，也做奧卡達生意，他回答買不起車。只要買得起車，就等於保障了小康的生活。乘奧卡達便宜，再窮的人都乘得起，所以生意一跑就很旺。

雖然奧卡達不安全，但它填補了政府公共交通設施的空白。鄰近阿布賈的一個州極其貧窮，州政府為創造就業機會進口了五千輛摩托車，低價賣出，不過五千輛掛了奧卡達牌照的摩托車很快地就在那個州消失，而在阿布賈浮現。阿布賈車費高，雇車的人也多，所以他們開著故鄉政府為他們創造的就業機會，直奔首都。

還有一次，我看見一個女人乘坐奧卡達，前面抱個嬰兒，後面背袋裏則背著一個一歲左右的孩子。這是一個奇觀，奧卡達飛車表演，看到此，嘆為觀止。沒想到前幾天又看到一個更絕的：乘在後面的男乘客帶了一件巨大的行李，有一立方米的體積，包裹在中國流動人口常用的尼龍市場包裏。這種包很可能起源於中國大陸，極其牢固，分量又輕，盛裝量大，在做服裝買賣、進城找活幹的流動人口中十分盛行。它們一律白底、紅藍條為飾，便宜耐用。在尼日利亞，這種包也流行得很，各種小販、流浪者、鄰國的偷渡客都用。有一度迦納經濟蕭條，而尼日利亞的經濟還不像當今這麼慘淡，大批迦納人偷越國境，來尼日利亞謀生，他們都是帶著這種包過來的。那一陣子這種包在尼日利亞被叫作「迦納人必滾蛋包」。我看見的奧卡達乘客用的便是這種包，不過比一般的大許多。看上去他是個賣民間織物的小販，把織品從民間收搜上來，到大都市走家串戶，賣給收藏異國情調工藝品的外國使者。他和奧卡達司機商討了一個價錢（大概要多付一倍車費），然後自己騎在後座上，把一立方米體積的大包袱擱在司機懷裏，他的雙手再從司機的後腰抄到前面，扶住大包，司機的下巴擱在大包頂上，身子和車把之間隔著大包袱，好在非洲人體型好，長臂長腿，否則像這樣的「雙璜飛車」是不可能的。

寫到此處，正好聽見牆外小道上奧卡達鳴笛而過。天色極暗，一場熱帶大雨正在逼近，全城將有多少奧卡達司機和乘客破雨飛駛，那將更加驚險。我想哪天也驚險一回，乘一次奧卡達，但美國大使館有禁令，不准它的官員和家屬乘坐任何本地人的車。

嚴歌苓簡介

嚴歌苓，一九八六年發表第一部長篇小說。一九八九年赴美留學。代表作有：長篇小說《第九個寡婦》、《扶桑》（獲臺灣聯合報文學獎長篇小說獎）、《人寰》（獲臺灣中國時報「百萬長篇小說獎」以及上海文學獎）、《雌性的草地》等；短篇小說《天浴》（根據此作改編的電影，獲美國影評人協會獎和金馬獎七項大獎）、《少女小漁》（影片獲亞太影展六項大獎）、《女房東》等；中篇小說《白蛇》、《穗子物語》、《誰家有女初長成》等。作品被翻譯成英、法、荷、西、日、等多國文字，英譯版《扶桑》曾登上二〇〇一年《洛杉磯時報》最佳暢銷書排行榜。她以英文創作的長篇小說《赴宴者》得到美國《紐約時報》和《時代周刊》的好評。

綠葉

王克難

南加州的沙漠熱風吹打著樹枝，晴空飛舞著片片巴掌大的赭黃，落滿山坡草坪。我自抽屜拎出上面寫著「待寫」的厚卷宗，一大堆零碎紙片從中滑出，有的薄如蟬翼，有的已經泛黃，許多缺著一角，灑滿白色地毯，其上皆是當時即興寫下，如今連自已都看不清楚的筆跡。最多是旅遊中留下的，光是連鎖「硬石」咖啡廳的餐巾紙就有三張：臺北、北京和烏魯木齊的。

臺北的這張：

乍雨時晴，二月天氣，從陽明山坐公車回臺北。現在下午人少的咖啡館裏，熱咖啡氤氳著方才滿山櫻花初放的薄霧和依稀當年兩人在白色迷濛中的相互呼喚。

北京的：

午夜了，人潮繼續湧進。都是外國遊客。一對看起來像姐妹的澳洲母女來我們這桌分坐。

「快下去跟著樂隊熱鬧啊！」她們說。

「幫妳們看皮包。」我說。抽出那張已染上她們香水味的餐巾紙，把那媽媽和女兒在五彩鐳射光中的手舞足蹈勾勒了下來。

烏魯木齊新開的「硬石」牆上，貼滿來自幾萬里外美國好萊塢古典影片的海報：《北菲諜影》、《亂世佳人》、《羅馬假期》。

我指著我高中時魂牽夢縈的《羅馬假期》男主角葛萊葛雷畢克，問女學生服務員他是誰，她笑著說：「這可不是哈里遜福特嘛。」

一大堆半透明的旅館留宿單上，我橫寫、豎寫著：

蒙古大草原上初十五的月亮映出幾里外小山蠡包的影子，真想跪下來感謝這至美的寂靜。

青海湖比天還藍，是真的水，不是油畫；公路旁大片的鮮黃不是臘筆畫，是油菜花；草原中渲染起伏如雲，不是水彩，是粉紅的野花。

嘉峪關黃昏，馬鬃，祁連黑白的山影淡去，文殊河第一顆晚星亮了起來。

漢長城通向羅布泊大漠，遠處兀立著駱駝草和玉門關的土墩。

夕陽染紅陽關以西無垠的沙丘，陣陣清晰風聲仍唱著古人的陽關三疊。

我一張張認下去，遊蹤情緣，字字牽連，難以忘懷，將它們一張張描成綠葉，寄給春天。

萬里長城

我們爬上人少又安靜的長城這頭，對面遊人如蟻，爬到頂上還有一紙可作證明；不只爬上去，而且放了八炮，慶祝我們歸來。

白煙映著關外盛開的櫻花，不是警告外族入侵，也不是遮掩孟姜女的哭聲……在造城工程最浩大的時候，每十家人就要徵去一個壯丁。風裏至今仍有白骨敲擊的聲音。空氣中充滿硫磺味，天空是無邪的藍灰。

我不小心絆倒，血從膝蓋沁出，只好捲起褲管，用酒精棉片消毒。旁邊有位好心的先生遞給我一小瓶藥水，說滴幾滴就好。我擦完藥後想把瓶子交回，來不及言謝，他卻已經離開。我繼續爬著長城。第二天傷口不紅不腫，那藥水是解藥，但當時的我並不知道。

我把一個印有華盛頓頭像的鎳幣塞在長城的牆縫裏，希望有跟我一樣具有好奇心的同胞，想到處至牆縫裏尋寶，猜想那角子上留著小辮子的人是誰？而他又是從哪來的呢？

菊花

濟南一百多條地下泉水中最著名的黑虎、珠泉、五龍、趵突，水都已經很小。趵突泉旁的北宋女詞人李清照紀念館，牆上刻著她的詞，千年前她丈夫於任上去世，戰事又近……他們一生收集的眾多金石書籍，最終流失殆盡。

「簾捲西風人比黃花瘦」、「舴艋舟載不動許多愁」。如今環繞她塑像的菊花，依然那樣鮮黃。

兵馬俑

三十多年的時間、七十多萬人的工程，驪山腳下秦始皇的墳墓至今仍是一座小土山，但保護他的兵馬俑在一九七四年出土，早已聞名全球，七千將士栩栩如生，永遠勇往直前。

我們排隊等著與他們留影，腳下踩的竟是具有二千多年歷史的磚頭……無論多花多少錢，也要再多站幾分鐘，欣賞每一尊表情各不相同的俑。

寒山寺

寒山寺的鐘正敲著唐朝張繼的詩。現在是正午，不是半夜，但一聲聲回響，離愁和著落花，恰似滿天寒霜。

黃山之鳥

雲海飄浮七十二峰之上，看不盡奇石、蒼松，三十四洞、二十四溪、十六泉、五海、二湖、三大瀑布……最難忘下山時林裏一隻會唱〈Auld Lang Syne〉的鳥，牠重複啼著那驪歌的四個音符，歌聲一直跟著我，沿著不知名的小澗來到一個倒映著白雲、山杜鵑的湖泊，直至桃花塢才漸漸消失；牠的祖先必定已知分離之苦，把這異國古老的送別之歌，從血液中遺傳給牠。

駝鈴

親切的駱駝主人讓我用一個新買的駝鈴，換取那個繫在小駱駝頸上、聲音特別好聽的鈴鐺。陽光在金黃沉睡的沙丘上閃爍，沙丘的一側是迷離、會讓人走失的大戈壁沙漠，但駱駝，就算是剛生不久的，都知道進出的道路。

我說要把小駱駝的駝鈴送給不能親自前來沙漠的母親。駱駝主人說，他母親的墳在流沙之下。駱駝隊在溫柔的沙丘間前行，天藍得令人迷醉。還有三個鐘頭就可到達莫高窟。我們有足夠的水，而駱駝是不需要喝水的。

莫高窟

佛和菩薩合掌靜立、盤腿而坐、手指天空，五彩飛天地在壁上舞著梵音，一窟接著一窟，海洋、繁星、絢麗的火，千年長河流著潔明的智慧和寧靜，神奇、繽紛、燦爛，十數世紀的美。

研究所說我可以留下來作志願服務，有機會常到窟裏去，因為他們需要英文翻譯，叫我怎麼不心動？

冠軍

桂林如畫的青山，一峰峰映入漓江蜿蜒的綠水，蘆竹在岸上隨風輕搖。

載著魚鷹的竹筏，撐一根長竿，點破微波，魚鷹們的脖子箍著戒指，聽魔戒的主人下令，隨時可以為遊客表演。

在閃亮的汽油燈下，黑色的河水波光粼粼，魚鷹潛入水中，抓到的魚馬上由主人從口中取下，換一條可以吞食的小貓魚作為獎勵。

其他的魚鷹在船頭觀看，只有那隻抓到最大尾魚的，一次又一次下水，一次又一次的把魚交給主人。

牠的眼睛在青白的燈光下發亮，搧著那滴著水、黑油油的一雙翅膀，接受觀眾熱烈的鼓掌聲。

長江

圓洞窗外，李白「早辭白帝彩雲」和杜甫「不盡滾滾來」的長江，江中亦曾流過屈原、王昭君、劉備等人喝過的水……二百公里岩嶂重疊，風颼颼吹送洶湧江濤。晨間巫峽茫茫霧中一現，神女峰孤立、神祕，永遠綽約而美麗。

棲霞山的紅葉

我想去棲霞山尋找五十多年前的紅葉。

外婆心愛的寺廟，那百年青銅的香爐……她跟外公在鄉下的墳，聽說現已成了公路。

秋天的風有些冷，鮮紅的葉子映著外婆花白的髮髻，年輕的舅舅開著他的吉普車，外婆玄色的寬大夾襖摟著我。

「以後要聽爸爸媽媽的話，要給外公外婆寫信，快快回外婆家喲！」

窗外的紅葉一樹樹往後面倒去，浸溼了藍天。

出了計程車，前面的中型旅遊車窗上貼著「往棲霞」的牌子，於是我朝它跑去……

爬起來時，嘴唇已經裂開，鮮紅的血弄溼我藍色的夾克，摸了摸前面門牙的位置，竟然是空的！「911! Nine One One!」我大叫。「Nine One One! Nine One One!」當時竟只會喊這句說了幾十年的英文。

看熱鬧的人圍觀著。「不要碰那個『外國人』！」有人說。

棲霞山的紅葉，一樹樹地在窗外倒去，浸溼了藍天，外婆暖和的手環繞著我……

失去的部落

烏魯木齊博物館前排了長蛇陣，大家都等著看電腦大展，而木乃伊館竟清靜無人，任憑我們仔細觀賞。

在書上看了無數次的木乃伊，而眼前這個英俊的男木乃伊有著六呎六的身軀、三千歲的蠟像皮膚，棕髮只摻雜了幾根花白的髮絲，太陽穴以黑白圈圖紋裝飾，身著土色羊毛氈袍、紅藍彩色綁褪，鮮豔如最新的服裝設計。

他的女伴，想必面目姣好，六呎身材包裹著棗紅長袍。

他們不是漢人。

天時地利之下，他們突然被冰凍在鹽床裏，加上沙漠氣候乾燥，他們被保存得如此良好。失去的部落永久留了下來，令人遐想。

瀑布

九月九日，洛杉磯的天氣特別好，機場滿是旅客。我們排的長蛇陣，很快地就通過了檢查。廣州的白雲機場亦滿是旅客。天氣不冷不熱。我們馬上就要飛往貴陽。貴陽的天空，只飄著幾絲小雨，是當地的好天氣。

第一次見面的文友們，彼此談得何等親切。我們團中有好幾人童年時都曾逃難至此。我家經過貴州逃往重慶時，我還不到一歲……

在旅館沒電視可看，晚上早早就睡了。美國時間已是九月十一日早晨，經過幾次夢魘轟炸，我又變成一個嬰孩。

第二天早晨去餐廳時，領隊神色凝重，說美國的四架飛機被恐怖分子所截，紐約那座一百一十層高的雙子世貿大樓已被撞滅，數千人頓時喪生，其中還包括幾百名消防人員。我的尖叫聲，一定嚇壞了全餐廳的人。

打電話回美國，一時聯絡不到加州的丈夫、紐約的女兒，完全無法相信，會發生如此可怕的事件，去黃果樹時已耽誤了行程。

站在瀑布旁，讓洶湧的水花打溼我的臉，藉一匹匹縞素哀悼數千無辜的靈魂，和美利堅永遠再也找不回的天真。

葫蘆絲

黃果樹瀑布旅客眾多，卻只有我們這一團美國遊客。昨天「恐怖分子」還是個陌生名詞，今日紐約、華盛頓的濃煙籠罩著眼前霧般的潔白，嘩嘩水珠拍打著我的臉。

出口處賣紀念品的攤子上，一個年輕人吹著那樣悲傷的調子，我問他樂器叫什麼名字，他說是葫蘆絲。

在麗江的黑龍潭公園，我又聽見那悲傷的調子，在攤子上再買下一支葫蘆絲。

西雙版納的亞熱帶叢林中，笛聲引著我們到大家圍著的水果攤子，金黃的菠蘿甜似糖蜜，而葫蘆絲的聲音卻依然悲苦。

我終於知道，就算買盡天下所有的葫蘆絲，也吹不完九一一的傷悲。

女兒國

青山環繞濾沽湖，湖水清澈，朵朵白花，水草深達二十尺的根都清晰可見……摩梭男女划著扁舟，昨晚篝火晚會他們盛裝表演走婚定情的習俗，今晨他們的歌聲在湖上嘹亮。

十一月時如再來訪，湖岸將一片大紅金黃，碧水映著如絮白雲，成群的黑天鵝從藍天而降……

給中華

假如你能原諒我
已有洋腔的語音

你可以相信
我太平洋彼岸的月亮
仍是李白的月亮
我的夢境
仍飄浮在故國的城頭上
我的思想
從未離開過你往日的痛苦
和未來的希望
我的靈魂是象形的
我們從未分開過
即使時空是如此的霸道

錄自《興懷 Journeys》
美國：James Publishing Co. 二〇〇二年出版

王克難簡介

王克難（Claire Wang-Lee），臺大外文系畢業，美國紐約州立大學社會學碩士，哥倫比亞大學研究。居美四十餘年。除雙語（中、英）寫作及翻譯（文建會贊助，獲教育部文藝創作獎、海外華文著述獎）外，亦從事繪畫（得獎多次）、作曲（文建會贊助）等工作。

出版書籍：三十四本

中文：《離鄉的孩子》、《生日禮物》、《霧裏的女人》、《諾言樹》。

英文：《Dimension of a Whisper》、《Ke-Nan》。

中英雙語：《羅芒信翁 Epistery Gnomanese》（二〇〇八）、《三千之光 Three Thousand Lights》（二〇〇七）（海外華文著述獎詩歌創作類首獎）、《墨舞 Ink Danc》（二〇〇七）、《流浪者之歌 The Song of the Wanderer》、《紅花樹 The Red Flower Tree》、《情旅 Bouquet》、《初雪 First Snow》、《興懷 Journeys》、《時之翠嶺 Digital Mountain》。

翻譯：英翻中：《夏山學校》（Summerhill）（經典長銷）、《家長與子女》（Between Parent and Child）。

中翻英：〈The Sea is Wide〉（闊的海）（譯徐志摩詩）（二〇〇七）、《Cloud Tribes》〈雲族〉（李白、杜甫選譯詩）（二〇〇六）、《Birds in Heaven》（比翼鳥）（譯中國古詩詞一百三十首）、《The Ferryman and the Monkey》（譯蔡文甫，《船夫與猴子》）。

音樂作曲：「木蘭辭」、「紅樓夢」（CD、錄音帶）等十餘種。

會員：海外華文女作家協會、洛杉磯華人作家協會、美國音樂作曲家協會、美國橙縣華人藝術家協會。

一生的約定　絲路之行

簡宛

有些人是一生註定的緣分，有些地方是一生約定的必遊之地，絲路之行，正是如此。

清晨，烏魯木齊還在甦醒中，西北的夏日涼爽而宜人，一路上從上海飛過來的暑氣和疲憊，經過一夜好眠，已倦意全消，全隊四十多人，正聚精匯神地看著大地圖，聆聽著朱琦老師的講解。

沒錯，這是我們絲路之旅的第一天，大家都心無旁貸地學習著呢！

行萬里路勝讀萬卷書，人生有什麼比看盡平沙萬里、用腳丈量大漠沙土、用眼享受西北天地的開闊，並用心把古老文化往心裏填裝更迷人的？朱琦老師集文學與史學的淵博於一身，有時詩情畫意，有時經典掌故，如閒話家常一般，把大家的心眼都打開了。

去年四月，北卡書友會曾經邀請朱琦教授來演講，久聞他在教課之餘，不僅開班教授詩詞，近年來更帶領北加州文學同好，共遊神州，走遍大江南北，尤其是絲綢之路的旅行，早為人所稱道。我一直嚮往那探究深藏中華文化與藝術美學的敦煌與絲路之行，但若有行家講解，一路學習，有如看圖識字，豈不更加印象深刻？於是趁朱琦來北卡演講之便，試探著是否有帶我們書友會同行的可能。

朱琦立即豪爽地說：「只要北卡書友會要去，我一定為你們帶隊。」一言敲定，於是有了今年八月底、九月初的絲綢之路與文學之旅。參加者並不僅限於北卡書友會，卻全為文學與藝術的同好者。

聽聞許多人讚賞、驚嘆絲綢之路，也看過許多照片影集展示的畫面。去過的人，述說著遊火焰山、探古城、出大漠、上長城、騎駱駝，以及在甘肅吃拉麵、在敦煌石窟拜大佛，每一處都有驚豔與讚嘆，但是沒有人能真正告訴你，那是如何的一種感覺和一番景象，更沒有人能與你分享、解說那深厚的古老文化與歷史。除非你願意、你好奇、你嚮往，於是自己親歷其境，聆聽學者娓娓道來，把學習變成一種快樂，一種心靈與視野的拓展。

吐魯番盆地的熱嚇不住我們，我們因著那葡萄溝與葡萄園的設計而感到驚喜，尤其是坎兒井的供水，千年前的工程計畫，是多麼科學化的一項設計！吐魯番沒有溪流，但卻盛產哈密瓜、葡萄，全歸功於坎兒井提供清流灌溉，這些在地上垂直向下挖掘的井，利用傾斜的地形，每隔二、三十公尺挖一口井，引地下水灌溉大地，使得新疆的哈密瓜和葡萄聞名遐邇。

高達攝氏三十九度的氣溫，也擋不住全團用心聆聽的專注，走在高昌與交河古城的舊垣老街，想像著那神奇的遺址依然遺留在浩瀚的大漠上；那童年耳熟能詳的《西遊記》火焰山出現在眼前時，只感到時光倒流，體會著玄奘取經的苦心，那汗流浹背的高溫，又怎能抵擋得了我們如入寶山的興奮？

心裏忍不住好奇地想像著千年前的古蹟，那時是一番如何的繁榮景象？唐人曾經在此「白日登山望烽火，黃昏飲馬旁交河」，遙想當時必曾有過一番盛況，怎會變成如今這一片廢城老街？

白雲蒼狗，世事難測，大戈壁茫然曠野，屹立大地，人如何能與大自然相爭？唯有山河鎮自然，確實不虛。

趕著駱駝的小孩，一路唱著歌，快樂的模樣令人開懷，他為了逗我們開心，一路唱著歌，問他幾歲，答曰：「九歲」。

九歲？這年紀在都市，不正是在課堂裏學習的年齡？他卻隨著父兄在炎炎夏日中討生活。城鄉的差距在繁榮背後顯現，令人不免感慨。

車子穿行在一望無垠的大漠天地間，這一輛載滿四十多人的大型遊覽車，有新知、有舊友，全是來自北美加拿大及臺灣、香港、福建等地的同胞，大家一見如故，因為除了同是中華兒女之外，每人心中都有一個共同的愛好——中華文化與文學藝術，我們有如進了寶山，分秒珍惜，深恐一不留神，就錯過了學習的機會。全車四十多人，從二十歲到七十歲，全程早出晚歸，沒有人誤時，更難得的是全隊一起徒步登上嘉裕關頂端，環顧四野，江山如此壯闊雄偉，身為中華兒女更是大聲呼喊「不虛此行」。

參觀敦煌莫高窟，全隊表現出與眾不同的用功態度。由於朱老師與「全陪」小鄭的特別介紹，我們得以請到敦煌研究中心的專家為我們講解，她不僅熟諳各洞窟的藝術與掌故，更熟識歷史背景，從清早到中午，照理應可結束參觀，因為敦煌沒有餐廳設備，可見一般遊客只需半天就能參觀完畢，但我們意猶未盡，大家的興致都很高，於是全體同意回城裏用過午餐，再返回洞窟參觀學習。

絲綢之路一般認為是漢武帝時因張騫出使西域而正式開通的，早在隋朝時已是貿易頻繁的地區，到了唐朝更進一步經營，成為東西各國文化藝術的大融合。至於石窟藝術的佛像，雖然菩薩是中性的，卻頗具唐朝美女的形象——衣著色彩都極其鮮豔，有些更是豪放，令人訝異的是，經過長時間的歲月流轉，卻仍栩栩如生。

離開敦煌，開往嘉裕關的大戈壁時，老師照例朗讀著每天收到的詩作，我們全隊人才濟濟，尤其是素有老頑童之稱的王正中院士，每天都有令人開懷大笑的佳句，他那葷素不拘、風趣詼諧的打油詩，為每一天的快樂行程拉開序幕。另外還有許多描繪大漠風光的詩詞，字字鏗鏘有聲。正當大家都陶醉在詩歌吟唱中時，像是要與大漠的曠野一較高低似的，有人提議唱歌。（這五小時的車行中，窗外不見人煙，左方是大戈壁沙漠，右邊是奇形怪狀、無奇不有的雅丹地貌。）唱歌是會感染的，大家都唱得開懷忘我，朱老師笑說：「唱得如此歇斯底里，連我也忍不住要高歌一曲了。」於是在朱琦高歌一曲之後，大家也跟著「歇斯底里」地暢懷高歌，全車的歌手賣力演出，有如走在星光大道上一般；老友張將軍竟盛情可掬的說，要為我和老伴的結婚周年唱一曲祝福，真該怪他洩漏了天機，全車不得安寧，歌聲、祝福聲一波波淹沒了窗外的大漠景觀……此般盛情，讓我們感動得兩眼含淚，說不出感謝之言，老伴說：「那我也只好用唱歌回報大家了」。

當晚采雲還用心良苦地秘密安排了蛋糕和美酒，大伙兒起鬨，戲稱以鬧洞房收場。這真是我們度過最難忘也最特別的一次結婚紀念日。

驅車前往劉家峽水庫和炳靈寺時，心裏並沒抱什麼期望，只知蘭州古為重險之地，位處全國中心，炳靈寺則是古絲路通行的必經要塞，但從劉家峽水庫坐渡輪到炳靈寺時，一路只見黃河水清，兩岸高峰倒影，早已懾人魂魄，到了炳靈寺石窟，更是奇峰妙石，美不勝收。石窟佛像雖沒敦煌多，但大佛矗立，奇石如筍，有母女石、姐妹石，唯妙唯肖。同隊中有姐妹好友，有母女同遊，趕緊站在石下留下倩影。那天因雨後遊人不多，靜默中有如處身世外桃源仙境，清新的空氣，令人忘卻俗世煩擾，流連忘返。

西安是舊地重遊，但悠久的歷史文化，從西周起至隋唐，曾有十二個朝代在此建都，難怪人人說一到西安就感到自己學問小，因為永遠有學不完的史蹟和國寶，尤其是內藏一千多種名貴碑石的碑林，和被稱為世界奇蹟的兵馬俑，想起那巧奪天工的兵馬俑，想起帝王的好大喜功，世間繁華到頭來終究還是一場空。

自絲路回來已多時，腦中盤旋不去的是共賞神州大地的文化之旅。走入西北無垠的大戈壁中，人煙罕至，寂靜圓融，有如回到了遠古的世外桃源，值得一生一世永遠珍惜。

本文刊載於二〇〇七年十一月二十六日《世界日報》

簡宛簡介

簡宛，國立臺灣師範大學文學學士，赴美後於康乃爾大學、伊利諾大學修讀文學與兒童文學課程。一九七六年還居北卡州，並於北卡州州立大學完成教育碩士學位。曾任教職，目前為兒童文學策劃主編。

簡宛喜歡孩子，也喜歡旅行，雖然教育是專業，但寫作與閱讀卻是生活重心，除了散文與遊記外，也寫兒童文學，一共出版三十餘本書。曾獲中山文藝散文獎、洪建全兒童文學獎、海外華文著述獎，二〇〇〇年被選為專業人員名人榜（Who's who）及海外華文女作家協會會長。

奧多摩教你忘記東京

華純

奧多摩可說是駐足於東京人心目中的故鄉。每到春天，吉野鄉下紅白相間、滿樹競放的梅花都吸引了上萬名遊客，方圓數十里流動的清香，征服了浩浩蕩蕩的隊伍。到了秋高氣爽的十月，滿山遍野的紅葉又招來如潮的人群，男女老少皆迷戀於樹葉凋零的淒美，其勁頭絲毫不比梅花含苞初妍時遜色。唯有盛夏與寒冬時節，連接市區的青梅線電車才不至於「滿員」，乘客們偶有休閒的心情和雅致，三三兩兩、或是獨自一人到野外散步和爬山，欣賞一路怡人的景色。而這時節最受歡迎的，便是澤井盛產的日本酒。

在日本，品酒名人也像劍道、圍棋一樣舉行段級選拔賽。善於喝酒的人閉上眼睛，光憑舌頭上的味蕾，就能說出酒的產地和名稱。而市場上的日本酒種類繁多，分為生酒、清酒、原酒、古酒，還有吟釀酒、純米酒、本釀造酒、普通酒等，不下數百種產品。居然有很多人迷上了所謂的酒味道樂，到處採酒、品酒，與酒結緣，生死不離，使生活多出幾分樂趣和煩惱。

那天我對山口女士說，好久沒有痛飲澤乃井清酒，已經不記得是什麼滋味，快活頓時遊蕩於她那眼眉之間，兩手在書包裏忙亂了一陣，掏出一份電車指南，硬拉著我登上了快速電車。

奧多摩離東京市中心不遠，從澀谷出發只需兩個小時就可深入它的腹地。我們剛坐下不久，一場傾盆大雨就嘩嘩地落了下來。山口女士卻鎮定泰然，展開白紙寫下「濫觴」兩個漢字，作出舉杯痛飲的模樣，使我忍不住笑了起來。

奧多摩這個地方，我雖然來過不下數十次，但每一次都會有新的發現。這次在無人檢票的澤井車站下車，雨中的奧多摩果然以煙霧蒼莽的新鮮景象，不由分說地衝進了視野。

我們一步步走入它的景深之處，將東京遠遠地拋到背後。

多摩川湍急的溪流在蛇行的河床裏洶湧澎拜，大雨滂沱更助長了水的氣勢。透過煙雲瘴霧，望見一顆松樹挺拔空中，恰似黃山巔峰的迎客松，毫不吝嗇地展開了歡迎的懷抱。

一陣欣喜的我們，沿著一條遁入江戶時代的綠林小徑，疾步來到細流涓涓而出的岩石邊，先向酒泉神拜禮，然後用杯子接了岩石縫間溢流出的一道清水，仰首喝了下去。

澤乃井酒在日本酒群芳裏堪稱上乘，正是因為汲入了這道清徹的湧泉，才有芳香醇厚的獨特風味，不虛傳天下。

據說湧泉從小澤酒坊的一口古井裏汩汩而出，經歷了一百五十多年而從未間斷過。

這是怎樣的一種水呢？

看上去無色無味，清澈透明而無雜質，味覺略帶一點硬度，在日本這樣一個山林茂盛、地下水豐富的國家，或許是上百種名泉裏普通的一種。

人們往往不會注意生命需要的優質水正在不斷地減少。奧多摩廣闊的山野在版圖上劃歸於東京都行政區，是最大的生態中樞。只要想一想，一千二百多萬人口居住在東京，肆意揮霍自江河裏獲取的淡水，我就深深感嘆這天然湧泉是多麼珍貴難得。

它深藏在奧多摩森林底下，行走於風雨侵蝕的岩縫間，一路滋潤，一路養育，然後被大地過濾掉一切雜質，才變成天然的岩清水。它離東京這樣近，卻成就了這唯一的澤乃井酒。

澤乃井的酒味和實質，如今又會有什麼變化呢？

綠林小徑彎彎曲曲地延伸到一片開闊的日本庭園。始於江戶時代元祿十五年的小澤酒造會社，在這裏開設了品酒小賣店和露天屋臺，以及名為「擺家家屋」（ままごと屋）的供應高級豆腐料理的餐館。不少遊客正在櫃臺選購各種等級的澤乃井酒。我順著一字排開的大小酒瓶看過去，發現了新的酒名，而過去喝過的「春之雪」卻不見了蹤影。小澤酒造會社為遊客開放了地下造酒作坊和倉庫，乘此機會我們跟隨參觀隊伍穿過昏暗的通道，窺視了酒藏的歷史和全貌。在照明燈下，深不見底的那口古井，散發出神秘而不可思議的氣氛。當年挖掘出這口井的古人，絕不會料到乃至今日，泉水依舊拌和著米酒的原料，並用來製作豆腐和沖泡西洋人薰製的咖啡。元祿藏（作坊）存放的古酒貯藏庫以及酒林似的巨大木樽，足以顯示這裏歷經滄桑。在現代化構造的平成藏裏，造酒過程雖然採用機械化和衛生管理，依舊保留了傳統手工操作的模式。這部分的體力勞動融入了造酒人的心血和丹魂，加上祖傳秘方和岩清水，澤乃井酒於是具有過濾酒的醇和氣味、陳年吟釀的辛口熱烈，還有葡萄酒一般的芬香芳美。根據解說員的介紹，季節和溫度的變化也會影響酒味純度和產量，有些酒只限於季度內生產。聽到這些我才恍然大悟，怪不得方才在小賣店裏沒有發現我喜愛的「春之雪」。

參觀完畢，我和山口在客廳裏找到座位坐下，開始品嘗陳列在臺上的幾瓶樣酒。花不了多少錢，就能分別喝到「吟之舞」、「元綠」、「藏守」、「彩波」、「梵」等味覺迥異的名酒。

山口笑著說：「每瓶酒都帶有性別，有的像男人一樣剛烈不拘，有的像女人柔腸纏綿，所以叫做辛口、濃醇、甘口、淡麗啦什麼的，恐怕喝了男人的酒，骨子裏都會燃燒起一種放浪形骸的欲望。」

身邊掠過一對對情侶如膠似漆的影子。我自然想起了臺灣走紅作家劉黎兒的《大劈腿》。

山口不禁嘆了口氣：「每天為工作玩命，神經蹦得這樣緊，有何心思談情說愛啊？只有到了這種地方，才能忘掉東京的一切。」

接著她向我解釋如何依靠味覺、視覺、嗅覺這三者區別酒的度數和甘辛之分。我心想，慘了，這個日本女人認真起來，恐怕是滔滔不絕，說個沒完。有一次跟她去長野爬山，她竟然說得出每一種花草的學名和來由，害苦了我這個聽眾。滑稽的是，她卻記不住所有男朋友的名字，總是被我抓住把柄笑話她。

而酒呢，的確都是好酒，最好喝的是價格昂貴的「梵」酒，有高級葡萄酒的甘美味覺和危險的誘惑力，一入嘴就長驅直入，身不由主地陷了進去。

酒過幾巡，兩人便情迷迷、醉醺醺地望向了窗外。

但見多摩川上遊煙氤氳，青山若隱若現，數十米長的楓橋橫跨兩岸，大膽的弄潮兒各乘一葉小舟，在激流裏突上突下，風景甚為浪漫動人。

「咚——」一聲鐘鳴突然在山谷間迴盪。我們舉目注視對岸，鐘臺座落在半山坡上，有遊客攀登高陡的石階，進入頂上的寒山寺。那寺廟邊上豎立了一塊石碑，刻有中國唐代詩人的名作。賞酒的心緒，頓時受到了詩意的感染。

月落烏啼霜滿天，江楓漁火對愁眠，古蘇城外寒山寺，夜半鐘聲到客船。

張繼因為這首詩在中國流芳千古，也受到日本人的喜愛和推崇。明治時代一位畫家到中國留學，接受了蘇州寒山寺住持——祖信師的委託，回國建立日本的寒山寺。他遍訪各地山水，終於相中澤井這塊僻靜之地，認為不失蘇州寒山寺的清雅風格。一九三〇年由小澤酒造會社出資，又在近處建造了紅葉亭旅館，也就是現在人來客往、絡繹不絕的「擺家家屋」餐館的前身。

雨終於停了，我們立刻動身前往那家餐館。

據說紅葉亭剛開張的時候，因為能眺望寒山寺絕美的景色，一時吸引了很多文人墨客，日夜琴瑟相和，大興酒筵，吟歌作詞，集聲名於一身。我們席地坐在榻榻米上，這上頭似乎還散發出舊日歡樂的餘音。

開放型的大廳可以將多摩川的景色一覽無遺。

古鐘上鐫刻的鳴鐘偈有曰：「聞聲悟道」。對岸的鐘鳴，似乎是送來了禪聲寄語。「色即是空，空即是色」，我感覺自己的五官和四肢，幾乎浸入了《般若心經》所照見的佛境。難怪會有許多文人墨客和畫家喜歡涉足這裏，有的乾脆長住下來，過起隱居的日子。日本文豪吉川英治，生前就住在附近的吉野梅鄉，在養蠶農家的屋簷底下寫出了家喻戶曉的歷史長卷小說《三國志》和《新平家物語》。在日本侵華戰爭失敗時，《三國志》在日本人心目中浸潤如此之深，其原因之一大概就是透過中國歷史上王道與霸道相克的故事，吉川道出了

「萬物流轉」、「盛者必衰」、「民為創國者」等隱晦詞語，暗中向大日本帝國思想敲響了警鐘。

另一個值得紀念的人物是日本畫壇的巨匠——川合玉堂，從戰爭勃發那年到一九四四年過世，一直住在奧多摩，寒山寺旁的玉堂美術館收藏了他不朽的藝術名畫。

我和山口各自要了一份豆腐膳套餐。

我已習慣吃這種近於自然而不必經過怎麼烹調的食物。「擺家家屋」利用豆腐、山菜和水草等自然資源，配製出營養豐富的健康料理。用岩清水製作的豆腐乳白細膩，含在嘴裏滑如嫩蛋，而酷似生魚片，切成薄條的蒟蒻凍，與山葵菜泥、腐竹一起賞味時也能以假亂真。甜麵醬滾入「山女」（水草名）和其他佐料，再與茄子撮合，烘烤到表皮微焦為止，入口酥軟而香甜。胃腸裏有一種舒服的蠕動，吃了個八分飽，卻擋不住一條小稚魚的誘惑。牠是多摩川的特產，日語叫「鮎魚」，肉香味美，露天屋臺的攤主正在炭火上翻烤這種小魚。直到吃到了「鮎魚」，才真正感到口福不淺，讓我們離開這裏時，腳步飄忽了一會，不忍與它作別。

「咚——」多摩川上又是冗長的一聲鐘鳴，彷彿在跟我們說再見。我和山口相約下次去奧多摩上游泡溫泉。兩小時之後，回到了都會中心，城市喧囂的聲音和滾滾熱浪又鋪天蓋地向我們襲來。

本文刊載於臺灣人文美學雜誌《逍遙 Les Loisirs》第四期，二〇〇六年十月；《北美世界日報》副刊，二〇〇六年十一月二日

華純簡介

華純，出生於大連，長於上海。現定居東京。自由撰稿人。臺灣文化美學雜誌《逍遙 Les Loisirs》專欄作家、成都文學雜誌《青年作家》特約作家。日本筆會、國際筆會、日中文化交流協會會員；中國野生動物保護協會資深會員；海外華文女作家協會會員。

長篇小說《沙漠風雲》（一九九八年由作家出版社出版）入圍中國首居環境文學優秀小說獎。中篇小說《茉莉小姐的紅手帕》（二〇〇六年《上海小說》、《世界日報》副刊）獲臺灣華僑總會九五年華文著述獎之文藝創作小說佳作獎。短篇小說《Good-bye》獲二〇〇〇年第一屆世界華文優秀小說盤房杯獎。以地球人視野關注自然生活和環境保護，在國內和海外文學刊物發表大量遊記和散文，並參與電視劇、電影改編。

遠離文明：亞馬遜雨林之旅

楊芳芷

從職場退下來的第一天，就與朋友背著背包和簡單的行李，飛到南美洲的秘魯，展開想了很久卻一直未能成行的印加文化及亞馬遜熱帶雨林之旅。

提到亞馬遜熱帶雨林，一般人常聯想到的是巴西。其實，全長六千七百八十八公里（一千九百二十八哩）的亞馬遜河，上游在秘魯，下游才在巴西，由此進入大西洋。

我們從秘魯首都利馬搭乘載客容量一百人左右的小型客機，飛行了兩個多小時到達伊基多（Iquito）小城，負責安排四天三夜行程的旅行社導遊，已經舉著寫上姓名的牌子等著我們。謝天謝地，這位有著印地安血統、名叫賈西亞的中年導遊，會說英語。

在簡單的自我介紹之後，就開車直奔設在市中心的旅行社辦公室。我們在這裏花了十元秘魯幣（索爾）租了長筒塑膠雨鞋，這是走在雨林泥濘路上所必備的——雨鞋可以避免出其不意出現的蛇類咬你一口，且多少可以阻止揮之不去的沼澤蚊子吸你的血。

離開旅行社後，我們跟著導遊走了約十分鐘，來到一個規模小到不成樣的「碼頭」，上了一艘大約可容十人的機動小船，先走亞馬遜河支流，而後進入亞馬遜河，直奔雨林而去。我們發現，我與朋友是船上唯二的旅客，導遊是我們兩人的專屬導遊。

四月的秘魯亞馬遜雨林還是雨季，也是旅遊淡季，遊客稀少。機動小船「乘風破浪」地走了四、五十分鐘之後，在一處沒有碼頭的地方靠了岸。「到了！」導遊說。我們先走了近百公尺的泥濘路，再走上由木板搭建的「空橋」，當看見上用棕櫚樹葉搭蓋的屋頂時，就到了雨林中的「旅館」：兩層的木屋，底下一層只有四根柱子支撐著第二層，這樣的設計也是為了防止野獸入侵。我們抵達時已近黃昏，走在「空橋」上，導遊一直用手電筒往棕櫚葉的「天花板」照去，就怕會有蛇類藏在那裏。

這裏緯度接近赤道，雨林的天候又溼又熱，我們到達小木屋不到三十分鐘，就已經汗流浹背。小木屋設備簡陋，除了兩張單人床之外尚有一個小櫃子，浴室則有一個生鏽的蓮蓬頭，只能流出略帶黃色的冷水。不過，謝天謝地，還有抽水馬桶，馬桶裏的水呈黑色，原來是從附近的沼澤引進來的。另有一盞在古早電影中才能看到的油燈可點燃照明，免得我們三更半夜起來上廁所時分不清東南西北。

我們兩個在都市長大的人終於遠離文明，來到這個沒電、沒熱水、沒電視、沒冰箱、沒電話等現代化設備的亞馬遜雨林，不僅如此，還要抵擋伺機吸人鮮血的大黑蚊子攻擊。

雨林沼澤

對都市人來說，踏足雨林沼澤是最珍貴難得的經驗。四月時此地還是雨季，我們很幸運地碰到晴朗的好天氣，導遊划著獨木舟載我們進入沼澤區，說是要抄短路到一個印地安人的部落去。沼澤區內千奇百怪、叫不出名字的植物，將雨林編織成一個天羅地網，獨木舟在裏面艱苦前進，導遊不時拿起開山刀砍斷擋路的爬藤或樹枝，沿途我與朋友兩人則忙著揮趕一抓就有一大把的蚊子。

亞馬遜是典型的熱帶氣候，它沒有遭受第四世紀冰川的侵襲，很多生物在亞馬遜雨林中避過了嚴寒，成了稀有生物。因此，亞馬遜雨林是世界上生物種類最豐富多元的地區。到過中國四川九寨溝的遊客，一定知道那兒有個珍珠灘，樹木長在水中，不過珍珠灘的樹木並不高大；而亞馬遜雨林沼澤區浸泡在水中的植物，有很多是高大的喬木，也因此濃蔭蔽天。

我們問導遊，如果掉入沼澤，存活率有多少？他說，沼澤的水深約四、五公尺，水蛭吸血還不至於致命，但若是電鰻電你一下就死定了。至於亞馬遜河的食人魚，體長不過四十厘米，嗜血，吃掉一頭牛的時間只需約十五分鐘。雖然他說我們去的沼澤地區沒有發現過食人魚，我們聽了還是心驚膽顫，雙手緊緊抓住獨木舟，不敢亂動，只怕一不小心就會翻船掉入沼澤裏。

我們看不到沼澤的水中世界，而水面上如迷宮般的雨林，除了偶爾聽到樹上鳥兒的叫聲外，異常寂靜。獨木舟輕輕地往前划，我們更是閉緊了嘴巴，擔心喘氣太大聲，會驚動雨林中的主人——各種水面上與水面下的生物。熟悉沼澤地的導遊，後來碰到較大的擋路樹枝，也不願再砍伐，退回原路，不走捷徑到印地安部落了。

沼澤水中還有鱷魚，鱷魚只在夜間出沒。晚間八點多鐘，導遊再度划獨木舟帶我們去「找」鱷魚。他用手電筒照著水面的草叢，若能看到一對紅色的眼睛，那就是鱷魚了。可惜的是，我們找了半個多小時，只看到一隻約三吋大小的綠色青蛙，鼓著胸停在水面的一片葉子上。導遊說，那晚月光太亮，鱷魚不會出現。

不過，我們在亞馬遜河倒是看到粉紅色的海豚，還在雨林的村落看到南美洲叢林中特有的動物樹獺。樹獺只喝樹汁，整天倒掛在樹上生活，吃飯、睡覺時也不例外，一天睡眠時間長達十七、十八個小時，跟初生嬰兒差不多。我們也看到三條約四、五呎長的蟒蛇，被村民捕獲養著，供觀光客參觀。

雨林村民

因為沒有電力，雨林村民的生活相當單調原始。我們走訪了兩個村落，村民都是印地安人後裔，其中一個部落保留印地安人傳統，酋長還表演了百步穿楊的特技，用吹毒箭的方式獵殺動物；另一個村落在白天時看不到男人，我們到一戶人家拜訪，在家的是一位年約三十多歲的家庭主婦和她的三個孩子。這婦人說，她去過最遠的地方就是伊基多，也就是我們上機動小船的小城，四十五分鐘的水路。問她：「首都利馬去過沒有？」她茫然不知。

村民的住屋每一家都一樣，兩層木造、棕櫚葉屋頂，下層只有四根柱子支撐著上層，很像我們所住的木屋「旅館」，只是更「家徒四壁」，只有簡單的炊具，「一家八口一張床」，雨林氣候溼熱，如不是為了防野獸，連房門都可以不要。

據了解，秘魯政府鼓勵人民到雨林定居，只要有人申請要在那裏定居，當地政府就劃出一塊地，至少幾十畝，範圍內各種可食的植物供他們採收或販賣為生。我們看到最多的是香蕉及木瓜樹。導遊說，村民要吃肉就去打獵，也有人養了雞，要吃魚就到亞馬遜河裏抓；香蕉當蔬菜，炸、煎都可以，我們在雨林裏三餐都吃它，另外就是吃棕櫚樹的心，及一種像馬鈴薯的「Yucca」，除此，再無其他蔬菜。

我們走遍全村，只看到一戶人家在屋旁種了小的紅、黃色辣椒，沒看到有人種蔬菜。村民將多餘的香蕉、木瓜拿到伊基多市場去賣，換取一些日常用品。村裏只有小學，要上中學就必須到伊基多。生病有巫醫，還有些就地可取的傳統藥草。村民最大的娛樂，就是每個星期六晚上到村中的一處公屋唱歌、跳舞、喝酒。然而就像很多地方的原住民一樣，生活單調，苦無就業機會，男性村民多數酗酒，生活更無法改善了。

導遊賈西亞

四十六歲的賈西亞有印地安人血統，出生於雨林。他說，十一歲時看到有人帶著觀光客到他們的村落參觀，他覺得他也可以做，而且這是唯一可以逃家的機會，從此浪跡天涯，跟著觀光客學英語，曾走遍南美各國，但最後還是回到他出生的雨林謀生。

賈西亞不僅是導遊，可以說，他也是生物學家、草藥專家、環保人士及時事評論家，帶領我們走那段雨林泥濘路時，對兩旁的植物如數家珍，並說明它們具有的「藥效」，像是將生木瓜劃一刀，流出的白汁，喝它一湯匙，可以用來墮胎；木瓜子不咬碎，直接吞下去，可以打肚子裏的蛔蟲；另外，還有什麼治療攝護腺、壯陽的藥草等，不勝枚舉。

雨林裏的任何植物都有它的用途，就以最常見的香蕉為例，果實可吃，香蕉葉可用來蓋屋頂，莖的部分可以取水。我們看他將開山刀插入香蕉的樹莖內，再抽出，來回兩次，開山刀被「洗」得乾乾淨淨。再搖晃一棵木瓜樹，成熟的木瓜掉下，他用「洗淨」的開山刀將木瓜去皮，切開三份，三人分享。

賈西亞對秘魯的政治人物評價很低，秘魯雨林占全國土地的百分之六十，但國會議員席次偏低，且為民喉舌的少，總是撈飽以後就走人，中間商獲取暴利，農民被剝削，有苦無處可說。

由於對雨林的生態常識豐富，賈西亞曾經被邀請到芝加哥與學者合作研究雨林，他曾想留在都市謀職，但因為只有小學學歷，找不到像樣的工作，最後還是回到他最熟悉的雨林來。

賈西亞說，除了蛇類外，他喜歡雨林裏所有的生物。他說，即使美洲豹在你旁邊出現，只要你靜止不動，豹就不會攻擊你。我們覺得他有「千里眼」，一隻在泥濘路旁、比指甲還小的黑色青蛙，他居然看見並撿起來讓我們看；當機動小船沿著河岸走時，他指著岸邊樹上一隻唱歌的鳥，告訴我們那是什麼鳥，可惜我們對生物的知識太貧乏了，常常是「鴨子聽雷」，不知所云。

當了三十多年的導遊，賈西亞雖然知識豐富，但就像雨林村民的宿命，逃不出雨林。不過，他的下一代命運就不同了。他有一兒兩女，兒子進了大學，學國際貿易，再過三年就可以畢業。他一輩子想逃出雨林、在外打天下的願望，可望由他兒子來完成。

經濟發展與環保，永難兩全。多年前，巴西政府大力開發亞馬遜雨林，期望改善居民生活，但引起全球環保人士的撻伐，強調雨林的自然生態一旦遭到破壞，地球也就萬劫不復。但是，雨林村民會甘心永遠過著如此原始的生活嗎？如何在經濟發展與保持生態之間取得一個平衡點，值得人類深思。

本文刊載於二〇〇五年六月五日《世界周刊》

楊芳芷簡介

楊芳芷，臺灣政治大學新聞系畢業，曾擔任中央通訊社記者，聯合報系民生報記者、美國舊金山《世界日報》採訪組副主任等職。現任北加州華文作家協會會長；海外華文女作家協會會員。現居美國舊金山。

曾以〈紫禁城夜總會〉一文榮獲第一屆「新美國傳媒」（前稱「新加州傳媒」）最佳專題報導獎；以〈嬉皮運動三十周年〉獲得「北加州華文傳媒」最佳專題報導獎；以〈樂居——美國最後的鄉下中國城〉獲聯合文學與長榮航空合辦的「長榮環宇文學獎」佳作。

作品：《一個讓人留心的城市》、聯合報深度旅遊叢書《美西》（與人合著）、雄獅美術「美國早期華裔畫家」系列報導等。

瀟灑走天涯

張鳳

我常說，到哪裏我都能隨遇而安，不認為自己是外人，所以只要住得稍長一點兒的地方，處處都覺得是鄉里。這種自小養成的四海為家的感覺，分析起來，正是深層的飄流感作祟，依然無法逃離如影隨形的鄉愁，而最最糟糕的是我的飄流，彷彿還無原鄉可覓。

追念我的父母，當年輾轉大江上下游，母親唱起的「我住長江頭，君住長江尾……」，正符合她這「長江之源」的四川小姐和下江東方大港少爺結親的地緣。

他倆先由天府重慶還都江南，至龍虎踞盤之南京，沿京滬路，再以舟楫輪渡，過南河頭平湖故里，由航商樞紐的上海黃浦，浮海流徙到美麗之島，是戰亂無奈又有行旅的雙重意義。

跨海至臺，在臺北淡水生下了我。追溯祖輩仕宦之地，除父系的江南，還在南閩泉州……聽說外祖父家曾在泉州擔任過某縣縣長。我在哈佛大學認識的泉州海外交通史博物館館長王連茂，一九九八年在假期時，親自由家中趕來，接待我和於梨華姐等一行北美華文作家團參觀，深探文物，並解答我尋根的疑惑：泉州人確實在宋元以降，因有「漲海聲中萬國商」的繁華，不少與居留幾代的外國人通婚，因此我的家族譜系中，是否也與白先勇、孫康宜教授一樣，有阿拉伯或歐西羅馬血統，是有待考查的！

傳到我們這一代，自我抉擇，遠行飄洋過海，適嫁紹光，他們這支黃家，由廣東梅縣遷臺兩百多年，二十五世，應屬臺灣桃園，追尋的是否也是「世外桃源」？細讀公公所編的族譜，他們是由江夏堂傳下來的客家人，謹奉宋太祖時江夏太守黃氏峭山公的遺訓：「年深外境猶吾境，日久他鄉即故鄉……」，遙想期望的，是平等又能受人尊重的生命！身為客家媳婦，客居北美寒帶三十餘年，更加深幾許魂遷夢縈的飄流愁思，童年家園的一情一景，皆時時在夢中召喚，外海歸去，愁緒要隔一重再一重，飄流的意義該有幾層？

我們和上一代，因戰禍流離，遷徙易地，祖籍彷彿對每個人都沒有太大的作用，當代各路的英才豪傑，都來投效歐美，這樣的經歷，影響我們一生至大。如何由斷鴻零雁、萬般皆不是的疏離、落空之感，轉化為主體性的實踐，學習信任和愛護他國的國族生靈，在尊重共存中生機無限，兼容並蓄地鑄練我們的思想觀點，啟發並延續中華文化，應成為我們的終極關懷。現實的複雜，令我們不可能盡享權利而不介入僑鄉，應克盡居留責任，不斷進步，加上以文化、文學作為精神支柱，相輔相成，雖遠離鄉土，故鄉的一切卻可潛移默化，繫在心上；我們選擇多用不夾外文的純粹華文寫作，就可見一斑。規劃和而不同的妥協，理性對話可參差對照。文學、文化竟毫無作用？另類文明竟生衝突？這樣的現象確實存在，且不易調和，人際分歧形成另類飄流。在萬里客途遠遊，又何需僵化封閉？更準確地說，實當記取：人人都是在大化之間，一同作客。何妨變通普適準則，促進和諧自在的心智。

全球化的通訊技術，已劃時代的一日千里，管道繁複，昏沉混亂中，新湧現的科技文明、息息相關的倫理意識，地方挑戰，無序失調，甚至茫昧薄弱。

瞬間的載體，不只是文字、音效，甚至是圖像和活動影像，訊息均能穿越空間，走在時間前端的，不僅是少數智者，似乎空間縮小而又擴大，從裏到外，世界上神秘隱藏的地方，似乎已經不多，時空旅行，幾乎不再有界限，天地已不再是過去的天地，各種不可思議的旅行方法，客居、寄寓，超越空間和時間，灑脫共此天涯海角，共敘於一席，不再是人間不可能的幻想。

告老不還鄉，葉落並不歸根，糾纏的情結並非始於當代今日，懂得飄流之道者，忙著飄流，抽不出時間來怨嘆。若非周全思量，則無益生命之平衡，天堂與地獄，有時只在一念之差。

今日的世界，與安土重遷的歷史時代迥然不同，據統計，華洋中外人口共有一億三千萬客居在祖國之外，每年還有三百萬上下持續遷移。飄流離散的意義在於，要具有客地與原鄉的先決認同，否則無鄉可懷、無鄉可思，毫無本土可言……變與常遙相呼應，又如何突顯飄流？我實無鄉，但也總秉持著「出生成長的土地為第一故鄉，居住半生的國度為第二故鄉」的信念。

據曾任耶魯東亞系主任的女性文學專家孫康宜等研究，上個世紀女權雖已在知識界高張，大眾女性尚未充分自覺，表現其主觀選擇與尊重。我觀察不少女性，有情又無力忘情，對命運的擺布，顯然難以強勁抵抗。從父、從夫、從子，飄流異鄉，犧牲女性意願，正是典型，與其隱隱矛盾壓抑，情緒進退失據，不如保持心情靜謐，人生到處都有智慧。廓清糾纏著的離散飄泊觀念，對無盡鄉愁，必須懂得割捨，真正探源尋根難遣念憶的重心，尋不得在故夢中虛構的烏何有之鄉，那又如何？

原哥倫比亞大學東亞系主任、現任哈佛大學講座教授王德威說：「女性的原鄉，該不該存在於男性所構築的鄉土想像之間？」好一個男性提醒！我們應自根深蒂固的源頭觀念中解放，人生本如寄，微不足道，我們同此寰宇皆為客。

何不像後殖民論述專家、清華廖炳惠授所說，師法猶太人、非裔，以全球的飄流為動力，蓬勃發展出上乘的旅行文學、飄流文學，書寫心靈的故鄉。

但願瀟灑走天涯的寫作者在「經歷花果飄零的離散困境後，有心人憑藉一瓣心香，尋找創造靈根再植的生機」，以文化鄉愁、解構批評的話語或文字創作，不斷回歸，而被文化或其他機制所壓抑的渴望，包括平等、自由、尊嚴等，也得以圓成和昇華。

本文原刊載於二〇〇四年五月六日《僑報》副刊
二〇〇八年改寫於哈佛大學

張鳳簡介

張鳳，祖籍浙江。師大歷史學士及密西根州立大學歷史碩士。哈佛中國文化工作坊、哈佛中國文化研討會、劍橋新語聯絡人。任職於哈佛燕京圖書館編目組，並愛好研究哈佛近百年的文化、文學思想史。為華文作協紐英倫分會創會會長，現任理事長，曾任海外華人女作家協會審核委員等，主持、組織百場文學、文化會議，持續應邀往各作協及社科院、北大、復旦、清華、北師大、華東、瀋陽、廣西師大、南京、浙大、臺大、師大、政大、交大、東海、元智、暨南、嶺南、浸會、香港中文等大學演講。曾任「藝文小集」召集、《女性人》雜誌編委，入選陝西人民出版社《域外著名華文女作家散文選集》（北美僅十本）、大象出版社《世界華人學者散文大系》。現為《僑報周刊》之文學副刊寫專欄。

著作：《哈佛心影錄》（臺北：麥田出版社）、《哈佛哈佛》（臺北：九歌出版社）、《域外著名華文女作家散文自選集：哈佛采微》（陝西：人民出版社）、《哈佛心影錄》（上海：文藝出版社）、《哈佛緣》（廣西：師範大學出版社）、《一頭栽進哈佛》（臺北：九歌出版社）。

能不憶巴黎

伊犁

記得初到巴黎時已是十一月底，從溫暖而綠油油的香港，一下子掉進一個沒有顏色的世界，我好像在夢裏，樹枝都是光禿禿、黑乎乎的，街道上的行人都從口中冒出白煙，而巴黎的房子都很老舊，灰濛濛、矮墩墩的，市內連一座新式的高樓大廈都沒有。抵達後不久居然還看到下雪，雪花似有若無的飄著，我原以為是空中的塵，等到它們急急忙忙地往下倒時，我才如夢初醒，興奮地又喊又叫，舉手想要接住片片雪花……啊，巴黎！三十多年前我中學畢業後，命運之手把我送到巴黎，對一個十八歲的少女來說，從香港到巴黎是文化上的一大衝擊，我既不會法文，也不了解歐洲歷史，我那時也沒有選擇的權利，只能跟著父母去巴黎求生。一些同鄉前輩比我們早起步，他們先去巴黎找到了出路。當時香港正發生暴動，人心惶惶，生斗市民謀生越漸困難，社會環境讓人擔憂，很多人都想離開香港。一位父親的同鄉好友白叔叔鼓勵我們到巴黎去，於是父親照著他的指示去做：至法國領事館申請了旅遊簽證，並事前預備好兩瓶名酒去找某某人，他會對我們特別通融……我們全家因此輕易地取得了入境許可；加上聽說只要進得去就有辦法辦居留，我們就這樣糊里糊塗地去了巴黎。當年飛機票很貴，我們又有很多行李，父親先去，我與母親坐法國遊輪在海上走了三十八天，經過太平洋、印度洋、大西洋、地中海，到達法國南方的海港馬賽，因為蘇伊士運河封了，船必須繞過好望角，讓我看見了幾座很美的非洲城市。只記得路程好長好長，海上的風光變幻無窮，每日欣賞日出日落、月升月隱，倒是令我念念不忘的青春之旅。如今聽說很多溫州老鄉偷渡到巴黎時也要走很長的路，他們的心態跟我們一定很相似吧，大家所追求的，不就是更好的生活而已嗎？他們到達目的地之後會後悔嗎？後悔了又是否回得去？大部分人還是默默地留下了，回去代表夢碎、軟弱、失敗、放棄，聽說在巴黎的街頭長年有很多不快樂的異鄉客，他們無家可歸、流離失所……

同鄉人說，巴黎之所以好，不是因為它美麗的風景或者浪漫的藝術氣氛，而是有工作或賺錢的管道，白叔叔和他的兄弟以中國出口的工藝品，如刺繡或象牙雕刻等做買賣，賺了錢以後需要更多貨，便想方設法找人託帶，可以減少關稅，我們一家人的旅費都是靠著幫他帶貨而解決的。另一些同鄉從事製作小皮包的工作，他們去大皮包工廠把剩餘的零頭以低價買進，再照圖割成小皮包的樣式，雇工人來車縫並上夾子，以便宜的價格賣給批發商。我們剛到巴黎時，住在一位表叔家，他家開皮包工廠，母親便立刻學著上皮包夾子，只要有一個小鐵墩與鐵槌，把皮的邊緣塞進夾縫裏，然後用槌子固定即可，工錢論件計算，有人一天可以賺一百多法郎，這對一些不懂法文又沒有一技之長的婦女來說，是很好的收入；表嬸在趕工時可以不顧孩子、不燒飯、不梳洗，他們在巴黎才幾年的時間就買了房子。我早上到語言學校上課，下午學習車皮包，每月可以賺到五百法郎零用。當時開飯店的華人還不多，因為需要資本，而且在法國只有法籍人士才可以當老闆，父親在一家越南人開的中國飯店內當廚師，我們一家似乎很快就解決生計的問題，只是等待著更好的生活到來，期望有一天能住自己買的房子或開一家小飯館。

我三十年來最想見面的朋友S已做了產業稅務律師，我們很久沒有聯絡，最近才聽說她的畫家丈夫不幸在五年前因酗酒過度而去世。我記得她有一頭黑油油的長髮，她喜歡穿淨色上衣、繫彩色圍巾，在風吹之下長髮與圍巾互相輝映，迷人的雙眼常散發出夢幻般的情思，豐滿的嘴唇性感而甜美，笑時露出整齊的貝齒，引起不少異性的好感，我記得當年那畫家只是其中一位。她比我早半年到巴黎，因為同齡又是同鄉，我們便常常見面，她喜歡聊天，我則是個悶鍋子，跟她待在一起是我最大的盼望；我們交換心靈感受，認為絕對不能在皮包工廠或餐館裏埋葬青春，可是升學無門，經濟條件不好，我們又不甘向現實低頭，在困境中我們替對方描繪了美景，希望有貴人相助……結果由於她認識教會裏一位英國來的護士，把我介紹到英國去讀護理，而她也在一位教會元老的幫助下進入高中重修兩年，後來考進大學法律系就讀。

我們相約在三區的老街碰面，我的心如奔馳的野馬，迫不及待想見她，想知道她究竟變成什麼模樣，我們若在街上遇見會認得對方嗎？這麼多年來沒有聯絡，會不會有隔膜？我遠遠看到一個東方女性走來，高挑的個子，身材因為歲月增長而稍稍豐滿了些，染了棕色的短髮顯得清爽，是她，巴黎將她薰陶成一位有教養又充滿韻味的中年女子，她穿的休閒服得體大方，腳步不疾不除，我們相互微笑，同時張開雙臂擁抱對方，三十年的距離一下子消失在兩人互許的眼神當中。

三十年後我又來了，巴黎似乎沒有改變，它仍然迷人、浪漫，名勝古蹟令人興奮，路上的觀光客有增無減，S帶著我，走過古色古香的市政廳，在莊嚴的聖母院前拍照，拉丁區風景依舊，當年我們最愛坐在路旁的咖啡館，嘗試又濃又苦的卡布奇諾，塞納河畔風光如昔，但似乎多了不少遊船……我曾在此留戀徘徊，走過一道道的橋，饑渴地吸收它的性靈……我們不得不去的盧森堡公園，曾是我們流連忘返的樂園，夏天最後的玫瑰芬芳誘人，噴水池旁的遊人紛紛留影，法國梧桐樹挺立如昔，我們在樹林內一個小小的長方型水池前方，看見一對相互擁抱的年輕戀人雕像，他們欣賞彼此柔滑優美的身體，渾然不覺天神正在他們頭頂虎視眈眈，這場景我彷彿似曾相識。啊，巴黎！它除了外表美麗，更有深厚的文化與歷史，豐富多彩的藝術滋養著它的靈魂，令它永遠青春不老……

其實我想和S一起分享過往生命的意願，比遊玩本身更來得強烈許多呢，我們的話題都在填補彼此多年來的空白，她當年進高中時抱著破釜沉舟的決心，竟讓她攻破語言難關，進入高等學府完成專業教育，她覺得除了用功以外，也有賴於她對宗教的虔誠信仰。目前她的律師事務繁忙，卻因是替自己打工，壓力可以自己控制。提起她不幸的婚姻，她斷斷續續的說，當初根本不知對方染上了酒癮，只覺得他人很好，一直幫她支付大學學費，讓她專心讀書，卻從來不求回報，她欣賞他的為人，但婚後他一直戒不了酒，反而越陷越深，最後甚至無法自拔。她並無意拋棄他，而是在他病重不能自理之際送他回老家，希望他的家人能幫助他，最後他仍不幸死於酒精中毒。這段掙扎、沉淪二十多年的婚姻，不知消磨了她多少元氣與精力，我同情她的際遇，也感嘆人生的變幻，以她的優越條件，找一位條件相當的對象不是難事，卻因為她的善良與厚道而與他結合；她說如今像是脫掉一件沉重的大衣，把精力用在事業上，加上她多年來經營的社交圈，深信能將未來的歲月掌握在自己的手中。

在人生的道路上我們已走了大半截，當年想做的事，有已實現的、有失落的、有仍在遠方的，而變的是人；我住在舅父家，年輕時身兼兩份工作的舅父因糖尿病、高血壓已停職多年，舅母這勤勞的婦人也退休了，那時候才出生不久的大表弟，如今已是兩個小男孩的父親……。經過多少花開花落，早已物事人非，聽說當初指點我們來此的白叔叔已經離世，他的太太過去長年有病，現在卻替兒子做起管家，獨生子繼承了他父親的古董店。三區也是我多年前住過的地區，印象中的百年老屋經過洗刷，居然比以前更加光鮮，只容一輛汽車駛過的石板路街道兩旁，都是溫州人開的雜貨店、飯店、小吃店、糕餅店、小禮品店等等，儼然一條溫州街的縮影。我這遠方來客所看到、聽到的如片片碎布，只好用想像力把失去的時光拼湊起來。回想自己當初曾經叛逆出走，也許反抗的，正是自己的命運，而S留下了，也闖出一片天地，不是有句話說：「路是人走出來的」嗎？

伊犁簡介

伊犁，本名潘秀媚，生於浙江溫州，少年移居香港，中學畢業後遠赴歐洲，在英國獲得護理及助產士文憑，一九七三年赴美，畢業於麻州大學英文系，現定居洛杉磯。從事中文寫作多年，作品發表於北美、海峽兩岸等地，題材廣泛，多反映美國社會各階層的生存狀況，尤其對華裔移民有深入的觀察與體念、對留學生的心態有細膩的描述，曾出版多部作品：短篇小說集《泥土》、《寶貝丈夫》、《十萬美金》，中短篇小說集《殺嬰》，中篇小說《紅地毯的陷阱》，中短篇小說、散文集《美金的代價》，散文集《愛上孤獨忘記寂寞》，最新小說集《等待綠卡》二〇〇七年由中國戲劇出版社出版。

瀟灑走「中途島」

卓以定

我常說，死亡可以成為人生最輝煌的經驗之一。在你的一生中，如果每一天都活得「正確」，你就沒有什麼好害怕的。這句話引自伊莉莎白・庫伯勒・羅斯生前唯一的自傳。伊莉莎白是一位著名的精神科醫生，也是國際知名的生死學大師，她多年前的名著《死亡與臨終》（On death and dying）細訴病人面對死亡的必經階段，正因她對生死有著瀟灑的心態，該書一直以來都是所有醫學院精神或心理學臨終關懷的經典教科書。重讀這本作者在臨死前所寫的書，並咀嚼她這句話，腦海中不自覺又想起自己二〇〇四年年初和死亡擦身而過的奇異經驗……

故事應由二〇〇三年秋天說起，外子和我有一對結識二十多年、相交甚深的好朋友，兩家決定在北京共度二〇〇四年新年。當然，最令我們感到欣慰的是，當時北京剛剛接下二〇〇八年的奧運，周圍的中國人動不動就歡呼：「一切為奧運啊！」，十分歡樂。家家都在臘月時抱著喜慶祥和的心情迎接新年，到處都是各種彩色的灶糖和春聯。沾上這股濃濃的過年喜氣，彷彿又回到了幼時。自北京順利飛到東京，在成田機場待了幾個小時，於是又買了些童年吃過的零嘴，塞在先生已裝滿（前夜在北京購置了乾糧）的背包裏；先生還說，他是為了我嘴饞才勉強答應的。我是個在飛機上很容易就入睡的人，上機不久便進入了夢鄉。正當我睡得香甜時，突然聽到機長的廣播。他第一句話就是：「很對不起，我有壞消息（bad news）要告訴大家。」我逐漸清醒過來。機長說，機艙燈號顯示引擎有漏油的問題，現在回東京或飛到夏威夷都得花上四、五個小時，目前最近的登陸地點是日本和美國中間的中途島（Midway）環礁。

他接著解釋：中途島原本是軍事基地，這些年來已成為一百四十萬隻候鳥信天翁（Albatross or so-called gooney bird）六個月的家（由秋天到來年的春天），島上僅有美國聯邦政府保護動物和魚類的工作署人員。因為島上有如此眾多的大鳥，白天是絕對無法登陸的。幸運的是，此時已是中途島的漆黑深夜了。

中途島的跑道較短，是專門給軍事或小型飛機設備使用的。由於我們乘坐的是波音七七七大飛機，可能降落時稍有困難，但機長有三十一年的飛行經驗，即使降落時會有點顛簸不適，他還是請大家放心，他一定會盡可能小心登陸的。他講完之後，馬上就有日籍服務員用日文翻譯了一遍。機艙突然安靜了下來。我去了洗手間，並到後面的空中小姐服務處要水喝，聽到他們正惶恐地討論著一架飛機有三百多人，要怎麼去找地方睡覺等等，想來他們應該也很少遇到這麼緊急的情況吧。

降落時，飛機真的來回轉了幾圈才下降，平安著陸，沒有絲毫顛簸，機長的駕駛技術的確高超，贏得了全機乘客的掌聲。接著機長又開始說話了，他說我們十分幸運，聯邦政府的工作人員大部分都回家去了（大概指夏威夷島），不過仍留下二十三位，他們替機上的乘客找到一架梯子，十分陡斜。他勸大家只帶機上的枕頭、毯子和一些必需品，其他貴重的東西就留下來，由他負責保管。

天色黑漆，我們就這樣一個個沿著陡梯（幾乎和地面垂直）慢慢地爬下飛機，島上的人員個個都是粗壯的熱心人（有些看似夏威夷原住民），邊扶邊拉的將所有乘客放進四輛五十年代的老巴士裏。一上路，就看到許許多多的黑白小點，仔細一看，原來那是成千上萬的信天翁，牠們正一動也不動地孵著蛋。我們全體不禁驚奇地歡呼了起來。

因為已是深夜，只知道巴士停在一個長久不用的大戲院前，大家拿著自備的枕頭、毯子，開始打起地鋪來，當地的工作人員也不停地將乾淨的舊毯子遞給我們。為了讓空氣流通，戲院的前後門都被打開。天氣很冷，溫度大約在華氏四、五十度左右。不久他們又準備了一些三明治，但是「僧多粥少」，一下子就被年輕的學生和帶著幼兒的父母搶個精光。我們自備的乾糧這時正好派上了用場！近三百位旅客身連身地擠在一起、睡在地上。外子很意外我馬上就睡著了，我告訴他，機長說最快也得明夜才會有飛機過來修理，還是要多休息，保全體力。外面的鳥叫聲（別忘了是百萬隻）、孩子的哭聲、眾人的鼾聲，一整夜都不曾停止，聲音之大，可能勝過幾架收音機吧，但一半以上的人卻安睡無慮，由此足見人類潛在的韌性和生存毅力。

第二天天微亮，外子就忍不住走出戶外，然後興奮地叫醒了我。哇！這真是一座非常美麗的小島，完全沒有汙染，只有一望無際的碧藍大海、蔚藍晴空和潔淨的雪白沙灘。不過草地是看不到的，因為所有的草地全是信天翁孵蛋的地方。牠們個頭很大，長得像大鵝，差不多是國王企鵝的大小，同樣也是黑白兩色。牠們可以活到五十歲左右。有半年的時間住在阿拉斯加或是加拿大、北極，秋冬時飛來中途島生育下一代，等到小鳥長大些，再一起飛回北方。

信天翁是一夫一妻制，孵蛋時夫妻常輪流孵。雖然信天翁的數量這麼多，每年回來時牠們還是會飛回過去孵蛋的地方繼續孵。牠們會自己在草地上做窩，好讓自己能有蹲坐之處。每對夫妻之間都維持差不多手臂長的距離孵蛋。牠們有時會站起來，兩、三隻鳥一起舞動唱叫，以表示好感，除此之外，很少彼此爭鬥。毛色除白毛透黑的之外，也有全黑的。聽說島上有四種不同品種的信天翁呢！我們每個人都很珍惜這個難得的機會，目不轉睛地盯著牠們看。有些人太過熱情，想走近接觸。牠們偶爾會露出要咬人的舉動，狀似可愛，但因著他們的體型，也很有嚇阻的作用。別忘了，這是他們的島嶼，而不是我們的家。

我們的總機長 Mr. Wilson 除了兩、三小時的休息之外，一直主動和我們聯繫，告訴我們現在和其他飛機聯絡的情形。他說這也是他首次遇到這樣的經驗。我們睡覺的戲院開始放起了電影。第一部是在旁邊的圖書館放映的，片名叫《二次世界大戰中途島戰役》。中途島早在一八六七年就是美國的領土，早期是美軍軍機的加油站。這座島嶼是太平洋中一個環狀的珊瑚島，距美國夏威夷群島不到一千英哩，距東京約兩千五百英哩，當時具有相當重要的軍事地位。一九四一年，美國海軍在珍珠港受到重挫，中途島就成為重要的航空基地。一九四二年五月，日本山本五十六將軍集中軍力進攻中途島，準備把美國珍珠港殘存的太平洋艦隊一舉殲滅，美軍得到情報，事先破解日本海軍密碼，對日軍的行徑早已瞭若指掌。美國海軍上將尼米滋以戰機對日軍各航空母艦進行連續攻擊，成功地炸沉日本十七艘軍艦、二百七十五架飛機和近五千名日本軍人。美國在此戰役中損失了兩艘大軍艦和三百多名士兵，但這是日本海軍三百五十個年頭以來首次嘗到的大敗仗，也從此奠定了美國二次大戰最後勝利的基礎。在中途島觀賞這部影片，別有一番滋味，實在很難在五十年後，將此世外桃源想像成當年的殺戮戰場。

之後又接連放了三部影片，如：《Charlie Angel》、《Saving Nemo》等等。到了黑夜，果然如機長所言，來自夏威夷的機械專家，和我們機內原有的機械師，全力搶修漏油的引擎，順利地修理成功。只是因為沒有液壓設備的加油器替飛機添加油料，於是加了三個多小時的油。經過測試，確認引擎已完全正常運轉。再次登機，大家都依著次序，默默入座。三百多位旅客，靜靜地聽著已變為朋友的駕駛總機長的廣播，他說他認為飛機的問題已經解決，飛上去的跑道雖短，但他能讓飛機降落，也就能讓飛機起飛。

我們在中途島停留二十六個小時之後，班機重新飛返休士頓。下機前，Mr. Wilson 幽了大家一默，說下面有一大堆記者在等著我們，他輕鬆地笑著說：「你們大可告訴他們，你們乘著七七七飛機到中途島玩了一天，還看到那麼多可愛的信天翁。因為那裏並不對外開放，他們想去還不能去呢！你們保證是全球的第一批旅客！」他還請大家在一張單子上填寫在中途島所花費的飯錢，大陸空航日後必定會將錢退還給我們。

一走出來，就看到兩旁站滿大陸空航的高級主管，約有三、四十位西裝革履的人，微笑的鞠著躬，向每位下機的旅客道歉，除發派食物和飲料外，並有專人引路換機和通過美國海關。我們就這樣被當成國家級貴賓似的禮遇。事後回想，才覺察到自己經歷了一次生死一線之隔的險境。如果飛機的總機長 Mr. Wilson 冒險不修，後果將不堪設想，而飛機的問題若是發生在白日，就無法降落在中途島，結果又當如何？如果機長沒有足夠的飛行經驗，不會在短跑道起降，該怎麼辦？如果，如果，……總之，我們真的太幸運、太幸運了。

不喜探險的人，居然就在這樣因緣際會的巧合下，去過中途島這個早已不收旅客的地方，而且還和在地球上其他地方都已罕見的可愛信天翁生活了一天，迄今牠們的咯咕叫聲猶在耳邊。這個因緣實在是太奇妙了。難怪所有的宗教，或是古今大德都一再地教導我們必須勇於面對人生所有的千變萬化。Whatever happened must have a reason for it.

這次的中途島之旅，也讓我更深刻體驗到人性的光明面。在那機上的人們真是生命的共同體，三百多人不論族群、老幼、貴賤，也不管是頭等艙或是經濟艙的旅客，大家都得同舟共濟，同心協力地生活在一起。也因為有彼此，才能減少在孤島上所遭受的困難和畏懼。而這，不也一再地發生在許多國家和社會裏嗎？如臺灣的九二一地震和美國的九一一事件……或是任何角落的天災人禍中，都有人間溫情。

伊莉莎白．庫伯勒．羅斯在寫《天使走過人間》這本書的過程中，經歷了數次的中風，完全喪失獨立生活的能力。自知就要不起，瀕臨死亡邊緣，才寫下此書。但她在書中仍然一再鼓勵讀者說：「死亡其實是件神奇美妙的經驗……由這過程學習到忍耐和順從。……時機一到，我就脫離肉身，像一隻脫繭而出的蝴蝶。……人生的唯一目標是成長，人生絕對沒有巧合的事。……」她並說：「既然無法迴避，只好坦然面對。」

很感謝能有這次的奇異中途島之旅的經驗，令我真正體會到生命的無常和因緣的不可思議。每個人都可能隨時會面對意想不到的事，包括死亡在內。希望我能像伊莉莎白一般，對未來意想不到的暗潮洶湧能勇敢面對，並欣然接受。我如今更能體會在世上活著的每一刻、每一天是如何珍貴和美妙！It is a wonderful life, indeed!

註：六十年代，因為中途島上有奇鳥，曾開放觀光，不料，每年都有超過三百起大鳥捲進飛機的不幸事件發生，使得美國政府決定不再將中途島開放給觀光客遊覽，也才有飛機不准在白日飛來的規定。

卓以定簡介

卓以定，臺大植物系畢業，赴美攻讀心理諮詢，先後獲得維蒙特大學（心理）、加州大學（生化）兩個碩士學位及德州大學博士學位。目前在德州休士頓開設私人診所，從事心理諮詢多年。長年為北美的《世界周刊》「診療所的春天」的專欄執筆。著作有：《離婚？不離婚？》（遠流）、《牽手經營婚內情》（遠流）、《新世代優質父母手冊》（遠流和天津教育各別出版）、《其實你不懂我的心》（皇冠）、《養老在海外》（世界）等書。獲海外佳著獎狀。二〇〇七年出版的新書《三明治中年俱樂部》（遠流），九月在臺灣的《中國時報》「浮世繪」入選為好書精選，書中插圖也是她的水彩近作。她深信創作、寫作和繪畫有相輔相成的關係，就像任何人際關係一樣，只要找到雙方的共同點，便可達到和諧美好的境界。

第二篇

海外性情人生

減肥專家

吳玲瑤

莉莎這洋妞，是和我在減肥路上互相切磋的難姐難妹，我挺喜歡她樂觀及對什麼都有興趣的個性。每一次坊間推出各種減肥新理論，她都興致勃勃，有意一試，而且實行得很認真，稍具成果，就像個傳教士般地與我分享心得，繪生繪影地說這次是「真」的有效。過重也一直是我的煩惱，「天天只喝檸檬水，嬌軀還是日日肥，時時嚷著要減肥，廣告看了一大堆」，於是就跟著她亦步亦趨，實行新法，互相砥礪，相濡以沫，直到某天發生許多不巧的事，減肥計劃才「壽終正寢」，但莉莎仍鍥而不捨，有著屢敗屢戰的精神，不出兩星期，她一定會來找我，因為她又發現了一套新的減肥方式。

我們活到如今這個歲數，前後減去六百九十七磅的體重，不過回來的總是比減去的多上幾磅，真是「天增歲月人增壽，春滿乾坤肉滿門」！書架上琳瑯滿目，全都是暢銷減肥書，但仍然「苟日胖，日日胖，又日胖」，從莉莎與我身上能約略看出近二十年來一部小小的「減肥運動史」，而我們也可以被稱為「職業減肥專家」了。減肥只要「營養你的心、苗條你的身、管住你的嘴、邁開你的腿」，說得容易，但吃東西的時候總是忘了「物質不滅定律」，據說，「食物之於現代的女人，正如性之於五十年代的女人一般，是一種禁忌的快樂。」隨手從書架上拿下一本書，往日一起努力的情景又浮現腦海，在實行「慢跑減肥法」時，鄰居們每天早上拉開窗簾，第一個看到的就是莉莎的毛毛腿與我並肩而行，晚上關門前看到的，也是我們的雙腿。

起早摸黑，風雨無阻，我們意志堅決得猶如敢死隊，不管汗從額上流下，不管呼吸有多急促，臉上的表情有多痛苦，就是一味地向前邁進。直到有一天我的腳踝扭傷、莉莎踩到狗屎，我們繼續減肥的意願才被無情地打破。而每次在舊減肥法剛停止，新計劃還沒有開始的期間，我常有新領悟，那天突然覺得：雖然發現自己變瘦是件開心的事，但更開心的事，應該是於此時親自下廚，請莉莎吃一頓紅燒肉大餐，這道她很喜愛的中式菜點。這樣一來，我們「拋頭顱、灑熱血」地晨跑所消耗的卡路里，就連本帶利地還回身上，一磅磅的五花肉爬上了身，死心塌地不肯走，只好自我安慰說：「吃吧吃吧不是罪，再胖的人也有吃東西的權利。瘦身背後是憔悴，你的真愛不會在乎你的腰圍。」

在驚覺事態嚴重時，莉莎又發現了另一種「大蒜減肥法」。這種方法使我失去了三周時間，以及七個朋友。每天吃大蒜，並沒有讓我們瘦下去，只是為了讓人們從較遠的距離來看我們的身材，如此便能顯得瘦削一些。那時我們認真地考慮實行書上所教的小智囊，說什麼最好搬到大峽谷去住，因為寬大的背景，會使我們發胖的身材看起來瘦些，而每次遇見人時都要踮起腳尖，因為變高時看起來也比較瘦，書中更提及如果有可能需要見客時，就跳進游泳池，別人會以為水波扭曲了我們的身材，而非我們真長成那個樣子。

當朋友對我們滿口的大蒜味都掩鼻而過時，莉莎決定換另一種「集體治療法」，把胖哥胖妹們組織起來，互相監視。每星期聚會一次，承認自己如何偷吃的經驗，藉助群眾的力量，大伙一起反省、檢討、指責，把體重增加者的自尊踩在地上，像上小學時被老師體罰那樣，當眾學青蛙跳，或者像上成功嶺受訓一般，拿起一個大饅頭說：「我不該吃這個最大的！」如此周而復始地折磨自己。

「革命尚未成功，同志尚需努力」走在減肥路上的姊妹淘互相打氣，每位來參加的人各有各的故事，一位胖美眉說她坐公車時，司機說客滿了，不能再上，但她一下車，司機馬上改口：「還有三個人的空位。」還有一位胖美眉站在街頭投幣式的磅秤上，磅秤竟然顯示：「一次只能站一個人。」這種種尷尬讓人想要馬上減肥，但也心有未甘，要抗議這社會對「體積稍大」的人的不公平待遇和歧視心理。

那時每次聚會前量體重，是大伙最緊張的時刻，一周下來，誰的體重增加，誰就是下一刻被「清算鬥爭」的對象。於是大伙兒錙銖必爭，在上磅秤前做了不少功夫，諸如脫衣服、剪手指甲、修頭髮、刮鬍子、掏耳朵、刷牙、挖鼻孔……每個人站上去都戰戰兢兢，希望比上一次少幾盎斯。莉莎甚至想出一個自以為是的理論：要腦袋空空，什麼都不想地踏上磅秤，千萬不要因為心有旁騖而增加了磅秤上的指數。

參加這種「集體治療」，不只壓力大，效果也差強人意。很不願意見到某些人性的弱點，平時道貌岸然、很有德行修養的人，在減肥時竟然撒謊瞞騙、投機取巧，無所不用其極，直到有一天那位連續三周被「清算」的胖姐踩上了磅秤，在發現自己一星期又增加了六磅之後，發了狠，往秤上一踹，再震它三震，指針一晃再晃，竟然歸零，磅秤就這樣壞了！我們的聚會從此無疾而終。

莉莎說，某次她遇到一位英俊的男士緊跟著她，讓她以為有了奇遇：「有什麼我可以幫忙的嗎？」男士很禮貌的說：「我喜歡走有樹蔭的地方，您的影子範圍較大些，好遮陽，謝謝您。」使她大受刺激，那一陣子史迪曼醫生的「喝水減肥法」很流行，據說一天喝上八大杯水，能沖淡食慾，保有健康。莉莎和我一起實行，她因此瘦了三磅，我卻多了十二加侖，水無孔不入地進入我的身體，到處都是溼搭搭的感覺，我一度懷疑也許這種喝水法對駱駝比較適合。因為不停喝水，每天晚上得起床五次，小時候尿床的惡夢又開始干擾著我。

莉莎還算夠朋友，看我實行喝水減肥法失敗之後，她自己也願意放棄，說可以吞減肥丸。對於減肥丸這玩意，我下意識地把它們視同安眠藥，就算不是馬上自殺，至少也有點慢性自殺的傾向，因為聽過太多關於它的副作用。吃了四天之後，這小藥丸果然起了作用，莉莎的先生減去了十二磅，但服藥後讓他變得煩躁不安、易發脾氣，沒有人有辦法與這種人同住。再者，極端抑制食慾會使人想咬手指，但莉莎想咬的，卻是她先生的！最後竟應驗了莉莎最害怕的情景——「肥婆瘦先生」，只好趕快喊停。

因為屢戰屢敗，莉莎覺得我們有必要從基礎理論學起，探討到底什麼才是造成我們肥胖的原因。難道是卡路里「出不敷入」嗎？那為什麼還是有人怎麼吃都不胖？有人卻什麼都沒有吃，只喝水、呼吸，就像進補一樣，不斷增胖？也許胖不是我們的錯，而是遺傳因素作祟，一生下來就有比別人多的「肥胖細胞」使然，亦或是新陳代謝快慢的問題？為了解答心中這一大堆疑惑，我們一起去加州大學選修了這方面的課程。

教這門課的老師教法十分靈活，從盤古開天說起，他認為節食不是二十世紀的專利，而是人類老祖宗亞當、夏娃時代就有了。亞當那時的節食食譜中不能吃蘋果。又說在遠古時代的中國最先發明了束腹節食法，羅馬時期又有凱撒沙拉的發明，教材非常豐富。課堂口頭討論時，老師要大家分享對未來變瘦的期望，也分享他烘焙的巧克力蛋糕，他還陪我們玩一種叫俄羅斯輪盤的遊戲，六個杯子輪流轉，其中五杯是白水，一杯是乳霜冰淇淋，我的運氣實在太好，每次都拿到那有六百卡路里的冰淇淋。同學們熱烈地舉手討論：「掉磅時，肉到哪兒去了？增磅時，肉又從哪兒來？」原來這個問題，和我至今仍弄不清的「人從哪兒來？往哪兒去？」一樣複雜！

各路英雄好漢各有不同的看法，聽得我更迷糊。只記得鄰座那個巴基斯坦人有種怪論，他懷疑我們減肥時，肉是被蒸發掉，跑到大氣中的某個地方去了，說什麼酸雨也許和這些蒸發掉的肥肉有關，而他一直擔心現在全世界這麼多人，每個人都在減肥，減這麼多磅，會不會哪一天把太陽都給擋住？亦或是這些肥胖暫時藏在某一個秘密的地方，等到某年某月某日突然跳到某人身上，那時就會開始變胖；他說他最近什麼都沒吃，卻一直胖，後來才發現是隔壁太太在減肥，胖蒸氣全跳到他身上來了。我順著他的理論想，卻怎麼想也想不通，也不記得老師是怎樣糾正他的。下課鈴響了，他還在和老師辯論不休。

後來我因為回臺灣，這堂課也就不了了之，莉莎倒是全程修完了這門課，還交了學期報告〈如何以蟻為師？〉——因為從來沒有見過一隻胖螞蟻，我們必須從牠們的行為中觀察出一個結論，為什麼螞蟻能夠天天搬食物，吃甜食而不變胖？不知她把肥胖的原因研究清楚了沒？

有一段時間莉莎又有所領悟，認為節食最需要的是毅力和節制，去參加了靜坐訓練，以及不斷磨練耐力的課程：指導員半夜打電話到學生家，接通後只說幾個字：「香噴噴的炸薯條！」就掛上電話，用此種方法來考驗學生是否會從床上爬起來找東西吃，而家中也得隨時開放給指導員檢查，看看冰箱內有沒有放不該放的東西，例如蛋糕、冰淇淋之類的食物，有的話，一律沒收。上課時還故意在教室中央放一隻正在烘烤的脆雞，讓學生不斷嚥口水，但就是不能吃。再則用謾罵的方法對付學員，一一指出你何時不該吃什麼，何時吃了什麼，真該死，在這種完全不給自尊的情況下，有的學生像是什麼都豁出去似的，不管三七二十一，又吃了起來，效果大打折扣。

此時莉莎又決定去訂購減肥公司的食物，吃他們特定的纖維蔬菜及維他命丸，而不吃飯。但問題是，吃完這些特定食物，像是沒吃一樣，說是營養夠了，而口慾上卻未能獲得滿足，於是吃了一整包後又吃一般食物，弄得營養過剩，於是再換了一家公司，這家公司每餐提供一個罐頭，就算餓個半死，也只能吃罐頭裏的食物，擺好刀叉，打開罐頭，裏頭卻是空的，表示這一餐什麼也不能吃。

後來我搬家，再見到莉莎時，她瘦到把我嚇一跳，原來五呎三吋，重一百四十九磅的身材，一下子只剩九十八磅，這種前所未有的成果，令我十分嫉妒又羨慕。她說我走了之後，她又嘗試了「碳水化合物節食法」、「蛋白質減肥法」、「針灸氣功法」，都沒有什麼明顯的效果，直到有一天，她發現了適合自己的減肥法，這種減肥法不必算卡路里，不必把某種食物排除在外，不必規定一天只能吃幾次東西，不必慢跑，不必跳有氧舞蹈，怎麼可能有這種好到令人無法置信的事呢？她還說，也許可以考慮寫一本書，加入這些暢銷減肥書的行列。

不知是我不習慣她消瘦的模樣，還是她不若以往樂觀愛笑，當她娓娓道來她所謂的「傷心減肥法」時，我聽了有些不忍。這一切起因於某天她發現遲歸的先生有了外遇，心都碎了，胃糾結在一起，什麼東西都吃不下，就這麼一路瘦下去。也許因為太傷心，她好久沒有站上磅秤量體重，也沒有照鏡子，直到有天在百貨公司遇見一位她多年不見的老朋友，那位朋友見到她時大叫：「莉莎，妳看起來真好！最近開心吧？」

「不，糟透了，我先生他……」話還沒講完，眼淚已經先掉了下來。

「我才不管妳先生勒，我是說，妳怎麼有辦法把自己弄得這麼瘦？我認識妳十幾年了，從來沒看你身材這麼玲瓏過！」

莉莎回家站上磅秤，才發現自己掉了五十磅。後來慢慢克服先生外遇的困擾，面對嶄新的未來，心情逐漸平靜，便又開始吃起來，沒多久，便又恢復以前必須尋求減肥的體重。

但最近經濟不景氣，她做了這麼多年的公司，竟然將她裁員，她一下子又跌入痛苦的深淵，不知道怎樣辦才好，體重再度掉到九十八磅。

由於這一連串的刺激，她悟出了「傷心痛苦減肥法」。

如今我擔心的是，如果莉莎真的把這本不必運動、不用節食的減肥法寫成書，一定會大大暢銷，那時她就名利雙收了。有了名、有了錢之後，她就不再傷心痛苦，體重是否會馬上回復呢？這是我最擔心的事！

吳玲瑤簡介

吳玲瑤，西洋文學碩士，著有《美國孩子中國娘》、《女人的幽默》、《比佛利傳奇》、《幽默酷小子》、《生活麻辣燙》等四十九本書。文筆以機智幽默見長，為海外最受歡迎的暢銷女作家，死忠讀者深入各階層，近年來在美洲各城市的演講，頻頻創下當地演講會出席人數最高、笑聲最多的紀錄。文章皆以海外中國人的生活感觸為主題，研究這一代海外留學生的歷史，其作品是不可或缺的資料。為北美作家協會創會者。以《化外集》一書獲海外華文著述首獎，《美國孩子中國娘》則登上美國中文書暢銷排行榜第一名，獲得中國文藝協會文藝獎章，作品曾獲教育部好書推薦，為北加州北一女校友會創會理事長、北加州華文作家協會第七屆會長，曾主持美國電視臺 KTSF 的節目「文化麻辣燙」，極受歡迎。

咬破那個繭

趙淑俠

佛家說：「眾生念念，不離男女」。換句話說，即人間的大多數煩惱，都離不開兩性情愛的範疇。

誠然，「窈窕淑女，君子好逑」，異性相吸本是人類延續生命的基礎，紅男綠女到了相當年齡，無論在心理或生理上，皆會很自然的對異性發生興趣。但是否都像童話電影結尾的那句話：從此公主與王子過著幸福快樂的日子？情形顯然不那麼簡單。

君子若求不到淑女，或者淑女求不到心儀的君子，固然令人頹喪悲哀，而就算得到了所中意的愛慕對象，後果是凶是吉，結局會如何，仍是一個大大的未知數。原因在於，人是變化的動物，周遭環境亦非如泰山般永固不移，世間的富貴窮通、恩怨仇讎，究其根源，鮮有不在人事和景物的變化移轉間產生，而其中最易變、多變的，乃屬男女之情。

一對熱戀的情人分手，左右的旁觀者都要問一聲為什麼，而這個答案往往是連當事人自己也答不出的。當初基於何種原因情生？如今又基於何種原因情滅？這是無法像買一雙鞋子或一件衣服那樣，能清楚地挑出這兒肥、那兒瘦，說出具體應取應捨的理由來的。能說出理由的，必不是純粹的情，一定攙了些不屬於情的其他成分。

因之一段美麗戀情的誕生，並不意味著必定天長地久，凡能生者皆能滅，是宇宙間的恆久現象。唯由情生到情滅，經過的往往是崎嶇難越的荊棘道，特別是愛情破滅後的蒼涼局面，常令平日表現得意志堅強的人亦無力面對。

如果我們一定要找出一個最能控制人的意志的字眼，我想那應是個「情」字。兩情相悅時天地充滿祥和，花嬌草豔，情人的笑靨溫柔和煦，賽過陽光與春風，連轟隆隆的雷雨聲也會化為悅耳的仙樂。情能改變一個人的人生觀，能開啟人的靈思和眼眸，對人性產生新的信心和評價。正因情的威力如此巨大，若一旦驟然消失，世界便整個改觀，洪水猛獸亦不足以形容其陰冷恐怖，留下的是難以抵禦的災荒。

一對真心相愛過的戀人會走上分手的道路，原因不外是情變、情移，或客觀現實的干擾等等。不論在那種情況下分手，至少有一方會受到傷害；其實也不乏兩敗俱傷。昔日信誓旦旦的情人，忽然變成老死不相往來的陌路人，特別是在單方面情變，另方面仍此情不渝的情形下分手的情侶，未變的一方所受到的衝擊和傷害，往往嚴重到使他（或她）從此一蹶不振，終身抑鬱，對人生失去信任。

頹唐愁苦、憂容難掩的失戀者常在我們周遭出現。愛人背叛了，世界不再地老天荒，一顆孤涼的心該往哪兒依靠？人在此時此境最易陷於「情困」，將自己囚禁在悲淒的回憶裏。綿綿未盡之情與忿恨不甘糾纏成亂麻一團，思想不分晝夜的繞著這個題目打轉，眼前一片昏黑，儼然面臨世界末日，看不出一點光明和希望。感情脆弱、心胸閉狹者，甚至會走上絕路，令關懷他的親人和朋友又痛又急，紛紛曉以「大義」，分析利害，勸其忘記這段痛苦的情，重新找回生活樂趣。

當然「情困」的發生並不全是因為失戀，很可能是因為其他說不清、道不明的原由，而那些來自四面八方的、自認旁觀者清的肺腑之言，更不見得能起什麼作用，很可能這些話是當事者早就知道、且對自己說過千百次的。

情的不可征服的頑固性在此顯現無遺。一個陷於情困的人，就像一隻失去原形的蠶，用自身吐出的絲做成密不透氣的繭，將自身牢牢囚住。囚在繭中的蛹，若無力咬破繭壁爬出，唯一的下場是窒息而死。陷於情困的人，若無足夠的智慧和力量解困，便只好在傷痛折磨中任由銷損。

為什麼情的威力如此巨大？為什麼情能成為掌握人生命的主宰？尤其是對於女性，古今中外，不知多少女性在情上表現出她們的堅貞，但更多的例子因情犧牲，或因情而沉淪，時至今日，「女人是情的動物」、「愛情是女人生活的全部」的說法仍甚囂塵上。放眼望去，為情憔悴、抑鬱，甚至束手待斃、被情所毀的例子數不勝數。女人比男人對情更痴、更信賴，是不容否認的，所謂痴心女子，遍觀古今中外，比比皆是。

時下很流行一種說法，即人在感情上要有能力自足，也就是說，要愛自己，供給自身所需要的愛，就算沒有異性的愛也不缺失什麼，譬如用閱讀、運動、旅行，或其他各種興趣來填滿生活，有沒有男女之情無所謂云云。

這種說法乍聽之下言之有理，但稍一分析，便知是毫不相干的兩回事，生活與愛情之間不能畫上等號。愛閱讀，愛旅遊觀光、欣賞名山秀水，或愛聽音樂、唱歌、打球、看電影……以及別的什麼有趣的喜好，都是人對事、對物的愛，是以動對靜，亦無激越與執著，和人對人的愛是截然迥異的兩種性質。

男女之情的構成，主要的因素在於互動。一見傾心如果僅是某一方面的情動，便只能稱為單戀。完整的戀愛必定是雙方互相吸引而情動，產生出一種和諧、雋美、至死不渝、綿綿不絕的感覺。兩情相悅的境界即是如此。但不管原來怎樣的情深款款，一旦對方撤出，這種互動就不再存在。失去互動對手的情，無論執著到何種程度，都變成了單方面個人的意念。

意念是無形且抽象的，何況已不可能再獲得所鍾情的對手回應，因此，那意念越是堅強頑固，就越造成本身的自苦自毀，無異用虛幻縹渺、與現實遠離的意念的絲縷，築成一個密不透風、漆黑一片的繭，將心靈囚錮其中。為失戀、單戀傷痛，形消影瘦而不能自拔的人，是繭中物。

「天涯何處無芳草」，是情場失意者常常咬牙切齒的自勉，也是周圍的親朋好友關心勸慰時常說的一句話。但我不太喜歡把這個美麗的句子用在情上，理由是覺得功利主義了一些，好像是說：「你不理我了，看我能不能找到更好的，難道以為非你不可嗎？」

事實上，如賈寶玉「任憑弱水三千，我只取一瓢飲」，情的本質往往就是「非你不可」，它不同於交異性朋友或找對象，也不等於夫妻關係。情的微妙絕美之處，就因是屬於靈性、純淨、浪漫，與現實條件、門第家世等等都搭不上邊的，極度理想化的一種感情。情到濃處的境界是：「問世間，情是何物？直教生死相許。」

生命是可貴的，生死是大事，這個等級的情，幸運的人一生中也許會發生一次，也可能終其一生都不曾發生過。縱觀世間大多數的蒼生，不過是在茫茫人海裏，尋找各類條件吻合，能夠相伴走過人生長路的「芳草」，仔細分析，是十分理性且實際的，不見得是純粹的情。

情可遇而不可求，亦無多少因果可尋，一種絕對發自精神深處的呼應，與得失利害全無關聯的交融，是兩顆懷著原始潔淨、未經世俗污染的心靈，用純情鑄造的超現實世界。這樣的境界無疑是極美的。電光火石，哪怕只是短短的接觸，亦足以照亮整個人生。

然則世事原本無常，人是活動的生命，凡是活動的東西都可能發生變化，所謂花無常好、月無常圓，越是精緻美麗的東西越是易碎。愛情是人間最精緻美麗的，其易變、易碎可想而知。由是當我們享受愛情的快樂時，便應看到那背面隱藏著的陰影，而要有隨時接受痛苦的坦然心理。

曾聽人比喻「情場如戰場」，言下之意乃擒拿收放之間需要使些心計和手段，以期獲勝。依我之見，情場絕不同於戰場，戰場上充滿了殘殺和鬥爭，雙方對立，而情是天地間最溫柔的情緒，雙方是和諧融洽、懷有奉獻的熱忱的，與戰場絕對扯不上關係。如果情場真需要戰場上的技倆的話，那個情裏究竟還存有多少真情，也就很值得懷疑了。而多情、用真情的一方，必是受傷的失敗者。

世人亦喜用「絲」來形容男女之情，「一縷情絲」、「慧劍斬情絲」、「兩情藕斷絲連」等等，都在說明著情的難清難斷，纏纏綿綿，不絕如縷。

情的確其韌如絲，而且那絲來自你本身，如果你用那長長的絲做成一個牢牢固固的繭，躲在裏面不出來，無論怎樣傷、怎樣痛，別人也無法解救。「情困」是禁錮心靈的繭，不破繭而出，便永無享受自由舒暢的機會。

情可柔軟如水，也可熾熱如火，水會流盪，火會熄滅，世界亦不侷限於繭裏那一小塊方圓。陷身情困的人，用智慧的力量，咬破堅硬的障壁，破繭而出，在廣闊的人生道路上重塑生命，才是自我解脫之道。

趙淑俠簡介

趙淑俠，曾任美術設計師，七十年代轉而從事專業寫作。旅居歐洲三十餘年後移居美國。著有長短篇小說及散文，共出版作品三十餘種。德語譯本小說有《夢痕》、《翡翠戎指》、《我們的歌》。一九八〇年獲臺灣文藝協會小說創作獎，一九九一年獲中山文藝小說創作獎，同年與歐洲文友共組歐洲華文作家協會，是為歐洲有華僑史以來，第一個全歐性的文學團體。曾任歐華作協會長及海外華文女作家協會會長。曾受聘為中國人民大學、浙江大學、華中師範大學、黑龍江大學、鄭州大學等院校的客座教授。大陸於一九八三年開始出版趙淑俠的作品。八十年代起有學者專門研究趙氏著作，專著有：吉林大學教授盧湘著《海外文星——瑞士藉華人著名女作家趙淑俠的路》，及汕頭大學海外華文文學研究所劉俊峰博士所著《趙淑俠的文學世界》。

凡雅大夫的婚紗

陳少聰

她從來不談她的過去，基於西方人觀念裏對隱私的尊重，我也從不向她問起。認識她時她已屆退休年齡，但仍留在心理診所裏作臨時顧問。病人都稱她為「凡雅醫生」。凡雅其實不是她的姓，是她的名字，這樣稱呼起來似乎比較輕鬆，不那麼正式、拘謹，也縮短了醫生與病人之間的距離。有關她的背景及私事，我都是從診所裏其他同事那裏零零星星聽到的，聽說她是帶有猶太血統的德國人，小時候在德國受過納粹的迫害，但不知受傷害到什麼程度，至少她和她母親是集中營的倖存者，後來都來到美國。因為她自己年輕時曾在柏林服裝界工作過，所以至今對漂亮的時裝仍興趣濃厚，穿著方面很講究。在美國念醫學院、開業行醫時已屆中年。別人說她結過兩次婚，都仳離了。曾有過一個兒子，不過二十歲時死了（後來才聽說是為了一個女子而自殺的）。關於自己的兒子，凡雅從未提過隻字片語，如果不是聽人說，我根本就不知道她曾有過一個兒子，由此可以想見這創傷帶給她的打擊是何等沉重。她唯一抱怨過的事是，幾年前在舊金山街上被歹徒莫名其妙的亂槍擊中，子彈始終留在背脊骨裏，拿不出來，不時隱隱作痛。

凡雅膝下還有個快三十歲的女兒妮娜。女兒住在海灣的另一頭，平常不太見得到面，對此凡雅多少有些怨言，但是絕大多數的時間她絕口不提，盡量保持她一貫沉默的隱忍風度。

她單獨一人住在一座華美的豪宅裏，客廳的玻璃落地長窗正對著金門大橋的海口，遠遠可以眺望到秀麗的朱紅色橋身。屋內的裝潢是古典歐式的，微微帶著巴洛克式的遺風，地板和樓梯上鋪的是一張張名貴的土耳其地毯，家裏的每個角落隨時都放著亮眼的鮮花。她的室內裝飾一如她的服飾，在高貴繁華裏帶著一絲過了時的氣息，彷彿偶爾驚鴻一瞥獨步街角的末代貴族身影。

她與診所裏的同事之間似乎隔閡很深，也許是她日耳曼人重理智、講邏輯的性格使然，加上她的德國口音講起話來硬梆梆的，讓她很難與美國人的輕鬆幽默取得和諧。可能因為我和她都是「外國人」的關係，儘管年齡懸殊，卻很快的成為忘年之交，這不能不說是緣分吧。

交往久了，我漸漸了解，凡雅雖然承受過深重的苦難，但是她的內在依然存在著一顆單純天真的心。看得出來，她對生命、對生活仍然懷著無限的憧憬與嚮往，也對現下生活的點點滴滴非常珍惜眷戀。她很懂得理財，很會投資，所以頗有資產，生活富裕。最大的消遣便是旅行，每年都要出遠門好幾次，中國、日本、尼泊爾、泰國等等，世界上幾乎沒有她足跡未至之地，歐洲則更不在話下。她還參加了社區裏自組的旅人小集，每月聚會分享個人的旅遊照片及錄影。有次她邀我同往，我發現凡雅拍下的影像和別人截然不同，別人的照片裏往往反映出異地人們生活的林林總總，雅俗並呈；而凡雅的照片中所展現的，則清一色是華麗、璀璨的景觀，讓我不禁想，凡雅的視角似乎有意無意地迴避著生活中晦暗紊雜的一面，好像凡是令人不悅與苦澀的東西，全都被她的鏡頭過濾、淘汰掉了一樣，剩下的盡是輝煌璀璨的畫面——泰國寺廟的金頂、日本藝妓的扇舞、陽光照耀下的德國新天鵝古堡、巴黎聖誕夜絢麗的燈火……我看不到菜市場上喧囂吆喝的小販和婦女，或者偏遠地方塗著泥巴的兒童的臉……

有天我終於向凡雅提出了我的質疑，她聽到我的話，一下子愣住了，低頭想了半晌，不得不承認自己的照片確實如此。她說自己以前從未覺察到這一點。我想，有時研究心理的人反而對自己的潛意識十分陌生哩。其實，她這種迴避性的心理也不難理解，誰不嚮往絢爛璀璨的人生風景？尤其是歷經過太多患難的人，生命裏那些不可承受的沉重負荷，有時不得不藉著耳目口鼻所感受的美感來慰唁撫恤。

我終於了解凡雅藉以滋養、慰藉心靈的妙藥是什麼了，難怪她的生活情調有似長年浸溺於嘉年華會幻象中的跡象，恨不得將節日的歡慶氣氛無限期延長。

然而，命運對凡雅委實太過嚴苛了，七十歲那年，那場北加州有名的大火燒掉了三千戶人家，凡雅的豪宅也在其中，一向堅強的她也終於忍不住啊泣了。她說這是多年來她所遭受到最大的一次打擊，這所美麗的豪宅是她半生心血的累積，也是她的精神莊園和安樂窩。多年之後，每當我開車經過她家那塊火燒後的荒地，依然還能看見殘留在原地的噴水池，旁邊那座維納斯雕像猶自孤伶伶地立著。凡雅始終沒把那塊地賣掉，由此可知她對這片家園的不捨與深情。

後來，凡雅的女兒妮娜在她母親殷切的期待下，終於找到了如意郎君，結了婚。為了女兒的婚禮，凡雅興奮不已，大忙特忙起來，但是女兒有她自己的主張，凡雅最終不得不放手，只有在女兒的婚紗設計上，她以專家級的手藝露了一手。那襲曳地的白緞婚紗的確晶瑩璀璨，從上到下綴滿了上千顆大大小小的細粒珍珠。婚禮過後，凡雅向女兒借回她的這襲婚紗，掛在自己臥房的牆角上，一早一晚在她睜眼、闔眼之際，那華彩四溢的光芒便在她的眉睫上閃爍流連起來。那襲婚紗始終掛在那裏，好像成了屋內陳設的一部分，我不確知這襲婚紗在凡雅心中所代表的全部意涵，但相信它一定象徵著很多東西：愛情、母愛，抑或夢想中輝煌璀璨的人生……

七十五歲以後，凡雅的健康急速衰退，除了患有嚴重的心臟衰竭症之外，背脊上的舊創復發，長年梗在背脊骨裏的子彈時時作怪，疼痛加劇。漸漸的，凡雅不得不放棄她的旅行嗜好，我想，如果有人願意為她推車，她會坐輪椅去旅遊的。她的生活越來越受侷限，連半小時車程的女兒家也不太能去了，而不知為什麼，女兒也很少來看望她。

我通常兩、三星期去探望一次凡雅，陪她喝下午茶，聊聊天。大火之後，她搬到一個較為普通的房子去住，屋裏的陳設簡單得多，但仍不失她一向的精緻考究。客廳裏多了扇黑漆嵌花的中國屏風，一套兩件式的雕花漆器櫥櫃，茶几上鋪著鏤空花樣的針織白紗桌巾。她穿得漂漂亮亮，總是好整以暇地端坐著，為我倒茶。精細的釉彩白瓷壺裏散發出濃郁的茶香。她好奇地詢問外面的世界有什麼新鮮的事，或者詢問我的寫作情況、旅行計劃等，卻很少說她自己，也很少抱怨她的一身疼痛與不適。我知道她一直有意指點我理財之道，但嘗試了幾次之後，見我在這方面實在是塊不可雕的朽木，最後終於放棄。

凡雅還愛談論哲理上的問題，常喜歡找題目來和我辯論，她是個十足的現實主義者，對一切玄學方面的想法都不屑一顧。她偏重理智的冷靜頭腦，恰恰與她在生活上的浪漫情懷彼此矛盾對立。凡雅始終是個徹底的無神論者，在這方面，我們兩人的看法很不一樣。我告訴她，我寧可相信有上帝存在，我覺得我們必須藉由祂的存在，才能肯定我們活著的意義；凡雅則認為，對人類的苦難視而不見或袖手旁觀的上帝，她可不需要，她說，或許祂根本就不存在。她的想法可能與小時候在納粹集中營的經歷有關，我沒資格與她爭辯。我自知比她幸運得多，我的人生觀及宇宙觀也就自然要比凡雅樂觀得多、浪漫得多。不過有一點，我們兩人在觀念上是完全吻合的——那就是有關「安樂死」的議題。那天見我同意她的看法，覺得安樂死應當受到法律肯定，凡雅的神情變得很興奮，我們都毫無疑問地認為，「安樂死」在不得已的情況下，是既理智又人道的想法、作法，法律早就應該通過這個議案了。我們都覺得那些在痛苦呻吟中被迫苟活的人，生不如死，失去做人的意義與尊嚴，實在太不人道了。

儘管如此，半年後的某天，當凡雅自殺的消息傳來時，我還是震驚不已，悲戚顫慄之情緊緊地、長久地圍困住我，愧疚和自責咬噬著我的內心，我總覺得自己身為朋友，做的實在不夠，我深深譴責自己，一再自問：為什麼沒有多給她些溫暖？為什麼讓她在寂寞絕望中離開了這個人世？

日子久了之後，我逐漸明白，其實凡雅的離去，與她一貫的生命基調是一致的。她始終忠於自己的理念，且永遠依理念行事。一般人乃至我自己，最初都認為她是「自殺」的，但細思之下，我改觀了，其實凡雅只不過是選擇「安樂死」，提前採用絕然的手段來結束自己苟延殘喘、了無生趣的生命罷了。我相信她一定考慮很久，最後才作了這個她認為是理智勇敢的抉擇。

當她的鄰居發現她時，她安祥地躺在自己的床上，顯然她在前夜服下了大量的安眠藥。她臨終觸目所及，想必是牆角垂掛的那襲華彩四溢、綴珠曳地的婚紗……

我一再提醒自己，死亡是人生必然的終局，死亡未必是悲劇，僅僅是人生過程的一部分而已。凡雅的人生坎坷異常，但也曾享有相當的繁華，她的離別是她理性考量後所選擇的閉幕式。畢竟她終其一生，是全力以赴且熱愛生命的，因此，她的「死」並不表示她否定了她的

「生」。在世上，她度過了七十九個寒暑，留下的財產大部分捐給慈善機構，小部分則留給了妮娜。

妮娜按她母親遺囑上的吩咐，不舉行任何正式的追悼會與葬禮，僅依母親列出的名單邀請了十幾位生前的朋友，在凡雅生前居住的屋子裏聚會午餐、飲香檳酒。

妮娜舉杯致意時，灑脫地對大家說：「媽媽現在正在雲端翻身微笑地看著我們呢，她已經解脫了。來，我們為她乾杯！」

我心裏原來一直對妮娜怏怏不滿，聽了她的話之後，豁然釋懷，原諒了她，也原諒了我自己。看來，妮娜畢竟還是了解她母親的。我舉起酒杯，對著窗外的藍天白雲，默默念道：「凡雅，好自為之，直到我們重逢之日到來」……

陳少聰簡介

陳少聰，出生於中國大陸，在臺灣長大。自東海大學外文系畢業後負笈美國。獲愛荷華大學英美文學碩士及華盛頓大學社會工作碩士學位。在美長期服務於臨床心理治療機構。現居美國加州灣區。創作文類包括散文、短篇小說、隨筆、遊記、評論等。在臺灣結集出版的著作有：《無槳之舟》、《女伶》、《航向愛琴海》、《有一道河從中間流過》、《甘地》、《柏格曼與第七封印》，在大陸出版的則有：《捕夢網》、《有一種候鳥》。作品曾獲中國時報文學獎、吳魯芹散文獎。

家

張慈

貓

我們家四口人、兩條狗、七尾魚和一隻貓搬到了這棟房子裏。這房子內部格局自由、寬大美麗、到處是光。貓總是睡在陽光照得到的地方。我們離自然近了，人也變得神氣起來。搬家是件大事，會有許多不適應，但生活中美好和諧或漫不經心的一面，在搬家後終於顯露出來。過去九年因為窗小的老房子形成的禁錮消失了。我從來沒有想過，我的生活會有這麼悅人的變化。

搬家時，我最擔心的是會失去小貓。我對貓的疑慮是因為牠曾經離開過我們，使我們在聖誕節走了幾十條街、貼了許多尋貓廣告。大人自責，孩子傷心，可是每個人都不明白為什麼牠會離開家。後來牠回來了，卻沒人明白牠是怎麼回來的。我們養了牠六年，牠從來不曾跟我們說過話，牠的感覺是我們無從知道的。

貓只戀家不戀人，養過貓的人都知道這個道理。貓來到新家後，會不會再次離去，並因為找不到新家的位置就再也回不來？結果，牠讓我刮目相看！牠天天躲在女兒的被窩裏，頂多悄悄地溜出來喝口水、上個廁所。這樣過了兩、三天後，牠開始下床來，在各個房間裏探探、轉轉，然後放鬆了，就到處睡覺，揀有光的地方倒下便呼呼而眠了！過去，牠每夜都要出門，六年中沒有幾夜是在家睡的，就連冬天也一樣！這隻貓是一隻獵貓，夜裏打獵，有時早上會在門口的墊子上放一隻老鼠，那是牠獻給主人的禮物！搬家後，牠兩星期不出門，這實在是讓人跌破眼鏡。孩子打開門讓牠出去，牠竟站著不走，要不就磨磨蹭蹭地出去，轉了一圈後很快就又回來。

變了，牠變了，變成了一隻戀家貓！以前牠只是回來吃吃喝喝，睡睡覺而已。現在牠不肯出去，使我們和牠之間的關係變得很親近。

這隻小貓是隻白貓，臉上有一對藍眼睛，名叫小夢。

牠此刻正蹲在窗戶旁。

天井

這是天井。十歲的霏霏正在玩泥巴。

門開了，由此即進入了天井（court yard）。經過植物們、花們、灌木叢們，及天井裏的兩張椅子、長形紅燈籠，就到第二道門了。天井，是我們選擇住房的最大原因。我從小生長在雲南，家裏就有天井。天井和門不一樣，是通天之道。孩子在天井裏玩人造泥、土泥，我不會管她們，反正是小孩，就要玩泥。我小時候玩的是真泥巴，在天井裏玩，在天井裏洗。

天井裏很安靜。

天井給我的啟示是什麼呢？就是……歲月是悠久的，人們的生活是重複的，只要你能從中找到樂趣，你就成功了！

通過天井，就到了正門。開門後有三個方向，左手邊通向三間睡房、兩間浴室，這種布局使我們的隱私與公眾活動分開，客人來了就往右手邊走；正面是鋪有地毯的起居室，早上是個陽光室，採光極好但裏頭沒人，晚上燈光照亮了每一個角落，變為家庭活動室。老大彈鋼琴，貓兒和狗兒是她的聽眾，鋼琴聲一響，牠們就啊、啊地叫著。玻璃牆外是星空下的室外遊泳池；右手邊通向廚房，廚房裏狗兒昂著頭，等著老二餵它吃乾燥的豬耳朵；廚房的窗外是天井，經過天井後，是門。門外，是夜裏靜謐溫和的大道、大道兩旁的房子與汽車、路燈及斑駁的樹影。

客廳

它是個舖著木質地板的大廳，有三扇門，通向車庫、側院和後院。大客廳可全家吃飯、可接訪客、可畫畫、可寫字、可打橋牌、可聽音樂，可做任何隨意的事。客廳裏只有兩張桌子，桌面的木板與地板的顏色相同，所以這兩樣家具，就像從地裏長出來的一樣自然。當這個客廳空蕩無人的時候，它帶給我創作的情緒。

這個大客廳有兩道大玻璃門，可看見狗在遊泳池邊臥著，還可見到池邊的三顆松樹……遠景是模糊的帕羅阿圖，及印象中的矽谷和加利福尼亞。

魚

魚剛被搬來時，在水中精神抖擻，勁頭十足地游東游西。但不到一個月的時間，養了多年的一、尼、米、尼、艾、尼、蒙這七尾魚，竟都陸續死去！丈夫發現的，就扔到垃圾桶裏；我發現的，就沖到馬桶裏，至於孩子呢，她們會把魚埋到土裏。

最後一條死魚，浮在水面上，側著身、瞪著大眼，我回房去拿東西來撈牠，結果牠卻不見了！是鳥吃了、天葬了？不管是天葬、土葬，還是水葬，我明白了一個道理：挪了水，魚死；挪了土，樹死；挪了家，人要經受魚死的心死；挪了國家，人要經過脫胎換骨的死而後生。

魚死，暴露出動物對搬家的不適應。牠們透過死亡來傳遞消息，提醒我們牠們的來歷，並讓我們回想平日與牠們相處的種種細節。

廚房

光從天井射進來，由西天照入廚房。我煮飯時可以看見外頭的情景，還可看見開門回家的丈夫。

廚房裏有一臺洗碗機，代替了我的雙手。

烤箱也很高，不用彎腰了。

廚房裏有很多櫃子，東西終於有地方放了。

有煮肉的砂鍋、熬湯的電鍋、炒菜鍋、火鍋，還有各式各樣的紐崔萊高壓鍋，我不會用；烤盤和烤盆也不少，我也不會用。我是中國人，只會用炒菜鍋，我已經用它給家人做了十三年的菜了！

廚房經常使我想到一個問題：我想去的地方太多，想認識的人太多，想做的事也太多了，為什麼我留在一個叫「家」的地方，跟這個叫克里斯的男人一起度過了十三年的時光？他是誰？我又為什麼要這麼做？

他像是一個永遠也甩不掉的男朋友，轉過來轉過去，身邊都還是他。我們曾是深切相愛的戀人，但那種感情早就消失了。他為什麼留在這個地方付帳單、開車、作苦力？我們家好吃的東西總先給女兒們吃，然後是媽媽吃，最後才輪到爸爸。那兩個小孩，她們又是誰？

有時我會想，他對妻子和孩子好，不是最基本的嗎？而我這個做母親的，撫養幼小的孩子們，亦是人之常情。但這些問題，為什麼會常常浮現？又為何有時會讓我感到情緒惡劣？

孩子

我本來有三個孩子。活者有二，死者有一。

大的孩子要出門，說了聲：「媽媽，我走了！」她和朋友們騎自行車走了。

小的孩子正好進門，說了聲：「媽咪，我回來啦！」

這就是我的生活。我有張愛玲從未體驗過、描寫過的一種情感——喜悅。

大孩子長得像東方人，含蓄上進、謙和開通是她的性格。七歲時過生日吹蠟燭，她的大眼睛望著蠟燭，一口氣吹滅，問她許了什麼願？她說：「我要世界和平」。她還是一個戀家懷舊的人，她積攢祖先的老照片，在桌上擺上碗筷和盤叉，請白種人和黃種人的祖宗一同回家吃飯！沒人教過她，她天生就具有這種情懷。她極富同情心，她的人生，像是修女特瑞莎生命的早期。她功課好，排球也打得好，吹黑管、彈鋼琴，這個孩子追求完美，個性好強。

老二是叛逆的、邪性的，但她永遠保有兒童的坦然和率真。她的穿衣風格跟流浪漢很像：寬又大，一層又一層地拖出來。她的眉毛擰著，用柔軟的手指彈鋼琴，用最甜美的聲音叫媽媽，可是她不照樂譜彈，也不怎麼聽我的話。再過幾年，我所認識的這小孩會成為怎樣的一個人？

臥室的窗景

早晨我醒來時，總是會看見窗外樹上的葉子；它們脈絡清晰，帶點笑意，使我頓時清醒。這些葉子不僅綠趣盎然，更像是翻閱自如的書頁。它們使我憶起聶魯達的詩歌：「一棵梨樹的葉子，有像《追憶似水年華》的頁面那麼多嗎？」光輝漸漸從高空灑落下來，透過樹枝和葉子變成朦朧的光線，我領悟到為什麼古人要在牆上鑿洞：「窗是以助戶明也！」（《衡論・別通》），門是通向自然之口，宣告一天的離去和到來；它也是人與自然的神交之口，當我閒暇時望著綠葉沉思，文學中的心窗就此打開，智慧也隨之而來，我知道自己會忠實地描繪自然。

我從垂掛紗幔、透滿光線的通道走過。光透在地毯上、牆上和我的腦門子上！在這棟到處是光的房子裏，貓睡在光裏，女兒們的腳趾頭也照在光裏；狗在光裏昂著頭，對樹上發著光的松鼠吼叫。

有光的家，為一個死氣沉沉的中年女人帶來蓬勃的生氣，使她的生活變得與過去不同。

丈夫

他衣冠楚楚地在星巴克與人喝著咖啡。如果他對面坐著的是《經濟月刊》上的封面人物，他們一定不是在談生意。那是他與他的病人。

他是一個心理醫生。矽谷的日子愈是不好過，他就愈忙。

若我的家是一列火車，我就是駕駛者，而丈夫是蒸氣機，女兒們坐在列車上觀望，狗、貓、魚則默默無語。

克里斯的中文名字叫陳永貴。他像農民一樣愛種地。他在花園裏刨土時，我總會想起聶魯達的另一首短詩：「還有什麼／比看到一列在大雨裏淋著的／停著的火車／更令人悲傷的呢？」——他耕種時總是一副「自我治療」的模樣，給我留下了悲傷的印象。

他是一個每天六點起床的人；餵貓、遛狗、看股市、洗澡、上班；下班後，他不愛說話，一邊喝酒，一邊給花草澆水。他喜歡聽孩子講學校和朋友的事。從孩子小時候換尿片，到帶著長大的女兒在上海城隍廟殺價買東西……他是一個實實在在的父親。

他是一個有心人。我們一起逛植物店時，我指著一種花說：「多好看啊！我最喜歡那種花！」從此，從房子後門到我書房的路上，他就暗自為我種滿了這種輕飄飄的波思菊（Cosmos）。

他是一個美國人，和我沒有共同的文化背景。他是一個脆弱的人，尤其在股市上不堪打擊。他最偉大的地方，就是他深愛著他的兩個孩子。

我

貓、狗、魚、孩子、丈夫、爸爸、天井、廚房、臥室、客廳、後院、游泳池，對我來說，都屬於文學現象；家本身，就是一種文學現象。

而我，也是一種文學現象。

我來到美國的目的之一，就是為自己找到一個家。這個家應該是什麼樣子，其實我一開始並不清楚，直到搬進了這個家，我才從想像中得到落實。

因為這種落實，我更清楚自己將來要去的那個永恆的地方，它應該是很和諧的，就像現在一樣，有食物和衣服，有水、有花、有樹、有寵物、有天使般的孩子、有愛過我的和我愛過的人、有天父，一位我活著時一直想見卻見不到的人。祂會朝我微笑，對我說：「歡迎你回家！」

張慈簡介

張慈，一九六二年生於雲南。母親是回族，父親則是漢族。混血和混教的成長經歷，成為她寫作的源泉。一九八三年畢業於雲南大學中文系漢語文學專業。一九八五年加入中國作家協會雲南分會，在「個舊文藝」編輯部從事編輯工作，兩年後辭職。一九八六年到一九八八年，流浪北京。一九八八年出國，短居俄勒岡州波特蘭市一年、夏威夷兩年，長居加利福尼亞州帕羅阿圖鎮十七年。主要作品有：長篇小說《浪跡美國》（美中文化公司，一九九六），報告文學集《美國女人》（河南：人民出版社，一九八八），譯作《遊戲哲學家——德希達悼文》、《中國先鋒繪畫：一九八五到一九九五》，紀錄片《流浪北京——最後的夢想者》、《四海為家》。二〇〇三年曾被邀請為美國西海岸傑拉西藝術基金會駐營作家。

假想敵 Mr. D

丹黎

我們公司做生意的對象遍布全美國，大部分的客戶都是只聞其聲，未見其影，以打電話、傳真的方式來進行交易。Mr. D 是少數的當地客戶之一，每次總是親自上門訂貨、提貨。初次見他，他開門見山的介紹自己：「我是 Mr. Drexler」，一位老派的紳士，高六呎餘，背微駝，頭髮銀白，鼻略鷹鉤，兩眼炯炯有神，聲音比人年輕，頭腦比聲音更年輕，談起生意來舌鋒凌厲，有時倚老賣老，有時裝聾做傻，每次他來公司，對我都是項挑戰。

說他精明嘛，他卻常常記不得貨品號碼，有時更說不清貨品名稱，「我去年十月訂過二百個的那種」，我只得在電腦檔案中尋尋覓覓，形容給他聽，他嗯嗯啊啊的，「就是這個了」，我有時氣不過，問他，「你為什麼不用電腦或秘書或簿記員替你建建檔案呢？」他總是輕描淡寫的說：「那你不就沒事幹了嗎？」

貨品找到後他便開始詢價，無論他要訂什麼，我報的價他都要殺價。我說：「我們是正正經經做生意的，不是在墨西哥擺地攤的小販，或是在市場賣蔥賣蒜的，不能講價！」「每一筆生意都一定有可以商量的空間，我的預算沒那麼多，你得降點！」「那你少訂一點囉！」「不行不行，你不知道要敬軍、勞軍嗎？」他在附近一個軍事基地經營一家PX商店：「那是應該你少賺點呀，我們批發是薄利多銷，已經沒有利潤再被你殺了。」如此你來我往，唇槍舌劍地戰個不休。

我後來學乖了，每次報價給他時都先提高些，然後再和他磨來磨去，一下咬牙切齒，一下忍痛犧牲，最後再心不甘、情不願的降回原價。我常被自己這種計謀嚇到，去別處買東西也不太敢討價還價，生怕別人以其人之道還治其人之身。

來提貨時，他總是夾著一本快被他翻爛的筆記本，其實一筆筆的買賣全儲存在他的腦海中，筆記本裏僅是一些只有他自己看得懂的雜記而已。他會把全部的金額很快地在紙上演算一遍，我常常笑著問：「難道你還不相信我們的電腦嗎？」「電腦？我出生時，它還不知道在哪兒呢，它怎麼能和我的這個比？」說完指指他的腦袋。

他還喜歡占小便宜，每次來公司時，總是要借用會客室的電話，且打個不停，我有幾次瞄到他在撥長途電話，忍不住說：「你這些生意上的電話為什麼不在你辦公室打呢？你也有手機，沒有道理跑來用我們公司的電話！」「順便嘛，否則，那都會變成我的開銷了。」說得還真理直氣壯。我只好看在他年紀已經一大把的分上，睜一隻眼，閉一隻眼。

有時他談完生意還賴著不走，向我吹噓一些他的陳年光榮史：他曾在空軍服役，歷經第一次、第二次世界大戰，得過許多英勇勳章，「你知道湯尼寇蒂斯嗎？」「當然，小時候看過很多他的電影。」「他是我堂弟，現在一大把年紀了，還喜歡和年輕的妞兒混在一起！」我聽得眼珠都快掉出來了，好好地把他上下打量了一番，那雙大眼若再配上一頂深色假髮……還真和湯尼寇蒂斯有幾分神似。

他的影藝界親人還不止於此呢，又有一次他問我：「你有看《Money》這本雜誌嗎？」「我們公司有訂，偶爾翻翻。」「有五月號嗎？」我跑去藏書室找了一下，剛好有，他拿去翻了幾頁，手停在一頁電話公司的廣告上，「這是我太太，她是個平面模特兒！」他指指頁面上那紅髮碧眼、雍容華貴，對我露齒而笑的中年女子。「你太太？」「我真有點不敢相信！」「下次我帶她來給你看，她現在老啦，年輕時可真是個大美人！」他後來真把他太太帶來了公司，她本人不但和廣告上一般美豔動人，對 Mr. D 更是柔聲細氣的，真不知 Mr. D 有何魅力？而且他們還是美國少有的、結婚已快五十年的恩愛夫婦！

他的兒女也和演藝界沾上邊，兒子是公共電視臺的主播，我當然一開始也不太相信，有次先生在看公視新聞，末了我趕緊注意了一下螢光幕上的字幕，主播真和 Mr. D 是同一姓氏呢！女兒是位聲樂家，周五、周六還在本地一家頗具名聲的夜總會駐唱。Mr. D 談起他們時眉飛色舞，臉上的表情、線條和談生意時的嘴臉大相逕庭。

有時我比較有空，心情也不錯，就會乖乖當他的忠實聽眾，也附和幾句，跟他扯扯，想想是在做義工嘛，還不必跑去老人院呢！有時我很忙，桌上一大堆事情等著處理，他老先生把「天寶年間的往事」說了又說，我只好推說去拿東西，然後拜託同事廣播：「Anna，你有電話，六線！」「我有電話耶，你還有事嗎？」「當然，我的 Tootsie Roll（一種巧克力軟糖）呢？」「唉呀，我差點忘了。」

公司的會客室桌上擺了一個大玻璃罐，裏面放了各式各樣的糖果，有時客戶來，有時郵差來，都喜歡抓幾顆甜甜嘴。Mr. D 獨鍾「Tootsie Roll」，每次離開前，一隻布滿皺紋的手伸進罐中，掏呀掏、揀呀揀的，把裏面的「Tootsie Roll」全部挑光。他太太曾經對我說他有點糖尿病，不能多吃糖，所以後來我每次知道他要來之前，都會先把糖罐藏起來，等他臨走時再賞他二、三粒，「這是為你好，你不能吃太多糖的！」但是老小、老小，他就像個孩子一般，不依就是不依。「兩顆？太少了吧，我這次訂單這麼多，起碼也給個六顆！」「四顆，再多也沒了！」最後總是以五顆成交。

我後來無意中在一個報導中讀到，第一次世界大戰時，軍人行軍或在戰場上，常常會整天沒有東西可果腹或吃得不好，他們於是習慣性的在軍衣口袋中放些「Tootsie Roll」墊飢，Mr. D大概因此對「Tootsie Roll」有著情感上的那份懷舊吧。

在我的感覺裏，Mr. D的經濟環境一定不太好，凡事錙銖必究、斤斤計較；沒秘書、沒電腦，都八十歲左右的人了，還每次親自下單、提貨，連打電話、吃糖果都喜歡揩油，若非經濟拮据，犯得著如此嗎？沒想到我錯了。有一次許久不見Mr. D，他的貨已經來了二個禮拜卻未見他來提，我只好一次又一次地打電話催他。最後，他終於來了，神情委頓，少了平日的矍鑠，「我病了十天，在醫院躺了一個禮拜，這是我的司機，湯姆，把我的貨給他吧！」他指指後面跟著的一位男士，哇，他不僅有司機，還有一輛好帥的凱迪拉克！和他平常開的迷你廂型車差了十萬八千里。

「你還好嗎？是什麼病啊？」我收起了以往劍拔弩張、嚴陣以待的、刺蝟般的態度，發現自己其實對眼前的這位老人充滿了關心。「肺炎，死不了的，不過這次我得把一些房地產和財產處理處理了，以前一直不願立遺囑，但財產太多，若死了，反倒給太太、孩子們添麻煩，搞不好他們都成了仇人，還是趁我還在時分配分配吧！」

「你有那麼多財產，幹嘛還不退休呢？一般人六、七十歲就退休了，你何苦把自己弄得那麼累？」

「小姑娘，要是我不做的話，哪來那麼多財產？只有賺錢可以使我一直向前走下去，退休後就只能在家等死了，賺錢是我唯一的嗜好！」

唉，有人辭官歸故里，有人漏夜趕科場，真是人各有志呀。

我也漸漸發現，Mr. D 是不喜歡別人對他施以同情或憐憫的。他喜歡和我一來一往的辯論、對抗；他喜歡我把他當成旗鼓相當的對手，而不是個七老八十的老翁。除了談生意以外，我們可以為中美關係、地方政黨、男性沙文主義爭得面紅耳赤。我很少會這樣對待我的朋友或家人，更何況是我的客戶！Mr. D 可算得上是其中的異數。能在這種亦敵亦友的關係中繼續做生意，也令我自己驚訝不已。

我一直以為 Mr. D 這位小氣財神鐵定是一毛不拔的，可是十二月初他來提貨，臨別前我說：「希望你有個快樂的節日，我下半個月要休假，先向你說一聲！」他看看我，緩緩從皮夾裏掏出一張他的名片，翻過名片，在反面的空白處龍飛鳳舞的寫了些字遞給我：「這是我給你的聖誕禮物，和你的另一半或者其他人去吃吃飯、跳跳舞，聽我女兒唱歌，享受一個美好的夜晚！」

我看看他寫的那些字：「把 Anna 這一晚的全部消費都記在我的帳上。Mr. D」。我看著看著，有點發起呆來，我的假想敵是怎麼了？我準備的全是一些應戰策略呀，而敵人竟開始示好，還真讓我有點不知所措。看看名片，再望望 Mr. D，從他慧黠的眼神中我可以讀出：「哈，你沒想到我有這一招吧！」

一個商場老將的外衣之下，其實只是一個寂寞又不服老的老人罷了。「謝謝，你不怕我把全公司的人都帶去嗎？」我對他眨眨眼。「不怕，我既然要送，就送最好的！」唉，我又錯了！

本文原刊於美國《世界日報》

後收入於單行本《憂傷時買一束花》中

丹黎簡介

丹黎，本名杜丹莉，生長於臺灣臺北，現居美國聖地牙哥。臺北輔仁大學圖書管理系畢業，曾任職於臺北海頓音樂圖書館，赴美後改念電腦，從事電腦相關事業近十年，在偶然的機會中轉入商界，從此在企業界做了十年的商業人。喜歡閱讀、觀影、聽樂、賞劇、游泳、旅遊、海邊散步、發呆作夢、與友閒談、打抱不平、品嘗美食，信仰上帝，對生活充滿感恩。

重建家園

塞翁失馬，安知禍福

海倫

一九九七年，移民加拿大的第十年，我們決定離婚。這是我移民生活的最大失敗，使我深深領略了無奈、沮喪和耕耘無獲的悵惘。但從另一個角度來看，離婚也是我移民生活經歷中的一項成功，它結束了我疲憊無望的舊生活，為勇拓新生活發放了通行證。

這已是我第二次的婚姻失敗。海外的離婚比在國內更痛苦、更孤獨、更無助。我不願稱第一次離婚為失敗，而認為那事實上是一種「掙脫」：掙脫有法律學位的第一任丈夫對我思想的控制和對我事業的壓抑，也掙脫婚姻中以強凌弱的不平等地位。儘管我們之間有扯不斷的聯繫——三個可愛的兒子，但我還是帶著我的寶貝兒子們，毅然離開了他。

那時我倆同在北京的中央某部工作，我們的離婚引起輿論大嘩，連副部長都親自上門遊說，勸我不要離棄一個有前途的接班人，而我的回答則是：「我要的是好丈夫，不是好幹部。」

眾口難調，眾意難逢。別人愛怎麼想，要怎樣說，無人能左右。但我忍受的是什麼，自己最清楚。所以一旦決定離婚，就不在乎別人怎麼看待。

但對於第二次婚姻的結束，我是盡了全力去避免的。我們矛盾的癥結，在於我的三個兒子身上。他在國內是知名作家，我們之所以浪跡天涯，為的是尋求創作自由，共建新家園。出國後他常為自己在海外不懂英文，靠中文寫作謀生艱難而惶恐，認為我的兒子們增加了經濟負擔，很不開心。

他因為從小在農村吃過苦、要過飯、受過壓，與我在北京的優越環境裏長大不同，對金錢有特殊的感覺，所以我能諒解並決定依從他。為了獨自負擔兒子們的生活費用，我曾在工餘時間堅持讀書之外，另做三份工，還讓我的雙生兒子十四、五歲時就在課餘時做工，掙他們的零用錢。

不料這麼做，仍避免不了他與我兒子們之間的矛盾，最後竟鬧到不能在同一棟房子裏生活的地步。我是個情感豐富的人，中文編輯出身，很珍惜這段婚姻，特別是我和他在文學上的共同語言，更難能可貴。他那時也很依賴我，在這海角天涯僅有我一個親人，家裏的煮飯、洗衣、購物，家外的與出版社聯繫的英文信件、銀行稅務等，全靠我打理。但如果一定要我在他與未成年的兒子們之間做選擇，我只能選擇後者。我硬著心腸、含著眼淚對他說：「你可以選擇另一個女人做你的妻子，可是我的兒子們沒有選擇，在這個世界上他們只有我一個生母。」

於是他搬出去了。我們商定分居但不離婚，等過幾年孩子們長大獨立後再住在一起。我幫他在附近買了房子，除了工作、讀大學之外，在兩棟房子之間來回奔波，做雙份家務，辛勞難耐，有時累得連站也站不住。

這樣不正常的家庭生活持續了四年。在這四年中，我們都各自賣掉舊房，搬入新房。正如我們房子之間的距離越搬越遠一樣，我們的心距也越拉越大。理智上自己很清楚這段婚姻該結束了，但情感上除了可憐、同情他，同時也懼怕孤獨，怕自己已四十多歲，年齡不輕，在海外難再覓得知音，此外，那「沒有丈夫的女人不是好女人」的傳統觀念，也深深埋在心底作怪。

直到有一天，我偶然發現一封信，那是他與十年前的舊情人恢復聯繫的信，使我相信家人和好友指責他無意恢復正常婚姻，只是長期利用著我的說法，這不是偏見而是殘酷的現實。為了維持婚姻，我可以忍受一切，但不能忍受欺騙與背叛，在那一刻，我作了離婚的決定。

我在國內主辦筆會時，與不少當時著名的中國作家打交道，很了解一些名作家利用文學女青年的追崇，玩弄感情的事，因此早就對他講明：「我不在乎你變心、看上別人，只是你一定要告訴我，我會立即與你分手。但是如果你隱瞞，那就是背叛，是對我人格的侮辱！」而他違背了自己的諾言。

「兩年之內，我請你參加我的婚禮」是我對他的離婚贈言。話雖說得硬朗，但我這個一向驕傲快樂的女性，也陷入了自悲自憐的泥沼之中。記得那時在開車上班的路上，聽著黃梅戲天仙配「夫妻雙雙把家還」的錄音帶，想到自己行單影隻，也會淚迷雙眼，變得「感時花濺淚，恨別鳥驚心」了。在辦完離婚手續的當天，我這認定「女子有淚不輕彈」的人，背著人整整哭了兩夜。

從前聽流行歌曲中「愛，非你不可」時，覺得那是美好動人的執著，現在則認為那其實並非現實，狹隘而愚昧。為什麼要「剃頭挑子一頭熱」？為什麼要把生活的希望和快樂全繫在一個人身上，由那個人來決定自己的快樂與悲哀？哭哭啼啼、懊悔過去，又有什麼用？世界這麼大，三條腿的蛤蟆難找，兩條腿的男人滿街跑，怕什麼！我哪裏不如人？移民十年，最艱苦的餐館工做過，最難攻的英語關也闖過了，現在有份福利高的穩定工作；原先頭無片瓦，後來也變成擁有滿園親手栽種的果樹的房主。如今兒子們高中畢業，自己業餘在大學攻讀多年的市場經營學也已近尾聲。我就不信憑我的條件，在加拿大找不到一個知己！如果對自己沒有信心，那就別想掙脫困境。

站在鏡子前看著自己，高高挑挑，雖因離婚少了十五磅的體重，但似乎顯得更加年輕，以往的笑容依然燦爛，傳遞給外界的，是對未來的自信與不屈的追求。如果說離婚像是「脫皮」，那這次我已脫去第二層皮了。我決定先讓自己放個假，藉此回復元氣。於是我與女友們歡喜地開車到美國西海岸渡假，去釣螃蟹、看鯨魚。我們駕著車一路歡聲笑語，欣賞沿途海景，同時聽著那盤在牛仔競技會上為我算命的吉普賽女人的錄音帶。她預言我在離婚當年的耶誕節前，會遇見朋友、戀人、丈夫三種角色兼具的男士。我和女友們當時半信半疑地聽著，只覺得好玩，誰也沒想到真被那算命的吉普賽女人給說中了。

在海外社交的圈子不大，如果下定決心要挑選一位好伴侶，必須借助有關的服務行業。我利用兩個月暑假工作之餘、不必上課的空閒，參加了兩個單身俱樂部，每個俱樂部為我推薦了四名男士，加上我透過個人電話系統（Tele-personal System），約見了包括克里斯在內的兩位男士，總共十位，幾乎每周都有新約會，讓我著實忙了一陣。當我十七歲的小兒子見到平日無暇裝扮的媽媽淡妝新裙，準備去赴約時，笑著說：「媽媽今天這麼漂亮！有沒有搞錯，你的約會比我們還多，這也太不像話了。」

我的女友們問我去見陌生男人時會不會害怕，我倒還真的連想都沒想過。因為我覺得，透過單身俱樂部來認識異性應該是安全的，會員的身分證等個人資料都會在俱樂部備案，且初次見面的地方都是在公共場所，有什麼可怕的？我會見的第一位男士是香港人，清華大學畢業，開賓士車，在香港炒作房地產起家，因為嫌太太不好好在家待著，老出去跳交際舞而鬧離婚。第二位是東歐的波蘭移民，開汽車修理廠，每天工作十幾個小時，連約會也是在他的車行辦公室進行的。

第三位是電影導演，加拿大人，很喜愛中國女性。後來發現他只給手機號碼，又根據他女兒的年齡，推算出他說與太太分居的日子，正值太太懷孕六個月之時，加拿大人非常珍視懷孕的妻子，在那種時刻分居是很罕見的。一問之下，他才坦白仍未與太太分居，只是想找個女友陪他旅行。

第四位是粗獷的加拿大建築商，人很豪爽，用錢大方。第五位是英國移民，私立廣播學院的講師，開一輛火焰般的紅跑車。他告訴我已見過不少中國女子，幾乎人人開口便問他的工資多少，有無房子，開什麼車，他問我：「難道你們中國女人尋找的不是人而是這些嗎？」

第六位是荷蘭移民，曾在渥太華聯邦政府主管批發大學經費，有博士學位。他博學多才，繪畫、彈琴、體育都很擅長，愛好很多，從沒結過婚。我們往來了兩個星期，一起去野餐、打網球，很談得來，但後來發現他的實際年齡不是五十五歲，而是六十多歲，整整大我二十多歲！

第七位是溫哥華市政府某部門的經理，人很精悍。我們是在市內女皇公園約見的，他一見面便問我是否看見暮色中的玫瑰花正閃爍著光亮。他告訴我他能通靈，喜歡為來自靈界的靈物拍照。他曾結過一次婚，是在前妻癌症死亡的病床旁舉行的婚禮。第八位是開裝修公司的老實人。

第九位是克里斯，後來成為我的丈夫。他不喜歡我告訴朋友們，我倆是透過個人電話系統結識的，我不以為然。唯有透過對話，才能了解另一顆孤獨的心。蓋瑞是第十位，他的個人廣告言詞特別動聽，很浪漫，吸引了許多中年女性，使得他特別忙碌。我們的約會定在通話後第二周的周末。相較之下，克里斯的錄音就非常簡練平淡了：五十三歲，倫敦出生，身高六呎，在加拿大有自己的小公司和房產，希望在居住的城市找個女友。他的結語是：「我在這個系統中一個星期了，卻沒有人回應我。」我聽到這兒時笑了，在錄音中說：「OK，我來回應你吧。」事後才知道那是他的潛心策劃，企圖藉此尋找「富有同情心」的女性。

前面見過的所有白人男士都說喜歡中國女性的溫柔聰慧、感情穩定，而克里斯卻說他從未想過要找中國女人，只是聽我的聲音不像是會吸煙、喝酒的女人，且談吐特別，盡是些他不熟悉的內容，因而很感興趣。他的前妻是德國人，酗酒成性，一旦酒醉就會亂刷信用卡，搞得他幾乎破產。因此他對吸煙、喝酒的女人特別反感，獨自將一兒一女撫養成人，發誓不再結婚。會進入這個系統是因為一個人在電腦前坐得太久而生厭，想找位一起上餐館、看電影的穩定女伴。

當他知道我約會的目的時，笑著告訴我他的內心計劃：存夠錢去地中海的一個孤島上定居，娶一位島上土生土長的純潔女子。「見了你以後，我想島上的女人太純，可能會太單調，還是找中國人好。現在溫哥華的中國人越來越多，以後可能會更多。打是打不贏他們了，還不如想辦法加入他們。」我忍不住笑了，鴉片戰爭時攻破中國大門的英國殖民者的後代，還是聰明一點兒。

我們的第一次會面是在月牙海灣。他個子瘦高，身著深藍色西裝上衣、白色純棉布褲，架一副銀絲眼鏡，一派英國紳士的模樣。坐在海邊的圓木上，我面向大海，欣賞夕陽浸入海中的畫面。他扭過身子、背對海洋，細觀我的眼睛。他研究過「瞳孔學」，透過瞳孔細微暈環之間距離的大小及顏色的深淺，可看出一個人的健康和體內毒素的狀況。當克里斯知道他是我約見的第九位男士時很驚奇，「你一定很疲倦、很厭煩了吧？」「是的。完成下周末的第十個約會，我就放棄。是該開始專心上課，完成我的畢業論文了。」

他搖搖頭，「你這樣匆匆忙忙地挑選下去，不會有任何結果的。了解一個人需要時間，你應該停下來仔細觀察。請你給我六個星期的時間，如果我不能使你滿意，我們就只做朋友，到時你再繼續尋找，可以嗎？」

他這番話說得很有道理，我也就同意了。不料那又是他的一個計謀，短短六個星期，他幫我修電腦、豎圍牆、修改畢業論文……為維護自己的獨立，堅持去見了第十位男士，但只是走過場，發現自己的心早已被他牢牢吸住。接著他用「人生短促，知音難逢」的理論，催我在認識他還不到六個月的聖誕前夕，去美國、墨西哥旅行，在賭城拉斯維加斯結了婚。

我不明白他為什麼如此性急，連他那已成年的女兒都非常不能理解，為什麼發誓不再結婚的父親會突然改變。他給我的回答是：「你不是想找丈夫嗎？我如果不抓緊你，和你結婚，別人就會和你結婚。我想只有和你結了婚，我們才可以開始齊心協力，重建家園。」

本文曾在二〇〇一年三月八日、三月九日於《世界日報》連載
此處作了刪減

海倫簡介

海倫，本名王詠虹。加拿大華裔作家協會會員。曾任北京群眾出版社《啄木鳥》文學雙月刊編輯部副主任、法律出版社文藝書刊編輯室副主任。在上海《文匯報》、《中國法制報》、《北京晚報》、《八小時以外》等報章雜誌發表過小說連載，並出版有《法醫楊波》、《告密者》、《金三角》、《苦澀的禁果》、《隱形蜈蚣》、《沉默的持劍官》、《邊境上的金孔雀》等小說。

一九八五年曾應西德文化部長邀請，與劉濱雁、古華同行，訪問了西德。

一九八七年移民加拿大，「洋插隊」至今，在海外《世界日報》等報章雜誌發表了《飄揚過海》、《我家醜小鴨》、《中醫神藥》、《重建家園》、《連說三個不》等雜文和短篇小說。二〇〇三年出任《女友》雜誌北美版主編，發表了幾十篇北美人物採訪。目前在溫哥華潛心創作長篇小說《天涯何處是我家》。

團圓夜飯

林奇梅

每逢聖誕節來臨，英國人的大部分家庭都非常忙碌，他們準備購買禮物，並迎接離家出外工作的家人回家，度過溫馨的團圓日，有些家庭會參加聖誕夜的子夜彌撒，有些家庭則在聖誕節當天前往教堂作禮拜或拜訪親戚朋友，到了晚上，就是家族一同享受團圓夜飯的時間了。

我有一位英國朋友，他是音樂家，由於平常忙碌於演奏會表演，業餘還從事各種音樂的錄音工作，因此與朋友聚少離多。每逢聖誕節，他與其他英國人不同，往往會在這一個頗富團圓氣氛的日子裏，邀請遠離家鄉而未能回家過節的朋友，與他的家人共度溫馨的晚餐，這是多麼令人感動的事啊！所以每年的耶誕節，縱使天氣非常寒冷，甚至還會下雪，然而受到邀請的朋友們幾乎沒有人會缺席，大家都高高興興地參與。他家的聖誕節聚餐，雖然不豪華也非盛宴，卻深具意義。

我這位朋友的家就在倫敦的西區，離地鐵站不遠，是一間典型的英國鄉村小屋，四面有圍牆與大樹環繞，前院有種著各式花朵的花圃和綠油油的草坪，後院則有幾棵松樹和蘋果樹；客廳布置得熱鬧繽紛，一片喜氣洋洋的景象，客廳的一個角落裏擺了一棵新鮮的耶誕樹，樹高五至六呎，樹上掛著各種各樣的小雕飾品和小玩藝兒，這些小雕飾品都來自於東方國家，尤其是臺灣所製，每一樣小飾品都嬌小玲瓏，十分討人喜歡，像是小天使、小鈴鐺球、小彩燈、小糖果和形狀不同的巧克力裝飾，一些祝福語，以及朋友和出門在外的家人寄來的卡片，都一一地被掛在樹上，聖誕樹下擺著包裝精美的禮盒和禮物，使得原本非常樸素、沒有豪華的家具和擺設的客廳，更增添了濃厚的聖誕節氣氛和溫暖的人情味。

聖誕節那一天，受邀的朋友們聚在一起吃飯，愉快地品嘗著主人自己親自料理的耶誕大餐，而這一位健談的主人，分享著他近幾年到世界各地演奏的心得，以及一些耐人尋味的故事。從他的談話裏可以體會到，他富有東方人的仁慈、溫和、耐心、愛心和寬闊的胸襟，也可看出他接受過良好的音樂陶冶，中國儒家思想和東方人醇厚的人情味，更是深植在他的心中。

其中有幾位被邀請的朋友有著共同的愛好，那就是喜歡看足球比賽，他們都是英國足球隊的支持者。聖誕節是休閒的日子，這一天對於他們來說，是多麼地自由而開朗，大家趣味又相投，於是抓住這相聚的機會，見了面，寒暄後不久，就開始談論他們自己所支持的球隊近況，他們開了香檳，一面吃著點心，一面喝酒暢談，度過快樂而難得的時光。

餐桌上，大家的餘興話題種類繁多，他們輕鬆地談論著有趣的新聞和故事，無形中每個人的食慾也隨之增加，不知不覺地，一隻幾近十五磅重的火雞，就這麼被吃得一乾二淨。

近年來，我對烹飪學習甚感興趣，學會了一點點西餐料理，這一天，我也被邀請到朋友的家中，不是主廚，而是廚師的助手，當起伙夫來了。我融會了東方與西方的雞肉食譜，將這隻火雞洗淨，把它放進加了蔥、薑、大蒜、糖的醬油裏浸泡半個小時後，在它的肚內塞滿薑粒、蒜粒和五穀米，火雞的外皮以粗大蒜沾少許的醬油、蒜末和蜂蜜抹上一層，然後灑上蒜頭粉，舖上薄薄的醃肉，再將火雞和幾條短短的英國香腸平放在鐵盤上，放進烤爐裏燒烤四個小時，即可上桌。在這偌大的廚房裏，雖然身為伙夫，卻非常愉快地與主人一面學習一面話家常，而最高興的事，莫過於烹調好的食物倍受青睞且被大家吃個精光，這分喜悅讓我在學習烹飪技巧時更有信心。

我喜歡在廚房裏負責烤火雞的雅趣，嘗試了各種將火雞烤得外皮褐黃、香氣四溢的方法；烤好的火雞令人垂涎欲滴，嘗起來外皮香脆且肉質滑嫩，爽口美味，又極富營養。

由於火雞在火爐裏燒烤的時間較長，我坐在烤爐前，回想起那近乎歷史的陳年往事……，我似乎看見故鄉後院的龍眼樹下，成群結隊、自由自在地玩著遊戲的火雞群們，牠們跟在我背後追逐，牠們咯咯咯的叫聲縈繞在我的耳際，牠們的影像也一幕幕地呈現在我的眼前……

故鄉就在那一片寬廣無際的嘉南平原上，那是一個純樸的農村，一大清早，太陽已經露出他那圓圓的臉，帶著淺紅的微笑，美麗的公雞喔喔地啼叫，牠的叫聲宏亮，這聲音終年提醒著農夫們早早起床，準備牛兒及牛車到田裏工作。小時候的我，總是跟在媽媽的後面起床，揉揉我惺忪的睡眼，拿著一盆媽媽準備好的米粒，走到樹下，學著火雞們郭郭郭的叫聲，將一把把米粒遠遠的拋出，或是撒漏在我的腳底下，藉此吸引無數的雞群們；牠們在小樹叢下跑著、奔著，公雞跑得最為靈活，母雞則搖晃著胖胖的身體，雖跑著卻總是落在後頭，小雞更是嘰嘰叫著、喊著、追著，牠們環繞在我的身邊，低著頭啄食，看見牠們個個有了紅豔豔的美麗雞冠和閃亮的羽毛，身體矯健靈活，真是開心極了。

公火雞總不會忘記在母火雞面前展現牠那美麗的羽扇，有時我穿著媽媽縫製的紅衣裙，走過威風凜凜的公火雞身旁，牠會認為我是牠的情敵，拼命地在我後面追趕，速度非常之快，尖尖的嘴就在我的腳上啄了一下，不一會兒，我的腳背就流出血來，疼痛不堪，皮膚青紫了一大塊。我哭喪著臉，把這件告訴媽媽，媽媽並沒有安慰我，反而總是護著大公火雞說：「你的個子比火雞高大，應該跑得比牠快才對啊！」那時的我不知道原因，媽媽也不曾解釋，使我常在幼小的心靈裏嘀咕著，為什麼媽媽總是護著大火雞，還讓我委屈地哭了好久。

就讀小學時，我時常坐在茁壯的龍眼樹底下，看見雞兒撿食著一粒粒的米粒，彷彿時間也一分一秒地過去，我拿著一本學校老師要抽考的國語課本，朗朗地背誦起來，沒多久，牆外傳來鏘鏘的鈴聲，是張伯伯挑著擔兒，沿路賣豆漿、包子、饅頭的叫賣聲。慈愛的張伯伯，他知道我喜愛的早餐食物——他親自做的碗粿，碗粿上總不忘淋上蔭油膏、撒上香菜，而媽媽的早餐則是稀飯，她喜歡品嘗李伯伯親手做的甜紅豆和味王脆瓜。早餐後，我和媽媽各自忙著上學和到田園耕作。黃昏時，美麗的太陽映照著天空紫紅色的晚霞，一隻隻的火雞們經過整天自由自在的活動時間，疲倦了，也該是休息的時候了。牠們咯咯的叫著，呼朋引伴地圍繞在濃密的樹蔭下，在撿食做為晚餐的米粒及青菜葉後，各自安靜地回到自己的窩裏休息。農村的日子過得挺辛苦又忙碌，卻非常地樸實自在，無爭嚷而愉快平安。

我在朋友的廚房裏坐著、等著、想著，腦海中充滿著兒時在故鄉庭院裏的一幕幕回憶，我的嘴角浮現一絲絲的微笑。當我正沉溺在這溫馨而甜蜜的往事裏時，突然，我聽見一陣郭郭郭的叫聲，有人喊著：「火雞來了嗎？」我以為又是公火雞正在後面追逐著我，便趕緊站了起來，想拔腿就跑，同時回應著：「牠來了！牠來了！」

我似乎聞到一股香噴噴的氣味……那不就是烤爐裏的火雞肉香嗎？於是我從夢幻中醒了過

來，原來，剛才咯咯的叫聲和歡笑聲是從客廳傳過來的，客人們都已經耐不住餓扁了的肚子，這時，我清楚地聽到主人的聲音正問著：「火雞烤好了嗎？」、「可以端上餐桌了嗎？」

說真的，朋友們怎會知道我與火雞有著一籮筐的故事？整個屋內已充滿著聖誕節火雞大餐的香味，於是他們不停催促著，所以我只能對著這一隻火雞公公說：「親愛的火雞公公，真對不起，請你原諒我這一次對你的懲罰，把你烤成了脆皮，以後倘若我與你有緣，再回到嘉南平原的溪洲園，你就靜靜地張開你美麗而迷人的羽扇吧。也請你不要在我身後追逐我、啄咬我了！」

想著想著，我不由自主地莞爾一笑，高興地端出這隻香氣撲鼻的火雞來了。

林奇梅簡介

林奇梅，臺灣嘉義縣人。臺灣銘傳女子商業專科學校畢業。Birkbeck College, University of London 研修西洋藝術史。

經歷：商業學校教師，英國中文學校校長。

現任：彰化銀行倫敦分行行員。世界華文作家協會歐洲分會理事、海外華文女作家協會會員。英國倫敦國際語言教學中心中文教師。

出版有：散文集《倫敦寄語》（世華出版社）、《唐鳥仔遠飛》（世華出版社）、《美的饗宴》；詩集《金黃耀眼》（世華出版社）、青草地（世華出版社）；兒童小說集《稻草人傑克》（世華出版社）二〇〇四年獲得華文著述獎散文首獎；兒童詩集《紅女巫》、《風箏》、《小溪》共三冊，預計於二〇〇八年出版。

二〇〇六年獲得華文著述獎詩歌獎佳作、僑聯文教基金會華文著述獎文藝創作小說類佳作。

洋邦依親記

艾玉

午飯後，王老太太又習慣性地瞄了一下腕上鑲鑽的勞力士錶，「喔！都快兩點半了，郵差早該到了！」，她邊說邊走到院外取信，這已成了她來美國後，愛自言自語之外的另一項習慣。她剛踏出家門，就被洛城的烈日照得老眼昏花，雖已是十月秋老虎即將發威的晚秋時節，但這南加州惡毒的秋陽，照樣能把皮膚曬得發癢發痛，甚至還紅腫難捱，這也挑起王老太太心煩意亂、悒鬱不樂的敏感神經。照理說，午飯後，正該是人們躲在冷氣房裏納涼小憩的時刻，但自從她被趕鴨子上架押到美國依親後，王老太太就再也沒這份福氣了。此刻，為了要躲開毒日當頭，她連忙從郵箱裏掏出大疊郵件，然後就急忙轉身跑回屋內。

其實，根據她幾年來的經驗，這些郵件不是帳單就是傳單，她一手緊抓著才取出的郵件，用另一隻手輕快的推開邊門，把郵件和報紙都平整的堆在兒子的書桌上，以便他容易處理，能這樣為兒子省下時間和力氣總是好的，這算是老太太依親後唯一愛做的差事！在放好信、折回客廳之後，順便又查看了一下嬰兒床內熟睡的小孫子，這才放心地坐回小床邊的沙發上，繼續看著電視上的西洋節目。

才坐定，往事又像正在播放的電視劇般，一幕幕地浮現在眼前，不禁懷念起那些悠然自得、稱心如意的美好歲月。現在身陷異邦，落得連個洋囚犯都不如的悲慘下場，至少美國的犯人都是

「飯來張口」、不必做事的「爺娘們」！哪像自己初來乍到，在還沒弄清楚情況以前，就得一肩扛下「五子全包」的所有家務，不但要伺侯家裏那「耍大爺」的老頭子，又要照顧那拚業績的小兒子，當然還要帶養襁褓中的小孫子，之後，連帶地要看管半新的大房子，還得順便整理寬敞的後院。換句話說，真有「虎落平揚被犬欺」的感覺，這種「啞巴吃黃蓮，有苦說不出」的「洋罪」，跟坐苦牢又有什麼不同？

這三年裏，從早到晚忙著這些家務事，累得喘不過氣來。如此奔命操勞的日子，與在國內，每天忙著趕牌局、奔飯局，那種養尊處優、尋歡作樂的消遙時日相比，真是有著天壤之別。一想到這兒，王老太太心頭悲從中來，她連忙掏出掛在襟前的手絹，抹去眼中即將掉落的淚水。誰知，就在這暗自傷心的節骨眼上，赫然聽到一連串的「報紙！報紙呢？……」，是老頭兒扯起老腔、沒命似的嚷著，這不聽還好，一聽到這般無厘頭的吼叫，傾刻間就把她肚裏鬱結待發的火氣，「嘩」的全都給叫了出來。

原來，在隔房小眠的老頭竟然耳尖，一聽到門聲就知道日報已到，於是連覺也不睡了，他先運足了中氣，再快速的將雙腿向空中奮力一踢，上身就順勢彈坐起來，他抓起床頭櫃上的老花眼鏡，趿著拖鞋，然後就沒頭沒腦的從臥室裏直奔了出來，險些把迎面而來的老妻給撞倒。幸好，老太太一看就知勢頭不對，連忙往書房門後閃躲，「不都在桌上嗎？……你眼睛瞎啦！難道自己就不會去找啊！」，王老太太咬著牙，惡聲惡氣的回道，這時，老頭把眼珠子迅速地往桌上一溜，極為熟練的把疊得整齊的郵件一扒，揀出報紙後，「叭」的一聲，將之夾在腋下，隨即轉身，顫顫巍巍地走到客廳，對準那廳裏的太師椅，「砰」的一聲，就這麼大喇喇地落了坐，抖開報紙後，揭開了他這天的序幕。

不過，老頭這一切狂妄的行徑，全都落入老太太眼裏，方才她精心整理好的郵件，這下子全被這老貨攪和得稀爛，剎那間，一股無名之火直往腦門子上猛衝，不禁暗忖：「都這麼多年了，碰到這麼個不知體恤又拿他沒輒的老昏癲，要說生氣也是氣不完的了！」，接著在一聲長嘆後，只有自認倒霉的份了！隨即耐著性子，一聲不吭地把那散得滿桌的信件再次理順。

就在理信時，不意間，居然看到一封給老伴的信！她趕忙取來老花眼鏡，將那信封湊近眼前，仔仔細細的端詳、研究了半天，終究還是按耐不住強壓下的好奇，在確定無誤之後，這才撕開來看，百般小心的把信從頭到尾，一字字詳讀了一番。沒錯，上面白紙黑字，清清楚楚地印著老伴和自己的名字，就連家裏的地址、電話也全寫在信上！她心一驚！莫非是申請老人公寓的覆函吧？正文中竟還註明了日期、時間和地址！這封看似極不尋常又讓人不太明白的來信，當場就把老太太給急得沒了主意。

其實在初抵兒家之時，為了日後方便，年近七十的她，也曾私下找兒子學了幾天洋文。因此，英文的二十六個字母，以及幾個簡單的字還是可以認得的。像是見到洋人說的「How do you do?」（你好嗎？），她以「好賭又賭！」來對付，分別時的「Good bye」（再見）她就以「拜！」來搪塞，至於「yes」（是）、「no」（不是）則以「葉」、「漏」，簡捷快速、不拖泥帶水的作答，所以洋文倒也還難不倒她，但也只僅此而已罷了。此時手中這一封長信，可完全超出她的識字範圍，好在人急智生，把那懂英文的老頭兒叫來，不就成了？正要拉起嗓門喊叫，驀的她腦中一閃，當即就硬是把那已到唇邊的吼聲給強嚥了下去。

這不是為別的，而是因為那正在看報的老頑固，素有聽而不聞的「雅量」，在他閱報的時刻，任你竭嘶吶喊，甚或是敲鑼打鼓，鬧得滿天價響，他都能裝聾作啞，來個紋風不動、相應不理，此刻，既便是皇帝老爺對他有請，也照樣無動於衷，繼續看報。若是有人不信邪，不光自尋煩惱、惹火上身，還會吃不完兜著走，保證會落得後患無窮、悔不當初的不堪下場！老太太只要一想到這裏，心中不禁又懊悔了起來。要不是自己為了顧全大體，豈會落到今天這般「五子全包」的頹勢！把一個原在國內慣於呼風喚雨的社交忙人，硬是拽來美國依親，無端地成了名正言順的聾子、啞子、瞎子、瘸子，更是個價真貨實的老媽子，自己的地位簡直一落千丈，彷彿從雲端直接跌入地獄，終日不堪，讓人難以承受！

思及至此，老太太不自覺的又看了看已經長出老繭的雙手，馬上想到三年前，當老頭樂不可支的宣告：「房子賣了，到美國依親去！」那驚心動魄的剎那，當場就僵愣得無言以對，腦中唯一能想到的是：「完了，老窩都沒了！」。事後，在極端震驚中，還沒來得及找他算帳，就又被他駕上飛機來投奔兒媳。然而最可恨的是才到門口，這人還沒進屋呢！糟老頭就當著兒媳的面，下令道：「這是美國哦！是他們的天下，凡事都由他們來當家作主！」。且先不說他這拿腔作勢的一席話，已把應有的婆媳關係都給弄顛倒了，在那荒腔走板的話之後，老頭又逕自口無遮攔的補上一句：「我們是來含飴弄孫的，順便幫忙！……」，更是把她身為婆婆的地位出賣、貶低到萬劫不復的地步。

可笑的是，當天連行李都還沒卸下，他就顯出「飯來張口，茶來伸手」的樣子，一副老太爺的派頭，反觀自己，與其說是趕來「頤養天年」，倒不如說是被押來「服牢役」，還來得更貼切些！初來乍到，語言不通，電視節目也看不懂，況且來時，匆忙得連朋友都來不及通知，以至在這兒成了與世隔絕的「孤老」！而那唯一能看懂的中文報，又被那霸道蠻橫的老頭，獨自抓著，整日不放，還不許旁人先動！這哪是人過的日子啊？

幸好，王老太太也不是省油的燈，蹲洋牢的第二年，總算皇天不負苦心人，終於聯絡上兩位昔日的牌友，得知他們個個勇氣十足，敢於自立門戶，還連袂入住同一棟老人公寓，過著當家作主、輕鬆愜意的自由生活，尤其又聽他們說，能在幾分鐘內開個方城之戰，只需打幾通電話，就能組團遠征賭城，聚賭同歡。而他們平日的活動也是一呼百應，幾乎天天有門子可串，日日有大餐可享！王老太太一聽有這麼多的好處，當下恨不得立刻搬進去。幸虧她私下作主，當機立斷，即刻託人就地申請……那都是一年多前的事了。

此後，老太太日夜引頷而望，期待回音。記得在剛申請的頭幾個月裏，她每天都嚴正以待，定時的守候著郵差，並勤查所有信件，但春去秋來，總是不見任何的蹤影，彷若石沉大海般的杳無音訊。後來在失望之餘，來信也就懶得再查了！只是，今天接到這封怪信，又燃起了一線希望，她手揑著信，暗自沉思，剛巧適逢老頭打從這門邊經過，便立刻叫他過來確認，果然不出所料，正是那睽違已久的核準通知！「唉呀，真是老天有眼啦！」王老太太興奮地驚叫起來：「總算是讓我們等到了呀！我這幾年吃齋念佛，終於修成善果啦！」老太太當即取出早就預備好了的黃曆，讓老頭兒仔細地挑了個黃道吉日，然後把這個好消息一一電告她的舊時牌友，相信馬上就能奔向那嚮往已久的「常歡樂園」了！

艾玉簡介

劉詠平（筆名：艾玉），輔仁大學理學士。Western Law School 肄業，美國加州州大工商管理碩士。海外華文女作家協會會員；第一屆海峽兩岸文化高峰會壇副團長兼秘書，現任北美洛杉磯華文作家協會副會長；第七屆北美洛杉磯華文作家協會理事；Stension Electric Spec. 工廠董事長；地產／財務投資顧問；美國加州註冊生意仲介經紀人；美國加州註冊地產經紀人；Hoffman Plastic、R&S Mfg.、Ronford Prod.Inc. 三廠聯合工廠之財務總裁；輔仁大學第四屆學聯會主席

文學活動：第一屆海峽兩岸文化高峰會壇、海外華文女作家協會年會、北美洛杉磯華文作家協會等。

著作：《風清月朗——教庭親王》（大倫藝文出版社，二〇〇五）

發表文章：〈我與于斌樞機的一段奇遇〉（中外雜誌，二〇〇五）、〈于斌對國家的供獻〉（中外雜誌，二〇〇六）。

另曾於《世界日報》家園副刊（二〇〇六～二〇〇八）、《天主教北加月刊》（二〇〇五～二〇〇六）、《佛光世紀》（二〇〇六）、《輔仁大學八十周年特刊》（二〇〇六）、《黃鶴樓創刊號》（二〇〇七）、《中國日報》文藝特刊（二〇〇七～二〇〇八）、《臺灣時報》文藝特刊（二〇〇七～二〇〇八）、《環球彩虹》（二〇〇八）刊載文章

當美育成為唯一目的

韓秀

金秋十月，大家都往新英格蘭的方向去賞楓，我卻決定要往南走；這不是八哩、十哩的路程，而是整整一千英哩的距離。「那地方在哪兒？」朋友問我。「在佛羅里達。」「東邊還是西邊？」「東邊，靠近奧蘭多。」「那個鳥不生蛋的地方，除了迪士尼遊樂園之外還有什麼？」朋友嗤之以鼻。「那地方最近可是蕭條得很，商家紛紛關門，房市跌得一塌糊塗！」「咦，你不是要乘機在那裏買房子吧？」朋友露出高深莫測的表情，盯住我不放。

噢，當然不是。我只不過要向一對夫婦表達我的敬意而已。他們姓 McKean，在奧蘭多北邊的冬之苑（Winter Park）建造了一家博物館，真正承擔起美學教育的重責大任。朋友支吾著說：「從來沒有聽說過。」

即便是資訊氾濫的二十一世紀，鮮為人知的人間至美依然多著呢。

十九世紀中葉，十七歲的少年莫爾斯（Charles Hosmer Morse）進入一家機械製造公司，年薪五十美元，七年之後，二十四歲的他進入公司高層。之後，莫爾斯極有膽識地買下公司，並逐步成為十九世紀最有影響力的機械製造業鉅子，富甲一方。巨大的財力使得熱愛藝術的莫爾斯成為美國藝術的大收藏家。他不喜歡終日喧騰的芝加哥，雖然他在那裏揚名立萬，他卻珍愛佛羅里達的氣候宜人，尤其喜歡冬之苑的靜好。於是，他在那裏廣為置產，且在那裏退休。

莫爾斯夫婦育有一個女兒，她熱愛藝術，婚後也生了一個女兒，名叫婕涅特（Jeannette Morse Genius）。乖巧的小婕涅特是外祖父的掌上明珠，外祖父與母親的大量藝術收藏品，讓她的幼年時期像是生活在博物館裏一般，而她對第凡尼玻璃的認識更是與生俱來，因為家裏的長窗、桌上的花瓶與檯燈正是第凡尼的作品。兒時與外祖父在冬之苑的生活，也奠定了她日後為此地奉獻一生的感情依據。外祖父在她十二歲的時候去世，母親在她十九歲的時候也離開人間，那時正在求學的婕涅特，已經是一位卓有成就的藝術家，她離開了人去樓空的芝加哥大宅，轉向冬之苑，她在那裏的羅霖學院（Rollins College）求學，並在校董會裏為這所大學服務了三十三年（一九四二～一九七五年），為大學提供豐沛的資金，從美國名校延聘知名學者、作家來到羅霖學院執教，成為大學最可靠的支持者。

婕涅特與羅霖學院藝術系教授修（Hugh Ferguson McKean）的結識，也是緣於外祖父藝術品的收藏。沒想到，兩人一見鍾情，結為連理，攜手為美學教育的推廣而努力。兩袖清風的教授修，在婚後更擔任羅霖學院的校長長達十八年之久。權勢與財富卻沒有改變這位學者的人生態度，他更加努力地將人文藝術的創意付諸實施，最偉大的建樹自然是在冬之苑建立莫爾斯博物館（The Charles Hosmer Morse Museum of American Art），以及第凡尼藝術品的搶救工程。

一九五七年，位於紐約長島的第凡尼故居——拉瑞爾頓莊園發生大火。那時整個莊園已被賣出且處於閒置狀態，完全無人居住。空屋因祝融之災而成為廢墟。第凡尼基金會沒有財力買回，更沒能力修復，第凡尼的女兒給修寫信，希望莫爾斯夫婦「會有興趣買一扇窗戶」。兩年之前，正是由於莫爾斯夫婦的大力促成，第凡尼藝術品在羅霖藝廊得以盛大展出。可以想見，當修與婕涅特抵達長島，站立在殘窗與斷壁之間面對那一片焦黑的時候，他們是怎樣地震驚與心痛。

莫爾斯夫婦當下做出決定，他們將買下這全部的廢墟，搶救所有的殘片，盡一切可能地修復它。此決定使這對夫婦在美國藝術史上留下永遠的輝煌，他們所付出的，不止是無法計量的金錢，更是他們的生命與心血。全數的修復工作在半個世紀之後的一九九九年才完成，那時候，婕涅特已經辭世十年，而修也故去五年了！每念及此，我總是忍不住熱淚盈眶。

現在，我走進了莫爾斯博物館，映入眼簾的，是一扇樸實無華的木頭大門，門上有個浮雕十字，門後則是曾經曇花一現，而後「消失」了整整一個世紀的第凡尼重要作品——「第凡尼禮拜堂」（Tiffany Chapel），今日世人不知這件作品的不計其數。從拉瑞爾頓莊園移來的這扇木門是鑲嵌在影壁上的，繞過影壁，我們面對的是歷史的、藝術的、文化的整體結晶。禮拜堂莊嚴不失浪漫，輝煌烘托出的質樸懾人心魄。四層半圓形穹頂和十二根廊柱呵護著祭壇，祭壇後方的牆壁之上、冠冕之下，有兩隻正在開屏的孔雀，實屬華麗的極致。整間博物館都是用四分之一英吋大小的彩色玻璃鑲嵌而成的巨大馬賽克建築，如此登峰造極卻不會讓人覺得難以親近，層層臺階以平實的大理石鋪就，立面近大遠小，彩色馬賽克裝飾成活潑的圖案，似乎在召喚著人們靠近。有著拜占庭風格的禮拜堂卻沒有拜占庭的森冷與清瞿。大堂正中央的天花板上懸吊著立體的巨大十字燈飾，大片的嫩綠色玻璃與鑽石般的水晶玻璃交相輝映，那種一覽無遺的瑰麗，正是典型的第凡尼風格。宗教故事當然不可或缺，但是第凡尼不會拒人於千里之外，圓窗上的人物豐滿、圓潤，甚至有些喜氣洋洋，走進這禮拜堂的人們不會心生戒懼，反而會滿心歡喜，這氛圍無疑是第凡尼一手創造出來的。禮拜堂側殿的受洗之處是一個美麗的球體，那是個受洗盆，不舉行儀式的時候，半圓形的蓋子是闔攏的，它讓我想到古希臘阿波羅神殿中那世界的「肚臍」，是那樣的自然而風趣，人與神之間或許可以這般親如兄弟吧？而這受洗之處的後壁則是巨大的第凡尼長窗，水濱的白色百合花盛開著，是對生命的禮讚。

博物館的設計非常善解人意，知道我們是多麼希望親近這美麗的地方，所以允許參觀者直接走近那受洗側殿，沐浴在花影之下，享受那美麗的球狀受洗盆帶給每一個人的無限慰藉。

但是，親愛的人們啊！你們能相信嗎？這樣純淨的美好，竟然曾經深陷地底，且遠離塵世達百年之久！

一八九三年，盛大的哥倫布世界博覽會在芝加哥舉行，第凡尼禮拜堂盛大展出，吸引數十萬人參觀，報紙上的評論更是豐富多樣。博覽會結束，一位教友將禮拜堂買下，捐贈給正在創建中的紐約聖若望大教堂。這本來是一件好事，哪裏想得到，這個教堂的建築師與主教根本不欣賞第凡尼，更不喜歡這個禮拜堂，認為這「新拜占庭」風格的作品不適合聖若望，並且堅決表示，這個禮拜堂應永遠不見天日。第凡尼公司忍辱負重，將禮拜堂的穹頂拆掉一半，以適應聖若望大教堂地下室的高度，整個禮拜堂縮在黑暗的角落裏，完全失去了在博覽會中的光彩。

一九一六年，聖若望教堂的地下室水深盈尺，禮拜堂完全成為「棄物」，浸泡在水中。第凡尼寫信給主教，他在信中說，禮拜堂是他最好的作品之一，積水對這件作品絕對不利，既然現在教堂棄若敝屣，不如讓第凡尼公司把禮拜堂遷至他處。那一年，那位捐贈者也故去了，主教完全無所謂，就讓第凡尼將禮拜堂拆遷了。拆遷過程痛苦不已，禮拜堂不但被砍頭削腳，那巨大的懸吊燈飾也不翼而飛了。第凡尼公司將這幾十萬片玻璃運到長島，在拉瑞爾頓莊園裏一處與主體建築有一小段距離的地方，蓋了一間房子，將其作為一個完整的禮拜堂。經過幾年的努力，這美麗、祥和的禮拜堂才恢復在博覽會上曾有的輝煌。修復工作也十分艱困，因為其產權還屬於聖若望教堂。直到一九三五年，路易斯．第凡尼去世兩年之後，主教大人才高抬貴手，將產權還給第凡尼公司。

一九五七年的大火將拉瑞爾頓莊園的主體建築破壞殆盡，不過禮拜堂的損失不是太大。經過第凡尼親手修復的禮拜堂與拉瑞爾頓的其他殘片被再次搬運，並抵達冬之苑。莫爾斯夫婦的大力援助，對於困窘不堪的第凡尼公司而言是巨大的鼓舞，藝術家們紛紛熱情投身這一漫長的修復工程。而最後一次的搬遷過程也是笑中帶淚。一家名譽極佳的搬運公司接受了莫爾斯夫婦的要求，將這些「廢物」從紐約運到佛羅里達，那時州際高速公路尚未通車，搬運工作漫長而辛苦；直到抵達時才發現，所有的殘片只是胡亂地與舊輪胎等一起堆放著。「因為，這實在都是廢物呀。」搬運公司坦言。藝術家們不再多說，小心地將全部的殘片放進預先準備好的巨大工作間，自此開始，每一片玻璃才真正回到專家們的手裏，清理與修復的浩大工程於焉展開。

此時此刻，我坐在博物館對面軒暢的咖啡館裏，從人聲鼎沸、色彩斑斕的遮陽棚下看著對面這座鋼筋水泥的堡壘。她與周遭浪漫的西班牙建築完全不同，窄小的窗戶完全沒有採光的作用，但水火不侵，固若金湯。莫爾斯夫婦給基金會最後的指示是：「這所博物館不能成為冬之苑的負擔，而應當為此地帶來繁榮。」這周遭一片欣欣向榮，正是最貼切的佐證。

二〇〇七年，這個為第凡尼作品以及玻璃藝術量身打造的博物館開張，一日門票三元美金，可以多次出入。外子與我從咖啡館站起身來，再次走進這間完全靠燈光照明的博物館，設計高明的燈光使得玻璃如同寶石、如同飛瀑、如同花瓣與飛旋的樹葉、如同佳人細緻的肌膚，給人不同的「觸覺」與感受。我在整個展覽空間裏的第一幅作品前停留許久，那是一百一十年以前，路易斯．第凡尼為英國商人 Joseph. Briggs 所創作的一扇彩窗，黝暗的背景中心是異常明亮、歡快、鮮豔、怒放著的一束玫瑰。外子站在一間展室中，凝視那些雖然不能再修復，但依然是玻璃工藝極品的「片段」，它們被仔細地鑲嵌在透明的裝置裏，我們可以從各個角度欣賞它們，想像它們在原來的創作中所擁有過的燦爛。當我們終於在博物館即將關門的時分緩緩步向出口的時候，一件作品自紐約大都會博物館歸來，工作人員大方地在我們面前將其取出，小心翼翼地掛回它原來的位置。我們眼前一亮，這正是那幅舉世聞名的「飼火鶴」。

當美學教育成為唯一目的時，就能實現美好與祥和的境界。

本文刊載於臺北藝術季刊《琉園》二〇〇七年冬季號

韓秀簡介

韓秀（Teresa Buczacki），出生於紐約市，曾任教於美國國務院外交學院、約翰・霍普金斯國際關係研究院。

自一九八二年起以中文創作，著有長篇小說《折射》、《團扇》（這兩部長篇都被臺北中央電臺製作成廣播小說）；短篇小說集、散文、書話、傳記等二十餘部。曾獲第四十二屆中國文藝協會文藝獎章（臺北）。

二〇〇七年出版為少年讀者撰寫的傳記《科西嘉戰神——拿破崙》（臺北：三民書局）、散文集《雪落哈德遜河》（臺北：允晨文化）、散文集《尋回失落的美感》（臺北：九歌文化）、短篇小說集《食物的旅行》（南昌：二十一世紀出版社）。

第三篇

夢歸何處

時間的傷痕

呂大明

一、悼古

時間的舞者是位青春貌美的女仙，她頭上簪著一枝紫色花朵以象徵權威，她在夜鶯清唱的花園裏漫舞，腳踏在希臘神殿的斷垣殘壁間；她挑起月亮銀色的燈籠，在屬於過去的園囿裏幫遲暮佳人尋回失落在時間裏的舊夢……於是生生死死，死死生生，一個屬於傷逝巴黎、似鍍過陽光金彩的俄國世紀芭蕾舞星——安娜．巴芙若娃，踏著最纖巧的舞步穿堂入室。

銀色的、流淌的、閃鑠的滴汁灑落在桂花樹上，那是月光的淚。

經歷人生薔薇般緋色的夢痕，千絲萬縷的心結築成一座「記憶之屋」，在時間的駒旅下，塵滿面，鬢如霜。

當年韋應物在淮水見到昔日故舊，兩人一塊旅居江漢的往事一時浮上心頭，慨然地感嘆：「浮雲一別後，流水十年間。」

這位東方遲暮佳人更敏感纖細，她以手指觸摸桂樹上光的淚痕，溼溼的，如早秋的霜白……

在被晚霞漂染成紅色的塵土裏，將記憶埋了，青春會在時間裏化成骨骸，但她卻希望記憶是一粒水仙球根，來年春天會開出潔淨的白色花朵——希臘神話納西瑟斯的化身。

這位遲暮的西方佳麗年年將水仙球根埋在塵土裏，同時也將青春一塊兒埋葬。

白石幽映湖波中，彷若沉在地底的山壑，青春亦然。雖說華顏麗容經不起人間季節的轉換，青春的殆逝，忽焉枯槁，但在屬於過去的園囿裏，正如英國人所說：「That beauty would be there, when she was an old woman.」（縱然她成了遲暮美人，她的美貌依然不褪色。）

二、在時光中失竊的圖案

一幅以金線織成的圖案已在時光流逝中失竊，自生命某個角度來衡量，那也是件藝術精品。那幅圖案的構圖，像雕刻師皮埃特羅・龍巴度設計的但丁之墓，像義大利畫家桑得羅・波提切利藏於佛羅倫斯菲茲美術館的名畫「卡羅尼亞」（La Calumnia），都是一流的才藝。

我猶記得季節的五彩繽紛，似乎也將我略嫌蒼白的生命漂染成彩色的夢。

白淨的紗簾就在日光下變換色調……「倒掛金鐘」又稱「吊掛海棠」，花朵像是一串串紅色的掛鐘，一串串垂掛在大自然的生死輪迴裏，滴答滴答地計時，而丁香花仍舊展開漂浮如蝶翅的四葉花瓣，在向晚的空間裏漂浮著。

突然，我夢裏全是粉白的「chemalite」，我像是愛麗絲闖入仙境，粉白色的「chemalite」攀緣匍匐在我夢中的世界……又是另一場夢，槐花的背景是一座古園，古老的牆垣就因這五月白色的香魂——盛開的槐花，粉刷一新，然後將一齣古老的悲劇寫在牆頭，當槐花枯凋，故事中的「她」已知道「他」在墓中成了僵硬的屍身……白晝消逝，夜色降臨，槐花的豔影就像《殉情記》裏的茱麗葉，遁入勞倫斯神父的地窖裏……

季節繼續它的生死輪迴，走入林中，耳畔皆是悲若寒蛩、悲若嗚鴻的響聲，這一定就是所謂的「秋聲」。夜間獨自賞月的意興逐漸染上了涼意，似乎猛一轉身，屬於時間的圖案一幅幅失竊，月移星轉，不再是人間絲桐琅琅，金菊桂樹也不栽種在人間……但古代有玉斧修月的傳說，據說太和中鄭仁本的表弟游嵩山，有一自酣睡中醒來的人對他說：「月亮是七樣寶貝合成的，有八萬兩千戶修月，我也是其中之一。」說完後打開包袱，拿出修月的斧具。

人間的月圓月缺都令我們這些異鄉人感傷，但別說慢慢磨玉斧也難以補好「金鏡」（月亮），只要生命還在，你永遠可以看見映山紅燃亮了知更的胸翼。

三、靈魂的逃逸

在一座古園裏，兩個靈魂突然像摺疊的影子飄在一起，當愛情的希望已遁隱在案影裏，當心悸的痴戀已成了過去，鶺鴒在眼前飛成模糊的視線，曼陀林聲在寒顫的風中飄逝……

影子中的一人伸出五根手指，將另一隻手疊印成十指纖纖……不要任意撕裂美的記憶，記得星星在那個夜晚殞落，水上輕輕滑過一連串無聲的音符，此刻繆斯女神都是飛翔的星光，人暫時逃出生的窄門，漫步在處處散發薄荷般文學味兒的草原上，木豆樹的紫花正在微微的暖風中拂動輕捷的羽翼，結束了大地沉寂、緘默的冬季。

「桃葉渡」、「梅花觀」都各有一段美的故事。「桃葉渡」原來只是秦淮河與青溪合流的渡口，據說晉代王獻之與桃葉在此依依惜別，王獻之作〈桃葉渡〉相贈，故後人稱之為「桃葉渡」。「梅花觀」則是牡丹亭柳夢梅寄寓的廟宇，杜麗娘的魂魄曾在此與柳夢梅相會……當杜麗娘來到梅花觀翠翹金鳳，環珮玎璫，似幻似仙……還驚動了梅花觀的師徒。

淡彩似的暮靄籠罩，桃花靜悄悄地飄落，木蘭花染上煙愁……山長水闊，茫茫天涯路，豈是彩蔫尺素可以郵寄人間菱花水月之情？但在記憶的古園裏，時間的鐘擺緩緩倒轉……

古代那位傳說中的春天之神——東君，正將春天悄悄地交付給大地，於是霧一般的梅雨，流蕩在春風中的柳絮、荼蘼留住晚春的豔色……大自然正處於錦瑟華年……

四、無可奈何花落去

英國年津握德斯都克街落英紛飛，走過那些花樹下，撲得人香塵滿面，撲得人衣衫凝香……現代人少有悲秋傷春之感，不再為幾聲鶯啼、天際數行歸雁、飛絮殘紅、煙雨迷濛、斜月依偎窗前而引起感傷，殊不知拋棄那古典雅至美的情感是何等的損失。懂得那充滿文學味兒的情感，無形中也豐富了生命。

韶華易逝，在文人墨客間鑄成傷痕，敏銳地感懷「今」與「昔」的變遷。晏殊少年時就顯露不凡的才華，是神童，後來居於宰相高位，但被稱為「詞家射雕手」的他，最大的成就還是文學。他當宰相時每逢盛宴酒闌，必和賓客寫詩填詞遣興，雖然亭臺依舊，今日的夕陽已不是舊日的夕陽，因此觸引騷人詞客的傷感，寫出「無可奈何花落去，似曾相識燕歸來」的絕句。

報曉雞鳴，午夜鐘擺都帶著幾分警世的禪味，春夏秋冬四時的轉換也如戲詞：「人世繁華掃地空」。秋風颯颯，聽風中松果的落地聲，驚醒朦朧睡眼的我，彷若聽到擊罄敲鐘的聲響。

人生的謎題蹊蹺難解。「桑田成海又成田，一剎那堪過百年」海角冰輪，山崖紅日，人間滄海桑田，日月不斷交替。

在暗影籠罩心的迴廊時，眼前出現了海市蜃樓，樹端鍍上的金色霞光、紫色的薰衣草花田，丘陵、大海、茫野、森林……剎那間都自地平線消失了。斷腸句譜在一弦一柱的錦瑟間，在幽居中發出對玄秘命運的詰問……於是我來到一扇名為「時間」的門前，聽到時間的老人對我重複述說：「生命中某些珍貴的東西，就像一隻鳥兒飛出我們的手掌心，一去不返……」門兒在我身後重重地關起，時間的老人又喃喃叮嚀著：「惜時！惜時！分分秒秒如珠璣……」

本文刊載於二〇〇六年九月六日《自由時報》副刊

呂大明簡介

呂大明，福建南安人，國立臺灣藝專畢業，英國年津學院高等教育中心畢業，英國利物浦大學碩士、法國巴黎大學博士研究，曾任臺灣光啟社編審、臺視基本編劇、歐華作協兩屆副會長。法國文化部作協會員、歐洲學術聯誼會會員。現旅居法國凡爾賽。出版有：散文集《這一代弦音》、《英倫隨筆》、《來我家喝茶》、《大地頌》、《尋找希望的星空》、《南十字星座》、《寫在秋風裏》、《冬天黃昏的風笛》、《流過記憶》、《塵世的火燭》等十餘種，譯著《天主的子民》，戲劇《蘭婷》，並編寫電視廣播劇《梅莊舊事》、《孔雀東南飛》、《雲深不知處》兩百餘集。曾獲幼獅文藝全國散文獎首獎、臺灣新聞處優良散文獎首獎、兩屆華文著述首獎、耕莘文教院兩屆文學獎、〈讀馬致遠漢宮秋雜劇〉論文英文稿獲臺灣文建會翻譯獎。

那瓦荷之夢

喻麗清

以前美國的印第安人用柳枝打個圓環，拿仙人掌的刺在環上鑽孔，再以植物纖維在針孔裏來回穿繞，一張人造的蜘蛛網於焉成形，在網上掛幾根羽毛或幾顆貝殼磨的珠子，就是一張「捕夢網」。

「捕夢網」這個太過文明的名字，我不太相信是印第安人自己取的。可能是白人的生意經吧，如今每家賣印第安紀念品的小店裏都看得到。但這些摩登的人造蜘蛛網都沒被懸在窗上，不是釘在牆上就是掛在售貨架上，失去了它們原本的功用。（起初印第安人的用意是：把它掛在窗沿，阻擋壞夢進入，防止好夢出走。）

三年前，我收到一張捕夢網，是一個印第安小孩做的，其中不知纏繞著多少捕夢者的心願呢！而那個故事，也像捕夢者的希望一般，不知該從何說起。

十幾年前，有一對中國夫妻，一位物理博士、一位化學博士，都是大學教授，空暇時常替附近的中國孩子補習功課，輔導他們進入最好的大學就讀。日子過得越平順，他倆就越想到回饋的問題。

也許是中年危機作祟，也許真是上帝的安排，有一天，太太忽然想到：其實，在美國最需要輔導升學的不是中國孩子，而是印第安小孩。為什麼不去印第安人那兒教書呢？

先生以為她不過說說而已，沒想到她真的開始給印第安保留區的中學寫信，詢問是否需要教員。她甘願放棄大學教職，去為印第安孩子服務，但寄出去的信卻如石沉大海。

一年後，太太親自前往亞利桑那州的那瓦荷部落，她在那兒的灰山中學見到校長，親自說明要為印第安孩子服務的心意。校長說：「您的信早已看過，只是不太相信真有博士肯來我們這裏屈就。我們這兒不容易留住老師，無所謂發不發聘書，你如果願意，現在就可留下。」自此她再也沒有回過華盛頓。

很久之前，這個故事就一直感動著我。

終於，聽文友小華說那瓦荷印第安學校打算跟內蒙古的學校結為姊妹校，和中國大陸交換雙語教學的心得。她的朋友帶隊出發前，要她去給那十幾位老師臨時惡補一點中國文化。我一聽，立刻問：「我可不可以一起去？」我很想見識一下真正的印第安生活，更想認識那兩位隱士。

我們就這樣坐了飛機過去。在鳳凰城機場，見到了子文和述中夫婦，子文身材圓胖、個性幽默，十分印第安化；述中卻瘦高，還是個中國學者的模樣。不知是因為在故事中早已熟悉，還是難得「他鄉遇故知」，我們沒有浪費半分鐘在客套上，就這樣上了他們的休旅車。

車開了四個多小時，才到達那瓦荷印第安保留區，路是愈開愈偏野，天色也愈來愈暗，沙漠中落日的輝煌雖然璀璨非凡，但夜幕漆黑，伸手不見五指；只見車燈照射到的路邊，不時閃現著一兩個白色花圈，我忍不住問：「那是什麼？」「是印第安人被撞死的地方。他們酗酒的情況比我們想像的嚴重得多。」

子文說：「說來真叫人難過，我有個學生本來很有前途，好不容易被我教到可以代表學校去跟白人比賽數學了，誰知道比賽的前一天晚上，他喝得爛醉，第二天根本沒辦法去。」這樣的傷心，不是屬於血淚的那一種，但一個人靜靜地回想起來，依然會心如刀割，我想我可以體會那種心情。

「我發覺那就是他們逃避現實的方法。我們做老師的，完全鬥不過他們的家長。這也難怪，他們整個民族的自尊和自信，已被白人摧殘得不像樣。幫他們重建信心真的很不容易。」

夜裏，我們還看不出印區的貧困與荒涼，第二天在大太陽底下一望，這才明白所謂的保留區就是一望無際、「沙不沙，土不土」，連仙人掌都懶得生長的荒原。唯一的中學名叫「灰山」，倒很貼切。

黃土地上的幾排平房，散落如一個營區，房子都十分簡樸，使我想到臺灣的眷村。這是在美國嗎？不用懷疑，這就是灰山中學的教職員宿舍。屋內倒很舒適，子文用印第安人的披肩做了窗簾，述中在客廳自己裝配了「大耳朵」和大螢幕電視，牆上、桌上放的都是孩子們的手工藝品（這些都是學生或家長送的禮物）。在化外這片自開天地，灰山竟也有了個中國之家呢！

述中說，子文的學生都管她叫「grandma」，常常一進來自己就打開冰箱找東西吃，晚上有時還問可不可以睡在這裏。

中國人總說要奉獻自己，為別人服務，子文夫妻倆什麼大話都沒說過，悄悄就來這兒和印第安人同甘共苦了。詩人紀弦寫過的小詩，又一次在我心中響起：

從前我真傻
沒得玩耍
在暗夜裏
期待著火把

如今我明白
不再期待
說一聲幹
劃幾根火柴

我不知道他們的火柴劃在印第安人的荒原上，能有多大的光亮，但在子文身上，我真正見到女強人的典範：那種韌性、那種包容力、那種隨遇而安、那種無私的愛。在她灰山的家中小住三日，使我對她倍加感佩。

直到現在我還記得，他們家的窗戶縫隙中長出一株瘦小的沙漠植物，連窗臺上的沙裏都長得出植物來，外頭每天吹來的風沙可想而知。隨沙塵吹來的種子，卡在那兒，生長就是它的使命，其他都是天意。粗礫其外，豐潤其內，正像子文他們的寫照。

由奢入儉或由儉入奢，可能都不是問題，問題是那頓悟時的靈光一現從何而來？我也常想在暗夜裏劃幾根火柴，但卻始終只是夢也似地掛在窗沿的那張網上。

那張網就是我從子文那兒得來的、印第安小孩親手做的小網。上面曾經捕到一個那瓦荷之夢，那個夢已經捨不得出走，留在灰山的窗隙中，為謙卑的人做了永遠的見證。

喻麗清簡介

喻麗清，祖籍浙江杭州，成長於臺灣，現定居美國。臺北醫學大學畢業。北極星詩社創辦人。後赴美深造，先後任職於紐約州立大學水牛城分校及柏克萊加州大學脊椎動物學博物館。曾任耕莘寫作班總幹事、海外華文女作協會會長、北醫北加州校友會會長。作品經常入選各種選集及教科書中。曾獲散文著作金鼎獎、文協散文獎章及兒童文學小太陽獎。

著作有：翻譯《中國有尾兩棲類研究》，詩集《未來的花園》，散文集《蝴蝶樹》、《沿著綠線走》（獲金石堂十大好書之一）、《捨不得》、《親愛的魔毯》等數十本，亦有簡體字版《喻麗清作品集》五卷本（河北：教育出版社）、《捨不得》系列三卷本（花城出版社）。

女人的白宮

呂紅

當目光輕觸的一剎那間，竟有幾分似曾相識的恍惚。俄勒岡州波特蘭之行和夜宿「白宮」實屬我的初次經歷，怎會生出「他鄉遇故知」般的親切呢？難道，恰巧應驗了所謂前生後世的輪迴之說？

我們驅車抵達時，正是黃昏，天空飄著零零星星的小雨。凱文和女兒先下車去辦理手續，我仍坐在車內等候。向窗外望去，細雨中的白色豪宅，古典風味的巨型圓柱，襯托出一派雍容華貴。門廊上方有美國和英國國旗，還有一支以藍色為主色調的旗幟在白色樓臺上飄逸，最令人怦然心動的則是那綠茵茵的草坪，和古樸別致的暗銅色雕花噴泉……，不由得想起早期美國作家霍桑的小說，那塵封歲月中一縷淡淡的記憶。

少頃，一位英姿勃發的年輕人笑盈盈地走出來，匆匆和凱文先後走到車旁對大家表示歡迎，然後提起了大包小包的行李。他邊走邊笑著介紹自己，並說明白宮的歷史淵源。他給了每人一把大門的鑰匙，又順帶讓大家觀賞了一番前廳和後花園的環境：白色的籬笆上爬滿青藤綠葉和嬌豔欲滴的花朵；精巧的白色桌椅，陽傘下一方休閒空間；花壇、小徑，幽香含露的玫瑰處處盛開，分外賞心悅目。

美國華盛頓DC的白宮，人們久已聞名，即便沒有去過，至少也從報刊或電視上看過它的形貌，卻不見得知曉俄州波特蘭還有一座白宮，更有意思的是，它們不僅名字相同，連外觀亦有幾分近似。只是，這白宮並非什麼官邸，而是一家僅有九套房間，以典雅浪漫、懷舊著稱的小型旅館。這裏修建於一九一一年，據說從前是一位大富豪的家。風格屬古希臘式，室內陳設也極為獨特，從客廳地毯的圖案色彩、絲絨窗簾、仿古家具、水晶吊燈、黑色氣派的三角大鋼琴，餐廳內筝重古老的收音機、蠟燭、長型餐桌上擺放的酒杯及餐巾，到各類東方瓷器、西洋雕塑等精美藝術品，都纖悉無遺的保留了前一個世紀上流社會的原始風貌。

其不僅在外觀上獨特，就連經營管理的方式也是獨一無二。當日傍晚，我趁著最後的光線在白宮門前的草坪留影時，正巧遇到那位年輕人，他已經換了休閒裝，準備下班。我拉著凱文，原打算請他幫忙拍照，一看見這光景就有些不好意思。凱文說：「不急，反正還有明天呢。」年輕人笑笑，揮手道別。我這才明白，為什麼除了房間的鑰匙之外，他還給了每個人一把大門的鑰匙，好像整個旅館就一兩個人在打理，而且並非二十四小時，只有早餐時間或下午辦理入宿手續時才有，之後一切便隨意自在，如兒女自遠方歸來，寬敞豪華的客廳和美麗的花園任你逍遙。若在星級高檔酒店裏，要聯絡事情時必須撥打不同的電話號碼，走道上也常常見到清潔工推著車，忙碌地更換著房間的被單、浴巾等等，雖然服務十分周到，總讓你有身在異域作客的疏離感。而波特蘭白宮家庭式的親切隨意，在我的旅行經歷中真可以說是「絕無僅有」。

我一時樂得興起，叮叮咚咚地在客廳黑色的大鋼琴上彈奏起來，費力地敲出爛熟於心、指法卻生澀的中外名曲，譬如〈梁祝〉、〈黃水謠〉、〈魂斷藍橋〉之類，還自彈自唱起家鄉小調

〈洪湖水浪打浪〉，以及西洋民歌〈紅河谷〉、〈美麗的梭羅河〉等這些曾經風靡激盪無數年輕的心、而今已被稱之為「老掉牙」的老歌……

回首豆蔻年華，舞臺上大大小小的樂器裏最熟悉的，還是我親愛的手風琴。猶記初讀小學的我，偶爾經過南京路一家寄售商店，從玻璃櫥窗往裏看，噢，一架亮澄澄的鋼琴竟一下子照花了我的眼！心中的渴望不禁不斷冒出：「什麼時候，我才能擁有一架這樣的鋼琴？」彷彿為了彌補愛和缺憾，讓孩子們增加一些文藝細胞，母親後來終於下定決心買了一臺銀色的手風琴（64貝司，比較小型的。）而今，我想用不夠靈敏的手指，在陌生的琴鍵上彈出曾經伴我走過多夢花季的〈波蘭圓舞曲〉、〈波爾卡〉和〈多瑙河之波〉時，不僅找不到絲毫感覺，甚至軟綿綿的手指連一點力度都沒有；鋼琴啞了似的失去它優美流暢的聲音，唉，令人陡然生出一番「朝花夕拾」般的感嘆！

暮色漸深，登上樓梯，環顧四周，左右兩面牆上各有一幅文藝復興時期的繪畫，無論是構圖、人物的裝束和神態，都展現了豐富的人文景觀及審美趣味。古典的白色雕塑，是一位體態豐盈的母親，頭頂著水罐，一手抱著孩子，有如聖母。靜幽幽的走廊掛有主人和其家眷子女與愛犬的黑白照片，似乎透露出未隨時光流逝的舊日情懷。小臺上放有各類書刊報紙供賓客隨意消遣，我隨手選了兩本《Solo Faces》、《The Boy's Tale》，留待靜夜裏慢慢品味。

住宿的房間並不大，與豪華星級酒店套房絕對無法相比，但小巧雅致、妥貼而充滿溫馨。古色古香的木桌上擺著兩支酒杯、兩顆巧克力糖，還有兩塊自製的甜點，讓房客感覺像是回到自己的家中一般。所謂家，不就是任你自由自在、放鬆身心、洗滌煩惱，容納你脆弱無奈和枯索的地方嗎？當你天涯羈旅、異地漂泊時，有這樣寧靜之處，讓你拋卻塵俗、神思遨遊，亦有光陰夢蝶之慰藉！

我將自己沉入沒有噪音喧嘩的夜晚。房間裏沒有電視。彷彿時光倒流，幽情如夢。嫋嫋的音樂聲流進這座典雅的宮殿，流進賓客的房間，始終伴隨著；夜晚在輕柔的音樂中入夢，那窗外點點滴滴的雨水似乎在應和著。睡夢中，我將拇指包在手心，拳合著抱在胸前，身體微微蜷曲，像是安睡母體的胎兒。

波特蘭白宮從未衰敗或於歲月煙雨中湮沒，除裝飾風格迥異的套房客來客往，加之周末舉行大小婚禮、婚宴，一圓新郎新娘的甜夢，亦為月色朦朧中「爬格子」的夜貓子憑添幾分靈感或寂寞詩意。在睡夢裏，我似乎依然和故友、和曾經神交過的古今智者交流……

思想家梅特林克說，那微妙的胚芽和細胞永藏著回憶……我是說那世代相傳的神秘胚芽，深藏於男人和女人身上：染色體，或者恰如羅斯唐所指的「遺傳物質的特殊基因座」，遠古的祖先將它們傳給我們，又傳給最遙遠的後代，在顯微鏡下不時會瞥見它們，它們代表著生命中一切活著的死者，也代表著所有即將誕生的孩子；它們是人類和民族全部的過去和未來。我們僅是一瞬，而細胞的生命將如地球那麼漫長。它們珍藏著史前史，和人類的整部歷史。

我注視著白宮裏許多珍貴的藝術品，由母親頂著水罐、一手抱著孩子的白色雕塑，聯想到歷史中女人對這個世界的貢獻，以及女人所遭受的種種不平等待遇和磨難。十九世紀某些批評家曾經嘲諷女作家喬治桑的作品不是產生在頭腦裏，而是產生在子宮裏。事實上，子宮不正是最溫暖的生命孕育之地嗎？生命的孕育、成熟到生產，要經歷怎樣難以言喻的苦痛？而這些，卻是男權社會所不屑一顧的。無論是在東方或西方的語言中，「人類」（human being）、「人」（human）、「歷史」（history）等詞語都不包括女人，她們在人和歷史的範疇中是不在場的缺席者。文藝復興的人文主義思想，指是抽象的人，具體地說，僅指男人。因此很多時候，女人的心就像微雨的天空，是潮溼的、低抑的。悲哀的是，這個世界的資源，絕大部分還是被男人控制著。而男性的強悍，其實是需要女性的陰柔來調和平衡的。不然，就不會有古典名著《紅樓夢》的「煉石補天」和絳珠仙子的血淚之慟，也不會有寶玉「女人是水做的骨肉」的感慨了。

「讓生命麗似夏花，美如秋葉」，泰戈爾的低吟淺唱，彷彿在對女人說著話，句句流向心口。這世界不光有男性那粗礪、堅硬的爭鬥，還有女性那纖柔細膩、充滿彈性與質感的聲音於無聲處存在。女人擁有深長而痛楚的生命體驗，對於愛與善與美的呼喚的焦灼——女人若能多點機會參與社會，世界是否會變得更人性、更美好一些呢？

這一切，唯有愛才能做到。愛，是旅行，是運動，是聚合的速度。愛是創造的力量（勞倫斯）。而「偉大的女性引導我們飛升」（歌德）。我從那頭頂水罐、手抱孩子的母親身上；從牆上風情依舊的相框裏；從古色古香的橢圓形鏡子中，清楚感受到文明興衰和時代變更中女人命運的異同，並感受白宮那如蘭的氣息、依稀可辨的指紋和女人的心靈密碼……我感念、尊崇那些在政治、科學、文化教育和文學藝術等一切領域裏留下英名的女性和男性，更推崇那些為爭取人類的平等自由而一生努力不懈的，偉大或平凡的女人！

清晨，我來到飾有絲絨垂幔門簾的餐廳，已經有來自不同地域的客人陸續相聚於此，在燭光閃爍、鋪著白色臺布的長形桌旁團團圍坐。侍者和廚師為每位客人精心準備了水果沙拉、鮮果汁、煎雞蛋和火腿麵包……。來自歐洲的白髮老太太和親友、美洲的夫婦或情侶、加拿大的中年母女等一邊享用美味，一邊漫無邊際的聊著……間或發出一陣笑聲，洋溢著家庭似的輕鬆氛圍。耄耋之年的白人夫婦，對偶然一道共進早餐的天涯客感慨，一路旅行不少地方，亦曾在美洲、歐洲多家旅館和酒店逗留，唯有這裏，令人印象深刻。

明天也許大家就各奔東西，相互忘卻，但這早餐瀰漫的溫馨氣息，依然會淡淡的留存在心底。

臨別，翻開留言簿，我呆坐桌前，斟詞酌句，中、英文轉換著在肚裏造句，偏不理會凱文要辦理退房手續的催促，每逢這時候，我就格外執拗，任憑急性子的他氣呼呼地拎著行李下樓。說什麼也要在那兒寫下或許不甚流暢精彩的短語，或為紀念、或為感謝。手持數位相機在大門前頻頻留影，前廳、後園的拍，依依不捨、往返流連……當我在電話裏和友人分享這個新奇的經歷時，朋友也歡喜地叫出聲：「居然美西還有這麼一個別致的去處！」真沒想到，無需千里迢迢往美東華府跑，就能體驗「白宮」之趣！

是啊，自美國經歷九一一恐怖襲擊之後，華盛頓DC白宮一帶早已是壁壘森嚴。據說曾經有一位遊客冒失的逾越警戒線，才剛踏入草坪就立刻被一幫體格剽悍的警衛強行按倒在地，無法動彈。朋友感嘆：從前白宮是各國旅客遊華盛頓的重要參觀景點，而白宮似乎也是個美麗的象徵，可是如今，誰能想像白宮冷漠得叫人望之卻步？一向自詡為最強大、無堅不摧的美利堅，怎會落到必須日夜防備恐怖分子偷襲，且至風聲鶴唳、草木皆兵的地步？是血的教訓讓老美「吃一塹、長一智」？亦或其超大強國的形態導致另一世界的極端反彈？被權謀、貪婪、種族仇恨和一場接一場的戰爭暴行摧殘的文明世界，何時才能恢復並重建各民族自由與幸福、美好的家園呢？

微雨中帶著如許惆悵，我告別了波特蘭。

平生素有丟三忘四的毛病，差不多每次旅行都會遺失一些小小的隨身物品。譬如上次回大陸旅行，一不小心就將珍珠項鍊及手鍊遺忘在廣州中國大酒店裏，後來還是請朋友霓幫忙，憑我的護照傳真取回。而這次，沒什麼遺失的，卻無意地帶走了一點東西，成為一個偶然的意外。當我和凱文及女兒匆匆離開波特蘭，前往另一個城市（尤金）的路途中，忽然發現手袋裏多了一串鑰匙，仔細一看倒怔住了，天哪，竟是白宮的鑰匙！

回想起來，是那位開朗熱情的年輕人最初發給每位客人的。臨走結帳時，大家都忘了我這裏的一把，而我自己也忘了這件事。

是否有誰在冥冥之中提醒著我勿忘白宮，勿忘來日再遊波特蘭，憑著開啟大門的鑰匙，重溫舊夢？

本文刊載於《世界周刊》一一〇五期

呂紅簡介

呂紅，畢業於武漢大學中文系。美國俄亥俄大學研究學者。現為《紅杉林》文學刊物主編、華中師大文學院博士生、美華文協副會長、《星島日報》副刊專欄作家、《世界周刊》影評人。著有長篇小說《美國情人》、《塵緣》，散文集《女人的白宮》，小說集《紅顏滄桑》等。作品選入《美文》、《美國新生活叢書》、《二〇〇四年全球華人文學作品精選》、《一代飛鴻——北美小說精選》、《二〇〇五年世界華語文學作品精選》、《北美華文作家散文精選》、《二〇〇六年世界華語文學作品精選》、《華夏散文選萃》等。曾獲各類文學獎；美國國會圖書館亞洲部嘉獎；國會參議員、加州眾議院、舊金山市長和參議會等頒發的特別貢獻獎等。

靈魂歸宿

顧月華

晨曦中我醒了，一如每個寂靜的早晨，在小區花園內的鳥聲中醒來。

披上晨袍，煮一杯香濃的「espresso」，我用在義大利西西里島上買的小咖啡杯慢慢喝著。出國前十年，連作夢都會聞到燒餅和油條香，但如今只愛猶太人的硬麵包圈，將它塗滿厚厚的土耳其乳酪，沒有比這更香的早餐了！

我躺在紐約家中的床上，一早就想像著自己在上海的房子周圍徘徊，如靈魂出竅一般，清楚地看見那份早餐正被我盡情享用著，就像貼近地面的雲朵，俯視著地上活動的人們。但這只是短暫的片刻，我很快就會起床，匆忙地趕著地鐵，手上拎一杯美國人才喝的、淡淡的、加牛奶的、被歐洲人稱為「Americano」的咖啡去上班。不是我不想喝「espresso」，是我沒時間煮咖啡，在現實生活裏，時間不是用來消磨的。

兒子埋怨我還不肯放棄紐約這幢老屋，讓他為我們買的、那麼舒適迷人的房子空著，也許他以為我並不在乎他給我的這份大禮，事實卻正好相反，我珍惜這一份孝心，甚至時常感到陣陣的心疼及愧疚。

給我們買房子回故鄉養老，似乎是兒子長久以來的願望，他認為我們已經到了回國養老的年紀，最要緊的事便是把我們安頓好，所以一定要替我們買房子，這樣才能同父母長相聚。

他把我們母子倆在河南禹縣相依為命的幾年時光，回味了一生，他跟我下放到貧困的農村，我們過著莊稼人的生活，我挑水、和煤、下地幹活、生爐子做飯，我替他養了雞和兔，還有一隻小羊羔，我納鞋底替他做棉鞋和棉衣，我收買了鄉親們送來的、所有能給他吃的好東西，我們在寒冬中到山頂開荒地，他凍得熬不住了，向我要了鑰匙，一路跑回村裏，在家哭夠了又上山來找我。

這些日子的晚上，我關起門給他講故事，故事講完了又給他編故事，故事講到一半，結局由他告訴我：老虎要被人打死，好人絕不能有壞的下場，否則他一定會號啕大哭。

在我下放的山區有一個叫神垕的地方，是鈞瓷產地，我領他前往，他看到了滿山遍谷的廢瓷，那在高溫烈火中煅煉成器的只是鳳毛麟角，當地的土質蘊含稀有的礦物質，常會在焰煉中發生難以預測的窯變，瞬間產生奇妙無雙的豔麗，使紅中透紫、紫中藏青、青中遇藍、藍中泛白、白中隱紅……窯變造就的是稀世珍寶或尋常器皿，一切都在不可掌握的冥冥之中。我時常藉此告誡他：成功得來不易，失敗並不可怕，而挫折是必然會發生的規律。

鄉下的生活再苦，有他在我懷裏，幸福也就抱了滿懷。每隔數月，我們回去與丈夫團聚；我們回城不易，得半夜動身去縣裏趕搭長途汽車，由老鄉拉架子車送我們，他被安置在車上、躺在被窩裏，我在邊上一路連走帶跑，跟著走幾十里路進城。記得暗夜中他雙目炯炯如天上的星星，在長途車上我將他緊擁在懷中，看著他甜蜜的睡容，我不時俯首親吻他的臉龐，這是我們母子互相擁有的唯一幾年。歲月無情，縱然是骨肉，即便是夫妻，也會因為生活或命運的安排而變得破碎支離。

我們都是必須服從調配的人，孩子又在上學的年代遇到學生不上課的年頭，他本人也因為哮喘的過敏體質，經常生病、不斷轉學而影響了他的學業，中學畢業後他便輟學了。

後來他和人去外地做生意，從肩上搭著牛仔褲闖蕩到關外，直到牽引出稍具規模的兩地貿易，孩子很快就有了「小金庫」，可是在他洋洋得意自己十八歲就當經理的當口，我卻無情地澆熄了他的經商夢。我希望他完成高等教育，即便世人衡量人的地位倚重金錢財富，我自有另一套不可更改的價值觀。也許是我「迂腐」的人生觀影響了他，他放棄現實中已把握到的實惠，決定讓自己再一次接受挑戰，他把自己關進小屋溫習功課，終於如願考上了大學，使他有了新的蛻變，我很為他感到驕傲。

偏偏命運依然不肯放過他，大學二年級時他又不得不放棄學業，糊里糊塗地跟隨家人移民到美國。但美國不是天堂，也不是他甘心重新拚搏的戰場，幾年下來，他覺得自己的未來不屬於這裏，不願再用年輕的生命去換美元，這次他不再重視眼前的既得利益，唯唯諾諾、任人擺布，他丟下賺錢的職業，毅然畫下一個義無反顧的句號，獨自回到中國。但故土依舊，人事已非，他才發現他已不再是在校的大學生，也沒有固定的職業可以依賴，游離在一圈又一圈的人際關係網外圍，他是一個「擦邊球」，不是出界便是出局，在人材濟濟的茫茫人海中重新挺立，難上加難。他受了很多委屈，無助地看著同學及朋友們至少還有組織庇蔭，他甚至不能向年歲漸老的父母哭訴，只是時常在電話一隅對我說著讓我寬慰的話：他想我們，希望我們不要再做事，反覆地說著要為我們在中國買房子的願望，這倒成了他回國找前途的目標。但為什麼世上最嚴峻的考驗，時常連續落到兩代人的身上？他告訴我他再次面臨變故，如神垕的土正經受窯變，也許一下子不會成功，但他絕不會在困境中倒下去。話是說得輕巧，在窯變中想放出異彩，談何容易？

憑藉他自身的性格魅力及朋友們的關愛相助，他終於在競爭激烈的地方重新風光起來，做他愛做的事，過他想過的生活，但他還是想跟我們一起好好地過日子。我此時更理不清心中的甜酸苦辣，似乎我們期待的也是這麼一天，兜了一大圈，回到起點竟是這麼的困難，要享受天倫之樂竟如此不易，而我對他曾有過的干預和影響，是否錯引了他一生的運程？這盤棋的得與失要如何計算？

那年兒子特別想我，清明節時他和阿姨去了外婆的墳上，告訴她們他想媽媽，他一個人在上海，再怎麼頂天立地，喝了些酒便哭開了。電話掛斷，我便買了機票回去看他。他白天在外忙碌，每天就算晚上回來再晚，也會到我床前噓寒問暖，總是想讓我開心。這期間正好遇上母親節，那天他陪了我一天。那個春天，我看到自己的兒子已長成一條漢子。

兒子成了家，家中一切擺設，都經過他和媳婦認真的精挑細選，和親力親為的設計和裝修，不久之前，我心潮澎湃地接過這一幢房子的鑰匙；它座落在上海號稱亞洲最大的別墅群中。陽光充足、空氣流通的屋子裏寬敞明亮，被兒子裝潢得精緻舒適的安樂窩的每個角落裏，我都能看到他滴落的汗珠，和著我在到達時喜悅的和離去時悲傷的淚水，喚醒我一生的回家之夢。

我必須承認，即便我已順服了這裏的水土，但依然患有思鄉情結，即使我暫時因故尚未回去，但我也已精心布局了家具陳設，從義大利的壁氈、西班牙的掛盤、阿拉斯加的太陽神燭臺、威尼斯水巷的彩色玻璃小缸，及許多自世界各地搜羅的愛物先一步落戶於此。一件內層孔雀綠、外表雞血紅的扁鼓型大圓缽鈞釉，曾與我在鄭州機場邂逅相視，它似乎在那裏等了我很久，我當場扔棄一些隨身攜帶的東西，用雙手把這一只大缽抱在懷中，這件大瓷，為我新屋的客廳畫龍點睛，它當仁不讓的成為眾人注意的目光焦點。我喜歡它碩大的肚量，可以裝滿瓜果桃李待客，豐盈的食物、水果和清香撲鼻的茶水，留住我和朋友知己款款談心。

我每到白天便會神遊夢鄉，我的心就跑到那屋子的房前房後徘徊，原來靈魂也需要歸宿，否則會徬徨失落。更何況我知道兒子正翹首以待地盼望著我，每當我想起他現在硬朗的身體，就對這七尺男兒幼時的孱弱感到不可思議。他的無數次發病令我們心驚肉跳，害怕失去他的恐懼曾如影隨形地跟著我們十來年，但更多的時候我感慨生命的奇妙，他每次的重新突破都令我驚喜，彷彿不可知的瑰麗色澤從熊熊烈火的窯變中產生；所以我看到的這幢房子不能用市價來衡量，它是一份最珍貴的禮物，恰如上天給了我這個兒子。

此文刊載於二〇〇七年二月七日《世界日報》副刊

顧月華簡介

顧月華，上海戲劇學院舞臺美術系畢業，從事舞臺美術設計，擅長油畫、攝影。在上海、鄭州、紐約、東京等地舉辦過個人畫展及群展。海外華人女作家協會會員。目前定居紐約。在中國、美國、香港、臺灣、新加坡等地發表過小說、散文、詩歌及評論。出版有：小說集《天邊的星》。

生命的圖像

曉亞

今年初罕見的嚴寒冷冬，讓院子裏翠綠長青的白榕一夕間全覆蓋上萎黃焦枯的色彩，原本終年青邃的樹葉在極低溫的殘酷侵襲下，如火燒似的，頓時枯萎乾竭，挺壯的軀幹失去昔日的颯爽姿態，一陣風起，滿樹焦黃的落葉隨風飄散，生起了幾分悽涼的景象。

一甲子難得一見的超級寒凍，對大自然中毫無遮蔽的生命是殘忍的考驗；人生當中也隱藏著許多難以預料的風暴，在沒有防備的時候猛然降臨。一年前，母親嚴重摔傷，倉促返臺，在三萬呎高空上狹窄擁擠的空間裏，腦中思緒紛雜混亂，望向窗外，廣闊無際的天地一片冰凍死寂，湛藍的天空澄澈、無聲，靜默中帶著幾分陰鬱逼人的氛圍。在病榻旁的日子，於身心疲憊與惶惑中，開始思索人生的本質與實相，究竟無常的意義為何。人生是如德國哲學家海德格（Martin Heidegger）所說：「人是步向死亡的歷程」（being toward death），是一條由生緩慢然堅定地走向死亡的道路；還是心經上美麗的文字：「諸法空相，不生不滅，不垢不淨……無老死亦無老死盡」？生命只是不斷的循環與來去，如同太陽的昇起與降落、花朵的綻放與枯萎、季節的交替與更迭，沒有起始，也無終點。

在外科加護病房時，隔壁病床的阿婆每日都來探望她的老伴。低沉瘖瘂的悲泣聲伴隨佛經聲聲呼喚著沉沉睡去的老人。母親的情況逐漸好轉後，轉出加護病房，阿婆仍日日守候在五樓，如同我們當初期待奇蹟般地盼望老人的甦醒，皺紋滿布、為憂傷所覆蓋的蒼老臉龐，爬滿了不捨與疲困。有時候在醫院廊間不期而遇，就想起老伯瘦弱的身軀仍在與死神搏鬥著，眼前阿婆蜷曲在冷硬板凳上、堅毅不願放棄的佝僂老態令人動容。在醫院的時間越長，就見到越多為所愛之人擔憂淚流的哀悽畫面，阿婆的身影只是其中之一，她與許許多多徘徊醫院病床間的眾生身影重疊在一起，反映了人世間的悲苦果報，每張病床都是一個故事，一個真實的人生，一個必需己擔己受的現實無明。無緣大慈，同體大悲，唯有自己親身體會過才能深刻感受、體捨他人的傷痛。

從外科加護病房轉移陣地到七樓的呼吸加護病房，拔除了插管的痛苦，開始鍛鍊身體自行呼吸的能力，然後隨著病情樂觀的進展，終於可以脫離日夜被醫療觀察儀器監控的日子，住進普通病房。當時我向母親開玩笑，從五樓一路進展到七樓、八樓、九樓，代表著「步步高昇」，不好起來都不行。那時候的她，其實意識尚未完全恢復，沒有神采的眼精有時像是脫離軀殼般，神遊在遙不可及之處，如同澄澈清明的一潭湖水突然滯礙混濁，失去了昂然的生命力，她的身體雖與我們在一起，靈魂卻不知飄盪在哪個不可知的神秘境界裏。守在病榻這段期間，經歷了一些宗教上難以解釋的心靈感應，佛經上的文字帶來穩定的依靠和信仰的力量，從沒有任何時刻能像這樣感受與宗教的貼近，及其所帶來的心靈慰撫。人力的盡頭是我們無法想像的偉大之能的開始，尤其在面臨痛苦、擔憂、害怕和人生無常的試煉時，更深切體會自我的渺小與無助。後來我問她，在神識昏昧臥床之時，有沒有什麼特殊的體驗，像是到天上宮廷走一遭諸如此類神奇的經歷，因為常聽人說，從鬼門關回來、有過瀕死經驗的人，都會有常人難以言喻的啟發性奇遇。母親看著我，像是聽完一則天方夜譚後，搖搖頭。受傷後前三個月的時間，對她來講，恍若隔世，當時的人、地、時、物，彷若身上的塵埃般通通抖落開來，不留絲毫痕跡，印象豈止模糊，簡直像是從來不曾存在。傷前的記憶，很多也都像消磁般地從人間蒸發，這場意外與身心的重創，將她整個人生如洗牌似地打散再重新組合，從黑暗中甦醒過來，迎接她的是一個對她來說幾乎全然嶄新的世界，我看到了以前不曾注意或是被生活奔波操勞隱抑起來的純真本質，七十歲的婦人臉龐上嵌的是一雙黑白分明、如同孩童般清澄無瑕的雙眼，沒有了過去沉重的包袱和負擔，種種煩惱怨憎跟隨著許多記憶煙消雲散。我想起了浴火鳳凰的重生，唯有經歷天崩地裂的罪苦與折磨，才能拋開所有歲月沉澱累積的不純粹，重新歸零，展開全新的生活。而這純真，原是初始即跟隨生命而來，卻要大費周折來應證它的永遠存在。

母親的醫生，這個將她從死神手中搶救回來的人，大概是上天派來的使者，具有一切慈悲良善、令人感到溫暖的特質。醫生的雙手展現與疾苦生死對抗的悲憫意志，他們拉著生命的繩索，與死神拔河，點燃無數徘徊於絕望恐懼的人們心中的那盞燈。當你到醫院走一遭，尤其是生死攸關的加護病房，便能深刻感受到身著白袍的醫生在病患家屬眼中生命守護者的神聖地位，雪白的袍子彷彿閃亮著來自天上燦爛溫暖的光芒，成為最憂傷、無助的人們懷抱希望的倚靠。過往對於醫生的印象是疏離而陌生的，經過母親這場事件，才發現「醫生」是非常特殊的一門行業，掌握著攸關生命去向的重大挑戰，病人的生與死往往就在電光石火的一瞬間，而唯有醫生這樣的角色如此貼近生死邊緣，近乎與上天並肩而戰，為生命的延續做最艱鉅的奮鬥和努力。不是每個人都能披著白袍，坦然遊走於生死交界處，完成那許許多多也許是逆轉天意的不可能任務。

美國神經外科醫師 Dr. Frank Vertosick 寫了一本暢銷書《When the Air Hits Your Brain》（《當腦袋開花的時候》，臺灣譯做《神經外科的黑色喜劇》），其中以風趣幽默的筆調提到，天文學家研究天上的星體，但從來無法摘下星星來觸摸；物理學家將原子打碎，留下上帝的痕跡，卻沒有辦法伸手到質子裏試試碰觸到夸克的滋味；而只有醫生，腦神經外科醫生，膽敢在數小時之內，將雙手浸潤在深藏所有演化奧秘的血淋淋腦袋殼裏，試圖發掘生命的真相，讓五十億年的演化機能更上層樓。書中所寫的幾則發生於醫院的真實故事，醫生與病人並肩搏鬥的真情流露令人感動，也真誠坦白地揭露了醫生面對病患死亡時心中的愧疚、自責與掙扎。當醫生誓言要為眾生的健康與福祉奉獻所有的智慧與努力，他們與病患的關係便連結起來，成為與病痛及所有來自上蒼的考驗一起奮戰的生命共同體，是無可分割的。

在臺灣停留的日子，幾乎每一天都在醫院中度過，看到許多來來去去，為疾病、殘缺、病苦所折磨、煎熬的平凡人物，他們的生命像突然走進岔了路的軌道，或是被打亂的一盤拼圖，等待重新歸位，拼湊完整的圖像。那個在八樓隔離病房整天緊蹙雙眉、沒有兒女服侍在側的孤單老婆婆，九樓神經外科病房剛動過開腦手術的抑鬱中年人，還有那個風雨無阻，每天早晚乘坐捷運到呼吸加護病房探望老伴的滿頭花髮的伯伯，及候診間等待斷層檢驗報告、臉色蒼白的年輕女孩……，整整一年過去了，這些在醫院擦身而過的陌生人，他們臉上的蹙眉，一個抬眼、幾枚歲月刻劃的痕跡，踽踽的腳步，投足舉手間臉部線條的變化及顯露的心情起伏，至今每個畫面仍清晰浮印腦海，像是昨日才發生的事。

生命是這樣的充滿種種缺憾，當切身貼近生死一線時才能深刻明白萬事萬物的無常，沒有什麼是永恆不變的，人生便是奠基在虛幻的無常之上。這兩天不遠處的山林野火正熊熊焚燒，超過五十萬人被迫撤離家園，一場大火燒得人肝腸寸斷，自然災害的摧殘、疾病的折磨、意外的打擊、親人的生離死別……，無常隨處示現，無時無刻不在。我們什麼也留不住，身體、心靈、財富、喜怒、愛憎……，如朝露般在太陽升起後便消失無蹤，也如閃電般稍縱即逝。生命的深刻性於是不存在於它的長度與世俗的評論價值，而在於能否以寧靜、和諧的態度活在當下，仔細體會生活的每個實相與最微細的點滴；生命的圖像是否完整，恐怕也非來自於平靜無波、幸福相隨的生活，而只是接受，接受那每個加諸身上的種種美好、醜惡、愉悅、殘酷……和種種現實。空海大師說：「不要制止風，願將此身化為風，不要制止雨，願將此身化為雨。」我們無法制止風雨的來臨，只有化為風雨大地的一部分，拋開自我與無常的對立，試圖與所有環繞周遭的萬物合而為一，生命的深刻與完整性於焉建立。

經過一年的休養，母親復原的程度超乎原先所想望的。現在她的思考模式如孩童般坦誠而直接，喜怒哀樂情緒的變化全明明白白地寫在臉上，與過往壓抑、矜持、寡言沉默的模樣截然不同。雖然人生當中許多片段可能遺忘、失落，反應和思考能力變得鈍弱，身體許多機能與行動自主力更無法與從前相比，但沒有那麼多牽掛、顧忌與煩憂，人生出落得簡單、自在而快樂，也許醫生在意外後打開她的腦殼時也攜帶了根魔棒，在腦袋瓜裏這麼輕輕一點，將所有混亂糾結的認知記憶系統重頭排列組合，去蕪存菁，產生了質變，遂能以全然不同的觀點和視野看待這個她生活了一輩子的環境。簡簡單單，明明瞭瞭。

簡單、清楚、明瞭。人生，原本就應該是如此吧。

曉亞簡介

曉亞，曾任廣告公司行銷企劃、報紙政治記者、美國雜誌社總編輯，已出版《生活閒情》（躍昇文化）、《你懂不懂愛》（麥田出版）、《美國學校酷寶貝》（久周出版社）、《曾經有座城》（躍昇文化）等七本散文集，及短篇小說集《找一個人來愛》（業強文化出版）。其中《生活閒情》、《曾經有座城》獲海外華文著述獎散文類首獎，《找一個人來愛》獲海外華文著述獎小說類佳作……。作品並收入《圓作家大夢》（臺灣躍昇出版社）、《美國華文作家作品百人集》（大陸友誼出版公司）、《美國華人名家散文精選》（中國青年出版社）等文集。文學部落格網址：http://tw.myblog.yahoo.com/writing-corner

再生

李笠

那年黃昏，坐在湖邊，看野鴨成群結隊地浮游在水面上。

寬闊的湖面偶爾吹來一陣專屬夏天的溼風，小湖頓時掀起陣陣漣漪，將鴨群飄送至木板搭起的棚架下方，借一方遮蔭，躲避夏熱的侵襲。

釣魚的老少拋竿入湖，待浮標穩穩站立後，靜心等待另一場爭奪的到來。豔陽高掛，頑皮的孩子拿起帽子和水槍，沿湖奔跑，相互噴射，玩一場夏季裏清涼的遊戲。

後面追趕的是心急切切的父母，嚷喊著：「小心！小心！不要跌到湖裏去。」寂靜的天空和孩童的天真紛嚷，交織成一幅聒噪的動畫。

小孩和大人的影子，在遠處熱風和冷空氣交接的朦朧地帶重疊，模糊失焦的身影，像是幅色彩過濃的油畫，溫厚中敷著焦煩與躁慮。

我撕裂一片片存放在冰箱多日的土司，丟入湖中，嗅覺敏銳的鴨群紛紛自棚蔭划出搶食。食者眾，不敷均分，鴨群裏比較兇悍的，呀呀怒叫，振翅趨走弱勢的野鴨獨食。

漸漸的，鴨群遠散，擴向四周。搶食得逞的聚集在我前方，抗議著我不再丟食給牠們，卻遠遠拋向實已遠離的那群弱鴨。

終於，滿滿一條土司只剩下麵包屑，我把它們全撒向湖裏，湖水很快的將其融合化軟。

不得食，鴨群游離我處，駛向湖的另一邊，新到的供食者。

爭食趕離，戲碼再次重演。

汗漓漓順著頸項流入我的衣衫內，沾溼業已渾熱的身軀。

我起步走向釣竿群起、喧嘩遍野的岸邊。

爸爸模樣的男人耐心地教著旁邊站立的小男孩，如何取下鉤上掙扎的小魚。

男人不厭其煩，步步解說，取下想必是怕極了的魚兒。

小魚兒的身軀在小男孩手掌中翻越，極欲跳回屬於牠的水域。

男孩臉上的表情複雜，先是喜悅興奮，繼而踟躕。

身邊的友伴稱讚他能幹，要他再試釣；媽媽模樣的女人也一直稱讚他了不起，第一次出手就有如此成績，實在不簡單。

承受讚美的小男孩抬頭、垂頭回看，掌裏的魚兒恐是跳累了，彈起的力量漸漸緩和，終而平躺在小男孩的小小掌心上，不動而無息，一副任人宰割之無奈。

小男孩哇哇大哭，旁人不知所以，急忙圍攏詢問。

猜到心事的媽媽將他擁入懷中，輕聲安慰。

女人牽著小男孩的手走向樹叢裏，拿起挖沙土的玩具鋤鏟，在地上深深挖下一個洞穴，小男孩兩隻手捧著死掉的小魚兒，慎重埋入。

他把泥土敷平，上面插了一朵野花，口裏止不住的抱歉，「對不起，希望你在天國平安，沒有人把你釣起」，兩隻手不停往臉上擦拭。

垂釣者繼續垂釣，奔跑遊玩者繼續奔跑遊玩。湖面陸續游來飛走野鴨和鵝隻。人來人往，黃昏的湖邊是一齣永不停歇的影片，固執地反覆上演。

哭倦的小男孩忘記了先前的悲哀，加入奔馳的一群。男人、女人分別忙著收魚入籠、追趕孩子。我把所有目光聚焦在小男孩的奔跑、歡笑與哭泣上。所有過往，歡樂與不悅，以衝浪之姿，澎湃喧嚷，像是約好了一般，趕在同一時間前來赴會。

人是種可以選擇記憶的生物，面對纏繞繁瑣的生長枝條，可以面不改色，揮刀斬卻不快樂的部分，繼續呼吸與存活。

這該是種悲哀，還是種福分？

回憶是種甜美的反芻，日日月月，年過歲來。以日月星移換取生命的成長，換取身體的茁壯。很久以前，記不精確是多大年紀的時候，很不喜歡父母兩眼盯著我瞧的神情，常常問他們在看什麼？目不轉睛的。心想：「是我身上多長了一隻手，還是多長了一隻腳？你們看人的眼神好奇怪，好像我是個陌生人，要把人家從頭到腳都看清似的。」

弟弟們也相繼的問父母同樣的問題，也向我詢問過父母的怪異舉止。父母臉龐含笑，好似沒那回事的顧左右而言他，倒反而像是我們太過多疑多慮。

好笑的是，我現在也正用相似的心情和表情去看待逐漸脫離稚嫩，懂得用言語和身體表達異議的兩個孩子。

當他們抬頭轉身、跳躍說話，或是發脾氣，跺腳衝回房間，他們小時候，自嬰兒期開始，第一次發聲、起坐走路，第一天上學的種種，馬上就浮現腦海。

想著想著，我也露出了當年父母看我時含笑的模樣，讓記憶重溫，換來孩子們詢問的話語。

這也是另一種記憶的再生吧！

記憶是死去生命的堆積，無論有心埋藏或是刻意儲存，記憶其實很奸險地躲在暗處，默默看你成長，默默看你被歲月摧磨，默默看你走來的直路和彎道。

在以為已把記憶拋諸腦後時，它總以不請自來的身姿，站在你身前，讓你看清自己所有過去的歡榮和卑賤。

死與生，在世人和宗教者的口中，是瀰漫著問號的謎題。

大自然能有多大，人的壽命又能有多長？渺渺雲漢是想像的極致和追崇的極端。生與死，能有多長的分界？

科學界追尋無限的宇宙，又在何處終止？

悲觀，是因為有知無法解開無知。

樂觀，是因為有知已探得無知的毫毛。

腳踏土地，吞吐空氣裏的清澈與混濁，或許不應堅持執著，換以閒適，冷眼看待這個日漸污濁的球體。

那是深夜夢迴，外婆停在大堂的冷棺和祖父骨灰縮身的罈甕對照得來的灰冷。

一個生命的逝去，剎時彈指。

記得還窩在她被窩裏談天，記得還坐在他的床沿說話，然後，歲月的鏡子一轉，即成背對相向。該用怎樣坦然的心情來和生命說愛，該用怎樣的言詞來和生命談情？

這世界充滿太多的不可預知，只有以不知明日在何日的惶恐，將全部的關心和愛慕，傾注以往，濃濃烈烈，如燒焦的糖汁，焚熱的付出，焚熱的愛。

兩個孩子同在一所醫院出生。當醫生的大手深深探入我的體內，造成痙攣疼痛，伴隨而來的椎心刺骨的陣痛，昏眩中，我仔細記下生命初發所承載的痛楚。

甫自母體脫離，母親與孩子各自承受不同程度及方式的疼痛，意謂著自此之後，將面對的種種人生疼痛忍受程度的試煉。

悲歡離合，愛欲痴癲，乃至傷心、思念與愁恨，落地的哇哇大哭，是否也是一種脫離束縛的解脫之嚎？

一歲一年，嬰兒時期抱在懷裏的奶水味也隨日子而飄遠、飄散。每回攬他們入懷或是從身旁走過，彷彿還隱約嗅到熟悉的氣味，鼻子敏感的再次嗅聞，卻再也捕捉不著。是懷想，是珍惜，卻又不得不讓它走遠的離別難捨。

當孩子們在草皮上拿著水槍噴射追逐，說是仿效電影情節，幻想自己是世界遭逢災難時唯一的解救英雄，尋找恐龍蛋的巢穴，準備群掃消滅，保護地球人的生命。

乍聽之下，孩子的話充滿英雄之慨，卻又不得不承認他們生存奮鬥、捨我其誰的勇猛無知。是非黑白，仁愛和平與罪罰爭強，在他們這個富裕康足、一張口就能得到滿足的年代，彷彿早已生銹的廢銅爛鐵，無法瞭然明白之間的差異。

生活，豈如想像中容易？

多年後的今日，我回到往日的湖邊，在木頭搭起的涼亭裏，拿著記憶的針線，細細縫起初來時的景象。

初學釣魚的男孩，烈日，爭相搶食的鴨與鵝，還有那個哭泣與埋葬的畫面。

我撲撲身上的灰塵起身，遙尋兩個男孩的身影。

在一棵綠蔭叢叢的大樹下，有一群孩童在嬉戲，其中有個脫掉鞋子嘗試爬樹，唇上長著紛紛細鬍的大男孩，是我初為人母的結晶，現在的他當然已不讓我摟入懷中親吻，另一個瘦長的身子，拿著樹枝往天空指指點點的，是雖然還能讓我摟摟抱抱，卻又一把將我甩開，唯恐被人瞧見的小兒。

我的腳步停在去路的途中，發覺已不是他們中間最重要的一個。其他孩子的母親或坐或立地在遠處觀望，她們的瞳仁裏有著我熟悉的神情：憐惜、擔心、滿足，和一種說不出來的莫名焦慮。

在孩子們遊玩和我站立的地方，似乎有一條細細的線畫起，一邊是長大，一邊是老去；一邊是未來，一邊是記憶。

野鴨和鵝群在湖面囂囂追逐，新到的餵食者撒下滿天的麵包屑，惹得群聲飛揚。想起手上還有半條土司，連忙將之撕裂丟撒。

茫然中，在一群回游至我處的鴨鵝的叫聲和孩子的嬉鬧聲裏，似乎遇見年邁的我，坐在豔陽的涼亭下，觀看業已成年的孩子和他的妻子共同垂釣，他們的孩子正在湖的另一邊追逐。

我與孩子們，和孩子的孩子們，相遇在某年夏日重雨後的鴨篷旁，我們以微笑感謝生命再生所賜予的無限歡樂！

而天空，繼續明亮清藍。

李笠簡介

李淑蘭，筆名李笠，祖籍山東青州，生長於臺灣，旅美二十年。獲有耕莘文學獎、臺灣文學獎、海外華文著述獎。出版有短篇小說《回溯的魚》、《後三十歲女人》及散文《老鷹之歌》及名人傳記等。聖路易華人寫作協會創會會長，曾任教職、編輯、記者，及美中西區華人學術聯誼會人文組召集人。現專事寫作，並專研佛教文學。

喜歡大自然、閱讀、看建築、看人、看水、聽音樂和打坐。喜歡繪畫和花藝，在創作過程中領略其間的和諧、美好與寧靜。

作品連結人與社會、人與世界，深入人的內心，直指心靈底蘊。經由多重文化的交會，發掘人性中的真、善、美。

孩子

荊棘

你的孩子並非你的孩子
生命的兒女追尋生命的本身
經你而生而非由你而生
在你的身邊卻不屬於你

給他們愛而非你的思想
因他們有自己的思路
守衛他們的身體而非他們的靈魂
因他們的靈魂寄居在明日的宮殿
你無可探訪也夢想不到
試著學他們卻不可使他們像你
因生命不後退也不停留在昨天

孩子如活躍的箭從如弓的你射向前方
射手凝視無窮極處的箭靶
祂強勁的手撐張折曲使箭得以快速遠航
歡欣慶幸你的折曲吧
因射手不僅愛高飛的箭
也愛那穩定的弓

一向喜愛紀伯倫充滿哲理的文章，這首〈孩子〉更是我不時誦讀的詩歌，每回讀到第一句「你的孩子並非你的孩子」時，就忍不住兩眼潮溼起來。

怎麼樣才能讓母親痴迷的心平靜下來？祂要把母親撐張折曲到什麼程度？怎麼樣又才能在折曲之中不被折斷呢？難道愛孩子的真諦，就是要放他們走嗎？

就算在國外生活了這麼多年，本質上還是一個中國母親，有一份中國母親對孩子執著的期望；要他們從我艱辛的成長裏懂得珍惜他們自己優越的環境，要他們保持中國固有的文化和價值觀，要教導他們不要誤入歧途，免得非要摔一大跤才學到教訓。孩子是我生活的中心，我把他們放在個人的事業之上，希望能以他們為榮。

而我的孩子是生在美國、長在美國的純粹美國孩子。他們要的是獨立，追尋的是自己要走的路，夢的是我無法想像的曠野。

我們這一代是「三明治」，夾在從小察言觀色、孝敬父母和後來小心翼翼伺候子女之間；我們心甘情願地貢獻給上下兩代，是失落在時代替換的夾縫之間的一代。

我一再朗誦紀伯倫的〈孩子〉，在內心掙扎之餘，漸漸體悟到這分痴迷，原來是古今中外作父母的所必經的心路，亙古以來人性難以解開的鎖鏈。人生最難學通的一課大概就是「放開」吧！尤其是到了生命已近黃昏之際，如何能放棄對於金錢和物質的追求和占有、對於名利和權勢的野心和貪婪？如何去化解與人堆積的怨懟和仇恨？怎麼樣才能不再處處爭強好勝？要有多麼寬大的心胸才能尊重和自己相左的價值和觀念，而進入一個「無我」與「為他」之境界？

要知道，這世上並沒有任何是真正屬於我們的，包括我們的孩子在內。

荊棘簡介

荊棘，原名朱立立。新墨西哥大學教育心理博士，曾任教於美國德州大學和新墨西哥州立大學，在非洲和中美發展中國家從事教育和心理建設，長居新墨西哥。現已退休，還居聖地牙哥。曾在臺灣出版《荊棘裏的南瓜》、《異鄉的微笑》、《蟲與其他》和《非洲蠻荒行》四本書。

找回快樂的感覺

蓬丹

偶然看到電視臺的專題報導，記者採訪大街小巷的尋常百姓，開門見山就問：「你快樂嗎？」

這麼一個好像應當屬於心靈層次，與知交密友之間的問話，引起聽者不同的反應，有人一臉愕然，有人開懷而笑，有人羞澀低頭，有人若有所思，也有人彷彿被觸及心中的隱痛……

這是個看似簡單、卻又無比複雜；看似輕鬆、卻又十分沉重的問題，這類形而上的心靈質疑，其實是很少出現在一般對話中的，汲營匆忙的人生，時間被種種雜務切割得零星瑣碎，好像很難營造一個清明的心境，「你快樂嗎？」有如天問。

那拉三輪車的卻不假思索地說：「每天出門有事做，又可為人民服務，當然快樂囉！」他必然被灌輸過很成功的思想教育，直線式的思考邏輯似乎可以讓生活成為一個簡單的方程式。

都市人就明顯露出猶疑的神情，想了一下才說：「孩子在學校考得好，我就快樂了！」是個典型的望子成龍的父親。

上班族裝束的人稍停片刻，帶些無奈的神情：「回頭再說吧！」說完便快步走了。生活顯然將他催逼得步調忙亂，使他無心也無力去探討這種與尋常世事無直接關係的問題。

另一個行色匆匆的路人並未停下步子，只搖搖手就迅速離開，看來這想法對他而言，簡直是荒謬透頂。或許他正趕去面試、約會、看望病人、兌現支票……有的是比討論快樂更重要的事。

而那老翁把腳架在椅子上，聽到問話，深深吸了口煙說：「我很幸福！」那一刻，相信他是快活勝神仙的。

村姑模樣的婦人停下腳步，搖了搖頭，記者再問她為什麼不快樂，她才說了一句：「男人不好」，眼眶就紅了。對某些人來說，快樂來自於他人的肯定與接納；一個全然屬於家庭的世間女子，男人原是她僅有的天空，遇人不淑，她的世界裏便見不到陽光。

看完報導，我想起以前有個朋友也曾問過我類似的問題：你最快樂的時光是何時？我還真的被問倒了呢！好像從不覺得自己有過什麼值得大書特書的樂事，縈迴心頭的倒是諸般煩惱。想想是有歡悅的片刻，卻缺少快樂的心境。不知這是否是現代人的通病？雖把「知足常樂」掛在嘴邊，內心卻被種種欲望所苦；妄想歸隱山林，卻又紅塵牽掛……生活中彷彿充滿期待與碎裂、掙扎與選擇、錯誤與重建……好像難以與內在的自己和解，因而渾忘快樂的滋味。

在這痛苦指數年年升高的世代，有許多人早已放棄對快樂的追求，逐漸變得麻木不仁，以為這樣就可以對痛苦免疫，但也因此感受不到快樂了。

快樂與否其實與財富無關。有個友人說，他一個朋友的綽號就叫「沒感覺」，他對什麼事都表現出一副索然無味的樣子，常讓同伴很掃興。看完電影，問他電影好看嗎？他的回答是：「不怎麼樣，沒什麼感覺。」去吃一頓大餐，問他味道如何？他的回答是：「普普通通，感覺不出好在哪裏。」為其介紹女友後，他更興致索然地說：「馬馬虎虎，感覺不怎麼樣！」

十之八九他的反應都是「沒感覺」。他不是知覺有問題，也非缺乏見識或判斷力。因為家境富裕，不到三十歲的他，已經遊歷過半個世界、見識過許多吃喝玩樂的地方，讀的是一流大學，念過不少書，也交過幾個女朋友，生活閱歷可說相當豐富，但或許就是太見多識廣了，反覺什麼事都不過爾爾，尋常事物對他來說失去了新鮮感，而他的生活也變得一點活力和趣味都沒有。

無法有諸多感覺的人，就是心靈上的窮人，他們是富裕社會裏另一種常見的新貧階級。要避免淪為心靈上的窮人，並不一定要增加更多的經驗，重要的是如何讓平凡的經驗產生更嶄新、更豐富的感受。

小說家普魯斯特曾說：「我們需要的不是新的景觀，而是新的眼光」，在他的名作《追憶似水年華》裏，描述了日常的味覺、聽覺、觸覺經驗如何激發了他豐沛的感知，譬如當一匙溫熱的茶和蛋糕混合，觸及他的上顎時，「一種顫慄突然傳遍我的全身，一種絕妙的喜感攫住我的感官……」

若能以珍惜之心對待每一個生命體驗，好好體會、品嘗，自然能產生較豐富的感受。看重、寶愛一切經驗的人必是感受最多、最深的，也必會有個花繁葉茂的心靈世界。努力領略每一種事物，用心走每一步路，珍視所有的人間因緣，必然能活得自在坦然、情趣無窮。

或許當人們捫心自問：「你快樂嗎？」的那個當下，心中並不見得快樂，但能察覺到快樂之必要，至少表示他的感覺系統並未失靈，有勇氣挑戰自己的心靈難題，那麼就設法從每天做的小事當中去尋找快樂吧。有位專家提到令他感到快樂的事：

快樂是睡得好，
快樂是隨便走走，沒目的，什麼也不想，
快樂是冬天寒流來時喝熱咖啡，
快樂是讀一本精彩的好書，
快樂是看到滿天繁星，
快樂是在夜雨敲窗時窩在被褥中，聽心愛的歌。
……

全是些微不足道的小事，但細細思索，它們曾怎樣滋潤了你的心田，怎樣讓你感到舒暢熨貼；沒錯，這便是快樂了。我們原本就不能希冀長久處於快樂的顛峰狀態，我們必須了解，人生時順時逆，情緒也會潮起潮落，正因有痛苦，才顯出快樂的可貴；正因有困難，才有突破困境的釋然，沒有風雨，我們永遠看不到彩虹；沒有暗夜，我們永遠不能期待黎明……經過眼淚的洗禮，心才會清澈通透……

讓我們心存感謝，感謝所有愉快的時刻，或許短暫、或許片斷，但那瞬息火花所激起的能量，相信足以促使我們以正面的態度去迎向痛苦與挑戰，並在苦樂交替的冶鍊中成就一個有滋有味的人生。

本文刊載於二〇〇五年十二月三十一日《世界日報》副刊

蓬丹簡介

蓬丹，本名游蓬丹，畢業於臺灣師範大學社會教育系，七十年代赴加拿大留學，八十年代移居美國，歷任採購經理、圖書出版公司總編輯、英語教學主任等職，現任職洛杉磯「教育文化基金會」，主編該會出版之文藝刊物，並規劃文藝活動，服務社區。

文學著作包括散文集《失鄉》、《投影，在你的波心》、《虹霓心願》、《沿著愛走一段》、《夢，已經啟航》、《流浪城》、《花中歲月》、《人間巷陌》，小說集《未加糖的咖啡》、《每次當我想起他》，傳記文學《追求完美的藝術大師米開朗基羅》等共十二本，曾獲海外華文著述首獎、臺灣省優良作品獎、中國文藝獎章、世界海外華文散文獎。

蓬丹曾任北美洛杉磯華文作家協會會長，現為該會監事。

能不憶杭州？

羅伊菲

杭州春曉

多次來到杭州，但第一次趕上這春色初曉的時刻。住處面對西湖邊的「曲院風荷」。光是站在陽臺上，望湖，望天，望樹，望花，就已深深醉了，醉在溫潤如夢的空氣中，醉在明淨如水的陽光裏。連著三天，我們貪婪地享受這湖畔無限的春光，深深感到，任憑古今多少生花妙筆，都描繪不出這一方湖光水色的魅力。

這天早晨，我們和來自香港的奇兒一家約在岳王廟團聚。

「為什麼壞人和皇帝要殺岳飛呢？」五歲半的凝凝，牽著父親的手，很專心地看著岳王廟，一連串的「為什麼」，叫人難以回答。聽奇兒極有耐心地，試著用孩子能懂的話，解釋那千古冤獄和忠烈英魂。而世事的詭詐多變、人性的複雜卑劣，古今皆然，要怎麼對童稚的心靈說明白？

無論如何，今日這明媚的春光、興高采烈的遊客、喧騰歡樂的氣氛，與那悲壯的史蹟，是極大的反差！

精忠報國的岳飛形象，自幼銘刻心中，無限景仰。但就在這一刻，當我們離開岳王廟，漫步在百花爭豔、垂柳青青的西湖畔，突然體會到千年前宋高宗的心境。金兵入侵，擄去徽欽二帝，失去北方半壁江山，確是國恥！但避難江南、遷都杭州，一睹西湖美景後，哪還有打回北方老家的鬥志呢？何況打退金兵，接回徽欽二帝，還有我的皇位嗎？勇猛善戰的岳飛，可真不解君心呀！

午後，與奇兒一家告別，兩人決定捨車棄船，從白堤北端那沒有殘雪的斷橋，沿著兩岸垂柳，一路往南，向「曲院風荷」走去。邊行邊歇，陶醉於如詩如夢的畫境，對高宗的心思，更能揣摩幾分。畢竟美景與美人都是凡人難以抗拒的溫柔鄉，沉溺其中，最是磨蝕志氣！大英雄岳飛不是凡人，哪讀得懂人性的幽微卑劣？

試想，即便是家住杭州西湖畔的尋常百姓，所享受到的，也勝過深居北方皇宮內院、舉頭不見綠意的皇親國戚吧。清晨或黃昏，漫步湖邊，只見綠蔭叢中一桌桌的中老年同胞，或品茗閒談，或大搓麻將，輕鬆隨意地沐浴在森林公園幽靜的氛圍裏，那份閒適安寧，怎不令人羨煞？

離開西湖的那天，決定仿效當地人，選個景色絕美的清幽處，悠閒品茶。什麼也不做，只是坐在綠蔭下，望湖，望天，望樹，望花……匆匆紅塵行旅，倏然走到生命的晚秋，是該停下腳步，細細品嘗閒逸況味了。約定明年此時再來，任西湖春曉，磨蝕一切塵俗的羈絆吧！

寫於二〇〇六年春

尋夢，之江

行腳匆匆的時日裏，從沒忘卻和杭州的春之約會。與去年同一天抵達西子湖畔，入住同一酒店。還沒整理行裝，就急著推開落地玻璃窗，任那西湖邊的一片澄淨嫩綠迎面而來，映得滿室生輝。突然覺得一切是那麼熟悉、那麼親切，彷若遊子返家一般。

確實做過定居杭州的夢，不過不是我，而是父親。此刻，穿越悠長的時光隧道，看見臺中鄉下那棟日式舊屋裏，黃昏光影中那面容清俊的中年人，以極肯定的口吻，對他那七歲大的長女說：「等反攻大陸了，我們就把家搬到杭州去，杭州，杭州，真是好地方呀！」父親深邃的眸光望著遠方，宛如跌進舊夢。

然而終其一生，父親沒再回過杭州——這承載他青春夢影的好地方。

應該是一九三一年左右吧，父親自湖南雅禮中學畢業，考進美國基督教會辦的之江大學。他離開湖南老家，經上海來到杭州。「要不是去之江念了兩年書，恐怕後來也沒機會到臺灣了。」兒時常聽父親這麼說。

八年抗日戰爭後極短暫的承平時刻，已經是三個孩子的父親，卻在南京查出罹患二期肺結核病，須從軍中退役。正處於徬徨失據的低潮，早先赴臺的親戚和已在臺立足的之江大學老同學，給了他赴臺工作的機會。那樣一個驚濤駭浪的年代，偶然的機緣，讓我們避開了戰亂逃亡的滔天惡浪。而這一切源自父親在之江的歲月。

聽我提到父親，浙江大學的新朋友，興奮萬分，當即找了車，在春雨霏微中，陪我們尋訪之江大學舊址。之江如今已併入浙江大學，當年的校園目前暫時空置著。

車子緩緩駛上小山丘，卻被門衛擋在門口，原來此地是禁區，謝絕參觀。幸有浙大教授陪同，又把父親和之江的緣分抬出來，才得以走進這貌似美國長春藤名校的古雅校園。

在細雨中漫步，參天的老樹、紅磚建築的鐘樓、鋪展得井然有序卻已花木凋零的庭院，還有那肅穆典雅的舊教堂，一草一木，都令我心潮起伏。站在小丘上，腳下錢塘江的潮聲隱隱可聞。

當年滿腔熱血的父親，必是在這幽美的世外桃源徘徊復徘徊，猶疑再猶疑，終於做了那影響他一生的決定——放棄未完成的學業，轉去黃埔軍校就讀。

「國家都快亡了，還念什麼書？」據說他曾這麼告訴家人。

他可曾後悔過？當他走到人生的盡頭，在紐約醫院彌留時，他腦中回映的畫面會是之江大學美麗的校園嗎？

此心安處

對杭州的愛戀，又豈止是父親和之江大學的緣分？西子湖上，曾飄過父母親年輕時的浪漫歌聲。一九三七年春，新婚的父親攜著他年方十九的新娘，同遊杭州。「就是在西湖划船時，教你媽唱電影《翠堤春曉》的主題曲〈One Day When We Were Young〉的。」幼年時父親常一遍遍地說起這件事。

記憶裏，卻從沒聽媽媽哼過這深埋我心海的旋律。只記得她唱的那首〈湖上悲歌〉：

船兒隨著水波盪漾，儂在船頭獨自悲傷，船艙裏遊客飲酒高歌。

後來她迷上平劇，而爸拉了兩天胡琴就放棄了，一頭栽進西洋古典音樂的世界。媽媽吊嗓子的清亮高音和收音機播放的古典樂曲，伴我成長。

媽媽對平劇一往情深，從三十歲學戲學到八十四高齡，幾乎年年粉墨登場，父親卻一次也沒去看過。他們志趣不投，個性迥異，但依然營造了溫馨美滿的家庭。

父母的美好婚姻，對我來說是個謎，而這似乎也讓我早早領悟，天性的寬厚善良和包容，比情趣相投，更能長久維繫人間的情緣，因為情趣易變，而本性難移。

走在春水粼粼的西湖畔，心潮起伏，思緒漫雜，腦海裏的圖景，為什麼總定格於父母的青春夢田？春曉時節，再訪杭州，又有緣到父親就讀過的之江大學校園造訪，更有種戲夢人生的感覺，一種前世今生的恍然。一連幾天，我們每晨從「曲院風荷」步入西湖景區，慢悠悠地，任湖上的輕風拂面，無限溫柔；任周遭的綠意沁滿一身，無比清幽。這湖山何等靜謐澄澈，一步一景，處處可見古人詩蹤，品吟的又何止山清水秀。

多走幾步，景觀就不同了。風中傳來中老同胞呼朋喚友的笑聲，而適才在湖畔橋邊照面的遊人，須臾間，就在大樹下、柳蔭裏的一個個小方桌前坐定，有人玩紙牌，有人作方城戰，一時間，鳥語和牌聲齊鳴，茶香共花馨盈鼻。或許西湖從來無意成為不識煙火的仙境，她寧可為紅塵人間增添姿彩。

來到「花港觀魚」，突然間，靈秀山水就消失在喧騰人潮之中，一批批不斷湧來的遊客，和那拿著麥克風大聲喊話的導遊，將你一早的詩情畫意驅散殆盡。

就在這掙扎著要擠出人群的片刻，看到蘇堤盡處一家酒館的窗上，清雋瀟灑的一筆字，寫的是南宋大詞家蘇東坡的〈定風波〉。不覺駐足輕念：

……萬里歸來顏愈少，微笑，笑時猶帶嶺梅香。試問嶺南應不好，卻道此心安處是吾鄉。

杭州歸來，「此心安處」這四個字一直響在耳邊。思索著蘇子飄泊一生，卻留下這豁達瀟灑的人生觀，不正是給地球村時代的我們最好的啟示嗎？

寫於二〇〇七年春

本文刊載於新加坡《聯合早報》的每周專欄「偶思集」中

羅伊菲簡介

羅伊菲，出生於中國湖南，成長於臺灣，在臺灣和美國受教育，專攻新聞傳播和社會學。上世紀七十年代自美國移居新加坡，曾任教於前新加坡大學及南洋大學。後擔任新加坡工藝教育學院研究部主任多年，至一九九八年提前退休，全力投入推廣華夏音樂文化的義務工作。現擔任東華音樂協會會長。

自學生時代就開始寫作。著有短篇小說集《高處不勝寒》、《大地有情》，散文集《歲月如歌》、《穹蒼外的歌聲》、《喜閱人間》等。其他創作包括華語音樂劇劇本《歌中情》。近十多年來，在新加坡《聯合早報》撰寫「偶思集」，每周一文，以深情筆觸，記載生命場景的變化，藉細緻靈思，乘音樂的羽翼翱翔。

曼哈頓，圓了我的藝術夢

聶崇彬

童年的夢最能撩人心房，也最令人神往，多少人為了圓夢而付出畢生的精力，多少人更因為無法圓夢而終生沮喪。

在童年的夢中，我鋪開宣紙，濃彩淡墨隨著我的思緒飛舞，我拉開畫布，油彩粉水按著我的心思點綴；多少次，我夢見人們圍著我的畫喝采。少年時因為文革，連書都沒辦法讀，青年、中年時代的我，忙忙碌碌，營營役役，不知這是中國人的悲哀，還是中國女人的奉獻，家庭和工作成了生活的全部，但內心深處，我那童年的夢始終還在。

生活的重擔壓垮了健康，為了治療頑疾，我辭退了工作，因此找到了時間，重拾了童年的愛好——畫畫。不過我心裏很清楚，既便是日夜的畫，也無法補回逝去的幾十年時光，雖然能畫已經是一種福氣，但卻無法真正讓我看見，夢中人們圍著我的畫喝采的畫面。「誰說的，你有藝術細胞，再加上努力，曼哈頓會給你機會的！」，從紐約回來探親的堂哥說得斬釘截鐵。

去曼哈頓賣畫這個念頭多少有點瘋狂，但我拿它當作一個理直氣壯的理由，不由分說，挾著我的「塗鴉」，來到了紐約。曼哈頓，以它獨有的氣勢迎接了我。我無暇顧盼街道兩旁的商店，也忽略了擦身而過的行人臉上的神情，因為我的目光被第五大道上，那一個個錯落有致、各具特色、整齊排列的小展臺牢牢地吸引住了。我從未見過此等規模的「國際藝術展」，不同膚色、不同口音的藝術家們站在各種各樣的作品前，不是在向買家介紹自己的作品，就是在探討作品的內容。買家多數是來自世界各地的遊客，也有本地人，有的來參觀附近的博物館，有的則是辦公樓裏的上班族。他們不論買與不買，都懷著對畫家的尊敬和對作品的欣賞，他們表現出那沉迷的表情，正是我所期待已久的。

四月五日，星期天，這一天已經被載入我的史冊之上。經過幾天的準備，這天我要在紐約的第五大道上向全世界展示我的作品。像一個小學生首次參加考試，心情激動卻又七上八下，打開折疊的長桌，鋪上深紅色的絨布，把預先裝裱好的畫作放上去，帶鏡框的和不帶鏡框的都有，作品包含了水墨畫、水彩小品，還有一些自創的水墨加油彩，及色調濃郁的抽象畫。我的「展臺」還未完全布置好，就已經有遊客圍了上來，他們不僅點頭稱讚，還極內行地和我討論西方水彩和中國水墨畫之間的區別。最後，他們拿出了美金，把我的作品像寶貝似的捧走了，臨走時，還扔下一句話：「謝謝你，我們回去一定會好好欣賞！」我感動極了，手裏拿著美金，就像小學生拿著因考試成績優異而得到的獎狀一般，被人肯定的滋味是多麼的美妙呀！

「來，喝杯咖啡，歇一會，下午人會更多。」不知什麼時候，我的同行安綺已經架起了小茶几。於是，我們坐在茶几旁的折疊椅子上喝著咖啡，回味著剛才的美好片段。我們坐在紐約的第五大道上，像是坐在自己的露天沙龍裏一樣自由自在，這在上海的南京路辦不到，在香港的中環更是不可能的事。中午，為了慶祝我旗開得勝，安綺特地從中國餐館杏花樓叫來了外賣——揚州炒飯，替我祝捷。

果然到了下午，上門的顧客越來越多，一對來自捷克的夫婦買走了一幅印象派的畫作——「第五大道的繁華櫥窗」，我一邊因著東歐人對抽象藝術有興趣而感到驚訝，一邊替他們的錢包操心，因為在印象中，他們國家的經濟狀況很差。安綺的一句話讓我釋懷：「藝術可是無價之寶呢！」兩個美國小伙子看中了那幅「徐家匯教堂」，雖然我已經為他們打了對折，他們還是掏空了錢包，他們漲紅了臉，好像做了什麼對不起我的事似的：「你的畫原來可以賣很高的價錢的。」他們小聲的說。我因這兩個中學生的藝術欣賞力而倍受鼓舞，便套用安綺的話，使他們歡喜而歸：「這是我的榮幸，藝術的認同是無價的！」當許多顧客知道我的真實身分，不是什麼職業畫家，也不是藝術學院的學生，而是一個利用假期，來曼哈頓實現自己童年夢想的普通人時，紛紛豎起了大拇指，買得更加起勁了。

不能不說曼哈頓是藝術家的天堂，因為街頭藝術家都集中在這個地區，如大都會博物館、中央公園等等，整個曼哈頓就是一個露天藝術大市集，天天開張營業，不過第五大道有限制，只在星期天開放。

不要光羨慕紐約的藝術家們有福氣，這可是他們長期「抗戰」的結果。紐約市以前和美國其他地方一樣，沒有許可證是不允許任何人擺攤的，經過藝術家們長期不懈地和市政府鬥爭，才爭取到這樣的自由。不清楚這鬥爭從何時開始，但一九八七年八月十五日的中文報紙已有了這樣的記載：法庭撤銷了對被捕藝術家在大街上設攤的指控，同時指出，根據憲法修正案第一條「保障言論自由」的精神，政府應該有法令來保護這些藝術家。從此，藝術家們更團結了，他們還成立了自己的組織——「紐約街頭藝術家協會」。

一九九六年，藝術家們獲得了勝訴。紐約市上訴法庭宣布：藝術家們有權在街上展示或展覽自己的作品，甚至無須申請牌照就可以在街上出售作品。二〇〇一年的夏天，他們贏得了另一次勝利，連大都會博物館門口也不須許可證就可以設攤了。

在曼哈頓，雖然畫廊到處可見，博物館又比比皆是，什麼樣的作品都有，但大街上的藝術市場仍然生意興隆。除了西方人喜歡獨具個性的藝術品之外，當然街頭藝術品的價錢要比博物館出售的作品（即便是複製品）便宜許多；再說，曼哈頓的街頭藝術已經成了紐約旅遊的一景，是紐約的特色之一，許多外國遊客，尤其是歐洲遊客，大多數來了紐約，都要帶點藝術品回去作為紀念或是送人的禮物，因此，曼哈頓大街上這種裝幀不錯、藝術個性很強的畫，就成了人們爭相購買的禮品。

我在曼哈頓大街上賣得最高價錢的一幅畫，是一幅水墨畫的原作。我開價二百八十元美金，那位女士連殺價都不殺價，二話不說，開了張支票給我，歡天喜地地把畫給捧走了。而我賣得的最低價錢，則是「零」，確切地說，那不是賣的，是送給一位女士的，那是我畫的一幅荷花圖。當那位女士手臂上撐著支架，從博物館出來經過我的畫攤時，突然對著這幅畫掉起眼淚來，原來在一次車禍中，不僅奪去了她妹妹的生命，她丈夫也因為不想支付醫療費而不辭而別……妹妹最喜歡荷花，所以她觸景生情。沒多加考慮，我就把畫遞給了她：「這畫是送給你和你妹妹的，但答應我不要再哭了，要堅強喔！」誰知，她哭得更厲害了，而且還抱著我痛哭！

雖然我的街頭藝術家生涯只持續了兩個月，曼哈頓的藝術氛圍和充滿活力的景象，卻使我終生難忘，我總覺得，曼哈頓像個巨人，有著寬闊無比的懷抱，容得下任何抱負和夢想。我想告訴天下所有的人：只要你熱愛藝術，只要你有滿腔的熱情，曼哈頓都非常歡迎你！

聶崇彬簡介

聶崇彬，祖籍湖南，出生於上海，香港理工大學管理專業畢業。曾任酒店和廣告公司經理。移民美國，棄商投文，當過《星島日報》的記者、編輯和《星島黃頁生活資訊》的主編。曾出版《夢尋曼哈頓》和《走遍美國》二書，後者更由陳香梅女士寫序。現居美國加州矽谷，是《星島日報》的專欄作家，和矽谷食尚文學雜誌《品》的總編輯，並主持旅遊節目「走馬觀花」、美食節目「有知有味」。

第四篇

域外風情

十二月的紐約

王渝

每年十一月底，紐約中城的洛克菲勒中心就會放置一棵數層樓高的聖誕樹。今年十一月二十八日的傍晚，那裏肯定也會像往年一樣，從五、六點鐘開始聚集越來越多的人群，他們不時翹首仰望。八點四十五分，樂隊奏響歡樂的樂曲，跳躍的音符升起、擴散，凝聚眾人目光的那棵大聖誕樹上，三萬個彩色燈泡剎那間燃亮一樹璀璨。

這一刻，紐約城揭開了隨之而來、洋溢著年節喜氣的十二月。

紐約還有幾個令人流連忘返的著名景點，也有吸引人的聖誕樹和燈飾。林肯中心和南街碼頭的聖誕樹都獨具特色，一個被圍繞在繽紛的藝術氛圍中，一個則位於碼頭岸邊，像是隨時張開雙臂歡迎似的。這兩處都有合唱團，用歌聲增添節日的色彩。如果你怕冷，就去大都會博物館吧，那裏的聖誕樹是擺在室內的。另外有一處的聖誕樹很別致，那就是上城聖約翰大教堂的聖誕樹；裝飾那棵樹的不是一般燈飾，而是象徵和平安寧的仙鶴。上千隻由小朋友用紙折疊成的仙鶴，日夜飛繞著這棵樹。在這裏，我們備感溫馨，有一種特別的感動，大概是感受到小朋友的指尖所傳遞出來的訊息吧。

紐約街上平常除了上班或做工的人們之外，看到的都是悠閒的老年人，而紐約最長的馬路，就被有心的華人音譯為「百老匯」（Broadway）。夏天裏的黃昏，百老匯路邊的木頭椅子上，經常坐滿了神情寂寞的老人。但這景觀一到十二月便有了改變，老年人少了，小朋友卻多了。（或許是天冷時老年人都留在屋裏，小朋友卻趁假日來到城裏玩耍。）大百貨公司的櫥窗前，都少不了伸長脖子張望的小朋友；「Lord & Taylor」那家大百貨公司的櫥窗前，總是擠滿了由大人領著的孩子，排了長長的隊伍。好幾次我想看個究竟，最後都望而卻步。那一長排櫥窗的裝飾，往往講的是一個個的童話故事，也難怪小朋友們會趨之若鶩了。這些大百貨公司裏還請了專人扮成聖誕老人，讓幼小的娃娃坐在他的膝蓋上，悄悄訴說他們的願望。聽聽這些小娃都說些什麼：「我要電動火車」、「我要芭比娃娃」、「我要天天是聖誕節、天天有聖誕禮物」……。

大中央火車站的大廳，這個行人匆忙聚合離散之所，到了這個年節假期也成了小朋友迷戀的地方。每小時的整點和每小時半，大廳就會響起音樂，隨之整個大廳的廳頂就變成星光燦爛的夜空，流動的霓虹線條一會圈出獵人星座，一會圈出獅子星座，一會又圈出雙魚星座……小朋友們發出一陣又一陣的驚嘆和歡呼。他們看完一輪之後絕不肯就此離開，非賴著一看再看，他們的父母親只好無奈地一再等待。

紐約的中心地帶，第五大道上的 Bryant 公園，占地不大，卻是周圍上班族心目中的「綠洲」。天氣好時許多人會帶飲食來這裏享用。夏天裏的黃昏，這裏則經常舉辦各種戶外活動：詩歌朗誦、音樂會、藝人表演等等。即使什麼節目也沒有，來這裏坐坐、會會朋友，喝杯咖啡，也能消除一天在辦公室中累積的疲憊。天氣轉涼後，這裏就不宜久待，公園裏的人少了許多。上班族經過這裏，常會不由自主地停下腳步，將目光投向蕭索的公園，彷彿若有所失。但十二月一到，這兒又熱鬧了起來，公園裏搭起了一圈帳篷，裏面是風格各異的小鋪子，陳設各式各樣的禮品：俄國的瑪瑙、中國的織錦棉襖、西班牙的圍巾、義大利的皮包……不一而足，令人眼花撩亂。去年我進去逛著玩，結果在紐約時報的鋪子裏買了兩本字謎遊戲。紐約時報主要販售的就是字謎遊戲的書籍，認為其有一定的市場需求。如果你問：「誰的名字天天出現在《紐約時報》上？」喜歡玩字謎遊戲的人馬上可以告訴你正確答案——威爾·肖茲（Will Shortz），因為《紐約時報》上每日的字謎專欄就是由他主編的，這裏賣的字謎書幾乎都是他的創作。

聖誕節之後的年節氣氛並不稍減，大家熱切地、帶點迷醉地等待著新年假期，特別是除夕的來臨。到時報廣場慶祝除夕，是紐約人聞名全球的活動。子夜時分，時報廣場一號樓頂那個炫目華彩的大蘋果，以一分鐘的速度，從七十七呎的高處降落，迎接新的一年。新年伊始，廣場上的人群歡聲雷動，一片「新年快樂」的祝賀中，大家相互擁吻：情人互吻，親人互吻，甚至連陌生人也互吻起來。這份喜氣洋洋的熱鬧，各地不在場的人都能透過電視轉播來分享。而我最難忘的除夕經驗卻在別處……。

記得某一部電影裏，火車到了大中央火車站，一群乘客蜂擁著急步踏出車廂，忽然鏡頭定格……當鏡頭再動起來時，這群本來急急忙忙的人，全都輕鬆愉快地翩翩起舞，一對對相擁著、跳著華爾茲，一路舞進了車站的大廳，沉醉在優美的旋律之中。這一連串的鏡頭非常超現實，體現的是某種將日常謀生的緊張拚搏，轉化為輕歌慢舞的浪漫情懷吧？但對我而言，這樣的鏡頭卻是生活中出現過，也真正目睹過的實景。那應該是十年以前，我和好友育洵從一個除夕派對離開，到這裏搭火車回家，卻發現整個大廳成了舞廳，柔和的燈光下，樂隊演奏著華爾茲，盛裝的男女旋舞其中。這一片平和歡樂的氣氛實在太過迷人，育洵和我站在廳側的臺階上觀看，幾乎忘了要搭車回家的事，久久不捨離去。「911」以後，我越發懷念那個除夕夜晚，當然我也非常懷念這麼多年都沒再來紐約的育洵。

大中央車站的華爾茲舞是通宵達旦的，是從今天舞到明天的，是從今年舞到明年的，而它也替繁華十二月畫下一個美麗的句點。

二〇〇七年寫於紐約

本文刊載於二〇〇七年十二月《香港文學》

王渝簡介

一九七三年在臺灣創辦《兒童月刊》，鼓勵兒童創作，特別是對兒童詩的提倡。一九七五～一九八九年，擔任紐約《美洲華僑日報》副刊主編。多年來曾為香港「三聯書店」、上海「上海文藝出版社」編輯詩選、短篇小說及留學生小說的選集。從大學時代開始現代詩的創作，作品散見於臺灣、大陸和海外的報紙、詩刊，並選入各種選集，如臺灣出版的《七十年代詩選》和《新文學大系新詩卷》，中國大陸出版的《女詩人抒情詩選》以及香港出版的《海外華人詩選》等。

希臘人的親情

姚嘉為

春天的希臘，鮮黃的金雀花開遍原野山丘，酒紅的罌粟花夾雜其間，美不勝收。崎嶇的山路上不時看見模型般的小房子，像美國人家門口的郵箱大小，屋頂上都有一個十字架，原來這是為了紀念車禍身亡的親人所立的神龕，它不僅是希臘獨特的景觀，也是希臘人重視親情的表徵。

神龕也和人間住宅一樣，形形色色，有不同的階層分別。最樸素的是鐵皮小箱，下有一根細長的金屬支架插入土中；最常見的像中等人家的住宅，白牆紅瓦，小巧可愛，下面則是不同石材的底座，牢固穩妥；有的神龕漆上希臘人最愛的藍色，外罩鐵欄杆，如鳥籠般，門禁森嚴；最豪華的，前有大門，且可容一、二人入內祭拜，宛若一座希臘正教的迷你教堂。有些門前熱鬧，點綴著鮮花，有些則門前冷清，滿布風雨鏽痕。神龕的正中央幾乎都有一尊金色薄片的聖者之像，前置一盞橄欖油燈或燭臺，旁邊散放著逝者生前珍愛的小玩藝。神龕多半位於危險的山路或交通要衝，頗有警惕駕駛人勿忘前車之鑑的作用。

神龕中間置放聖像，與希臘人的宗教信仰有關。百分之九十七的希臘人信奉希臘正教，按習俗，希臘人出生後，都以一位聖者命名，父母鄭重選擇吉日命名，命名日往往比生日更加重要，人死後，亦以聖像作為代表。以前讀希臘神話時，看到神祇的恩怨情仇、浪漫率性，充滿人性的色彩，還以為是希臘人性情的寫照。直到登臨斯地，方知今日的希臘人大都虔誠保守，一方面固然受到希臘正教的影響，另一方面也和千百年來遭受異族統治的苦難有關。

在雅典的考古博物館內，我再一次見識到希臘人的親情。館內收藏不少紀元前三、四世紀的墓碑，因年代久遠，彩色脫落，而變成月白色，然其上的人物浮雕表情依然栩栩如生。逝者不論年齡大小，皆端坐椅上，家人站立環繞，有女僕捧著首飾盒供逝者挑選的，有家人執著逝者之手，依依不捨的，連一旁的家犬也黯然神傷。生離死別的哀慟，透過二千多年的時空，仍舊牽動著觀者的心，引起共鳴。相形之下，逝者反而神色安祥，彷彿參透萬事，不復掙扎塵網，已準備上路了。

希臘人的親情強烈而執著，是希臘文學經典中恆見的主題。弒父弒母、亂倫、手足相殘，一幕幕人倫的悲劇，劇中人撕心裂肺，呼告天地，深具戲劇張力，表述的正是他們最高的人倫觀，試想，還有什麼比親族互殘更慘絕人寰的悲劇？千百年來，這些經典在世界各地的學府中傳講、在舞臺上演出、在詩歌中引用，對世界文化藝術和人文思潮有著深遠的影響。

最出名的例子是悲劇《伊底帕斯》。伊底帕斯的父親為特拜的國王，阿波羅的神諭告訴他，由於他曾以怨報德，劫走恩人的兒子，將來必死於自己的兒子之手。為了逃避命運，他叫僕人把兒子伊底帕斯遺棄在荒山中，僕人不忍，將其交給了牧羊人，牧羊人又交給科林斯國王，由他領養為兒子。伊底帕斯長大後，從阿波羅神諭得知，他將殺死父親，娶母親為妻，並生育兒女，大為驚駭惶恐，慌忙逃離宮廷，在路上和一個老人發生爭執，殺死老人，孰知其乃生父。在特拜城外，他猜中了人面獅身怪物史克芬斯的謎語，為民除害，按該城規定，繼承王位並娶王后為妻，孰知她是生母。多年後，駭人的真相揭露，王后上吊而死，伊底帕斯刺瞎了雙眼，自願放逐荒野，由女兒安迪哥妮陪著流浪多年後，來到復仇女神的聖地，進入地府之門，結束了苦難的一生，但他始終保持著高貴的心靈。

在麥錫尼古城遺址憑弔，遠方的山脈和寬闊的平原依舊，低矮的山坡上，城池早已不在，只剩下一片廢墟。幾千年前這裏是輝煌的邁錫尼文明發源地，多少王朝在此興衰。亞格曼儂的名字不斷地被提起，據說內部蜂巢形狀的墓穴是他的陵墓，而此地博物館和雅典考古博物館中都有陳列的「亞格曼儂金面具」，則據說是他死後遮臉的面具。這是德國考古學家薛理曼一八七六年在古墓群中發現的金面具之一，是真是假，至今仍有爭議，但這並無關緊要，神話中的亞格曼儂形象早已深入人心。

這位麥錫尼的國王，特洛伊戰爭的希臘聯軍統帥，來自一個遭到天譴的家族，且不提父祖輩的仇殺恩怨，他自己也是一連串父殺女、妻殺夫、子弒父的始作俑者。初任希臘聯軍統帥時，亞格曼儂一時狂妄，得罪了狩獵女神，以致海港無風，希臘船艦滯留海上，無法出征。預言家說，唯有將他的女兒伊碧格妮獻祭，方能消女神之怒。亞格曼儂經過痛苦的掙扎後照做了，果然海風吹起，希臘船隻順利出航。但此舉傷透了妻子的心，當他百戰榮歸時，她和情夫把他殺死在澡缸裏。悲痛的兒女們決心替父報仇，由兒子奧雷斯特殺死了母親。此舉雖然得到太陽神阿波羅的認可，但復仇女神卻緊追不捨，奧雷斯特在外長久漂流、乞討，心靈無法得到平靜。後來他尋求女神雅典娜的援助，雅典娜召集了雅典城內最睿智純良的人，成立審判法庭，阿波羅現身作證，與復仇女神展開激辯，投票結果票數相等，最後由雅典娜投下了決定性的一票，宣告奧雷斯特無罪。奧雷斯特繼承了麥錫尼的王位，家族的血海深仇從此終止。

這些故事中代表天意的阿波羅神諭，其實語意含混，人們常隨己意解讀，試圖逃脫命運的掌控。我們看到了希臘人的宿命觀，他們相信惡有惡報，人的惡行受到咒詛，上達天聽，終將得到報應，人無論如何逃避，都難逃劫數。伊底帕斯的悲劇肇因於其父的以怨報德，雖然父子兩人都試圖逃避，仍然躲不過命運的捉弄。後世的心理學名詞「伊底帕斯情結」，即指男子對母親的依戀之情，其實伊底帕斯何辜，他是在不自知的狀況下娶母為妻的。儘管如此，他的行為明顯違反了希臘最神聖的人倫道德，唯有透過救贖，才能得到解脫，而救贖之道便是離開家庭，長期在外漂流放逐，最後以死亡結束。

亞格曼儂家族冤冤相報的輪迴，在兒子奧雷斯特弒母報父仇後告終。他也和伊底帕斯一樣，歷經長年的放逐流浪、良心的譴責與痛苦，不同的是，他後來接受人間法庭的審判，得到了神祇的垂憐，完成救贖，詛咒消除。可見希臘人並不輕易饒恕逆倫之人，即使是不自知，或受祖先的牽累，都必須付出贖罪的代價。這些故事所呈現出的希臘人文精神，一端是法庭代表的公義與法治，逆倫的罪行都必須經由法庭審判，另一端則是神祇代表的悲憫與饒恕，在法律之外，體恤人類血性的軟弱。

現代的希臘親情不再沉重，但依然強烈執著，以獨特的方式表達。旅途中所見，除了神龕是紀念已逝的親人外，還有許多未完工的房子，導遊說是父母為女兒準備的嫁妝，在女兒年幼時，便開始在自家附近建造，慢慢蓋到女兒出嫁之日。有了房子，便不愁女兒失婚後無棲身之處，娘家親人也能就近照顧。未雨綢繆，希臘人的親情是多麼的體貼啊！

《My Big Fat Greek Wedding》這部電影，呈現的是美國希臘移民的生活，以輕鬆幽默的方式，巧妙地刻劃他們與主流間的文化差異，讓人印象最深的是希臘人親情的濃郁親密。在家族餐廳工作的希臘女子杜拉，三十歲猶待字閨中，她決定踏出家庭，到學校進修，走出自己的路。母親與姨媽施巧計，助她通過父親這一關，順利到姨媽的旅行社上班，因而遇見瀟灑的美國男子艾昂，兩人一見鍾情。如果母親與姨媽代表的是女性移民更具適應力，父親便是維護希臘傳統的代表。他不能接受女兒嫁給非希臘人，忙著替她相親，杜拉暗示男友受洗成為希臘正教徒後，父親只好讓步。於是全體親友出動，熱熱鬧鬧地張羅婚禮。婚禮中父親的一番感性談話，顯示出他是多麼故國情深，甚至堅信世界各種語言的每個字根都源於希臘。全戲的最高潮，是他送給新人一棟房子當作結婚禮物，全場為之驚動。艾昂和杜拉從此過著幸福快樂的日子，包括周末帶著子女去上希臘語文學校。

這一幕令我莞爾，這和華人父母送子女上中文學校不是一樣的嗎？文化傳承的苦心、對故國情感的依戀，如出一轍。語文教育播的是文化的種，不求立竿見影，只盼來日開花結果。團中有位希臘後裔麗莎，這是她第一次到希臘，一路上，眼觀美麗的山岳、蔚藍的天空和海洋、遍地的橄欖樹林，耳聽導遊講述希臘的昔日與今日，六十多年前在德州海邊小小的希臘社區生長的記憶漸漸甦醒了，她忍不住當眾唱了一首在希臘語文學校學的童謠，微啞的嗓音，猶疑地向記憶深處探索：

小小月亮高掛在天上，
光照通往學校的小路，

引導我學文法和詩歌，
但求一切符合神旨意。

旅途中，她不時以希臘語和當地人交談，並和我們談起當年她的父母從土耳其逃亡至美國的經過。自第五世紀起，希臘一直由異族統治，十五世紀土耳其打敗拜占庭帝國後，希臘便由土耳其統治。十九世紀，希臘雖然獨立了，仍與土耳其爭戰不斷，逃避戰亂成為安土重遷的希臘人移民的主要原因之一。對於嫁做美國婦的麗莎而言，此行更添一層尋根的意義吧！

本文刊載於二〇〇七年十一月二十一日《世界副刊》

姚嘉為簡介

姚嘉為，祖籍江西萍鄉，臺大外文系學士、美國明尼蘇達大學新聞碩士、休士頓大學電腦碩士。海外華文女作家協會會員，曾任美南華文作協會長，現居美國德州休士頓。

曾獲梁實秋文學獎散文獎、譯文首獎、譯詩獎，中央日報海外華文散文獎，北美華文作協散文首獎。出版有：《湖畔秋深了》、《深情不留白》、《放風箏的手》、《愛冒險的酷文豪》、《教養兒女的藝術》、《震撼舞臺的人》、《會走動的百科全書》等。

他為你點亮更高處的燈——魏瑪之旅

林湄

今夏的文化之旅中最難忘的是魏瑪之行。它是小城，幽雅寧靜，除有馬丁．路德、席勒、李斯特、巴哈等名人遺蹟外，也是德國文學史上「古典主義」的代表——歌德和席勒的故居、墓室所在地。

那天忽晴忽雨，前往歌德陵墓的路上，腦際仍盤旋著走訪歌德故居時的感受——那是一種特殊的心情，讓人興奮，又叫人沉著。

那是貝多芬花園近路口處一幢不大的兩層樓。一七七五年，二十六歲的歌德應魏瑪公爵卡．奧古斯特之邀，到此擔任樞密公使館參贊，卡．奧古斯特即送他此屋。一七八二年，大公又將婦女廣場臨街的一幢長方形雙層大屋（Frauenplan）租給歌德（此時歌德已升為樞密顧問多年了）。一七九二年，大公將這房子送給他，歌德在此居住，直到逝世。

大屋裏有許多房間，歌德的主要遺物多留於此，我跨過一道又一道門檻，從一個房間到另一個房間，瀏覽著他的家居設備和用品，尤其在歌德的工作室裏，思緒翩翩……數千本書原封不動地擺放在書架上，連書籤、字條和夾紙也是依照原位保存的。室內還有歌德收藏的一堆世界各地奇石……身處期間，覺得他雖死猶生，彷彿就在眼前，我想像中的歌德比真實的形象更加鮮活，他在這裏來回走動，或坐在書房桌旁喝咖啡、沉思、讀書、創作，或和席勒在此促膝談心……

依窗而望，婦女廣場上人來人往，此處舊時也很熱鬧，若心思不專注，豈能在臨街住所讀完架上的數千本書籍且筆耕不輟？此外，歌德雖是法學博士，但對政治、地質學、生物演化學亦深有研究，文學創作方面，他喜歡起個頭之後就暫時擱置，如一七七三～一七七五年寫的《浮士德片斷》，一擱就是數十年，直到一八〇八年才將第一部分付印，逝世前半年完成第二部詩稿，可見《浮士德》並非真的寫了六十年；寫作期間還受到席勒的鼓勵，然而，若沒有對文學的堅持精神和自我完成的毅力，是難以完稿的。

而今，他的形體消失了，但其詩才和精神不死，留在德國、歐洲和世界的文學裏。只是，歐洲的文化偉人很多，何以後人將他與但丁、莎士比亞相提並論，賦予「仰之彌高，鑽之彌堅」的盛譽？

我讀過他的著作，欽佩他也崇敬他。他像其他偉人一樣，幸運總是和不幸連在一起——年輕時喜歡詩歌和劇本，父親則叫他讀法律；追求大他八歲的凱特馨時未能如願，此後，常因女人的關係而改變生活習性，並被疾病所羈絆。難怪他在七十五歲時說，一生真正快樂的日子還不到二十五天。更遺憾的是，唯一的獨子也比他先離開人世。至於事業，生前有人崇敬，有人辱罵，如「狂飆運動」中的作家雅各布．米夏埃爾．萊茵霍爾特．倫茨，和身兼劇作家、短篇小說家、出版家的海因里希．馮．克萊斯特便是他的「敵人」。

然而，一切都過去了，《浮士德》創造了德國文學的最高成就，是無人可以否定的，其美而可貴的精神，值得後人讚賞。

一七八六年歌德到義大利旅行，用了兩年時間研究古希臘羅馬藝術，因為受到溫克爾曼「高貴的單純和寧靜的偉大」之藝術觀影響，歸國後創作劇本《塔索》，表達了藝術創作和為宮廷服務的內心矛盾和衝突，同時將一七七七～一七八五年間寫的戲劇生活小說稿《威廉．麥斯特的戲劇使命》改編、擴充成教育小說《威廉．麥斯特的學習時代》，即吸收而不模仿古希臘羅馬藝術的精華，力求以人道主義和自由精神教育人、培養人，使反封建精神的「狂飆突進」運動過渡到「古典主義」。

晚年因歐洲資本主義的迅速發展，歌德在《威廉．麥斯特的漫遊時代》裏提出了新問題和先進思想。可見，他並非為創作而創作，而是時時有所思想、有所作為的。

想到這裏，我似乎覺得自己腳底下踏的不是一間書房，而是面對著大千世界的一座精神豐碑！以至在前往他陵寢的路上，身輕如燕，在時空中穿越，尋覓世俗之外的高貴。

我走啊走的，前面是一片綠意蔥蘢的樹林，沿著林間小道而去，四周靜寂，陰涼潮溼，散落各處大大小小的墓塚似乎被時間和親人所忘卻，顯得孤單而蕭條，只有樹林深處那塊空地上的魏瑪公侯墓室，椎形的尖頂披著夕陽的餘暉，為冷肅的林間增添了生氣。一位年輕女士坐在上層右角的售票處，中堂是圍有鐵欄的圓形空洞，可以望見底層擺放著數十具棺木。我買了門票，沿著石階往下走，舉目四望，燈光暗淡，不過很快地就看到擺在入口處的木棺上寫著歌德的名字，右邊並排著席勒之棺，同代詩人作家生前死後的關係都如此緊密，在古今中外文學史上可不多見啊！比起托爾斯泰沒有墓碑、沒有名字的墓地，歌德和席勒顯然舒適得多。一九一〇年，托爾斯泰的家人依照他的遺願，將他埋在生前栽種的樹下，儘管拜謁的人絡繹不絕，但能看到的只有一個長方形土丘。

一七八八年秋，歌德與席勒在魏瑪相識後，兩人合作密切，互相鼓勵，一七九四年合辦《時代女神》雜誌，一七九六年合寫《警句》和之後的敘事謠曲《潛水者》、《手套》等……顯然，除了他們有共同的人生觀、文學觀之外，歌德為人隨和、不擺架子，也是他們能融洽相處的原因。

自十七世紀七十年代起，原先贊同矯柔造作的宮廷文化者思想出現分歧，歌德的《哀格蒙特》和席勒的悲劇《強盜》、《陰謀和愛情》賦予文化界新的生命，成為反對清規戒律、要求個性解放的「狂飆突進運動」的佼佼者。

歌德和席勒可說是志同道合。因此，一八〇五年五月九日席勒去世後，歌德在寫給友人的信中悲痛地寫道：「……我失去了一個朋友，像失去了生命中的另一半……」

從參觀《浮士德》故事來源的萊比錫的奧厄巴克斯．凱勒飯店，和飯店內引發歌德創作靈感的酒桶，到站立在歌德故居底層一間小房間裏的見聞（一八三二年四月二十二日，歌德坐在牆邊單人床旁的靠椅上，對著窗外的天空說：「再多些光吧！」，便低頭斷氣。），這期間的收穫，就是教人跳出世俗、實現自我！

歌德和席勒活著的時候只想著工作，很少考慮以後的結果。儘管世間的「因」、「果」並非全然有規則可循，但有價值的勞動成果是無法被死亡所泯滅的。確切地說，他們遺贈於世的不僅是藝術之作，而是一種思想的高度和力度，給人鼓勵和力量，使其能在沮喪時看到光明和希望。

站在歌德和席勒的棺木前，我彷彿和他們進行著靈魂的對話：歌德啊，我們的生活是多麼的幸福，沒有戰爭、饑餓、瘟疫和廢墟……到處是商店、名牌、飯店和銀行……我多想採訪你，和你促膝談心，談文學、談未來，還想對你說，社會的進步和發展，並沒有讓人類的情感世界變得更美好、更潔淨，相反地，越來越多的人將靈魂抵押給金錢、權力和美色了。

不知是觸景生情，還是認為人類除了需要日光，更需要依賴著燈火生存、工作和前行，在這陰暗的墓室裏，與其說是種文學的膜拜，不如說是一次精神的呼喚，以至在回程的路上，我一直覺得歌德的靈柩上掛著一盞高燈，溫暖我心，令人感到輕鬆愉快、文思泉湧……曾經有段時間，在為文學著迷卻看不到出路時深感迷茫、不知所措，後來聽聞一位同行者感嘆文學日漸衰落，因見不著希望而停筆時，又熱烈地反對她的意見，為純文學的深刻美好和價值辯護著，沒想到她聽了，驚嘆地說道：「時下還有這樣的文痴？」

此時此景，我希望自己是真正的「痴迷」到底，而這秘訣，不是別的，而是一股忘掉一切的熱忱和傻氣。

二〇〇七年十一月五日寫於荷蘭

林湄簡介

林湄，荷蘭藉。祖籍福建。一九七三年自上海移居香港，曾任某大新聞社記者、編輯。一九八九年移居歐洲，後定居荷蘭，從事報刊專欄和專業創作。曾任比利時根特國立漢學院特約研究員、歐華學者協會理事、荷蘭作家協會會員、荷比盧華人寫作會主席、歐洲純文學雜誌《荷露》主編。一九九五年於荷蘭埃德芬召開個人作品國際研討會。一九九九年至耶魯大學訪問研究。現為專業作家。

著有：《我歌我泣》、《文壇點將錄》（隨筆）、《如果這是情》（散文選集）、《生命、愛、希望》（散文詩集〉，長篇小說《淚灑苦行路》、《漂泊》、《浮生外記》、《愛瑟湖》、《天望》，短篇小說集《羅經理的笑聲》，中篇小說《不動的風車》、《西風瘦馬不相識》等。

趨向高原

施瑋

一

從小生活在江南水鄉的我，靈魂中卻渴望著高原、趨向著高原；血液與骨骼、思戀與情感，都趨向著高原上純粹而直接的陽光，趨向著那歌唱般的光芒。在中國時，西藏與青海我都不曾涉足，不是沒有機會，而是對高原一種近乎崇拜的隱密戀情，令我不敢也不忍冒然親近它，甚或進入它。

童年的故鄉是軟語溫情的姑蘇。然而那種約束的、纏綿的美，卻在離開那兒許多年月之後，依然將我困鎖在記憶裏。不僅是姑蘇的記憶，而是我人生所有的記憶，都如石橋下幽暗的、幾乎靜止的河水般禁閉著我的心靈。

我在那唯美的石橋下，是何等的渴望歌唱，一種純粹的歌唱啊！雖然，我是一個完全不具備歌唱技巧與天賦的人，但我對歌唱的渴望，也許更勝過一個歌唱家。在無數個白日夢裏，我常站在想像的高原上，獨自一人對著明晃晃的雲朵和太陽，毫無章法地縱情放歌，渴望自己的心靈能夠藉著高歌，而從姑蘇的水中脫離出來。

在我夢想的深處，渴望著能有那麼一刻，站在荒涼而貼近日月的地方，遠離自己的過去和未來，遠離自身肉體中紛雜喧嘩的七情六欲，遠離一切吮吸我生命的空洞；親近自我，也找回自我。

一種超乎理念的信心，讓我確知自己的生命，一直在某個荒涼而曠遠、純粹而潔淨的地方，踏踏實實地等待著我。

當飛機越過太平洋時，我並不知道我正在趨向自己靈魂的所在地，美國對我來說是個異域。事實上，地球上任何一個地方都給我一種異域的感覺，包括幾個算是故鄉的地方。我一直很羨慕那些「尋根」的人，但我的根卻在我從不曾涉足的高原上，甚至不是在某個高原的某方土地中，而是在廣義的「高原」的陽光裏。

當飛機離開海濱之城——洛杉磯如明信片般的美麗與熟悉後，我進入了靈魂的旅程。機翼下是一望無際的荒漠戈壁。黑、黃、白、灰交替的壯闊中有兩條細細的白線，是40號高速公路。它們無盡地向遠處延伸，彷彿讓我看見自己的心與精神趨向高原、趨向靈魂與生命的過程。

太陽在雲層上不停翻滾，宛如一個赤裸的嬰孩，歡樂地在散著肥皂香與陽光香氣的毯子上盡情玩耍。我不禁大口地呼吸著，覺得這就是我的靈魂、我的夢想、我的真實、我的生命——一個在光芒中戲耍的赤裸嬰孩。

二

阿爾伯克基是加州與德州之間最大的一個城市，它坐落在荒漠中隆起的戈壁高原上，大喇喇地攤開了四肢。它是西部開發後的現代化城市，和美國大多數的城市一樣，高樓不多，現代化都藏在平凡樸實的外表底下。與鄰近的小城——藝術之都聖他菲不同，阿爾伯克基像是一個豪邁而沉靜的男人，佇立著，眸中深蓄著戈壁高原的氣息。

這裏缺乏綠意，作為點綴的樹木少得可以略而不提，房屋與山脈都裸裎在太陽之下。這兒的太陽正是我夢想中的太陽，一年四季都坦率無憂地歌唱著……它是那樣熱烈地迎面而來，在觸碰你的那一刻，卻化成了一聲愛的嘆息；它並不像不認識這裏的人所想的那樣狂暴傷人，它實在是個完美的情人。

在這裏的生活幾乎是完美而純粹的。新墨西哥的官方語言是英語和西班牙語，亞裔人很少。雖然有幾所大學，但因為在這裏的公司機構，大都是美國能源部的保密性實驗室和空軍基地，故能留在這裏工作的中國人很少。

語言的隔閡讓我如同遠離了人世，靈魂如脫繭的蛾，雖然尚未被陽光燃燒成蝶，卻已經可以飛翔了。起初的許多年，我來不及用文字將感受記下，因為自己原本不是個需要寫作的人，而是個需要飛翔的人，寫作只是在無奈的情況下代替我的靈魂飛翔罷了。然而，在那初登高原的幾年裏，我感到自己那仍被禁錮的語言，如同老舊的破車般，跟不上靈魂飛翔的速度。

我在布景般的房屋與街道間飛翔，放縱而奢侈地想像著一些無法用金錢買到的東西；我在星期日下午一位割草的男人面前駐足，感動於婚姻和愛情；我在購物中心旁的黃土與荒草前坦然自若地流淚，領悟生命的尊嚴與美麗；我在聖誕節的彌賽亞歌劇中昇華，觸摸那屬於天上的榮耀；我也在潔淨的廚房中，以完全不正宗的調料烹飪出正宗的中國菜，由此體會上帝賜予我的聰慧和女性特質。

這裏因為是高原，因為是空軍基地，因為沒有工業汙染，空氣乾淨而透明，每一朵雲都獨自展現著它的色澤與個性，即使在陰雨之日，也不肯混濁成陰灰的一片，彷彿孩子染出的水墨，深淺不一地喜悅著。

我喜歡駕著車在筆直的路上隨意滑行，無論是過去那輛大紅色的美國「雷鳥」，還是現在淡金色的日本「無限」，它們本身在駕駛中已經失去了意義，而它們的名字，卻成了我靈魂飛翼上的翎羽。

這裏的人常喜歡把手伸出窗外，起初造成我許多次的誤會，以為他們和中國司機一樣，是為了表示車子要轉彎或其他的意思，但一段時間之後我也染上了這個習慣。當溪流般的清風滑過指尖，彷彿高原的呼吸正梳理、潔淨著生命。在高原上，一切記憶，甚至包括剛發生的事、剛遇見的人，都變成可以放手的「過去」；而我，彷彿每天都是一個新生的嬰孩，充分地吮吸、全力地體會著生命之美。

三

偶爾也會藉著電話或網路與舊友們聯繫，像是透由一條名叫「詩歌」的通道進入地下，地下室裏有朋友和兩杯尚有餘溫的酒；只是朋友像張照片似地不能與我對話，我們相對看著、看著，就看出了歲月的眼淚。不是感嘆年歲老去，而是感嘆歲月把我們與許多事、許多人隔開，無法再面對面談天說笑，或說出當年沒有說出口的一句道歉。

昨晚千辛萬苦地弄來朋友寫的電視劇，看著螢幕上那一閃而過的名字，想著曾給他起過的外號──「一只醃鹹菜的大水缸」……如今這只大缸喋喋不休著，讓我都覺得陌生了。想到自己也曾參與過電視劇，彷彿偶然站上一條機場的黑皮輸送帶般，被機器毫無表情地帶走一段歲月，這一段生命應該是沒有皺紋的吧？再回來時，我們的頭髮也許都白了吧？

前些日子差點死去，被人推著在走廊與手術室這類的地方跑來跑去。美國的醫院裏太過安靜，沒有人情味，白衣天使們的笑容像是牆上掛著的畫。想像著一大幫朋友們闖進門來，亂嚷著要我別裝病，起來去爬香山……只是一回神，四周仍是一片寂靜。

沒有朋友的陪伴和嬉鬧，丈夫變得格外親近，我一直抓著他的手，像是抓著這個世界，或者更精確地說，抓著我自身的存在。過去天天和朋友們膩在一起，其實在心裏笑話對丈夫的依戀，然而美國文化改變了我，讓我脫去女俠的外衣，坦然地面對平凡。

在美國很少有男人與男人一起活動，或女人與女人聚集的情況，有家庭的人大都以家庭為單位來進行休閒活動，且非常尊重私人空間，即使是鄰居，也必須事先打電話約好，才能去「拜訪」一下，於是，平時沒事時也就不便聯絡了。雖然有時難得興起，大家會一起同樂，但那也是不常有的事。飯館裏和中國一樣熱鬧，美國人和中國人一樣愛上館子，一個吃美味，一個吃情調；中國人一群群的，多是朋友，而在美國則多見一家一家地圍著，開心的享受美食及與家人相處的珍貴時光。

家庭生活起初讓人覺得索然無味，卻漸漸發現了不少樂趣，天天在丈夫那兒找到舊友或新朋。我想告訴我那些終年不愛回家的昔日友人們，還是抽空陪一下你的丈夫或妻子吧，畢竟他（她）是你的老來伴啊！

想想聖經中男人稱女人是他的「骨中骨，肉中肉」，這才是婚姻的本質，很美卻又很實際。夫妻好比吃飯的木桌，朋友最多只是一杯啤酒加束花罷了。請原諒我這麼比喻，但唯有在婚姻中才能踏踏實實地體驗「骨中骨、肉中肉」的纏綿。

喜歡高原吧！踏踏實實，光光明明，當個沒文化的牧民，吼句不成調調的歌、親個臉蛋紅紅的妻、偎個肩膀寬寬的夫，等著死後重生，生成個赤裸的嬰孩，翻滾在太陽裏。

本文寫於一九九七年，原刊載於《星島日報》

施瑋簡介

施瑋，詩人、作家。曾在北京魯迅文學院、上海復旦大學中文系學習。一九九六年底移居美國攻讀學位。現居洛杉磯，從事寫作、出版、文化研究，擔任報刊執行主編、電視臺節目主持人等。

八十年代中期開始文學創作，在《人民文學》、《詩刊》、《國際日報》、《海外校園》等海內外報刊上發表作品，入選多部作品選集。共有詩歌、散雜文、小說劇本，文化研究論文等三百餘萬字發表於海內外。主要作品有：詩集《大地上雪浴的女人》、《生命的長吟》、《被呼召的靈魂》、《十五年》等；詩文集《天地的馨香》；詩劇《創世紀》；長篇小說《柔若無骨》、《柔情無限》、《放逐伊甸》、《紅牆白玉蘭》。主編《胡適文集》、《靈性文學叢書》等多部文化、經濟、文學叢書及工具書。

瑪雅國度

程明琤

瑪雅路斷

多年前，我曾去到墨西哥東南海岸的「坎坷」（Cancun），從那裏乘車往尋兩處大型的瑪雅（Maya）古蹟遺址——「淒清尼殺」（Chi Chen Itga）、「苛疤」（Coba）。我特意在〈嗚咽海〉一文裏，將上述地名的譯音譯成帶有瘡痍的意味，歷時數千年之久的瑪雅文明，在歐洲殖民主義興起後慘遭浩劫，行文中的憑弔筆調便顯得沉重。

「坎坷」地帶的瑪雅遺蹟，只是歷史上瑪雅帝國的一部分，整個帝國的範圍，包括當今中美洲的瓜地馬拉、貝里斯及宏都拉斯北境。當今瑪雅古蹟最主要也最廣延的分布區，位於瓜地馬拉境內，這個國家一千兩百多萬的人口中，半數以上的人屬於瑪雅血統，仍保留自己的語言和不變的天主教習俗。從某種層次的意義上來看，也可以說，這是個瑪雅國度。

一個名叫麗葛貝妲曼秋（Rigoberta Menchu）的瑪雅女人，在家破、鄉毀、親亡後，落難鄰國墨西哥。在那裏，她寫下苦難的故事，旋即被譯為不同的語文版本，瑪雅人的心聲終於被世界所聽到。一九九二年，諾貝爾和平獎頒給了這位瑪雅女戰士曼秋。

於是，瓜地馬拉成為國際人權組織的注目焦點。一九九六年，瓜地馬拉政府簽署一項和平協約，內戰結束。協約條款中保證游擊戰士可以「解甲歸田」，也保護了多項瑪雅子民的權益。可惜，當時曼秋仍處於流放的狀態，因為一九九六年總統大選後，她出面指證，政府成員中的兩個重要人物，就是當年主導焦土政策的元凶。和平獎的聲譽終究不敵當政者的權勢，曼秋被指為叛國，只要入境便可能遭到拘捕。後話如何？我至今不曾聞說。

我在「坎坷」訪古的時候，瓜地馬拉的內戰還沒有結束，我的瑪雅之路，就這樣在加勒比海的月色和潮音裏中斷，直到今年春季……

瓜地馬拉都城

三月時，我和朋友周國棻去了瓜地馬拉。

抵達後的第二天清晨，從都城（Guatemala City）的旅館高樓外望，連綿的山脈，圍成這座中美洲最大的城市。晨光下看來平靜的市容中，皺摺著不堪回首的往事。這城市在一九七六年時曾發生一次撼動世界的大地震，造成兩萬多人死亡，百萬人家園傾毀，而內戰，亦方興未艾。

高樓遠眺，起伏的山浪間，火山尖聳擊空，繚繞的雲翳將其渲染得神秘而溫柔。災難彷彿都過去了，瓜地馬拉都城裏，人們的生活腳步依然走得堅強而從容。

向晚時分，住在都城的朋友 Alex 帶我們去參觀市區中最老的廣場（Plaza Mayor），這一帶，是市井小民聚集的熱鬧街市。各種不同年齡層的群眾，形形色色的營生方式，熙攘中自有一種活在當下的姿態。海拔一千五百多英呎的都城，黃昏清涼似水，將收市後的金融大街變得空淡清冷。而這一帶，清涼中又隱約沸騰著；窄街邊充斥各種攤販，從食品到時裝，從土產工藝，到中國大陸舶來的廉價電器。這個時刻，有錢有勢的上層階級人士，大都因為安全的顧慮而待在他們的豪宅當中，不踏出家門一步，但一般常民則踴躍地、盡情地品嘗美好的夜景。

都城裏除了大眾式的生活場景，也有菁英式的文化地標。中美洲最大的歌劇院就建在這裏，建築形式十分現代。我們到達時，天色漸暗，已過了參觀的時間。失望之餘，Alex 向工作人員出示證件，並解釋我們來自遠方，明晨即離開此地，希望有機會入內稍作參觀。工作小姐立刻面帶笑容，應允親領我們觀覽歌劇廳。這種事，若只講條規當然是行不通的，但視情勢而加添人情，也未嘗不可。我對這個城市，忽然感到一份親切。

去到歌劇廳之前，因取道捷徑的關係，必須經過一個小型劇院。舞臺上正在上演現代劇的場景：三個衣著時髦的仕女各據臺面一隅，在聚光燈的輪番照射下，進行不同的獨白。臺下的聲眾都聚精會神地傾聲細聽著。我們在黑暗中稍作觀賞後，便隨著工作小姐手電筒指引的微光，從劇院後面穿過，直接走到歌劇廳的大舞臺上。

大舞臺之下可容納千人的座位，一齊空楞楞地朝向臺上的我們，沒有觀眾，臺上的任何人都不成角色。面對一排排的空位，心中忽生感想：社會舞臺上，依靠的是臺下群眾的文化心靈，而這種心靈，又必須仰賴臺上劇情演出的提升和培養。社會中文化心靈的淪落，其實也是舞臺上藝文人士創作理想的淪落。

古城夜讀

從瓜地馬拉都城乘車西行，只需四十五分鐘便到達安地卡（Antigua）。這座古城建於殖民征戰後的十六世紀，當時是瓜地馬拉的首都，蔚然而成政治、宗教、文化的盛地。十八世紀末，一次大規模的地震，將這座城市的重要性完全震塌了，許多大型教堂、修道院、統治者所居住的豪廈，都在這次天災中崩毀。首都於是遷往當今的都城。

不過，安地卡的古往榮華仍依稀可見。有些教堂修復了，有些修道院被改裝為觀光旅館，傾圮的廢墟清理後，成為供人尋訪憑弔的市區古蹟。居民也正逐步地重建故里。一九七九年，鑒於古城的歷史價值，聯合國文教組織特將此城列為文化遺產而予以保護。

安地卡的街道仍依古俗一律石砌，現代化的電纜必須掩藏在地下，以免破壞了古貌。街頭看不到醒目的商標，商店名稱都極不明顯地書寫於門側的牆上。有些側街的民屋上，任其爬滿青藤或開滿花朵，野意、古意盎然。

觀訪古墟後循階下行，偶一抬首，殘破厚砌的牆檻外，框現一片遠疇、屋舍和青山，真是一幅動人心魄的圖畫，人為的高華永去，而自然生息未斷。我繞牆依檻而望，安地卡附近的三座火山，悄然昂立於晴空之下。地震後，兩百多年的人世韶光，何其淹忽！

落腳的旅館是修道院改裝的，廣大的園林、深闊的長廊、厚砌的牆龕間，入夜後都亮起了燭光，修道院裏殘剩的古厝，在燭光搖曳裏魑魎閃映。

住房意外地連有寬大的客廳，落地窗外是一方騎廊，廊下是花木繁茂、泉水淙淙的內院。當年的天主教會，財力及勢力兼具，「修道院旅館」的居住環境，便已足資證明。

夜間梳洗後，一時沒有睡意，就從旅行袋中掏出那本薄薄的倓虛大師《心經講錄》，走到客廳燈下準備翻閱，藉以沉靜心緒，或者攫取些什麼，放在心裏存養涵蘊。

燈下展卷，首先讀到「唐三藏玄奘法師奉詔譯」的字樣。這是流傳誦習最廣的《心經》譯本。當年玄奘為研習梵典，不辭辛苦地前往印度，取經回國後，又日煎夜熬，譯出六百卷《般若經》全文，且還誓言「不譯完不死」！經文的開示名句：「舍利子（人名），色不異空，空不異色。色即是空，空即是色……」這裏所指的「空」，是指人間事象的空性本質（西洋哲學中所謂的本體），「色」則是指呈現世間的森羅萬象（所謂物象）。在《般若經》的思想裏，色和空是一體二面，不容割裂。咀嚼琢磨這樣的句子，可以舒解一些生活中的情緒鬱滯和纏擾。

思索間，忽然意識到自己所處之地，是古時的天主教修道院，如果夜讀經文的是修女或教士，他們又會有怎樣的感想？如果他們不一味地單向傳教，或許也可以向其他文化取經，涵養出一種融會和寬宏。若秉持這樣的心態，當年瑪雅文化中數以萬計的古書還會被燒毀嗎？如果它們不曾被燒毀，人類將有多少豐富的智慧分享？當今世界可能又是另一種情狀。

彩色的傳統

來到奇其卡斯德南哥（chichicastenango）鄉鎮一帶，總覺觸目鮮麗，隨即感受到，當今瑪雅人的生活傳統就表現在日常的色彩之中。

首先注意到的是瑪雅女人的髮飾，用長長的彩帶，將頭髮纏捲、盤在頭頂，既整潔又絢麗。我在亞堤特蘭（Atitlan）的湖畔小村，正踞高觀賞湖景時，一個拿著大把彩帶的女孩，不知何時湊了上來，十分溫柔輕巧地將我腦後的髮夾取下，我知道她的用意，就在石階上坐下，讓她將我的頭髮捲入彩帶中七纏八繞。不一會，彩色髮帶盤上頭頂，完成了瑪雅式的髮型。「買了吧！」她指的是彩帶。「當然啊！」我笑著回答。

在一個工藝品商店裏，正當我專神地挑選作為禮物的綉品時，店主忽然來到身邊，將一塊方方的、中間裁了一個圓洞的綉帔，朝著我當頭套下，成為彩裳。接著，一條彩布圍摺腰間，再用三吋寬的彩帶，連衣帶裙穩紮緊纏。最後，一疊彩布垂著未剪去的長穗，妥貼地放到了我的頭上。幾個小動作，就將我變成了道地的「瑪雅女人」，全身上下，五色繽紛。

身著彩衣的不僅是女人，男人的衣著也一樣鮮麗，就連白髮老人的衣服也都是大紅大綠的色澤。瑪雅人懂得：天地間，色彩關乎生命，紅花綠草，殷實青蔬，彩羽虹影……即使是現代的交通車，也像是自調色盤中製造出來的：車窗、車頭、車身……五顏六色，我從沒見過任何其他國家的公車裝畫得如此華美，難怪有些旅遊手冊以這樣的公車當作封面。

瑪雅人不僅用色彩來調繪生活的歡顏，面對死亡，他們也不忘用彩色來憑弔。我們在行車時，忽然看見田野間亮出一大片鮮豔，再仔細一瞧，那鮮豔的並非花木，而是大小、高低不同的墓碑。瑪雅人的墓地聚集了所有可以調製的色彩，將先人的墓碑豎成野地上的錦綉。「死亡」恍然在天地間含笑。

此文刊載於二〇〇二年六月二十二、二十三日《世界日報》副刊

程明琤簡介

程明琤，出生於法國巴黎，成長於中國大陸、香港和臺灣。臺灣大學中文系畢業後，考入中文研究所，獲碩士學位。因成績優異而榮獲美國耶魯大學研究所全部獎學金，並取得文學碩士學位。隨即受聘於州立馬利蘭大學，教授中國文學及中國文化，歷十年之久。旅居印尼數年。回美後，受聘於喬治華盛頓大學，教授中國現代文學及古典文學。一方面為《世界副刊》撰寫「七彩盤」生活專欄，副刊改版後，應邀撰寫「象牙塔外」文化專欄，達數年之久。除為《世界副刊》撰寫專欄外，作品也散見於臺灣的《中央日報》副刊、《中國時報》人間副刊及《臺灣日報》副刊。退休後還居西雅圖。

出版有：《層樓集》（詩集，一九六八年，香港：鵝湖出版社）、《海角，天涯，華廈》（遊記、論述，一九八三年，臺北：中國時報文化出版社）、《走過千秋》（散文、藝評，一九八九年，臺北：聯經出版社）、《長江的憂鬱》（遊記，一九九四年，臺北：中國時報文化出版社）、《心虹》（藝評，一九九四年，香港：天地圖書公司出版社）、《嗚咽海》（散文，一九九七年，臺北：三民出版社）、《夕陽中的笛音》（散文，二〇〇一年，臺北：三民出版社）。

看到了「維納斯的誕生」

陳謙

在義大利佛羅倫斯的烏菲茲畫廊（Uffizi Gallery）第十～十四號展室，與世界名畫中的名畫——十五世紀義大利畫家波提切利（Sandro Botticeli）的傑作「維納斯的誕生」（The Birth of Venus）迎面相遇時，我並沒有經歷先前所期待的震撼；而兩天前，在梵蒂岡聖彼得大教堂內，我卻被那震撼轟然擊倒。漫行在金碧輝煌、美豔絕倫的聖殿中，某種想放聲大哭的衝動，在抬頭仰望、側首環顧的瞬間裏，時時追擊著我。曾經有一刻，我想我應該跪下來。我捏著微酸的鼻子，心想，也許只有對這些人類文明登峰造極的結晶親行膜拜之禮，才能寧息心間澎湃的湧潮。

站在貝殼裏、從海中升起的維納斯，微側的頭和豐滿圓潤的赤裸身體，正由飄飛在玫瑰花雨中的風神吹拂到岸上。當她正要踏上陸地時，四季女神（一說林野女神）展開淺洋紅色的花斗篷迎接她。維納斯淺黃的金髮在風中翻飛著，年輕姣好的面容純潔無邪，神情閒適而慵懶。我站起身來，朝她點頭微笑，心裏平靜而溫暖，像是見到一位熟悉而不需要客套的老朋友。我不時見到她曼妙的身影和清純的容顏：在E. H. Gombrich風靡全球的《藝術的故事》裏；在各種有關西方藝術史的文字中；在矽谷那家我喜歡的義大利餐廳的菜單封面上……我甚至在自己那本男主角是畫家的長篇小說處女作裏，議論過她、描摹過她。和羅馬鬥獸場一樣，因著對她年深日久的崇拜和嚮往，與在意念中曾有過的反覆想像，她早已從聖壇上走下來，貼近了我的心。因為熟悉，我甚至不曾渴望相遇的機緣，一如神交多年的友人。

導遊是位四十多歲、很有書卷氣的義大利男人，頭髮有點花白，梳理得整整齊齊，身穿米色厚毛衣，那針腳看得出是手織的，外套一件橄欖綠棉布夾克。聽說我來自舊金山灣區，便說他去過舊金山的北灘——小義大利區，我們相視而笑。我想他或許是社區學院裏教授藝術類課程的講師，因為他老讓我想起那年在新墨西哥大學修素描課時的老師。他從地中海的遊輪上接的是小團隊，一個月一次，每次只帶十四人，一日遊的費用是每人三百一十美元，我猜想他是業餘出來掙點外快的。因對人家的文化不熟，未敢造次細問。

導遊在熙攘的人群中，提起聲來解說維納斯。和那些大型的現代化博物館相比，這座始建於一五八一年，原為當年富強的梅迪奇家族所有的私人畫廊，畫室都不大。這時，周邊同時響起了日語、法語團的解說聲。我聽出導遊的故事跟我在藝術史讀本裏讀過的版本出入不大，就獨自脫團，端詳起眼前的畫作來。「維納斯的誕生」正對畫室的正門，172.5×278.5 公分的畫作獨占了一整面牆。我注意到，真跡的色調比我所見過的複製品都淡很多，這個發現讓我有點驚訝。複製品給人的印象是豔麗的，當中維納斯的髮色幾乎是金紅的，而真跡卻像打了一層柔光似的，沖掉了濃烈的豔影，整個畫面竟是粉色的。維納斯在空中飄逸的美髮，很明顯是純粹的淺金色。波提切利的維納斯是這樣美麗，人物造型沒有一絲一毫的生硬感。畫家承襲了十四世紀優秀畫作體態柔美、衣裝雅致的傳統風格，並突破了前期畫家在把握透視、造型技巧上的困境，他畫筆下的人物動態優雅而富於韻律，畫面豐滿、層次分明，美得讓人忽視了維納斯那長得不自然的脖子和過斜的肩膀，以及左臂跟軀體不太合諧的連結。

這幅畫的題材，亦讓波提切利在同期畫家裏顯得非常特別。它不是宗教傳說，而是古典神話，迎合了文藝復興時期，義大利人想從古典神話的美麗中探詢深奧真理的心理。同一畫室還有波提伽利的其他名作，其中包含了華美豔麗的「Primavera」和「Pallas The Centaur」。「Primavera」和維納斯這幅應該算是姐妹作，上面都畫有天使、春神、維納斯等。轉身過來，聽見導遊提到，有一種解說是，畫中各個人物代表著自然界的春、夏、秋、冬，象徵生命的過程，後來看到資料中說，最新的解讀則是「歡慶藝術的解放」，我一向對尋求藝術作品的意義持懷疑態度，也就姑且聽之。

從畫室出來，行走在烏菲茲畫廊寬大直長、採光不明的走廊裏，一時有點不知今夕是何年。走廊兩側排列著各種雕塑，牆上掛著大大小小的人物肖像油畫，天花板上原木橫樑隔出的一方方天地裏，全是精描細繪的各式畫案，有人物、器物、花草。烏菲茲畫廊從外觀到內景，一派不動聲色的灰米色調，配上門窗上原木的深棕，在它腳下文化廣場上鼎沸的人聲、豔陽下的鴿哨，和氣勢逼人的雕塑陣仗及噴泉的襯托下，更顯得從容不迫，氣自芳華。

自走廊盡頭高大的窗口望出去，沿河是一道曲折綿長的廊橋，當年是富可敵國的梅迪奇家族的私家專道，它穿過半個城區的鬧世，直通遠處山頂的家族別墅，而此地的畫廊，當年曾作為梅迪奇家族的辦公地點和藝術品收藏處。從事金融業的梅迪奇家族，當年曾資助過包含米開朗基羅在內眾多傑出的藝術家，使他們為人類留下了寶貴的文化遺產。波提切利也在梅迪奇家族的資助下，完成了他的那些傳世畫作，其中當然包括舉世聞名的「維納斯的誕生」。如今常聽到藝術家們清談為藝術而藝術，彷彿藝術和市場之間是不能調和的，然而面對著這些大師們從命而作的傳世珍品，問題的答案卻似乎變得簡單起來。

離開烏菲茲之前，在它的書店裏買下一本厚厚的畫廊藏品介紹，封面正是維納斯那張純潔的臉龐。

車子行駛在佛羅倫斯窄小的街道上，我的眼睛一直忙著尋找另一位老朋友——徐志摩筆下的翡冷翠蹤影。一切都是老舊的，連街屋上的牆石都發著黑黑的黴光，四處是厚沉的冷色，但並不讓人感到蒼涼。天暗下來，飄起了雨。回眸間，看見遠處佛羅倫斯教堂那個米開朗基羅設計的大圓頂，以及它旁邊雄偉壯麗的鐘樓。近處的路邊，是一些簡易失修的房屋。街邊的路燈杆上，「二〇〇四年波提切利特展」的廣告牌子被繩索潦草地綁掛著，維納斯微側著臉，無邪地看著路人，風一吹來，她便在雨中蕭瑟地抖動。這一切，再次讓我在心裏說，我是喜歡義大利的；她像一位良家婦人，帶著維納斯那樣閒適的面色，本本分分地斜臥在自家天井裏千年流水不斷的噴泉下。她真的很老了，卻沒有因此色衰；她讓我想起被水洗過的絲綢，退了光澤、漂去豔色，抓在手裏，絲綢的質感卻未減半分，遠遠看去，仍泛出黯淡的、若有若無的絲質光亮。

陳謙簡介

陳謙，筆名嘯塵。在邊陲重鎮南寧度過青少年時代，完成大學教育、踏入社會數年後，心生倦意，遂赴美求學深造。現定居美國矽谷，任職於半導體業界。視寫作為生活本質而奢侈之必需。

代表作有：長篇小說《愛在無愛的矽谷》（上海：人民出版社出版）、《落虹》（修訂中）；中短篇小說《覆水》、《殘雪》、《特蕾莎的流氓犯》、《何以言愛》、《魚的快樂》、《一個紅顏的故書事》、《看著一只鳥飛翔》等，並由廣西人民出版社結集為中短篇小說集《覆水》出版。散文隨筆集《美國兩面派》由湖北人民出版社出版。長期在海外知名文學網站「國風」及《星島日報》撰寫專欄。

漫談現代歐洲文明

池元蓮

從童年開始我便與歐洲文化接觸，因為我的父親是一九二〇年代最早一輩的歐洲中國留學生之一，他把歐洲文化帶到我的生命中。我長大後，大半生也在歐洲度過，與歐洲文明結下根深之緣。

什麼是現代歐洲文明？現代歐洲文明是在八世紀誕生的。那時古希臘和古羅馬文明在延續了六百年之後，已至精疲力竭的地步，故此衰亡。查理曼大帝崛起，首次統一歐洲，他的帝國後來分裂，但一種整體性的歐洲精神誕生了。歐洲人從此把目光朝向大西洋，從地中海人變成大西洋人，文明亦踏上新的道路。在往後的兩千年裏，歐洲文明充分發揮了它的特性：活力充沛、具好奇心、勇於冒險、創造力豐富；它不斷變更，不斷重生，不斷生長，身經千災百難而存活到今天，且活得光彩燦爛。今天的歐洲和平統一，歐盟成員已增加到二十七國。

讓我們從歐洲的中古時代開始，看看歐洲人在過去的十多個世紀裏，是採取什麼樣的方式來表達他們的人生理想和精神追求的。

歐洲人在這方面的成就，即是對文明的貢獻。當然，文明是靠歷代老百姓的努力而成；只是，每個文明時代總會出現代表時代精神的文明英雄。

歐洲的中古時代，素來被人認為是黑暗的時代。但以客觀的眼光回顧十到十五世紀的歐洲，則不得不承認，那是一個非常活躍的世界，文明的力量正猛烈地發酵著。

中古時代的歐洲人把勢力已穩固的教堂當作統治他們的女皇般看待，一切活動都是圍繞著教堂所產生的波瀾。他們建築許多教堂和古堡（迄今仍屹立著）；他們組織多次的十字軍，東征耶路撒冷的穆斯林；他們流行朝聖，一大群香客，有時一次多達數千人，浩浩蕩蕩地去造訪宗教聖人的遺蹟、遺物、遺骨。在那數個行動喧鬧的世紀裏，歐洲人發現了女性的價值，男人對女人的尊敬、愛護和保護的「騎士精神」（chivalry）從而誕生，這是歐洲文明對人類精神的最大貢獻之一。

此外，那時的世界是相當國際性的。如果有人問中古時代的歐洲人：「您是哪國人？」他們一定會覺得莫名其妙，因為他們大都只知道自己屬於那一個主教區。當時識字的人不多，但識字者一律都用拉丁文來書寫；一個義大利教士可到英國去當主教，一個愛爾蘭學者可到法國去講學。

九到十一世紀的數百年間，歐洲不但陸上熙來攘往，在海上也熱鬧非凡。維京人從北歐的海灣湧現，搖著他們輕快的龍船，西向大西洋出發，南向黑海而去。過去的史書總是把維京人貶稱為「北歐海盜」，但這種史觀在近年來完全被推翻。維京人是極為能幹的航海者，也是十分勇敢的冒險家，他們開通航海路線、建立貿易重鎮，像俄國和愛爾蘭的都柏林都是他們建立的。他們還發現了一些重要的新陸地，如格陵蘭島、冰島。他們的小龍船在九九二年時已經到達美洲，在當今加拿大的紐芬蘭（Newfoundland）上岸，比哥倫布早到了五百年。維京人的無窮精力、耐力和冒險精神，是歐洲精神的精髓。一千多年之後，北歐維京人的後裔又創造了世界舞臺上思想最開明的先進國度。

十五世紀，歐洲文明的中心轉移到義大利北部的佛羅倫斯城。當時該城的銀行家和商人把大量的財富帶到城市裏，這些富有人士收集美麗的藝術品來炫耀他們的財富，但他們有興趣收集的，不是沒有生命力的古董，他們像競賽般地爭著出資，請當代藝術家替他們畫壁畫、雕刻大理石像，藉此裝飾他們的宮殿、花園、圖書館；羅馬的教皇也加入競賽行列，大興土木，建造彼得大教堂。由於富商和教皇的「養士」式贊助，當時有才華的藝術家有機會大顯身手，營造出文藝復興的空前盛況。

因此，雄偉的大教堂、瑰麗的大壁畫、追求人體美學的雕像，成了那個時代展現文明的方式。而文藝復興最偉大的精神成就，便是發現「個人」和「人的尊嚴」，意識到人類的心靈有往上掙扎、脫離物質桎梏的渴望。米開朗基羅（Michelangelo）、達文西（Da Vinci）、拉斐爾（Raphael）等能畫、能雕、能建築的全能藝術家，正是這種人文精神的傑出代表人物。

文字解放則是十六世紀的文明成就。對西洋歷史稍有認識的人都知道，馬丁·路德（Martin Luther）是宗教改革運動的發起人，但馬丁路德對歐洲文明最大的貢獻，其實是文字的解放。他把聖經這部當時最具影響力的書籍，從拉丁文翻譯成德國人日常使用的德語，不久法國人和英國人隨之跟進，把聖經翻譯成法文和英文。在此之前，所有的書籍都是用繁縟的拉丁文寫成的，普通老百姓根本沒能力閱讀，馬丁路德廢除了拉丁文，改採一般人所使用的語言來書寫，等於是將束縛文字的枷鎖脫去，與中國後來以白話文取代文言文有異曲同工之妙。這麼一來，歐洲人有了表達思想的新工具，因而產生了新思維、新發明和新世界觀。

新的時代精神在十七世紀出現。其時數學與哲學尚未分家，而哲學家大多數也是數學家。他們信仰數學，倡導理性哲學，相信經由數學的表達，人的經驗能與理智結合為一。常被人稱為「現代哲學之父」的法國哲學家及數學家笛卡兒（Descartes）的名言「我思故我在」，正好體現了這種精神。

不過，十七世紀的文明英雄應該是牛頓（Newton）。到了該世紀的中期，英國位居歐洲學術領導者的地位。是時，透鏡、望遠鏡、顯微鏡等科學儀器都出現了，在英國，一群才華卓越的自然哲學家利用新發明的科學儀器觀察宇宙，希望能由此找到主宰人類環境的秘訣，創造出一個講求人道、講求理智的社會。透過仔細的觀察，牛頓發現了地心吸力，並寫下「牛頓三大運動定律」，把宇宙的結構用數學公式講述出來，一個新的宇宙觀於焉而生。

十八世紀，蘇格蘭的發明家瓦特（Watt）發現蒸汽是一種能源，工業革命在英國率先開展，物質主義接踵而來。歐洲社會發生巨變，人文精神也朝多個不同的方向發展。而在這革命性的世紀裏，最大的文明成就是音樂：光是提起巴哈（Bach）、莫札特（Mozart）、貝多芬（Beethoven）這三個名字，陣容就夠浩大的了！他們的音樂是多麼的動人肺腑啊！

接著要說的是法國的盧梭（Rousseau）和德國的歌德（Goethe）。盧梭比歌德早出生三十七年。他們兩人同為自然論的先知，但理論卻完全不同。

盧梭的基本哲學觀點是：人性本善，卻被社會和文明所汙染；人應該要回歸最原始的自然，「我感覺，所以我存在」是他所尊崇的思想信仰。這種思想後來演變為十八世紀後期的自然崇拜，代替了宗教的作用——人要沉浸在大自然中，忘卻自我而與自然同存。

歌德除了是一位大文豪之外，也是一個自然科學家。他把整個大自然看作是一個有機體，所有的動、植物都依照它們自有的定律而演變。歌德的自然論替十九世紀達爾文（Darwin）的《演化論》鋪了路。

當然，還有一件不能忘記的事。十八世紀也是啟蒙運動的時代。啟蒙運動在英國開始，在法國成熟，代表人物是法國思想家伏爾泰（Votaire），他主張理智和容忍至上。

十九世紀，第一部火車頭轟轟然駛過英國的田野，工業革命的步伐不停加速。此後的歲月裏，工程師們忙著建築鐵路、橋樑、工廠、兵工廠、市場……

中產階級出現，夾在當時奢侈腐敗的貴族階層和貧苦大眾之間。英國大文豪狄更斯（Dickens）把當時的社會生態活生生地收納在他的不朽小說中，而丹麥童話大師安徒生（H. C. Andersen）的著名童話「賣火柴的小姑娘」，也是這個時代的縮影。

科學躍進是二十世紀的顯著特徵，卻在前半世紀的五十年內發生了兩次世界大戰，致使歐洲兩次成為墳墓，但又兩次復活為花園。那麼，代表這個世紀的人應該是誰？美國的《時代》雜誌將愛因斯坦（Einstein）選為「世紀之人」，理由是：他在「純粹思想中，發現了宇宙的主要構造；二十世紀的科學發明——原子彈、太空旅行、電子學等……都帶有他的指紋。」愛因思坦是德國的猶太人，一九〇五年，年僅二十六歲的他在瑞士伯恩城的專利所當職員時，便「想像」出他的《相對論》。另外一位被選為對二十世紀最有影響力的思想家，是奧地利的佛洛伊德（Freud），精神分析學的創立人。佛洛伊德名列榜上的原因是，他找到了人類的潛意識，使得世人從此改變對自我的看法。

二十世紀之後，新的一個世紀再度展開。世紀的一開始，就得到「數位時代」（The Digital Age）的稱號，且有專家預測，在二十一世紀中稱雄的，將是中國和美國。那麼，歐洲會沒落嗎？我個人認為，歐洲，尤其是北歐的國家，將會向世人展露他們的所長。在世人日漸富裕的情況之下，社會在財富分配、環境保護、善待動物、照顧眾多老人、保持大自然與城市的平衡發展等各方面會遭遇許多難題，在解決這些社會問題時，北歐國家是最先進的領導者。美國前任總統柯靈頓（Clinton）特別欣賞丹麥，他在最近一次訪問丹麥時的演講上說，全世界都要把丹麥當作模範來學習、仿效。

池元蓮簡介

池元蓮（Elsa Karlsmark），海外華人女作家協會會員，丹麥公民，生於香港，原籍廣東。臺大外文系學士，獲德國政府獎學金留學慕尼黑，研讀德國文學，曾任職於德國電視臺。美國柏克萊加州大學東亞史碩士，曾任該校東亞研究院研究員。與丹麥人結婚，定居丹麥三十餘年，長年擔任丹麥政府中、英、丹三語翻譯員。先從事英文寫作，在報刊報導東方文化，一九九〇年代回歸華文寫作。出版有：《北歐另類風情》（臺北：方智出版社）、《北歐繽紛》（北京：人民出版社）、《兩性風暴》（鄭州大學出版社）、《多元的女性》（高雄：萬有出版社）、《鑽石人生》（上海：人民出版社，與新加坡張露合作）、《春之影》（英文長篇小說，美國）、《黑秘密及其他奇異故事》（英文短篇小說，新加坡）等十餘種。

南美遊記摘要

葛逸凡

麥哲倫企鵝的家鄉

二〇〇六年三月十二日清晨六點，郵輪「Regal Princess」在阿根廷中部的製鋁工業小城Puerto Madryn 靠岸，半小時後我們乘坐大型旅遊車，飽覽數百英哩的沙漠風光，當覆滿矮樹叢的連綿山崗在視線中出現時，顯示我們已抵達 Punta Tombo 的自然動物保護區，鹿群消遙自在地在其中徜徉；而當大西洋展現在眼前、旅客在廣闊的停車場下車時，世界最大的麥哲倫企鵝巢穴（Magallenic penguin rookery）就已經到了。

這兒可說是麥哲倫企鵝的家鄉。此種企鵝像鴨子一般大小，身軀前白後黑，羽翼外黑內白，黑嘴黑腳，白眼圈兒緊連著脖子前方的一道白色條紋。牠們直立行走，這點和人類一樣，使人很自然地產生親切感。

走在坡地的曲徑上，從腳旁到視野所及的海邊，隨處都可見到企鵝的蹤跡，人人興致高昂。瞧！那三五成群的，多像至親好友的歡聚；那樹下半瞇著眼的，正在享清福，做著白日夢；那成雙的，卿卿我我；那獨自漫步的，在想些什麼？那左翼微展、彎著脖子、看著自己側身的，是在自我欣賞抑或顧影自憐？那拍打雙翼的，是在發脾氣嗎？那一群群肅然而立的，是在開群眾大會嗎？在山坡上凝望沉思的，是否懂得「仁者樂山」的道理？在沙灘上嬉戲、鑽進壯闊波濤裏浮潛的，算是「樂水」的「智者」嗎？最妙的是，陸橋下的陰影裏也站滿了企鵝，牠們多愛乘涼啊！

一位遊客蹲下來和企鵝說話，溫柔地呼喚：「企鵝先生、企鵝太太，你們多漂亮啊！」他說話時擺動了一下手臂，那企鵝竟隨著人的手勢左右彎腰，真是可愛！不過牠們如果被激怒，那尖嘴頓時就變成了武器。

每年從九月到第二年的三月，牠們在巢穴地帶生活，十二月、一月時讓幼小的企鵝游水入海，其餘的日子則用來遷移到南方。Punta Tombo 沒有酷暑與嚴冬，好一個麥哲倫企鵝的家鄉！

世界盡頭的小城——烏斯懷亞（Ushuaia）

烏斯懷亞（Ushuaia）被稱作「世界盡頭的城市」，這個稱號魅力十足，充滿天涯海角的遼闊感。它是泛美公路的終站，這條大道自地球頂端的阿拉斯加起始，穿過北溫帶、熱帶、赤道、南溫帶到南美洲大陸最南端的城市。它是世界的盡頭，人生的起點。

地球的形成意味無窮。這座大山自海中起拔，三角形的頂端戴著雪帽，山腳匍伏著街道屋舍的小城，像極了阿拉斯加的 Sitka 。它曾盛產鯨魚，亦是罪犯的拘留地，現為阿根廷的海軍要塞，和至南極旅遊探險及科學研究的重鎮。「Ushuaia」是 Yahgan 印第安族的語言，有貫穿港灣、透視西方的含義。

當年麥哲倫由波濤洶湧的 Cape Horn 漂入了海峽（此海峽被命名為「麥哲倫海峽」），見到群山山腳營火燃燒，他依據火的指引航行，將此地稱為「火的大地」。當歐洲探險家在南美洲南部（現屬智利、阿根廷的地方）的雪地上發現巨大的腳印時，引起了外界頗多的猜測，日後發現印第安人不穿鞋，冬天以獸皮包裹著腳禦寒，以防凍傷。「大腳」與「火的土地」，因此成為南美洲南部的別號。

因為時間的限制，我放棄了乘火車穿越原始森林的方式，改乘遊艇觀看當年達爾文做研究時（一八三一～一八三六）的小獵犬海峽（Beagle Channel）。天氣雖由陰轉晴，仍見烏雲飛騰，冷風刺骨，海峽旁的山嶺氣勢豪邁，島嶼散布在灰藍色的海上，有個小島色彩斑爛，近看原來是海獅的老家。牠們群聚，占滿了岩石，懶洋洋地享受著陽光，展現各種各樣的姿態。白石黃樹的海島則是鳥的國度，成千上萬的鳥兒怡然而立、翩然飛行。這個海峽是野生動物的樂園，駝鳥、企鵝和多種水陸兩棲的動物在此生活。這裏的生態從達爾文探險至今，沒有什麼改變。

雖然只有半小時的自由活動時間，我仍匆匆忙忙地上岸，踏到地面上，才覺得真正來過此地。海濱的街道屬商業區，房屋全都是木質建築。一個小小的公園裏豎立著世界盡頭的標誌，我這位來自北半球的旅客，站在那裏照了張相，作為「到此一遊」的紀念。

聶魯達（Pablo Neruda）的寶藏

身為寫作者，來到智利的首都聖地牙哥，必定要參觀的地方，當然就是諾貝爾獎詩人聶魯達（一九〇四～一九七三）的故居（現已改為博物館）。

詩人有三個家。一個在 Isla Negra，一個在 Valparaiso，而這座位於首都的小山坡旁，以船為造型意象的家園，是為了贈予至愛（後來成了他的第三任夫人）所建立的。當時他尚未與第二任夫人離婚，這個居所成了兩人秘密幽會的地方。

屋外的石牆塗繪現代派的畫作，另一座則鑲砌著以各色小石排成的圖案。這所博物館必須由工作人員帶領參觀。我們的導遊是位作家，講解得很生動。

建宅的格局非常與眾不同，不規則形狀的房間緊密圍繞著庭院，繁茂的葉影掩映，猴子現身的曲折石階由地面通達船型的樓房。這幢木屋，也就是創意深濃的船宅。

接受贈禮的女人非常珍愛這個家園，丈夫一九七三年去世後她獨居留守，直到一九八五年在這裏嚥下最後一口氣為止。聶魯達一位傑出的南美畫家朋友，曾為女主人畫了肖像，其頸項上竟有兩副面孔；一個為了給世人觀看，另一個則表達她內心真正的自己。導遊宣稱，當時的人們為她起了個「亂髮女人」的外號，因此我猜想她是個崇尚自然、率真而不顧世俗的人。

聶魯達是詩人與政治家，曾擔任智利駐歐、亞及拉丁美洲的外交使節，西班牙內戰（一九三六～一九三九）期間，他甚至援助了兩千名文化知識分子。他的作品深植人心，榮獲諾貝爾文學獎，成了智利的國家榮耀。

販賣部出售他的一些著作，除了薄薄的一本英譯情詩外，全都是西班牙文的版本。其實遊客最感興趣的，應該是奇異船形屋中琳瑯滿目、稀奇古怪的收藏品吧。

屋宇的造型如船，房間的小圓窗貌似船艙，有船長氣派的酒吧，樓梯、窗櫺、欄杆狀如海浪，當中裝飾的許多畫作都與海洋有關。在這裏不但有置身海邊的感受，更彷彿聞到了海的氣息。

在這幢只有兩間臥室的房子裏，竟有三個酒吧。樓上夫妻專用的小餐廳，餐具屬墨西哥式，樓下的大餐廳則展示著英國的精緻瓷器，和明代東方藍白圖案的盤碗。各式彩色的水晶酒杯光華耀眼，桌上兩瓶名酒印證了詩人與酒，是古今中外皆然、不分東方和西方的。

他的一生遊蹤廣布，慧眼識珍奇，喜愛收藏，除任職外交使節期間所獲得的贈禮（義大利贈送的茶桌、皮椅和腳凳），更不乏各式的獎章、紀念章、列寧獎章和諾貝爾獎章。他收集絕版的古地圖，和記錄他的雜誌、藏書等。他曾用一部分的諾貝爾獎金買了一部最古老的百科全書，他的圖書室於是成了寶庫。詩人的筆墨手跡也陳列在其工作室中。

遊客很多，驚嘆之聲此起彼落。「他收集的物品怎麼這般奇特！」「有誰見過兩呎長的皮鞋？」他收藏中國的鼓凳、籐凳、草編的椅子、拼花布的椅墊、粗麻繩製的屏風、繩編的竹簾，另有一幅陳兆鳳畫的狗、鳥、花、石；剝光樹皮的樹幹仍在客廳聳立，廳內陳列著各式各樣的貝殼和大大小小的木雕、石刻及金屬塑像；牆壁上除了畫，還有掛鐘、掛盤；一大幅木製的扇面上貼了十八張照片，多幅肖像則占滿另一根橫樑。

酒吧的托盤由身著制服的男童端著，兩根鐵柱子當做腿，鐵腳上穿有鞋襪。窗臺上排列著十一個由小到大的俄國套盒木娃娃，顏色鮮麗。客廳沙發上一排棗紅的靠墊和黃褐色的砌石牆壁，給人一種溫暖的感觸。結婚蛋糕的模型放在臥房裏，一個身著古裝的娃娃則躺臥在兩個枕頭的中央。

由「文若其人」的說法，我忽然想到「由物觀人」會如何？人的愛好是性向所趨，真情的自然流露。因為喜歡那些東西，才會收藏；由收藏之物去推測、聯想那深不可測的心靈，是再好不過的了。

從這些收藏品探測聶魯達的詩篇，會想到其率真、大膽、濃鬱、多彩、奔放、極富創造性，卻很難想像他被頌讚為人民的歌者，和受虐者的代言人。

〈聶魯達（Pablo Neruda）的寶藏〉一篇曾刊載於夏威夷作家協會主編的《珍珠港》中

葛逸凡簡介

葛逸凡，出生於河北省欒亭縣葛莊，祖父是前清進士，父親曾擔任私立中學校長，九歲時母親去世。一九四六年到北京，一九四九年還居臺灣，一九六五年和丈夫、女兒移民加拿大溫哥華。臺北女師畢業後擔任教職六年，曾在科羅那成立中文學校並從事教職。曾任加華筆會顧問及副會長。

十七歲開始寫作，五十年代在臺北《藍星詩頁》發表新詩，繼而在副刊發表散文小說，定居加拿大後以十年的歲月完成了《金山華工滄桑錄》。六十年代初期榮獲文壇雜誌第一屆文學獎短篇小說第一名，一九八九年獲海華第一屆文學獎第一名。

著作：《欣欣向榮》（一九七二）、《加拿大的花果山》（一九九一年初版，二〇〇四年再版）、《時代、命運、人生》（二〇〇三），二〇〇七年簡體版《金山華工滄桑錄》出版，英文翻譯版正在進行當中。音樂劇《金山華工滄桑歌》亦準備譜曲演出。

冬天隨想曲

一凡

留學生涯說冬天

我在不同的人生階段，感受迥然不同的冬天。

六十年代初，告別了山山皆秀色、樹樹盡相思的雲南園（已走入歷史的新加坡南洋大學校園），懷著無限的憧憬，與剛註冊結婚的外子，搭乘義大利郵輪羅馬號向英倫出發。經過波濤洶湧的阿拉伯海、詭秘寧靜的紅海，穿過蘇伊士運河，進入風光明媚的地中海，最後橫渡英倫海峽，來到當年許多學子夢寐以求的英國國土，實現了留學夢。

從炎炎夏日的赤道，來到四季分明的溫帶；從多年來淪為英屬殖民地的東方，來到宗主國的西方，對深受中華文化薰陶的華校生來說，是一個全新的體驗。除了文化及風土人情的差異所帶給我們的衝擊之外，四季氣候的更迭，亦是很難讓人一下子就適應的。

我們是在夏末秋初抵達英國的。身為經濟不豐裕的留學生，第一個冬天是很難挨的。六十年代初的英國，除了旅店、豪宅有中央暖氣系統之外，一般房舍都靠煤氣壁爐或煤油爐取暖。在新幣8.8元才能兌換一英鎊的六十年代初，對像我一樣的窮留學生而言，買任何東西都覺得很貴。以我們當時的預算，只能租一個小房間，而房租是最主要的生活開支。小小一個房間，既是睡房、書房、會客室、也是廚房。夏秋還好，一入冬，從窗門縫隙鑽進來的寒風，隨時都可讓室溫驟降，更何況我們住的是沒有中央暖氣的小房間，只靠室內一個煤氣小壁爐取暖。租戶必須把錢塞進供應煤氣的投幣機裏，才能點燃壁爐。面向壁爐，雖然身前暖和，身後還是冷颼颼的。夜晚鑽進被窩的那一刻，最是難受。那年代房東既沒有供應絲棉被，更不用說電毯了。我們蓋的是又厚又重，卻不暖和的被單，蓋了三層還覺得冷。

由於我們居住的地區，房租相對來說比較貴，不久，我們就搬到另一區，和另外兩位留學生合租一個有兩間睡房及一間充作讀書、煮飯、吃飯兼閒聊的共用小客廳。冬天的早晨，大家都賴在各自好不容易才睡暖的被窩裏，不願意第一個離開被窩，起身點燃客廳的壁爐。為了省錢，就寢前，我們關掉室內所有的爐火，整間屋子冷得像個大冰櫃似的。

外子當年修讀法律，不像現在那樣，必須先在大學取得法學之學士學位。根據學制，學生可自行選擇考試科目及應考日期，勤奮的可在三、四年內取得執業律師的資格，懶散的則可能拖個七、八年才完成學業，那是個需要極佳自我約束力和規劃能力的學制。由於學生不一定要在規定的時間到校上課，大部分時間得靠自己進修。

冬季在家讀書時不開暖爐，就算穿著冬衣外套，亦冷得令人坐立難安。整日偎著供應暖氣的投幣式暖爐，荷包又要大大縮水，花費超出預算許多。因此外子大部分的時間，都到有中央暖氣設備的鄰近圖書館準備功課，既暖和又不花錢。

我的運氣比較好，能住在有中央空調日夜供應暖氣的倫大宿舍。六十年代，正是中國開倒車搞大躍進、人民公社及文化大革命的年代，以「一窮二白」來形容當時的中國，毫不為過。中國的落後貧困，使我們這些身居海外的華裔留學生，亦備受歧視。我們的處境只比黑人好一點，起碼租房子時的「no colour」不包括我們，但遭受白眼的情況卻是一樣的。記得有一次舍監找我說話，劈頭第一句就是：「你們亞洲人怎麼這麼不整潔？」原來清潔女工因著白人的優越感，心不甘情不願地為我們這些華裔收拾房間，她誇大其詞地向舍監投訴我的房間太不整潔，讓她很難收拾。英語不靈光的我，嗅出她語氣中的歧視意味，突然勇氣倍增，以不流利的英語大聲抗議她的說法。我說：「你可以責怪我個人，但請不要用『you Asian』這樣的字眼。」當時的我，正值人生的春季，卻感到陣陣寒意。腦中不期然閃現艾青的詩句：「雪落在中國的土地上，寒冷在封鎖著中國啊！」而我，此刻也正經受生命中的寒冬。

離別了故鄉，不知多少年啊！留戀的祖國，望了又望，眼前只是一片渺茫的山河。什麼時候才能回到故鄉的懷抱。靜靜的夜，冷冷的風啊，明月向西沉……

這首〈異鄉寒夜曲〉在異國的冬夜裏，經常在我腦中盤旋。我南方的祖國也正處於動亂不安的年代，不少浪跡天涯的學子，在異鄉承受著有家歸不得的煎熬。

北望憧憬的故土，哀鴻遍野，血流成河。

理想的幻滅、信仰的動搖，讓人生正值春季的我們，經歷無比酷寒的嚴冬！

人生金秋話冬景

春去秋來，時光荏苒，不知不覺我們已進入人生的秋季。

八十年代中至九十年代初，是我家松、竹、梅留學英國的日子。我們以松、竹、梅這歲寒三友替孩子命名，希望他們能像松竹梅那樣，經得起風雪的粹煉。

八十年代，沉睡的巨龍終於甦醒，翻轉身軀，準備騰飛了！我們的人生也進入秋收的季節。孩子在英國求學的那些年，我們經常去英國過聖誕節及農曆新年。那時候，居處已有中央暖氣系統的設備。冬天時儘管外面大雪紛飛，冷風呼號，室內卻溫暖如春。

我喜愛雪景。記得有一年的十一月中旬，我們參加在北京舉行的「福州十邑同鄉會、懇親大會」時，突然下了一場大雪，厚厚的雪，覆蓋了整座紫禁城。皚皚白雪發出銀光，把大地映照得十分亮麗。故都的大雪，讓人想起《紅樓夢》，想起大地白茫茫一片的純淨境界。

除了冬雪，我更愛觀賞冬天的樹。落盡黃葉的樹，露出一身勁骨，或直刺高遠的藍天，或盤根錯結地迎向風雪。那些百年老樹，褪下繁花綠葉的彩衣，在寒風中赤裸裸地展現其飽經風霜的枝幹。它們讓人想起那些不屈靈魂的一身崢嶸、一身傲骨！

入冬時節思永恆

轉眼人生已入冬。

往事如煙，往事也不如煙。這是個回憶的季節，也是個思索的季節。我從何處來，又往何處去？這問題的答案，也許可以讓人比較坦然地走向永恆。

本文刊載於二〇〇七年十一月十五日《香港文學》第二七六期

一凡簡介

王昭英，筆名一凡、寧靜。一九六二年新加坡南洋大學中文系畢業後，赴英國倫敦大學東方學院（School of Oriental and African Studies）中文系攻讀。寫作以散文為主，亦兼詩和短篇小說創作及論文書寫。主要著作有：散文集《雙飛集》、《跨越時空的旅程》及詩文集《灑向人間都是愛》。作品選入：《微型小說鑒賞辭典》、《世界華文女作家微型小說選》、《我的母親》、《世界華語文學作品精選》、第一屆「冰心文學獎」散文參賽文選《千花集》、《當代文學與人文生態——二〇〇三年東南亞華文文學國際學術研討會論文集》、《微型小說精選》等選集。主編《東南亞華文文學選集——汶萊卷（一九四五～一九九九年）》。現任新加坡《新世紀學刊》編輯顧問、《世界華文微型小說》期刊顧問、《五屬文苑》編委及「世界福卅十邑同鄉會」第五屆冰心文學獎評委。

天雪好個冬

任安蒸

習慣了四季分明的氣候，對每個季節的特色自有一份欣欣然的賞讚。沒有不好的季節，只有心境不佳的時候，灰濛濛的冬季，姑且換穿大紅衣裳，尋點小樂，藉此自我調劑，境隨心轉；換個心情，季季是好季。

剷雪

家住卡城，密西根湖以東，每逢雪季，嚴寒氣流總愛把大湖厚重的水氣，吹凝成豐沛的降雪量，哪家的車房走道越長，剷雪也就越痛苦。年輕時覺得好玩，還可健身，等到有了子女，剷雪就變成費勁的差事，最後更成為年歲漸長後的無奈。先前尚有長大的子女接手，當他們都離家之後，剷雪時不慎閃了腰背、扭到手腕等，都不是什麼新鮮事。最後只好「繳械投降」，花錢委託鏟雪公司代勞，雪鏟則留著備用，倒是把本田「吹雪機」給賣了。

夜晚下了一場暴風雪，一早剷雪公司就依「積雪兩吋以上」的約定前來鏟雪。我隔著紗簾觀看，私人卡車前裝有直排推雪鏟，來回三、四趟後，鏟雪工人下車再拿手推「吹雪機」吹鏟車庫門邊及大門前走道上的積雪，不消十分鐘，全部搞定！

雪運

冷了一個多星期，「Frigid」、「Big Freeze」等詞都被電視氣象播報員用上，例行的戶外「晨運」，只能改在地下室繞走，像極了在籠內蹓轉的天竺鼠！

早晨新聞的氣象圖上顯示著全美各地大城市的氣溫，皆是兩位數字，唯獨五大湖區的芝加哥，以個位數的零下九度「一枝獨秀」，而與芝市相距兩個半小時車程的卡城也不遑多讓，車陣中汽車排放的煙霧，因為低溫久久無法散去。

周末起了個大早，又見雪花飄落，好奇公園的野鴨、野雁在何處棲息、覓食，於是我揣著三條蘇打餅乾、一包甜麥餅，穿上橡膠釘鞋，開車前往密倫公園「解惑」。只覺得暖化了的地球，把入冬前該南飛的野禽，都給耽擱、愚耍了！

道路、草坪全被厚厚白雪覆蓋的公園，仍有三分之二的湖水尚未結冰，兩、三隻北美野木鴨（wood duck）棲靠在河中的石塊旁，我以扔飛盤的方式，對著牠們連續丟出蘇打餅乾，引出不少其他先前沒察覺的野鴨，紛紛飛起，落水後，「呱呱」朝我游來。循聲再朝野鴨群拋擲餅乾，眨眼間，聚來一堆搶食的鴨頭兒，形成這樣一幅「鴨以食為天」的圖景，鴨身深綠、麻黃、黑褐，隻隻交相攢動，和岸上的平和恬靜相較，對比十分鮮明。

揚手間，餅乾散盡，手凍腳冰，再不走，手套裏的手指、棉襪裏的腳趾都會凍僵！

積雪沒脛，光禿大樹成了路標，憑著熟悉的地勢，我繞湖快走，鬆散的雪地，被雪靴拖拉成兩道內嵌大鞋印的走痕，半跑半走兩圈後，原本平坦的雪地出現了不規則的雪道，相較於幼小時，南臺灣夏天的熱雷雨過後，牛車壓過鄉村黃土路的泥濘不平，這高高低低的雪地還算好走！

走第三圈時，我專挑沒踩過的地方落腳，忽彎忽轉地快走，回身一看，新舊足跡縱橫交錯，把平白雪地攪得亂七八糟，如同孩童將生日蛋糕上層的糖霜和圖案，用叉子胡叉一氣的無心傑作！這遊戲所帶給我的，是在天地間一場以靴代筆、以雪地為畫布、唯我獨享的痛快！

寒天

農曆標著「大寒」節氣的當日，果然窗外的雪下得如團如絮，一會兒，又如鹽如霰地下個不停。氣溫雖低，一切作息如常。鏟雪車尚未顧及的住宅區，積雪的路面被趕早的車輛碾壓得污髒難行，抬頭望見光禿的灰黑樹幹和枝椏，向著天空的那一面，白雪悄悄停駐，松杉暗綠的葉掌上有著白雪輕覆的清麗，彷若卡片上的美好冬景。美則美矣，最重要的是，要有欣賞的心情，一般在下雪天出門，想的只是快快開過雪泥，別遲到！回程時，則期盼著路不滑、少塞車。很慚愧，自己掌盤開車，關心的多半是路況和時間，很少有心賞景；而當周末大雪，所有活動都取消且懶得出門時，烤些小點心，配上熱飲，或者燉鍋熱湯暖身，大雪紛飛又何妨？

任安蓀簡介

任安蓀，旅居北美三十四年，由內布拉斯加州林肯市、加拿大蒙特婁市、卡格利市，再遷回美國，長住密西根州，期間不忘寫作，文章散見國內外報章雜誌，為海外華文女作家協會、芝加哥華文寫作協會會員。歷任國中教師、大學圖書館員、Tripple S 廠電腦程式員、CLTA「中文教師學會」執行助理，現任教於卡城中文學校，並事寫作，出版有《北美情長》一書。

第五篇

緣結彼岸

當張愛玲的鄰居

章緣

雖然喜歡張愛玲的作品，雖然她的小說是我的文學啟蒙書，我並不認為自己是「張迷」。我所認識的一位上海張迷，為張愛玲寫了兩本書，更造訪她的公寓無數次，往往在一股「想去她的陽臺上站站」的衝動下，立刻就往那兒去了。跟真正的張迷比起來，我的傾慕是隔著距離的。

但是人在上海，難免想起張愛玲，尤其是夏末秋初，她是在這樣的季節離開人世的。那天，在來了上海兩年之後，我終於去了她住過的愛丁頓公寓。愛丁頓公寓現名常德公寓，就在常德路上，一邊是梧桐濃蔭夾道的愚園東路，一邊則是繁華的南京西路。

天很熱，我站在常德路中央的安全島望向常德公寓。樓高七層，義大利的建築風格，一九三六年建好時，它曾是個高檔公寓，張愛玲就曾寫過她的德國人和俄國人鄰居。歲月磨滅了它曾有的光華，但它的造形線條仍舊特別，白色與淡咖啡色相間，掩映在梧桐樹影裏。我走到它面前，一個不起眼的木門，木框玻璃糊著報紙，外面框了一道鐵門，門廊下停著幾部腳踏車，兩邊有閱報欄，公寓一樓租給一些雜貨小店。躋身周遭摩天大樓和現代商廈之中，它好像活在另一個時空裏。

這是上海的「優秀歷史建築」之一，公寓上方有個牌子寫著「張愛玲故居」，介紹說張愛玲和姑姑一九三九年住在五十一室，後赴香港，一九四二年後住在六十五室，共住了六年。這是她住過最久的公寓了，更重要的是，住在這裏的張愛玲，寫出了《傾城之戀》、《金鎖記》、《沉香屑》、《封鎖》、《心經》、《花凋》等代表作，是她作為創作者的高峰時期。這裏也見證了她作為一個女人的高峰：她在這裏與胡蘭成相識相戀，結婚離婚。

我仰頭吃力地讀著牌子上的小字，脖頸都要斷了。這時鐵門開啟，走出一群男女，不及多想，我把將要闔上的門一攔，進去了。一進去，就和電梯口端坐的一個阿姨打了照面。是張愛玲寫過的開電梯的人啊！她在《公寓生活記趣》裏記錄了這樣一個鮮活的人物：知書達理，服裝整齊，住客的新聞報他先過目，閒來在小風爐上炒菜、烙餅，替張愛玲買豆腐漿丟了瓶，每家住客的起居都是一本清帳……六十年過去，現在守在敞開的電梯前的是位中年阿姨，盯著我打量，我連忙解釋來意，一面作好被轟出去的準備。沒想到今朝運氣極好！出門時鬼使神差，捨棄短褲、恤衫、平底鞋的夏日標準打扮，換上剪裁合身的米白色洋裝和細帶銀色涼鞋，如此的「賣相」，讓她跟我聊起了張愛玲。

「老早大家不大曉得伊，就是外國的曉得」，她看了我一眼，我立時有被識破的感覺。「格十年之間，比較多人曉得了，計算機老便當嘸，有了地址大家會的來看看叫。」果然是張愛玲寫過的世故的開電梯人。我舉目四望，入門廳狹隘，四壁破敗，一點也沒有高檔公寓的氣派。

「老裏八早，格是老高檔的公寓了？」我試著多了解一點。

「現在還是啊！」阿姨十分自豪地說，「外國人造房子是要蹲百年的，上海現在格種老房子少了。」她說這裏有住戶三十餘家，有的租給商家辦公，突然話鋒一轉，「五樓有套一室一廳的房子要借，就拉張愛玲五十一室的樓下頭。」

張愛玲樓下的套房？我不敢相信自己竟有這種運氣！連忙請教這位貴人尊姓大名。

「我姓毛，毛澤東的毛！」她說，「儂要借？」

「對！」

「儂一家頭？」她面露狐疑，改用普通話，「一百多平方米，租金要四千塊，就你一個人住？」

「呃，還有我先生，他，不常回來。」慌亂間，我把兒子省略，把自己變成像「二奶」般獨守空閨的人。

離開常德公寓，我的心砰砰急跳，熱血沸騰。我是怎麼了？真要租這套公寓？不管兩個月前才搬新家？

晚上先生返家，我全盤托出，希望他能喚醒我的理智。沒想到他大手一揮，「你就去租嘛！租幾個月過過癮也好。」他比我還會做夢，「你白天去那裏寫作，晚上回家，張愛玲的故居會給你靈感！」

有了先生這種比我更理性且是科學家的背書，我突然覺得這不是一時衝動。它是機緣，是可遇不可求的機緣！多少人在她的故居外徘徊，不得其門而入，極少數的幸運者溜了進去，在故居門前默立憑弔，而我現在竟然可以名正言順地登堂入室，就住在張愛玲的樓下，當她的鄰居！

我興奮的翻開《公寓生活記趣》，開始不知第幾遍的重讀。三、四十年代的上海，像張愛玲這樣住在公寓裏的單身女人，有如鳳毛麟爪，她們洋派，有一定的經濟能力。張愛玲寫六樓的風和雨，「高處不勝寒」，可現在的上海，六樓是低層囉！再翻開《對照集》，張愛玲和好友炎櫻在公寓陽臺上合影，還有在公寓裏的數幀照片，一臉孤傲。

到了跟房東約好的日子，我和先生打扮整齊，來到常德公寓。這回，開電梯的是另一位阿姨，她對我們愛理不理，只說那個房主沒來，其他一概不知。我看看錶，還有十分鐘，那位阿姨撇撇嘴：「辰光還沒到嘛！去外頭等拉海。」

我們狼狽地走出來，站到對面的馬路上，索性乘這機會拍拍照片吧。我對準常德公寓正要按下快門時，一個男子篤悠悠地蕩進視野，只見他長髮及肩，衣袂飄飄，很像紐約下城常見的藝術家，放在上海街頭很是另類。他看我在拍照，轉頭看了常德公寓一眼，嘴裏咕噥了一句：「哦，張愛玲。」

「曹路生！」我叫住他。竟然真的是曹路生，紐約大學研究所的同學。十五年沒見，他現在是上海戲劇學院教授、當紅劇作家，剛完成白先勇《永遠的尹雪豔》滬語舞臺劇本，沒想到我們竟然會在張愛玲故居前重逢。

就在這時，房東來電說他已在公寓裏等我們了。這回，電梯阿姨帶我們上了五樓，我敲開門，走進了這間老房子。老舊是必然，誰都曉得那段七十二家房客的群居歷史，一間公寓擠進幾戶人家是司空見慣的事，況且住老房子的人又不善或無力維修。進門處是一個黝暗的走道，沒有點燈，應該就是當年訪客通報的地方。（胡蘭成頭一回來，張愛玲不見，他遞了張名片，想必就是在這樣的通道上進行的吧。）然後豁然開朗，是個寬敞的大廳，一邊有安在牆上的書架和早已廢棄不用的壁爐，廳外是陽臺，長狹形的陽臺直通到臥室外頭。

房子空了兩年沒人住，到處灰撲撲的，地上堆了一些紙箱和雜物，還有零落的幾件老家具，地板磨損得厲害，牆倒是漆得粉白。大廳中央的地板上有隔間的痕跡，對一屋難求的上海來說，是完全可以理解的。屋內沒點燈，也沒開空調，只有陽臺透進一點風來。我直奔陽臺遠眺，眼前大樓林立。記得她站在屋頂陽臺上的那張照片，背景遼闊，她喜歡聽的市聲，就是從這一面陽臺滔滔流進來的。

臥室很寬敞，有壁櫥，廚浴都是後來裝修過的。我問房東：「有沒有熱水」，問出口才知道自己為什麼會這麼問，因為張愛玲寫過，煤貴之後熱水汀成了裝飾，如果放冷水時錯開了熱水龍頭，便有一種「空洞而淒愴的轟隆轟隆之聲從九泉之下發出來」。

房東說這套房跟樓上張愛玲故居的格局完全一樣，只是張愛玲住的是二居室，跟姑姑一人一房，而這套公寓的另一個房間則隔成獨立的小房，產權分開。房東說那原是傭人房，傭人出入走的是外頭的防火梯。

已經是下午五點了，我在公寓的幾個房間裏來回走了幾趟，只覺昏暗不明。這位房東也有趣，給人看房子卻不開燈，讓人看得糊里糊塗。我請房東把大廳的燈打開，是正中的一個大燈，幾個燈泡壞了，餘下的燈泡勉強發出慘淡的白光。

跟房東道別後，我們剛按下電梯的按鈕，才想到要更上一層樓，去看一眼張愛玲住過的房子，匆匆拾級上樓，樓梯是石灰材質的，整棟大樓散發著一種陳舊的氣息。此時電梯匡匡作響，載著那個橫眉豎眼的阿姨上來了。我們心慌意亂，竟然沒有再到七樓去看她住過的另一套房子。

房子看了，好奇心滿足了，卻越發不知如何是好。原先想說房子可能老舊不堪，看了覺得還能接受，房東說家具全要搬走，剛好可以重新布置。我跟先生說，這裏是上海最具歷史和情調的區塊，百樂門和南京路見證過老上海的十里繁華，二號地鐵近在咫尺，可說是黃金地段，我們可以將房子裝潢成三、四十年代的老上海風格，當作在靜安老區中心的一個窩，甚至，把它做成張愛玲故居民宿，相信海內外的張迷一定會有興趣。

我越說越來勁。想想又說，萬一裝潢好了，房東提早收回房子，一切就泡湯了，乾脆把房子買下來。先生竟然也點頭答應了。這麼一來，好像要玩真的了。我跟幾個上海朋友談起來，人人都感染了我的興奮，老同學曹路生還告訴我哪裏可以買到老家具。同屬海歸的一個朋友則說，何不在那裏辦一個文化沙龍？這又比開民宿更雅，更合我意了。於是我給房東發了一封情真意切的短訊，詢問房子是否考慮出售。

一個星期過去，沒有回音。我想當張愛玲鄰居的夢，似乎離現實太遙遠了。其實並不遠，只要願意把它租下，就能擁有它一段時日，問題是我要拿它怎麼辦？張愛玲曾在那裏出出入入，需要人工操作的狹小電梯，積塵的陽臺、糊紙底下是什麼風光？她走路的聲音輕扣著樓下的天花板，曾說掃陽臺的灰塵，往往直接掃到樓下的陽臺上，除非人家的欄杆上正晾著地毯。住在她曾住過的公寓樓下，我會離她近些，沾一點張愛玲的傳奇，混入我的上海記憶。如果在那昏暗的房子裏打瞌睡，肯定會作關於張愛玲的夢……

但我終究沒有再打電話過去。畢竟我不是真的「張迷」，我的傾慕，隔著距離。

章緣簡介

章緣，本名張惠媛，臺灣臺南人。臺大中文系學士、紐約大學表演文化研究所碩士。曾任雜誌社編輯、報社記者等，旅居美國多年，現居中國。曾獲聯合文學小說獎、聯合報文學獎、中央日報文學獎等。作品入選《爾雅年度小說選三十年精編》、《中副小說精選》、《臺灣筆會文集》、《聯合文學二十年短篇小說選》、《九歌九十四年小說選》等。著有短篇小說合集《更衣室的女人》、《大水之夜》、《擦肩而過》，長篇小說《疫》，隨筆《當張愛玲的鄰居：臺灣留美客的京滬生活記》。

山裏山，彎裏彎

鄧海珠

二〇〇五年九月十九日，中秋節，我和媽媽及兄嫂來到外婆的墳前，致上一束紫色的花朵。

小小的墳地在半山腰，要一路砍著草上山。灰白墓碑的正中央寫著「任公宣封之墓」，左下邊寫著「德配楊夫人」。山上遠遠近近種著楊梅樹，此時楊梅已落盡，顆顆落入了任家溪人家的酒甕。從山上俯望可見到靈湖，湖水以優美平緩的圓弧線條鑲嵌在一片綠色平疇之中，平疇上錯錯落落地住著人家，遠處是深藍色的山，籠罩在淡青的薄霧中。一切都是那麼的美麗，彷彿圖畫範本裏的鄉野。

九月，天正湛藍，水正碧綠，山正鬱蔥，江南的近水和遠山，千古以來就這樣在無數個秋季裏犒賞著人們。外婆，您曾經告訴媽媽，這是一個「山裏山，彎裏彎」的湖邊小村落，而媽媽也這樣一字一字地告訴了我。

「山裏山，彎裏彎」，這六個字在我心中迴旋迤邐無數里，一路創造了許多美麗的風景。江南水鄉的靈氣，不就合該依山傍湖的開展嗎？而靈湖若沒有青山的陪伴和保護，又怎麼顯出它在天地間的鍾秀，又怎麼保持它湖中山泉的清香呢？說起這「彎」字，更是妙絕，江南人家離不開水，彎彎的小河穿街走巷，從這個埠頭接至那個埠頭，水路越彎，人世就更婉約有致。

彎彎的山路起承轉合，由山腳、山腰至山頂，忽高忽低，忽明忽暗，忽顯忽藏。有了山，才有山裏和山外，才有離家和留鄉，也才有許許多多的故事。媽媽告訴過我，小時候她就經常從家裏望著這山，有時還會看見在山間行走的樵夫、獵人和僧侶等，她心想：「我什麼時候才能出山到縣城去啊！」

我們向墓碑深深地鞠躬。二十小時的路程，卻只在這裏停留了十分鐘，但生命、家族、歷史、世代就是要這樣延續著，不管住得多遠的子孫都得回來，哪怕是看一眼也好。石碑上的字、石碑下的土、土下的棺、棺裏的人，都對我們的存在有著無比的意義；我們因而擁有姓氏和籍貫，我們有根可以依附、有地方可以歸屬，有一群人，不管再怎麼陌生，必會張開雙臂歡迎我們。回到老家，我的存在忽然可以上溯幾百年，甚至千年，歷朝歷代的先人彷彿從歷史的扉頁中走出，拉住我的雙手說：「孩子，我們已經等你好久了。讓我們相認，讓我們彼此庇蔭。」這跨越時空的相偎相依，使許多不可能相遇的人相遇，啟發了無數藝術創作，使家族、宗族在世界各地生根發葉，流傳不絕。我來到此地，藉著外婆和外公合葬的墳碑謁見先人，並識得這一彎山水、山水間的建築、建築內外的人，以及他們的生活方式、他們的想望和缺乏、滿足和遺憾，與許多的苦苦樂樂。如此豐富的收穫，讓人為這些家族的過去感到驕傲。

在我來之前不久，一個十多人的韓國家族也來到這裏，與高采烈的認祖歸宗。原來他們追蹤家譜，發現他們發源於任家溪，並找到元朝時為先人立的一塊石碑。他們竭力汲取有關任家溪的一切，同樣的，這裏的老鄉也敲鑼打鼓，歡迎這一群異國子孫。我不禁想，如果全世界的人都熱於尋根、重視尋根，那麼也許當日的敵人，就是昔時的鄰居，畢竟，人類就是由那幾個古文明地區移居出去的，同文同種則更不應惡目相向。這樣想雖然不免痴愚，卻很溫暖。

在江南水鄉，一切都像縮小了尺寸。小小的河、小小的橋，白牆黑瓦的傳統民居含蓄地微微彎向藍天，脊頂一個小小的四方形裝飾。走進小小的門，看到低低的屋頂，從小小的窗子望出去，看到窄窄的後院。房間都很小，我還看見一個「樓梯」通向樓上的臥房，那「樓梯」其實只有六級，一個跨步就躍了上去，當然，這是尋常百姓家。不過周莊著名的沈萬三大宅也只有窄窄的門面，遊客在室內「擠油渣」，從東牆擠向西牆，又被西牆的人潮撞回東牆。在看過北方大開大落的四合院後，更覺得這南北之別甚為有趣。而說到食物，江南人請客時也是小碟、小碗擺滿一桌。

人說江南女子纖細，這裏的方言稱作「吳儂軟語」，難道就是緣於這樣的地理環境嗎？經常上船下船、上橋下橋的女子，能不輕巧些嗎？在彎來轉去、難於奔跑的河街上日日行走，能不多姿多態一些嗎？家裏空間小，開門就見著鄰居，坐在船上的時間又多，日久天長，就無需敞開喉嚨、重聲重氣的說話了。江南小鎮的味道，是女性的，「江南女子」帶著傳奇色彩，給人無限想像。

任家溪的水道已經無人行船，媽媽老家前的那條小河，七十多年前曾把年幼的媽媽「沖」到下游，如今河水停滯，連一片樹葉也沖不走了。路街仍窄，但已鋪上水泥，小伙子騎著單車，以高超的技術在臨河的街道及巷子間飛馳。因為土地寶貴，街上沒有任何植物，若有，頂多只是零星的短籬樹叢，望向各住家，也見不到攀牆大樹。江南小鎮把綠意都交付給河水，及伴水生長的雜枝野花。我循著老家前的河尋找，終於在河邊看見一棵樹，可惜樹已半倒。

媽媽的老家仍維持著百年來的氣派，卻也有百年的風霜。大門頂上的石雕是鄰里中最繁複的，但顏色已褪，雕飾亦已模糊。不大不小的中庭種著些爆竹紅。正屋屋簷下的樑柱，頂著繞彎的木飾，那木色，無消說，早已泛黑。左右各一排廂房，兩層樓，屋瓦勉強一片挨著一片地搭著，牆面勉強立著，窗戶也不知怎麼了，都用舊木板擋著。正如仍住在當地的家人所說，平常都得把窗戶開著，讓空氣流通，若空氣一閉塞，這屋就要垮了。

屋內採光不佳，白天也要開燈。廳堂後就是廚房，白色大灶已經不用，舊日洗米的大竹盤則掛在牆上當裝飾品。三年前，家人還用便桶，現在有了抽水馬桶，但沒有單獨的廁所，僅用屏風隔間而已。

正廳的左邊有一個陰暗的走道，走道邊有一小門。我推門進去，很小，只夠擺一床一桌，那是外婆度過晚年的地方。外婆一生艱苦，一輩子和另一個女人爭奪外公，雖然最後輸了，她生命力特強，整整活了九十九年，若不是摔了一跤，現在應該正和我們歡度百歲生日呢！

這棟祖宅，一半由一位年逾古稀的嬸母住著，一半已賣給另一家。看著四周日漸現代的景觀，我不禁擔心起它的未來。這樣卑微的舊宅還能留存多久呢？要賣，說穿了就是一堆破瓦殘木，和一些舊時工藝的餘味罷了，除非買地段，否則不值什麼錢。把它當文物保存，它又搆不著那條件，再說，誰來負責保存呢？或許不久之後，某個房地產商出個價，任家老宅就叫堆土機給送終了。想到這些，讓我這遠道而來的子孫不免悵惘。

我想如果我有錢，就把它買下來，放在那兒供人追念。我相信有一天，總會有另一個任家子孫，飛行二十小時，去那兒看一眼的。

第二天，我就走出這「山裏山，彎裏彎」的小河村，但我的心裏卻永遠多了一個小鎮。

民初某時，在這小鎮裏，楊家排行第五的姑娘嫁給人稱「三北才子」（鎮海、慈谿、餘姚三縣之北）的任家二少爺。不久，他們生下二女一男，依水而居，在河裏洗菜、洗衣、洗身，在靈湖裏賞荷採蓮，在山間摘楊梅、刨新筍。大年初二回娘家，把三個孩子放在腳划船裏，鑽過幾座拱橋，搖啊搖的就回到了楊家埠頭。在前人留下的任家老宅裏，過著那個時代的拮据日子，上演著那個時代的故事：去上海做生意的大伯、二伯接濟著鄉下的家人；因迷信誤了婚姻，最後將一把剪刀插入喉嚨的遠房表姐……媽媽在任家溪度過了多彩多姿的童年，她曾經把這些事告訴我，但我總記不清楚，如今我心中有了這個小鎮，我再也不會忘了。

本文刊載於二〇〇六年一月二十七日《世界日報》副刊

鄧海珠簡介

鄧海珠，畢業於臺大外文系，並在臺灣政治大學及美國奧勒岡州大學新聞研究所攻讀，曾任臺灣聯合報及美國世界日報記者十多年，為矽谷最資深的高科技記者，在美國矽谷居住二十餘年。

文風多變，在文學領域不斷嘗試發揮，出版著作十多本，屬報導文學類的《矽谷傳奇》（一九九八年）被譽為華人高科技著作的經典，幽默小品文集《臺北ＳＯＳ》、《頑皮天使有點壞》等更具有連珠砲似的爆笑力。近五年她將著名電視連續劇「大宅門」改寫成英文小說，在網上發表，又將英文寫作心得寫成《英文歡喜說》，以幽默的方式教人學英文。二〇〇八年完成一部以北京為背景的長篇愛情時代小說《神辮》，將擇期發表。網站：http://www.hcteng.com

溫柔的夜

陳漱意

原來並不知道，在高雄山上有一個叫「內門」的地方，這次是跟著和兒子一同參加「武學之旅」的大伙人來的。

白天他們去祖厝打拳，我一個人就在紫竹寺附近閒逛。正值耶誕和新年的假期期間，村裏不時有布袋戲和歌仔戲演出。近午時分，布袋戲的小卡車橫對著寺廟的正門，開始搭棚。雖是嚴冬，這裏卻豔陽高照，廣場上空曠無人，布袋戲依舊有板有眼地搬演著，我十分納悶，一問才知道是香客回來還願，演給觀世音菩薩和眾神看的。我長年住在國外，難得一見布袋戲，這次完全是沾了菩薩的光。

我坐在石階上，眼睛一會兒瞄向布袋戲，一會兒瞄向廣場四周的小吃攤，有幾隻狗來來回回、無聊的蹿著，另外三、四隻則在榕樹下睡覺。在這裏三天，我曾數次看到，有人把吃剩的魚頭、魚尾倒給狗兒們吃，我著急的想要攔阻（狗吃海鮮易得皮膚病，況且魚刺跟尖利的雞骨頭一樣，有刺喉的危險），但還沒來得及出聲，狗兒們已經把殘魚一掃而空。想想也難怪，流浪狗能夠苟活已是萬幸，還有什麼可挑剔的？（雖然其中有一隻癩痢狗，全身潰爛，看起來很可憐的樣子。）

內門這個偏僻的小村，貌似貧窮，其實自有其溫飽和安樂，只是要這些勤儉的鄉裏人放點心神在流浪狗身上，大約是不容易的。而我們這群來自紐約、加拿大、荷蘭、巴西、西班牙、委內瑞拉、日本的過客，每餐飯留在桌上的剩菜都不少，應該有辦法可以把那些飯菜端來給狗兒們吃，最好肉少點，青菜、豆腐多點，能避免殺此生以餵養彼生，比較妥善；像我家的小狗就很喜歡吃各種豆類，尤其是花生，牠特別愛吃。

中午，打拳回來的年輕男女在香客大樓下集合，然後走到七星塔餐室吃飯，我們正穿街過巷，橫巷裏走出一條污髒灰黑的長毛大狗，垂頭喪氣地跛著一條腿，吃力的走著，我不忍心的站定，對牠說：「狗狗，你在這裏等著，在這裏喔。」我手指指路邊人家的廊簷下，「我等一下給你送飯來。」

我立刻跑回去，匆匆吃過午飯，裝滿兩個紙碗的菜肉步出餐館，見大狗竟在對街一片荒地前的碎石路邊等著，便過去把分量較輕的那一碗遞到牠的面前，牠很快就吃了起來。牠快吃完時才抬頭望了我一眼，這才發現牠的眼睛裏一片灰白，我心如刀割，小時候曾看過一個頑童，拿著一頭削尖的竹竿刺向一隻黃狗的眼睛，眼前這條狗跛腿、瞎眼，想必都是人類所害。

我把另一碗菜肉端到紫竹寺那一頭，在榕樹下找到一群黑狗，牠們都好小，大概不滿半歲，其中有條小狗也跛著一隻腿，不知又是被哪個人打的，或是被車撞的。小狗們見我端著食物過來，竟驚恐地退得老遠，怎麼喊也不肯過來，一個坐在石椅上的老人說：「妳人要走開，人一走開，牠們就會過來吃了。」

牠們應該是被人打怕了吧？那隻跛腿的小狗遠遠的趴在一旁，不理不睬，我拿起一塊肉硬塞進牠嘴裏，牠失神的看了我一眼，又趴回地上睡覺，真是知足認命。其他幾隻小狗吃過後，一起抬頭看我，晶亮的眼睛裏，沒有再要索討的貪婪，只有滿滿的好奇。

之後，我每餐飯都把五張桌上剩下的食物帶去，每天掐指算著，還剩幾天能餵牠們吃飯。

失眠的夜裏，一隻狗帶頭淒厲的一聲哭喊，接著成群的狗兒一齊狂吠，鬧成一團，直到凌晨一點還不停歇，我穿上外套，下到二樓經過圖書館，再下樓推門出去，夜霧迎面撲來，夾著鴨寮或豬舍的濃重氣味，一波一波遞送著，淡月微微照亮紫竹寺前面的廣場，而通往祖厝的道路則完全被夜色吞沒。

我下了石階，經過暗沉沉的鳳閣，一條黑狗走了出來，目不斜視地從我前面經過，消失在黑暗裏。祖厝又傳來一陣陣的狗吠聲，而通往七星塔餐室的巷子裏，也有狗兒應和著。七星塔餐室那頭遠了點，且太過漆黑，我選擇往祖厝的方向走去，暗影裏一條黃狗昂頭狂吠，一條黑狗對夜空嘶喊著，又一條黑狗、一條黃狗、一條全身雪白的狗……數了數總共二十多隻，好像在這樣的深夜裏，牠們因為這個弱肉強食的殘酷世界所帶來的永生的驚恐，才得以釋放。霧越聚越濃，鴨寮的臭氣還是濃重得化不開，路邊的石梯之下就是暗影婆娑的花園，我內心淒愴，走到那裏就停下腳步，循著原路走了回去。

上了三樓，推開房門，一床大花棉被暖暖的等在那裏，我卻因為不習慣那已不知多久沒有換洗的床單，只能夜夜和衣而眠。狗兒們哭喊的聲音依舊不斷，直到凌晨二、三點才漸止歇。近四點時，一聲雞啼劃空而過，有兩、三隻應和後，倏然而止，近六點時，再次雞啼，這次群雞唱和，接著紫竹寺裏傳出鐘聲和梵唱：「南無阿彌陀佛，南無阿彌陀佛，南無阿彌陀佛……」。我倦極，在朦朧恍惚中睡去。

離開的清晨，因為要趕十點的飛機，七點時我已經在紫竹寺裏燒過香，跟著眾人最後一次穿街過巷到七星塔餐室，一路沒見到任何一隻狗兒，飯後我又拎了一袋包子，大巴士已經等在餐室外面，要接我們回寺廟裏拿行李，我找到主辦的蘇先生，說：「我用走的回去，保證準時在廟前和你們會合。」說著說著，竟有些哽咽。

蘇先生略略打量了我和我手裏的包子，慷慨的說：「妳要快點。」我立刻朝大路上飛奔，進入巷子，見一隻黃狗走過，連忙向前遞了包子給牠。我滿心掛念那條既瞎又跛的老黑狗，如果今天早上見不到，恐怕是再也見不到了。正在憂心的當口，突見我摯愛的那條好狗，從岔路那頭一步一拐、吃力地走來，我喜出望外，「狗狗！」趕緊把包子拿給牠吃。然後我說：「狗狗，我要走了，Bye！狗狗，Bye！」，邊說邊向後退，我的愛犬忽有所悟，猛然抬起頭，停止進食的動作，定神望著我看。我迅速轉身，朝岔路另一頭紫竹寺的方向跑去……我已經一大把年紀了，不適合濫情，怎麼可以為一條來日無多的流浪狗牽腸掛肚？我已經盡力了，到此為止，到此為止。我橫起心，一句句對自己說著。

巴士開了一個鐘頭才到機場，中午我們抵達香港，將在香港停留三天，然後回紐約。深夜一個人躺在旅館潔白的床單上，換過一臺又一臺的電視節目，那隻好狗卻占據我的腦海，我在枕上默默流淚，枕頭很快就溼涼一片，換過一個枕頭，還是淚流不止，索性放聲痛哭。在我哀傷淒惻的知覺裏，忽然曙光一現，想到我有七星塔餐室的地址，也有紫竹寺的地址，甚至還有其中的人名，或許可以再見見我的狗兒吧？想到這裏，我的傷懷才在香港陌生的夜裏淡去。

回紐約的飛機上，看到新聞報導，馬英九市長在呼籲市民認養流浪狗，我從未像此刻，覺得一個政治人物是如此可親可敬。只是除了認養工作外，更應該鼓勵獸醫系的學生組織起來，替流浪狗做結紮手術，而不光是犧牲流浪狗做活體解剖。狗和人類一樣具有豐沛的生殖力，萬物之靈的人類知道節育，狗卻沒有這種能力。而對主人一片赤誠，完全不懂嫌貧愛富的狗兒們，已被證實可以紓解現代人緊繃的神經，養狗還能長壽。養狗只需要愛心和最基本的經濟條件而已。請獸醫們幫助流浪狗節育，讓我們不要再殘殺流浪狗吧！

本文刊載於二〇〇〇年三月二十八日臺灣《自由時報》自由副刊

陳漱意簡介

陳漱意，紐約市立大學藝術系學士。著作有：長篇小說《上帝是我們的主宰》（第一屆臺灣《皇冠雜誌》百萬小說徵文佳作獎）、《蝴蝶自由飛》（第一屆《中國時報》人間副刊百萬小說徵文佳作獎）、《背叛之後》（臺灣九歌）；短篇小說《流浪的猶太》（《皇冠雜誌》）；散文《別有心情》（《皇冠雜誌》）。曾任臺灣《自由時報》海外版之副刊主編。現任紐約《漢新月刊》年度小說徵文評審。海外華文女作協會員及審核員。

蒼涼的青瓷器

胡仄佳

十六世紀，荷蘭東印度公司將大批中國瓷器運到西方國家，究竟有多少中國瓷器進入了西方貴族和平民的家中？尤其是英國人對中國瓷器珍愛有加，不過英國人又十分「愛國」，寧可「掛羊頭賣狗肉」，在那些瓷器底部打上英國公司的名稱，也不肯留下「大清乾隆」之類的中文印記。其實西方人仰慕神秘的東方文化也不是一、兩天的事，雖然部分瓷器是中國工匠按出口商的要求造型繪圖，掩飾了它們的真實來源，仍有相當部分的瓷器保留了中國傳統紅紅綠綠的圖案紋樣，英國人照樣接受且喜歡。

英國人熱愛瓷器，日常生活離不開它，同時也把它們視為珍貴的藝術品。即使是普通人家也大多有幾件特別的瓷器，雖然不過是茶具、餐具，但因為珍貴，不到特別時候是不會隨便拿出來使用的。

講究人家裏的瓷器都是成套的，大盤子、小盤子……每件物品都有各自的用途，不得混淆。如果這些瓷器是有點來頭或歷史的，特別是美麗的瓷盤，人們就會請工匠用特別的彈簧加上精巧的小鐵鉤，將這些寶物掛在牆上，如畫般地讓眾人欣賞。收藏品多的有錢人家，還有專門的大櫃子、多寶架等來陳列這些易碎的寶貝，家裏擺設得像小博物館一樣，主人因此而感到驕傲。

這就是在國外的古玩店裏，老瓷器總占有一席之地的緣故。

拍賣市場不時會拍賣一些孤寡老人留下的物品，其中值錢的老瓷器特別引人注目。皮特是做古玩生意的老闆，從拍賣市場買回的老瓷器只要經他手中再賣出去，價格都要翻高好幾倍呢！在皮特的古玩店裏的那些老瓷器，都放在人手搆不著的地方，以示珍貴。遇到像我這樣喜歡到古玩店裏閒逛，愛看卻不一定真買的假顧客，皮特照樣會很慎重地取下那些他視為珍品的東西，一一展示給我看。

我感興趣的瓷器通常皆具東方色彩，尤其是中國的瓷器，更是愛不釋手。這些瓷盤、花瓶底部的銘文自然是大清什麼什麼的，但仔細琢磨其圖案和花紋，線條雖然流暢、古風十足，成色的新舊卻令人生疑。皮特讀懂了我的疑惑，不斷聲明那是人家放在他店裏寄賣的。

「我曾有過一個明代的花瓶，這麼高！」皮特的手在腰間比劃著。他是個身高一百八十幾公分的彪形大漢，個性卻很溫和。

「那是我花五百塊錢從人手上買的，一直放在我家的樓梯口。可惜有天我和家人吵架，手一揮，不小心將花瓶打下了樓，碎成了好多片。」

大概是他捕捉到我眼睛裏一閃而過的譏笑，又補了一句：「是真的！摔得太碎，無法把它們重新黏合起來。我拿了幾塊到威靈頓去鑒定，說是真的明代花瓶。當時鑒定說值六千紐幣。沒法讓保險公司賠，摔得那麼碎，保險公司的人一看就知道損壞的原因有問題。」

我知道皮特是個同性戀，他口中的家人指的是他的男朋友。傷心故事還沒說完，一見有新的顧客東張西望地晃進店裏來，皮特女人似地努了努嘴，轉身熱情地招呼客人去了。

我算得上是個瓷器迷，且愛聽這類真真假假的故事。不少同性戀者是非常出色的藝術家和鑒賞家，作為古玩店老闆，擁有一只明代花瓶也不是不可能的事，得而失之的故事還讓人跟著遺憾。只是我沒法子想像皮特那一揮手，是男式還是女式的？對我來說，這始終是個可笑的謎。

多數屬英國血統的澳洲和紐西蘭人，總把他們祖先當年飄洋過海帶來的老瓷器視為傳家寶，尋常人家知道老瓷器來自祖家，卻不太清楚許多老瓷器與中國的「血緣關係」。

伊恩的姨媽濤璞絲家中的牆上有幾只瓷盤，其中一只特別精彩，彩繪了三個清代仕女，和一位掩隱在芭蕉樹後、往萬字格窗裏探頭探腦的男人的畫面場景，很像是西廂記或卓文君與司馬相如這類才子佳人的故事。瓷盤的手繪筆法拙趣生動，盤的底部卻沒有任何年號或公司名稱。濤璞絲說是她外公傳下來的。

我非常喜歡這只瓷盤，每次去她家玩時都要把它從牆上取下來把玩好久，明眼人一看就知道我是「耗子起了打貓兒心腸」，但我到頭來還是不好意思開口向她要這只瓷盤。濤璞絲一輩子沒結婚更沒孩子，她顯然也心愛此物，不過她去世後，所有的家產都捐給了她所屬的教會，教會應該會拍賣她的家私，一想到這只美麗的瓷盤或許會落入那位皮特之手，我就有些傷心。

說了半天，我自己並沒有幾件像樣的瓷器收藏，家裏倒是有那種被稱為「大路貨」的日常瓷器，六只則是來自英國的老青花瓷盤。

瓷盤的圖案造型完全是中國式的，盤中央的牡丹花生長在四方形的中式花盆上，花枝茂盛。盤沿有四枝獨立的花紋樣，配著兩圈連續不斷的回紋，有種安然的異國情調。有意思的是，瓷盤背後的凹印和銘文卻是這樣的幾個字眼：「B & L. England」。不用說，它們就是當年東印度公司從中國訂製並運回英國，大量出售的日常瓷器中的幾件吧。

算起來這幾個盤子都應該有上百歲，它們是伊恩的曾祖母的物品，傳到我們這代時早就不成套了。而且我們家的人天天都在用，早忘記了它們的年歲，每天磕磕碰碰的不說，大兒子不是「咚」的把它們扔進洗碗機，就是在洗乾淨後劈啪作響地將它們重疊在一起，完全沒把它們當回事看。偶爾我也會內疚，百歲老人大家都會覺得稀罕，怎麼對待百歲瓷器我們就細膩不起來呢？難道是因為這些瓷盤太普通又太堅固，所以在下意識中等待著它們摔碎的那天到來？

我自「瓷國」來，國內的家中卻沒有像樣的瓷器收藏，在我姑媽從重慶搬到成都與我們同住後，家裏才有了幾件好一點的瓷器。那時父母親除了自己的三個孩子外，屬於私人的物品極少，當時的全國人民都生活在精神的崇高理想中，人們不在乎物質上的清貧。姑媽大我父親二十多歲，是那年代裏為數不多的女大學生，大學畢業後在重慶一間中學擔任教務主任的她終身未婚，要不是因為突然中風而離開學校，是不會來成都投靠她的唯一親人的。

與姑媽一起來的還有些家當，其中有好幾套清末的日用餐具，印象中有一套青花和一套橘紅瓷盤最為漂亮。記得大約是在六十年代前後，父親從街上叫來收荒匠，就是那種挑著兩個竹筐沿街吆喝：「有破爛的拿來賣！」的收荒匠，「三錢不值兩錢」的捲走了所有的瓷盤和幾個錫壺。那年頭水腫病像感冒似地全國大流行，父母親把所有的存款都拿出來購買高價糧，還時斷時續的變賣了家裏那些值點錢的東西。

父親過去被人扣以「歷史反革命分子」的帽子，平時好說，父親的工資高，加上母親的工資，養活全家人不成問題，遇到政治運動時，父親會消失一段時間，小時候的我們並不懂其中的奧妙。文革時父親被關進牛棚裏一兩年，他的工資還被停發了一年多，光靠母親的工資養家就不夠了。那期間家裏的藏書、羽絨被子和大書桌都被賤賣換了錢，有東西可賣已算不錯，但不知為什麼我牢牢記住了賣掉幾套瓷盤的事，那時我才幾歲呢？

那年從國外回成都時無意中提起了我的這段回憶，父親的回答出乎我意料之外，他說當時的確賣掉了幾把錫壺和一些其他的東西，不過瓷盤沒賣，家裏一直都在使用它們，直到它們陸續被用破、摔壞為止。父親說，家裏現在仍有幾件殘破的瓷盤呢！

真不敢相信，我的記憶竟會與現實有如此大的落差。令我驚訝的是，在父母親那間油膩窄小的廚房裏，還真給我翻出幾個「倖存者」，幾乎個個皆有裂紋或缺口，只有一只青花盤和兩只青花小酒杯還大體完好。

看來在以往充滿政治運動和天災人禍的日子裏，記憶的光波和時間一樣，也是有著彎曲斜度的。小時候我們兄妹倆常爭著用家裏好看的東西，比如玻璃杯，我媽曾買過不少好看的、花色各異的玻璃杯，最好看的總是在我們的「爭奪」中被打破。說不定我自己就曾摔壞過那些清末瓷盤，只是我不記得罷了。

相形之下，西方的古玩商人似乎比我們要聰明一些，至少他們在對待古物上是這樣。不管是當年他們的祖先以貿易手段運回自己國家的大眾日用陶瓷品，還是在八國聯軍時偷搶去的名貴瓷器，無論這些東西是在博物館，或是在民居家中，百年的老瓷器大多受到了善待。

對西方人來說，百年民居、百年瓷器和百年皇宮一樣，都有值得珍惜的價值，因為它們都是歷史的一部分。

而同樣的時間歲月，對我和其他中國人來說，又意味著什麼呢？

悲哀的是，百年歷史在我們看來不過是揮手之間的事，別說是普通民居，就連有幾百年歷史的成都皇城，在文革中不是說拆就拆了嗎？從過去歷史上被一把熊熊大火燒掉的那「勾心鬥角」的阿房宮，到現代一處又一處所謂的仿唐城、仿宋城，毀在我們自己手上的珍寶太多太多了！我們總不能把一切過錯都推到現代文明帶來的衝擊上吧。

為此我跟伊恩開玩笑說：「要是你的曾祖母、曾祖父聰明一點，買回來的瓷器上都有中國年號的話，我們就可發筆小財了！或者說，英國人能發筆大財。看看蘇士比拍賣行拍賣的中國瓷器價格高到什麼地步？真是可惜啊！」

將成都家中那只「倖存」的青花瓷盤仔細包好，小心地帶回了萬里之外的新家。

那是只有點蒼涼意味的青瓷，盤上手繪的茅屋、樹、雲、小橋、漁翁和青山白水，傳達出古人散淡的精神氣息；盤中央的青色魚鷹張開翅膀，目光犀利，盤沿隨意重疊的回紋，卻把原本淡泊的意境逼壓出一股令人透不過氣的氛圍。

仔細看著這只盤子，暗自想著，如果我是個占星學家，我會說它如同寓言一般，是中國文人千百年來的夢想和現實的縮影嗎？

這只盤子與伊恩的曾祖母傳下的瓷器差不多年紀，跨越了千山萬水和漫長歲月，最後聚在一起，總是緣分吧？

我和伊恩新買了一些現代瓷器做日常家用，把那六個英國青花瓷盤和我的成都青花瓷盤珍重地存放在我們的大玻璃櫃中，試圖留下一點對遙遠故國，和對成都的記憶……

初稿一九九九年寫於紐西蘭奧克蘭
二〇〇五年重寫於澳洲雪梨

本文刊載於《隨筆》一九九八年十二月號、散文集《風箏飛過倫敦城》，花城出版社，二〇〇〇年

胡仄佳簡介

胡仄佳，生長於四川成都，現居澳洲雪梨。一九八二年畢業於四川美術學院繪畫系油畫組，曾擔任軍械修理廠描圖工、藝術教育師範美術教師、報社攝影記者和美編等職。喜愛閱讀，痴迷於文字、音樂、美術、運動，也收藏、研究黔東南苗族刺繡。

十年前開始寫作，並在澳、紐、臺、港、美、中等地華文報章雜誌發表散文、隨筆、小說近百萬字，已結集出版三本散文集：《風箏飛過倫敦城》（廣東：花城出版社，二〇〇〇年）（獲臺灣僑聯總會九十年華文著述獎文藝創作散文佳作）、《暈船人的海》（天津：百花文藝出版社，二〇〇三年）（獲二〇〇四年第六屆成都金芙蓉文學獎）、《天堂裏的孩子》（天津：新蕾出版社，二〇〇五年）散文〈夢回黔山〉獲得北美世界日報第一屆新世紀華文文學獎首獎（二〇〇五年），此散文隨後再獲成都第一屆金芙蓉文藝獎（二〇〇六年）。

不曾再見

趙淑敏

我和他非常喜歡玩捉迷藏的遊戲，但總是以逸待勞，等他來找我。

「嘿！猜猜我是誰！」「不用猜了，我知道你是大曲。」動不動就打電話來、操著一口日本腔國語的人，只可能是他。

「老師，我又來啦！我想吃紅燒蹄膀，還有那個辣辣的苦瓜炒肉……」只有他，不僅登堂入室、吃吃喝喝，還跟家裏的三個娃娃玩鬧成一團，任幼兒騎在脖子上，口水滴進頭髮裏。

一年一年過去，有時一年找幾次，有時幾年找一次，從青年到中歲，歲月就這樣在尋找與驚喜中流逝了。

到美國探望兒子，為返臺過境東京小憩，我第一次主動找人，卻收到一封寄到已是小留學生的小兒那兒的「urgent document」。大曲說知道了我的行程，並表達若能實踐舊諾，願在日本碰面的想法。在北京擔任大商社主管的他趕不回去，但已安排好到橫濱他家裏作客的事。回想起來，潔子在「等因奉此」地招待後，透露出被打擾的口氣：「好了！我丈夫交代一定要接你到家裏來，做最好的菜招待；一切最好的我都做了。」她在駕車送我回東京的時候這麼說。是因為兒子正在準備來春的大學入學考試，讓潔子覺得增加了麻煩，還是大嘴巴的大曲把我們那一回談話的結論告訴了她？他們倆最初相親時，他拒絕了恩師村松教授的介紹，還振振有詞的說：「趙老師分析過，我的性格不適合和我年紀差不多的妻子。」其實我們閒聊時完全沒有提到關於潔子的事，那時他剛和一位滑冰選手分手不久。這傢伙竟把我的泛論，當成抵抗父母與指導教授強大壓力的金句，不過我的意見確實常得到他的信從。實際上，我跟他年歲相仿，但閱歷還不如他。

第二次再主動找他，他不玩了，找到的是一個噩耗：他竟已去世十一年了！深沉的憾歉疼痛，像被巨棒迎頭打下。一九九六年他曾到臺北找我，正好是教授七年一次的休假，我人不在臺灣，暑假將要結束時回到學校，系辦秘書告訴我有這麼一位大曲先生找過我。當時的確感覺有點可惜，他來臺灣一趟不容易，卻失之交臂；已經好久沒跟這位摯友說說心裏話了，但心想日後還有機會，所以沒立即回應。況且把自己「賣」給日本大企業的人，折損得厲害，無事去打擾他，無異是增加他的負擔；他距離五十八歲退休的限齡沒剩多少年了，到那時再敘也不遲。誰知竟再也沒有下回了。

就這麼年復一年地過去，他始終沒來。他也過了五十八歲，應該已經退休了吧。待我料理好家裏諸多勞神費心的事，可以騰出心思去想想朋友時，便寫了一張賀卡給他們全家，信寄到橫濱原址後，竟被退了回來。

我很不安，一定是出了什麼事！於是開始鍥而不捨地找人了。找！找！找！最後查出，他在到臺灣找我的同年就病故了。他的家人已遷走了三、四年。啊！真是悔憾極了。我了解他的性情，必是想在最後的時間裏，溫習他年輕時度過快樂時光的臺灣，同時向故人告別。難過！不再是師生，已成為永遠的朋友的他，就這麼走了。

幾經搬家，舊時物品壞的壞，丟的丟，連一張照片都沒留，只能把他留存在記憶裏。唔！突然想起還有一對珍珠耳環，那年臺灣和日本的關係改變，他以為再難見面，於是送給我作紀念品。在一篇文章裏我喟嘆，友情一如珍珠，日子久了，是會褪色、變黃的，後來他不知在哪裏讀到，不久寄來的賀年片上寫了一行字：「心裏的珍珠不會變黃」，事實上那對耳環確實至今依然溫潤晶潔如新。

一個才二十幾歲的年輕人整天窩在家裏耗損心智，無疑是浪費生命，於是他開始寫點沒有署名的文章，教點和本行專業不相關的課程；之後做海關史研究，才發現洋人代管的「新關」的人事紀錄中，有一個僅僅高於雜役轎夫的職稱——「教讀」，屬伺候洋大人學華語的品級。時空轉換，社會的價值觀不但沒有改變，還把這些兢兢業業的從業者，看成教八哥學舌的「馴鳥人」，而不將其定位於語言學的層次。他最初還很天真，有理想和使命感，也真教出一些有「出息」的學生，但面對職業尊嚴的要求，越來越令人沮喪，於是決意放棄這行，轉換了跑道。

據說當時日本留學生比較了解中國文化，最為挑剔，從師資的整體素質到課程設計都十分要求，語言中心主任便以日本菁英來錘鍊我這個新進教師。那時經常出入我家門庭的就有四位近年日本駐重要國家的大使，但真如家人般相處的，只有大曲一個。所以得知他就在那一年「遠行」而我竟然不知，我會憾、會悔、會痛！

整理照片時，一盒一盒倒在地毯上篩選。老天！好幾張團體照與家庭照都有大曲的身影；最晚近的一張，是他的兒子照彥猶未出生、一家三口的全家福。算算那時他三十出頭，後來的年月他假公濟私跑來看我時都是匆匆忙忙，沒拍過照，他的形象也就停格在那個時期了。

一九九六年我們沒得一見，他沒見過遭人事捉弄、歲月磨損後的我，我也沒見到提早折舊、疾病纏身的他。我們所保留的，都是盛年時的美好記憶。

這是天意吧！我不再譴責自己的輕忽，不再長陷於懊悔之中。替我尋人的文友 Kasumi 特別從日本寄來了一張CD給我，他說這首秋川雅史以美聲唱出的〈化為千風〉可以止痛。他把歌詞大意告訴了我。是的，至少在紐約可以消除一些痛苦吧，因為紐約風多。

請不要佇立在我墳前哭泣
我不在那裏　我沒有沉睡不醒
化為千風　我已化身為千縷微風
翱翔在無限寬廣的天空裏

秋天　化身為陽光照射在田地間
冬天　化身為白雪綻放鑽石光芒
晨曦升起時　幻化為飛鳥輕聲喚醒你
夜幕低垂時　幻化為星辰溫柔守護你

請不要佇立在我墳前哭泣
我不在那裏　我沒有離開人間

化為千風　我已化身為千縷微風
翱翔在無限寬廣的天空裏
化為千風　我已化身為千縷微風
翱翔在無限寬廣的天空裏

在那之後，走在路上時，一陣風來，我不再縮頸低頭，任之自由吹拂，心裏默默念著：「老友，我知道你來了，風別吹得太強，你應該記得我怕冷，你臨行前曾把那個特別暖的暖爐留給我，而我一直用到水災將它弄壞了為止。」

又一陣風吹過，我抬起了頭，是老友來了！

趙淑敏簡介

趙淑敏，移居美國前為臺灣東吳大學專任教授（授中國經濟發展史、中國貿易史、現代文學概論等課程）。大陸鄭州大學兼職教授，延邊、吉林、華中師大、東北師大客座教授，亦曾獲選為臺灣專欄作家協會、婦女寫作協會、文藝協會等社團常務理事、理事。

左手學術，右手文藝。文藝作品有：小說集《歸根》、《戀歌》、《離人心上秋》、《驚夢》；長篇小說《松花江的浪》；散文集《屬於我的音符》、《心海的回航》、《多情樹》、《採菊東籬下》、《水調歌頭》、《乘著歌聲的翅膀》、《葉底紅蓮》；專欄選集《短歌行》；遊記《小人物看大世界》等二十二種。學術專書論著有《中國海關史》等十餘種。

散文、小說皆曾數次獲獎。一九七九年以散文集《心海的回航》首度獲得中興文藝獎。以長篇小說《松花江的浪》於一九八六年獲頒第二十七屆文藝協會文藝獎章，一九八八年獲第十三屆國家文藝獎。其作品、照片、手稿、文物、作家書簡獲邀收藏於國家臺灣文學館、上海圖書館名人手稿館，和即將成立之臺北文學館。作品十數種集藏於美國國會圖書館、北京現代文學館。

等你，在雨中

余國英

黑暗中，書房天窗的玻璃上，突然悄悄傳來一陣若有似無的細響，我啜飲了一口已經放涼的自製咖啡，側耳聽了一下，啊，下毛毛雨了！

不久，外面大廳裏開始有壺杯輕碰的聲音，再過了一會兒，便聽見水滾沸騰的急響，我關了電腦，起身推開書房的門，深深地吸了一口氣，空氣中瀰漫著濃郁的咖啡香氣。

「今天的降雨機率是百分之七十。」播報氣象的收音機裏，是電腦模擬的中年男子的聲音。

「我烤了一個大貝果，吃一點吧。」他還沒完全睡醒，花白的頭髮被壓得豎在頭上，我走過去撕了一大片貝果，一口吞了下去，順手摸了一下他的亂髮。

「坐下來喝一些熱咖啡吧！」他向我提出邀請。

「一小口就好。」我答道，低下頭在他杯中啜了一小口。人生有很多遺憾的事，對我來說，喝咖啡就是其中之一。我深愛咖啡的香醇，喝了之後心情大快，文思如潮，可惜每天只能喝一小杯，喝多了，腸胃就比文思更加翻滾澎湃了！

「哪，這是你的半粒維他命。」他對那折成一半的維他命眨了眨眼後，就去打電話給他約好了要釣魚的朋友們。

我走過去拈起那半粒維他命，送入口中，再倒了半杯白開水，將其吞下。他說，每個人每天只需要半粒維他命就夠了！在我看來，吃維他命既不能立刻提神，也覺察不出有什麼直接或間接的功效，反正不可能有什麼壞處吧，一粒和半粒，又有什麼區別呢？

「是呀，今天放晴的機率只有百分之三十，好，就明天吧。」他對他的釣友們一一說過之後，放下了電話。

我不由得從那一大片落地窗朝外瞄了一眼，外頭的樹叢裏、小池中和地面上都輕飄著細細的雨絲，不正是所謂的「細雨魚兒出」嗎？不過這裏是美國，他們要釣的是十幾磅、二十磅以上的大海魚，那種詩情畫意、江南式的釣魚情懷，只能出現在中國古畫裏。

「既然不能出海，我們一同到巷口那家小食店去吃早餐如何？」他突然問道，推開那喝了大半的咖啡和剩下的一小角貝果。

「好呀！」我高興得跳了起來。「我們各自開車到小食店去等吧！因為吃完早餐，我要繞到圖書館去還書，還要到超級市場去添購一些食品。」遲疑了一下，我又添了一句。

「也好，不如趁今天下雨，我到 Wal Mart 去買點工具和零件來修補一下魚網吧。」他說，手中提著汽車鑰匙。

「嘻嘻，這樣好像老情人在約會呢！」我一面興奮地穿上外出的便鞋，一面嘻嘻地傻笑著。

「真是的，人老心不老，難怪妳頭髮不怎麼白。」他白了我一眼，伸手到衣櫥裏取出兩件薄外套，把小的那件順手遞給了我，大的披在自己身上。雨這麼小，不需要穿雨衣。我們住在地廣人稀的鄉下，小食店外面有大片空地可以停車。

將車子開出自家的水泥車道，外面就是鄉間的馬路，我非常喜歡這種在雨中駕車的感覺，車輪在被雨水洗淨的路面上滾過，兩旁的樹叢也因著雨水的滋潤，而顯得格外翠綠，世界透出微微涼意，開車的人卻被小小的車身保護著，乾燥、溫暖而安全，左右努力搖擺的雨刷，將前方的車窗玻璃盡責地刷得透亮。

一位穿著雨衣的行人帶著一隻肥胖的大狗，從遠處的路邊慢慢地、悠閒地走了過來。

「愛薇，你帶了喜巴來散步啊！」我將慢行的車速減得更慢，打開車窗，向鄰居老太太打了聲招呼。

「是啊，喜巴喜歡下雨天。」愛薇老太太笑嘻嘻地回答。

旋上車窗時，眼角瞥見一隻大烏龜，由草叢爬到車後道路的中間，努力朝另一邊邁進，心中不禁納悶：馬路兩邊的草叢，不是都一樣嗎？牠為什麼一定要爬到對面去呢？

從後視鏡裏，看見愛薇走到他停下的車旁，站在車窗口和他寒喧起來，兩人一起耐心地等著那隻大烏龜爬過馬路。

駕著汽車繼續前行，經過小橋，我將車速放得更慢，平常像「下餃子」般擠滿了船隻的河面，今晨倒是靜悄悄地，只有一兩艘船浮在水面上，接受微雨的洗滌。

想起多年前我們只有一輛老爺車，每天必須等他接送，有一次，正當我等他來載我時，康乃爾的校園中突然下起滂沱大雨，淋得我全身溼透，我因著那透骨的寒冷而哭了起來。

「他又不在這兒，哭給誰看呢？等他來了再哭吧。」我暗自想著。

過了一會兒，他的車子終於到了，我立刻破涕為笑，喜孜孜地跳上車，早把想哭的心思拋到九霄雲外去了。

這家小食店離我家不遠，我邊胡思亂想邊停車，推開車門，向小店走去。一如往常，價廉物美的早餐店鋪中坐滿常見的客人，一對祖父母在兩個孫子及一個孫女兒盤中的鬆餅上澆了大量的濃稠糖漿，幾名南方「紅脖子」（Red neck）模樣的工人，用叉子將切下的半生牛排送進張開的大口中咀嚼，還有一大桌退休的老先生、老太太們一面快樂地喝著咖啡，吃著煎蛋、鹹肉及烤麵包，一面大聲地笑談著往事。

我選了一個靠窗的小桌子坐下，伸手從小架子上取出用餐巾包好的刀叉，並從架子底層抽出簡明的菜單。

「早安！」胖胖的中年女侍，熟悉地遞來兩只大號的咖啡杯，一個放在我面前，另一個則放在我的正對面，她在我的杯中注滿濃醇的咖啡，我深深地吸了一口那撲鼻的香氣，再用雙手捂住發燙的杯子，一陣溫暖，由手心傳遍全身。

「在等妳先生嗎？」她溫和地問道。

我笑著點點頭。放眼窗外，外面仍然下著毛毛細雨，這使我想起近日為了增進自己的文學修養，猛讀古今名句，余光中的〈等你，在雨中〉突然閃進腦中：

等你，在雨中，在造虹的雨中，
蟬聲沉落，蛙聲升起，

一池的紅蓮如紅焰，在雨中。
……
一顆星懸在科學館的飛檐，
耳墜子一般地懸著，
瑞士錶說都七點了，忽然你走來。

詩中所指的，一定是臺北的植物園，只有那裏的蓮花紅如火焰，旁邊站立著有著飛檐的科學館；以前還沒有價廉物美的電子錶，一般學生都戴不起手錶，而瑞士錶十分昂貴，果然是值得在詩中提出來的。

余光中讀臺大的時候，我們初進小學，而我們讀臺大的時候，他似乎還沒像現在這麼出名。詩人在等的人是誰呢？這位女郎，她可說已與詩人優美的名句一同不朽了！

步雨後的紅蓮，翩翩，你走來，
像一首小令，
從一則愛情的典故裏，你走來。

我們對臺北植物園也很熟，因為園邊的南海路上、教師會館旁，有一家價廉物美的小店，四十多年來，我們每次回臺北，天天都要去那裏報到，親朋舊友日益稀少，唯有那家早餐店酥脆的燒餅油條和鹹熱豆漿滋味依舊。

退休後，我們住在佛羅里達半鹹半淡的水邊，沒有美麗的淡水紅蓮。我這名不見經傳的中國女人，今天等的是自己的中國先生。

他墨綠色的車子已經停在店外，我等的人，已經到了。

從姜白石的詞裏，有韻地，你走來。

不久，花白的頭髮、發胖的身軀，已經裝滿了小小的店門；不需尋找，他一眼就看見坐在小桌邊的我，大踏步地走了過來。

千山萬水裏，咱倆同行，

柴米油鹽中，白頭偕老。

本文刊載於《世界日報》副刊

余國英簡介

余國英，祖籍江蘇興化，生於湖南長沙，童年在四川重慶，少年時在臺灣嘉義，在臺灣讀大學，在美國新澤西州讀研究所，在紐約長島工作，在美國佛州退休，隱居佛州，現從事寫作。全美華文作家聯誼會副會長、美國《文摘》雜誌編輯顧問、《邁拓佳文叢》編輯顧問、海外華文女作家協會秘書長。

一九九二年獲聯合文學新人獎，二〇〇〇年獲世界華文文學優秀小說獎，二〇〇七年獲「關愛老人」小說獎。

出版有：《家有六千金》（一九九二）、《移民家庭紐的洋過招》（文聯出版社，二〇〇〇）、《我愛棕櫚，我愛棕櫚》（文聯出版社，二〇〇〇）、《柿子紅了》（臺海出版社，二〇〇四）、《飛越安全窩》（臺海出版社，二〇〇四）、《愛好和平的大朋友：諾貝爾》（臺北：三民出版社）

小城韻事

麥勝梅

朦朧的夜色裏，威茲拉小城依然喧喧嚷嚷，教堂前的廣場早已停滿了車子，我只好把車子停在公園路旁的停車場，然後慢慢地走到市政廳會場。今晚的演講人是本市當前最火紅的博物館館長史密特先生，講題是「如何鑒賞十九世紀德國名畫家戴可先生的野獸畫」。

會場內座無虛席，找不到空位可坐，我只好靠牆站著。陸續又來了一些人，站在牆邊的聽眾也愈來愈多。

身兼六個博物館的館長，史密特先生不但掌握館內的一切行政事務和展覽策劃，還得兼顧公共關係，日間不斷穿梭於會議室和辦公室中，晚上還應邀演講。他是我的上司，他在我眼中不但是一位好主管，且是一位博學多才的名演講家，平日只要隨意和他閒聊一會，便覺如沐春風，獲益匪淺。

八點十分，史密特先生終於在眾人的期待之下走入會場，首先他很有禮貌地向大家道歉，他因為交通阻塞而遲到了十分鐘，接著鄭重其事地宣布：

「各位，今晚我要為名滿天下的威城鄉土畫家抱不平！」他此話一落，臺下的聽眾都大笑起來！

有人說，這位史密特先生真是名不虛傳的名嘴，他總是知道怎樣用一兩句簡單的話來製造氣氛！的確，他利用了這個既愉快輕鬆又和諧莊重的氛圍，很熟練地將他的研究心得，透過他優美的詞彙傳達出來。他花了整整十分鐘的時間繪聲繪影，敘述畫家的生平，隨著他的聲音起伏、語調抑揚，聽眾便聚精會神地隨著他走進威城鄉土畫家的世界裏。

他出其不意地指出，當戴可畫師在他鄉揚眉吐氣時，在家鄉卻只是個籍籍無名的畫匠！「當年戴可畫師的畫已廣受佳評時，為什麼威城的人沒有重視他呢？」又是一個令人急著想知道的問題，他卻賣關子似地問道。

「理由很多，其中一個原因是，他有才氣卻缺乏運氣，可以說他是生不逢時。在那個時候的威城，法學界貴族已經沒落，很少有人買得起名畫，故當時的威城，不是藝術家發展才華之地，正如他父親，是一個出色的人像畫家，靠著教畫畫謀生，生活既窮苦，亦沒有什麼前途可言。一八三三年他遠赴倫敦，沒想到在異鄉獲得很高的評價。戴可畫師的一生和其父類似，他原在鄰城的宮廷裏當畫師，鬱鬱不得志，後來在杜塞道夫卻大展鴻圖，名利雙收！」他說。

「威城的人們對他的畫沒有深入的認識，一般人以為他僅是一個畫畫小貓、小狗的小畫匠。可是各位，今晚我們威城的市民有機會仔細觀賞他筆下的大自然環境和野獸們的原始生活，並可深入了解這位偉大畫家的內心世界，進而肯定他的才華！」

接著他開始播放幻燈片，一群野豬在冬天的森林裏奔馳的景象，頓時攝住了大家的心，聽眾屏息等待他的講解！他一邊講解一邊向他的助手示意，繼續放映下一張幻燈片，他連續放了十多張以打臘和飛禽走獸為主題的幻燈片，幾乎每幅畫都是佳作！就連其中一幅看起來很普通的畫，在他的生動描繪下也變成一處繽紛的風景。其實，每幅畫在他的詳細介紹之下，臺下的聽眾都覺得好像真正接觸了美好的大自然一樣，但陶醉於詩情畫意之餘，卻又領悟到自然界也有弱肉強食的一面。整個演講過程中，沒有一分鐘冷場，大家宛如經歷一次「野生美術之旅」，既在感官上得到無限享受，在心智上何嘗不是一場饗宴。

演講結束時，掌聲四起。很多人圍著史密特先生，有的提出問題和他討論，有的對他說些恭維的話。看到聽眾熱烈的反應，他只是微笑答謝，每一場演講對他來說，只不過是公諸於世的一份學術心得，他盡量將內心的喜悅和成就感隱藏起來。

我從人群中走出會場時，忽然見到一張熟悉的面孔，那是我的女性朋友安妮，她和三位朋友也來聽演講，見到我非常高興，還怪我很久沒和她聯絡。她說她們想上酒吧喝杯啤酒解渴，問我有沒有興趣一塊去，我聽完便欣然答應了。

酒吧裏人多得無法坐下，大部分的人手上都拿著啤酒，圍站在一起聊天，我們幾個女生一擠進來就引起小小的騷動，甚至有人殷勤地讓位給我。在眾目睽睽之下，我感到有點不自在，安妮倒是毫不客氣，謝過了那人之後，就推我在那位子上坐下。我這個不會喝酒的人，在這兒也可叫杯熱茶或咖啡來喝，等點了飲料後，有些人也正好走了，空出幾個位子來，安妮和她的三位朋友才擠進來和我一塊兒坐。

突然，安妮要我們往屋內的另一邊看，一個頗面善的女人獨自坐在那兒喝酒，安妮輕輕地告訴我們，那是館長史密特先生的前女友。喔，原來是她！史密特先生一直否認有過這段情，前幾年經常見到她和館長一道吃午飯，後來就沒見到她了。只見她現在滿臉憔悴，不但沒有以往豐潤的臉龐，身子也瘦了許多，手裏拿著一支香煙，不停地吸著，眼神空洞地直盯著同一個方向看，看來，她比任何單身女子都來得寂寞！

安妮啜了一口啤酒，然後將嘴靠近我們耳邊，低聲地說：「有一陣子我常見到他們倆出雙入對，你們知道的，兩人都很注重穿著，名貴的衣服在他身上，可說是增加了幾分男性的魅力，但漂亮的衣服穿在她那酒桶般的身上，就顯得庸俗不堪了，她實在不該挑太耀眼的顏色，也不該穿那些流行的緊身衣裳，她應該知道穿著的藝術，否則只是將她的缺點暴露無遺……」

我一向尊重別人的私隱，上司的事更不好過問，可是腦子裏老是想不透這件事。於是我仍舊好奇地問道：「我不明白，難道這城裏沒有其他女子了嗎？為什麼他偏偏選上了她？多不配的一對情侶呀！」

「這是一段婚外情，男方本來就是不太可靠的，再加上他和妻子貌合神離，不僅不住在一起，平常都各忙各的，只靠周末短暫的相聚時光來維持這段有名無實的婚姻。他在威城工作，要獨自照顧自己的生活，經年累月下來，自然會有發生婚外情的一天，這個女友雖然其貌不揚，但在一開始時的確很照顧他呢！這小城中有不少仰慕他的女子，卻沒有一個像她那麼死心塌地愛著他，還有一些自認才貌雙全的女人，老是跟他比高低，他哪裏是那種甘願敗在女人手下的男人？不用說去愛她們，他打從心裏看不起她們哩！」安妮的朋友用手托著下巴，慢條斯里地說。

「他的事業和名譽比任何東西都來得重要，他本來就不珍惜這段情，最後只有背叛了她。儘管她苦苦哀求，求他不要離開，但卻無法留住他的心，他常常以工作的理由拒絕和她見面。從此她就病入膏肓，經常歇斯底里地哭泣，連她的工作也辭掉不幹了。」安妮接著說，說完就偏過頭來看我，似乎要聽聽我的意見。

「這個女人很痴情，痴情的人往往是要吃很多苦頭的！我們中國人常說：『春蠶到死絲方盡，蠟炬成灰淚始乾』！」我感慨地說。

「我們德國女人嘴邊常掛著一句話：『當愛情遠去時，誰也阻止不了。』」安妮立刻回我一句。「拼命糾纏一個不愛妳的人，最沒意思！吃虧的總是自己。」

其他幾個女生也附和著說，人總是要活下去的呀！自己不救自己，難到要尋死嗎？聽來她們都是比較堅強的德國女人！世上有什麼事情可以難倒她們的？哪像她那麼痴迷懵懂，連自己的命也差不多賠上了。

在這個小城裏的芝麻小事，好像都不能掩人耳目，更何況那段忽濃忽淡的韻事，大家毫無歉疚地議論著。後來，大家的話題轉移到如何擺脫感情上的困擾，等到我們再抬頭往那個角落看去時，那個傷心的人已經不在，她什麼時候黯然消失，沒人覺察到。

畢竟夜已深，那個形單影隻的女人，想必早已避開人聲鼎沸的酒館，朝向一道孤寂的小路走去了。

不知怎地，我覺得她太不幸了。其實，館長今晚為畫師在故鄉不得志而打抱不平，恨不得為他改寫一頁衣錦榮歸的光彩人生，難道他不知道，這個近在眼前、受盡委屈的女友有苦沒處訴說？

之後，我再也沒見過館長的前女友，半年後，就傳出她往生的消息了。

人的一生中，功成名就和悲慘不幸的際遇都不斷地發生著，千古不變。到底要如何才能不枉此生？在滄海桑田的人生裏，意志薄弱的人容易迷失自己，甘於與世浮沉的人容易誤入歧途，正如痴情者，更容易被情海淹沒。只有堅強、生活有目標的人，才能力挽狂瀾、掙脫束縛，活出有意義的人生！我想，安妮一定會同意我這樣的說法！

麥勝梅簡介

麥勝梅，臺灣師大教育系畢業，德國阿亨大學社會學碩士。現居德國。曾任海外華文女作家協會秘書長、博物館管理員和中文教師。現任德國聯邦局翻譯員、歐華作協副秘書。著有《千山萬水話德國》，二〇〇二年編輯《歐洲華文作家協會第五屆年會特刊》，二〇〇四年主編《歐洲華文作家文選》，散文〈回首來時路〉獲飛揚徵文優秀獎。

中國男人美國情

王娟

如果時光能倒流，我相信不管那天我有多麼忙碌，我一定不會再忘記回電話給我的朋友金妮，因為那是她生命中的最後一次傾訴。然而如今，這一切都已成了過去。

認識金妮全都是因為她家老大和我家的寶貝兒子，高中三年來一直是同學的關係。金妮有一副非常美麗的好嗓子，她很愛唱歌，雖然移民生活對每一個華人家庭來說，都充滿了疲累與壓力，但天性樂觀的金妮好像只要高歌一曲，就能忘掉原有的憂慮和煩惱。因此無論生活面臨多大的困難，她始終勤奮的工作，哪怕是每小時一塊錢美金的工作，她依舊能心甘情願的屈就。

在我的記憶中，她從事過的事業的確不少，譬如家庭托兒所、美容按摩、電臺播音員、健康食品直銷，閒暇時還做一些便當外賣的家庭生意，但長期以來，房屋貸款再加上兩個高中兒子的龐大花費，缺錢倒時常成為令金妮頭疼的問題。或許是早先她先生的跑船工作收入都蠻不錯的，因此手頭寬鬆慣了，移民美國後處處要錢：律師費、車輛開支、房屋稅金、健康保險……，隨便加一下，一家四口的花費每月竟也要三、四千元，入不敷出時只有暫用存款貼補，日積月累，手邊的存款都已用盡，一心盼望等待的綠卡卻還遙遙無期。

一直因為沒有明確身分而無法找到固定工作的先生，脾氣更是暴躁，動輒上演拳腳功夫，最初金妮還能忍氣吞聲，畢竟這份婚姻當年曾是自己千方百計才爭取來的，如今哪能再回去向娘家訴苦？因此，生活就在這種打完合、合不了幾天又動手的情形下過著，暴力的陰影逐漸在這個家裏蔓延開來。

O．J．辛普森的殺妻案突然爆發，震驚美國的執法單位，家庭暴力立刻成了眾所矚目的焦點。那個下午金妮一家上街購物，夫妻二人意見不合，金妮的先生又揮拳打她，長年累積在心頭的創痛再加上傷心欲絕，使得金妮一頭栽到車門外，目擊者用手機叫來警察，她的先生戴上了手銬，像抓賊似的被關進牢裏。

一個星期後開庭初審，金妮念在夫妻一場的情分上，籌錢將先生保釋出獄，但事情並未就此了結，法庭的判決是：雖無告訴，但是金妮的先生必須接受五十二個星期的婚姻輔導課程，行同坐牢，同時，這種輔導課程並非免費，他們的生活因此更雪上加霜。所以當金妮來問我有關婚姻的輔導社工時，我建議她先去找那位我認識的華人顧問法蘭克林先生。

忙碌的日子讓我沒有時間再與金妮聯絡，兩個月後的那天下午，我正匆忙地要趕去與代理商開會，在車上手機鈴聲大響，拿起電話一聽，竟然是金妮，我很關心的問她：「近來好嗎？」

她用虛弱無比的聲音回答：「還好！但是我實在是太傷心了。」

我趕緊安慰她：「事情已經過去了，聽說你們全家也剛拿到了綠卡，日子應該會比較容易一些吧。」

金妮卻說：「我已經忍受太久，我幾乎沒有任何地方可以傾訴。出事的那個下午，只因為我想先去銀行換出一百五十元的現金留在身邊，海倫，你知道嗎？這些年來，我手頭上連五十塊錢都沒有。我愈忍耐，他的暴行就愈是變本加厲，弄得我遍體鱗傷。外在的創傷可以痊癒，但內心的傷口終究是無法撫平的。」

此時剛好我的車已經抵達開會的地點，我只好說：「金妮！好好愛你自己，別再這樣折磨自己了。晚上回家後我再打電話給你。」

結果會議一直開到了下班時間，回到家中收好行李，我又搭乘夜機飛到邁阿密，接下來的一個星期正好是我一年一度的夏季旅遊。當我和妹妹曬夠美國南方海灘的太陽後，星期一的黃昏，我和妹妹正準備登上郵輪，展開我們的墨西哥坎昆之旅之前，兒子打電話告訴我：「金妮阿姨過世了！」

這真叫人難以置信，我問孩子：「怎麼會呢？」兒子說：「上星期她兒子在大學裏打架被開除了，金妮阿姨好不容易在朋友的公司替他找了份工作，今天早上她叫醒馬可，要他準時去上班，誰知馬可起床後竟用手揮了她一巴掌。金妮阿姨氣得腦溢血，救護車到她家時，聽說她已經腦死了。」

我突然覺得自己也變得虛弱不堪，這麼多的華人同胞期望能在這自由富庶的美洲大陸上完成美麗的夢想，更希望能讓下一代的子女們接受到西方更好的教育，但陌生環境中的壓力與挫折，帶給多少人無法承受的痛苦，無處發洩，只能對著身旁最親近的配偶洩憤，這種後果不但傷及了親人，到頭來爭吵不斷的家庭還導致孩子們的暴力與犯罪行為，上一代父母常說的「打是親，罵是愛」，在這個美國社會裏還真是行不通啊！父親本該用愛與熱情來帶領家人走向歡樂，好友的遭遇卻剛好給予下一代以強凌弱的錯誤觀念，幾年前在華人社區中發生過另一樁兒子對父親長年欺負母親感到憤怒，一氣之下用棒球棍將父親打死的事件，這些悲劇都是我們可以避免卻又一再發生的。

盛怒中的男人們不妨仔細想想：在這世界上，有個女人願意與你同心協力的奔走人生，就算有再多苦難，也不再只是孤獨一人，何必為了權勢和控制欲望弄到家破人亡？

王娟簡介

王娟，陝西省城固縣人，中美天主教大學肄業。曾任職於臺灣交通部民航局氣象中心。一九七四年前往中美洲經商兼遊學，一九七九年轉往美國洛杉磯定居，目前任職於美國聯邦郵局，並兼任皇冠機械公司之副董事長。北美洛杉磯華文作家協會榮譽會長、海外華文女作家協會永久會員。平日喜愛閱讀文學書籍與寫作，已發表的散文《藍田回望》獲得二〇〇四年臺灣僑聯總會海外華文著述散文類大獎第二名。短篇小說《生死戀》、《斷絃曲》、《初戀》、《維克多利亞的世界》等已陸續在臺灣、中國及海外發表。

中秋之舞

融融

一

從夏季開始，把每個星期二晚上獻給中秋節，已經持續了一個多月。美國沒有中秋節。剛來時，中秋節就像一根無形的繩，要把我這個飄洋過海的風箏牽回去。記得明月高掛的夜裏，一邊吃月餅，一邊噙淚水。圓月模糊，像是落在海裏的影子，被浪花打成碎片。

記得最初晚上一到家便打開電視，轉至唯一的中文頻道，一直看到眼皮闔上為止。後來漸漸脫胎換骨，跟著美國人過美國節日：情人節、復活節、國殤節……，度過夏季旅遊高潮後，便迎接新學年的來臨，接著籌劃感恩節、聖誕節和新年。說美國話、看肥皂劇、聽搖滾樂、吃沙拉和三明治，逼著自己用英文思考，甚至用英文吵架，漸漸地連寫中文都有困難。

在一個偶然的機會下，我結識了城裏的美華中文學校校長艾倫。艾倫來自臺灣，三十多年前來美國留學，成家立業，已接近退休的年齡。艾倫說：「這個城裏從中國領養來的孤兒有一百多個。咱們中文學校就是這樣辦起來的。」我曾寫過關於一個中國孤兒在美國生活的報導，每年寫一篇，一共寫了四年。一個孤兒已令我心疼不已，現在居然有一百多個！其實在寫那些報導時就已經知道，每年都有幾千個中國女孩被美國家庭領養，但那畢竟離我很遙遠，如今，這一百多個孤兒就在我的身邊！

艾倫帶著我參加了在市中心的公園裏舉辦的孩子們的夏日聚會。綠油油的草地上，孩子們宛如彩蝶般地飛來跑去，高高的滑梯上，銅鈴般的笑聲飄向蔚藍的天際。這些孩子，從幾個月到八、九歲都有，美國家長們對他們投注以關愛的眼神，看看他們一個個活躍的身影，哪裏像是被拋棄的中國孩子？哪裏像是沒有父母的可憐孤兒？但他們確實有著悲慘的過去。也許他們對過去沒有記憶，但這些過去一定會和他們的現在或未來產生聯繫。等他們長大成人，對自己、對中國又將如何看待、如何定位？

黃沙上留下一個個小腳印，他們紛紛向我走來。我和他們一見如故，見一個抱一個，親了又親。血緣的聯繫存在基因裏，哪怕走到天涯海角，這根弦永遠也不會斷裂。孩子們似乎也能明白，對我和艾倫毫不陌生。抱著他們，親著他們的小臉蛋，我真想為他們做些什麼。

艾倫對我說，去年的中秋節，我們中文學校有一場公開演出，老師和學生都登臺，吸引了很多當地居民。我立刻明白她今年要繼續做下去。艾倫說得神采飛揚，從包包裏取出照片分送給孩子和家長，照片上豔麗奪目的中國唐裝，綢緞面料閃閃發光，孩子們如彩蝶般地展示各種舞姿，看得我心花怒放。我等著艾倫分配工作給我，沒想到艾倫卻邀我去跳中國民間舞蹈。

「好哇！」我一口答應。我有什麼理由拒絕艾倫呢？

二

那天晚上，月明風清，我把車開入車房，踩著柔和的月光，走到二樓的露臺上。倚著欄杆，抬頭望月，想把中秋的感覺找回來，想把斷落、遺失的風箏線接起來。溫暖的夏風撫摸著臉頰，星星們不停地眨著眼睛。美國的夜晚是如此安逸寧靜，寧靜的鎖住了我的回憶。天上只有一個月亮，屬於中國，也屬於美國。然而，美國的月亮清寡淡泊，找不到一絲中秋節的痕跡。

中文學校沒有校舍，缺少資金，只能借用教會的地下室練舞。我把車開到艾倫家，搭她的車去教會。艾倫買了甜點、裝了一罐檸檬茶，讓我捧著，真怕不小心在路上打翻。地下室不大，兩個車位的面積，四周是長椅，中間是空地，只能湊合著用。艾倫讓大家相互介紹，靠牆邊坐著的女生們都站了起來，一邊說話一邊移動腳步向中心靠攏，圍成一個圓圈，十個人按照順時鐘的順序排列，一個接一個，其中有兼職教師，有學生家長，有中國飯店的老板娘，還有剛到美國嫁了洋人的小莉和來自紐約的英文報紙的美術編輯陳小姐，有的說中文，有的說英文。輪到我時，我說我是個 writer，我在美國習慣對陌生人說英文，說話速度很快，幸虧大家都聽得懂。

舞蹈老師是臺灣文化大學舞蹈系的老師蕙蕙。蕙蕙眉清目秀、小巧玲瓏，她腳上的那雙粉紅色舞鞋，特別引人注目。她不僅會跳，還會編舞，我們學習的第一支舞就是她根據鳳陽花鼓所改編的手巾舞。蕙蕙一邊輕移蓮步、擺動柳腰，一邊向我們解釋各個動作的要領。左手插腰，右臂横出，手指夾著紅綢巾，走一步甩一下。「一二三四，五六七八，二二三四，五六七八。」蕙蕙身後的一長排隊伍，跟著她的口令聲練習了起來。

咚鏘，咚鏘，咚鏘咚鏘咚鏘咚鏘，鳳陽花鼓敲了起來……。蕙蕙喊著：「鑽山洞，碰右肩，碰左肩，分兩行，轉圓圈，……。」我把皮鞋脫了，穿著襪子的腳碰觸著地面，跳了將近兩個小時，跳得滿頭大汗。

回家的路上，我握著方向盤，哼起了鳳陽花鼓，咚鏘，咚鏘，歡天喜地地到了家。小跑步上了樓梯，坐在露臺的靠椅上，心裏仍繼續唱著。天幕上的圓月就像一道窗口，蕙蕙的舞姿、大家的歡笑，肢體與音樂、眼神與手巾……熱鬧非凡，至今依舊歷歷在目。

三

艾倫拿出一把色彩絢麗的扇子，把柄足足有一尺半長，打開扇面，如孔雀開屏，扇峰還有二吋寬的荷葉邊。蕙蕙一手拿一把，在〈梁祝〉的小提琴協奏曲中翩翩起舞。扇子舞跳起來比手巾舞簡單，主要靠扇子變換花樣，有大波浪、小波浪、雙扇拼花和花橋等等，但排場很大，教會的地下室跳不開來。來自北京的田畦讓我們去了他丈夫的辦公大樓，二樓是個展覽廳，比舞臺還大。於是，我們就此轉移了陣地。

自從練習場地搬到那裏之後，我注意到桌子上的點心多了起來，新鮮豆漿、油炸春捲、西瓜、蛋糕，每次都被吃個精光。二樓沒有空調，蕙蕙又教又跳，汗流滿面，令人心疼。苔絲是菲律賓華僑，不懂中文，只說英語，竟然混在我們中間，把舞蹈學會了。她的肩膀受過傷，跳扇子舞時手臂舉不高，蕙蕙為此修改了一些動作。嘉頌是香港人，還在學習國語，背著三歲的兒子小明明來學舞。小明明剛會走路，不會說話，看見五顏六色的扇子美如花海，禁不住拍手叫好。還有Wendy，家中有兩個幼兒，她得自己想辦法把跳舞的時間擠出來。

Sabrina來自馬來西亞，不巧扭傷了腳不能跳舞，一拐一拐地走到「舞場」，坐在觀眾席的位置上，既當觀眾又當蕙蕙的助手，監督我們：「隊要排整齊，手伸直，抬高一點……」

有一次我問蕙蕙，你是專業老師，為什麼不開舞蹈班？蕙蕙曾經代表臺灣到日本表演，曾經設計和指揮過七百五十人的團體舞蹈，還被舊金山等地的華僑請去上課。蕙蕙說，一投資就會想賺錢，商業化的舞蹈跳不開心，現在這樣多好哇！我想起艾倫曾經說過同樣的話，演出不售票，一切免費。中秋之舞，是我到美國將近二十年來回歸華人社區的一個接口，有幸舞蹈於兩種文化之間，這是來自中國的孤兒們給我的難得機會。

每個星期二晚上，如同約會一般，成了我生活中的企盼。那天我到小莉家訪問，分別時她說：「星期二晚上見！」我笑著點點頭。平時大家接觸不多，一旦有什麼聯繫，電話或者電子郵件中都要順口帶上一句：「星期二晚上見！」我的那些美國朋友們，現在都知道不能占用我星期二晚上的時間，對他們來說，中秋節是中國神話，是民間舞蹈，是團結和友誼，是快樂與奉獻。

本文刊載於《星島日報》

融融簡介

融融，美國輕舟出版社主編。出國二十年來，發表書評、隨筆、遊記、影評無數。為《星島副刊》專欄作家。小說發表於《世界日報》、《僑報》、《星島日報》等報刊。主編和撰寫《一代飛鴻——北美中國大陸新移民作家精選和點評》。出版有：長篇小說《夫妻筆記》（北京：世界知識出版社，二〇〇五年）、《素素的美國戀情》（中國青年出版社）；散文集《吃一道美國風情菜》、《我和洋老板的故事》、《吃到天涯》（世界知識出版社）。報導文學《中國棄嬰愛蜜麗》獲得美國東方文學華文佳作獎，短篇小說《早安，野熊先生！》被上海文藝出版社收入《中國留學生文學大系》。短篇小說《海上生明月》獲得二〇〇七年海外新移民華語短篇小說「情為何物」大賽二等獎。

領福利金的乞丐

蕭蔚

雪梨東區有一座天橋，橋基沿伸到一條僻靜的單行線小街上，橋下長年住著一位餐風露宿，卻生活得很快樂的乞丐。公司時常派我到附近的一家醫院工作，回來的路上一定會經過那兒，我總喜歡和路邊的乞丐打個招呼。他那蓬亂的頭髮，再加上臉上的絡腮鬍，使我猜不出他的年紀，不過從他洪亮如鐘的說話聲和炯炯有神的眼睛來看，至少不是吃飽了就犯睏、年過半百的老人。他的「家居」布置有條有理、整整齊齊，有時，他身後的石頭臺上還擺著一個插著鮮花的花瓶、一只喝剩一半紅葡萄酒的高角杯……我想他肯定是個會享受生活的人。

那是一個晴朗的早晨，露水開始在空氣中蒸發，我又路過那橋下。他已經醒來，坐在被窩裏注視著過往的車輛。我搖下車窗，向他說了聲：「早安，先生！」我習慣於澳洲人無階級、無等級的觀念，自然地尊稱他為「先生」。他好像見到熟人似的，高興地回敬我為「伙計」，然後大誇特誇遠處那輪初升的耀眼太陽。我突然萌發與他聊天的想法，於是跳下車來。

他叫彼得，早年從英國來的猶太人。我問他，為什麼不尋求政府的幫助，找個安穩的住處？他回答說：「還用你去求，他們一直動員我去住公房，當然是我自己不願意去的，我喜歡在這裏享受美好的大自然！」後來，區政府派人來拉走他的行李和床墊，不過他還是固執地睡在大橋下。我問他：「你沒有親人嗎？」他說：「有過老婆和孩子。以前都是我不好，現在毛病改了，也不知道他們上哪兒去了！」我猜那肯定是一個老套的故事：彼得對生活和家庭不負責任，被老婆轟出家門，露宿在大橋下，之後離婚，再之後孩子跟隨母親改嫁……我接著問：「你孑然一身，不覺得孤獨嗎？」他反問我：「孤獨？你看我有這麼多的衣物，都是朋友送來的。我的朋友很多，每天都有人送新鮮的食物和飲水來呢。」天時、地利、人和，這是一個瀕臨海灣的富人住宅區，其中住著很多的猶太人，他們把供養和照顧彼得當成是自己分內的事。

「雪梨東區有許多最富有的人，也有許多最貧窮的人。」一位「老雪梨」剛剛由地價昂貴的東區，搬到以中產階級為主的南區，他這樣對我說。的確，我在南區住了十多年，無論是在熱鬧的購物中心，還是在僻靜的街巷，從沒有見過一個乞丐、流浪漢或無家可歸、露宿街頭的人。如同日本，最保守，也最開放；美國，有它最先進，也有它最落後的一面，雪梨富有和貧窮的反差也都聚集在同一個區域裏，同時展現在人們的面前，全雪梨露宿街頭的人，多半集中在東區和繁華的市中心裏。

一個冬日的下午，我帶著兒子，沿著喬治大街，由它起端的岩石區步行至市中心的唐人街。喬治大街是雪梨市區的一條主要街道，教堂、商家、銀行、電影院、快餐店、咖啡館、遊戲廳……一家接著一家地排列在街道兩旁。這個地段近年來雨後春筍般地出現許多投資商們所建造的摩登大廈，把雪梨妝點成一個名副其實的繁華大都市，但僅僅數公里之內，沿街我就看到五個乞丐。

一個東歐打扮的老婆婆衣著整齊，與達令港一家商鋪門口用來招攬生意的人偶一模一樣，端坐在路旁，她面前的一塊紙板上寫著：「我貧窮，我饑餓，我無家可歸！」

不遠處有一個衣衫襤褸的老翁，他面前的紙牌上寫著：「我遺失了所有的身分證明，沒有資格領社會福利金，我需要錢！」他寫得明白：乞討的原因是沒錢，沒錢則是因為丟失了所有的身分證明。那麼他要做的事應該是補辦證件，然後到政府那裏領取他所需要的錢！

路邊還有一個散發著酒氣的醉漢，蜷縮在教堂大門外的鋪蓋之中。他身邊放著兩支大號的空啤酒瓶，手裏還握著一支，隨時準備送到嘴邊。有一句老話說：「富家一席酒，窮漢半年糧」，他的貧窮自然是酗酒所引起的。試想，若有人的嗜痂之癖是以食金元寶代飯，那麼他馬上就會傾家蕩產，淪落為窮人！

喬治大街上熙熙攘攘，沒有人留意這些乞丐，我醞釀許久，卻和其他人一樣，對他們找不到一絲同情的感覺。在澳洲，除了許多慈善組織關心和幫助這些「窮人」之外，政府也擺出一副善良的姿態，他們扶危濟困的具體做法，是強制從大家的個人收入中扣除相當數目的稅額，不用於發展軍事，不用於發展科學和教育，而是仁慈地關照著成千上萬的老人、小孩、婦女和殘疾的人們。納稅人自然覺得自己已經盡了應盡的責任——幫助政府救濟窮人。「救急不救窮」，有些富有同情心的人寧可響應教會「每日少花一元錢」的號召，藉此支援海外的難民。

雪梨地區無家可歸的人數十分龐大，據說每年基於各種原因向政府部門求救的，大約有五萬人次，雖然其中百分之九十幾的人最後都在安排下找到住處，卻仍有數千人在汽車或其他臨時性居所內度過漫漫長夜。他們當中不乏給政府難堪者，朋友說，每當夜幕降臨時，總有些人三三兩兩地提著鋪蓋，睡到省政府議會廳的門外。

露宿街頭的乞丐有礙觀瞻，竟無人干涉，其原因大概與曾經有人對無家可歸的人們進行長達幾年的研究和調查，所得出的結論有關：「如果對乞討進行鎮壓或採取強制的行動，將會迫使更多的流浪兒轉向犯罪。」套用這個結論往下推論：如果對吸毒的人進行鎮壓或採取強制行動，將會迫使更多的癮君子轉向犯罪，於是澳洲政府成立了「供毒中心」，從而讓使用毒品合法化；再繼續推論：如果對殺人犯實行死刑，將會迫使更多的人產生殺人動機，於是澳洲政府不考慮恢復死刑的執行……如此仁慈的政府，真叫人難以置信！

人們往往將無家可歸、靠接受施捨為生的人劃為貧窮的底線，但這個定律在澳洲不一定適用，正如同下雨時不一定是陰天一樣——雪梨常常出現太陽雨的天氣——無家可歸也並非只是窮人的專利。全澳洲十餘萬無家可歸的人群中，有相當數目是沒有窮富概念的土著民族。他們住不慣政府為他們建造的公房，而繼續過著「天當房，地當床」的生活，他們卻是自得其樂。

再說那個住在大橋下的猶太人彼得，後來我才知道，他也不是光靠人家施捨過活的「窮人」。那天，我給他拍了照片，放下幾個小錢作為答謝，他客氣地回謝過我之後說：「你不必替我擔心，我有錢，我可以從政府那裏領到福利金！就是不多，有時也過得『緊巴巴』的。」

他不需要繳房租和水電費、不需要繳貸款、不需要花錢買食物……每周從政府那裏白拿一百多澳元的福利金，他竟然還感到「緊巴巴」？就衝著不用買菜做飯、不用洗碗熨衣、不用吸塵拖地，我也願意瀟灑地當一回無家可歸的人，悠哉悠哉地打發時光！我不會覺得日子過得「緊巴巴」，頂多每周花上幾塊錢買個奶油蛋糕，把剩下的福利金攢到一定數目，再用這些錢去投資……過不了幾年，我可就是一個大富婆呢！

一個雷雨天，我又經過東區的那座大橋下，不見彼得，只有他的鋪蓋整整齊齊地放在淋不到雨的地方。我想起他說過的話：「我在這裏餐風露宿，是因為喜歡那明媚的陽光！」彼得露宿街頭是為了享受，這樣的壞天氣，他絕對不會待在外頭，肯定是躲到教堂裏避雨去了！

蕭蔚簡介

蕭蔚，出生於北京。畢業於北京首都醫科大學口腔系，曾擔任口腔科醫師。一九八八年到澳大利亞學習，定居雪梨。一九九六年底起開始文學創作。一九九九年至二〇〇〇年，於北京魯迅文學院遠程學校學習。先後在澳洲各日報、周報，港、臺及國內的報刊雜誌上發表過小說、散文、隨筆、編譯等七十多萬字。二〇〇〇年起為澳洲國家民族廣播電臺「人間插曲廣播劇」劇組編劇及演播員之一。

一九九九年加入澳大利亞新州華文作協，先後擔任理事、副會長及第六屆會長等職。二〇〇五年加入海外華文女作家協會。

出版有：小說、散文集《澳洲的樹熊，澳洲的人》及與父親合著散文集《雨中雪梨》。作品被選入《澳洲華文文學叢書》、《煙火小說》、《澳華文萃》、《第三類文化系列叢書澳洲專輯》、《依舊聽風聽雨眠》、《澳華新文苑叢書》第一卷。

獲獎：短篇小說《剛從那疙瘩來的小丫頭》獲澳大利亞「澳洲華人故事」徵文優秀作品獎。短篇小說《港大叔黃師傅》獲女友雜誌社、中國作家雜誌社聯合舉辦的「中國第十六屆全國青年文學大賽」小說佳作獎。二〇〇三年《澳洲的樹熊，澳洲的人》、二〇〇五年《誰是澳大利亞人》及二〇〇六年《雨中雪梨》分別獲得臺灣僑聯海外華文著述獎散文、小說優秀作品獎。

第六篇

女性回歸線

曇花依舊

孟絲

一棵盤枝錯節的熱帶仙人掌科植物，上面綻放了近百朵鮮豔耀眼的花朵，那搶眼的桃紅，讓整個裝飾華麗的客廳都顯得黯然失色。朋友在電話裏大呼小叫，叫大家去她家看盛開的曇花。那天她匆匆請來了二十多人，說這就是她家盛開的曇花。曇花？這樣傖俗喧鬧、擠滿枝頭的俗豔鮮花也能稱為曇花？那時是中午，許多人是來吃午餐的，她們高聲談笑喧嘩，對這棵盛放的熱帶仙人掌，除了口頭上有番驚嘆和讚美，誰也沒有對它太認真。幸好，這盆中植物只是株仙人掌，不是真正的曇花。不然，怎堪這樣的怠慢和屈辱呢？

從朋友家回來，禁不住思念起自家的兩棵曇花來。都是多少年前的往事了。家裏的兩株曇花的確曾經開放過，都是在初秋的午夜裏開的。花苞在沒有開放之前，泛著淡淡的粉紅，一粒粒，像纖纖細指，塗著淡淡的色彩，高雅而寧靜，令人不敢冒然高聲喧嘩。朵朵花苞似乎都在等著那命定的時辰來臨。沒有掙扎或妥協，只是宿命地靜待那命定的時刻到來，盡情奔放出生命的燦爛，而後便那樣猝然凋謝枯萎，叫人永生永世愛戀、惋嘆。

那年剛到美國東海岸這座小城，先生初來這兒教書，系裏沒有一張東方面孔，除了教學上的壓力，在社交上更覺孤立。系裏畢業自哈佛或普林斯頓的長春藤教授們自成一個體系，其他畢業自其他大學的教授們另成一派，至於來自國外的異邦人，尤其作為唯一的華裔教授，自是自成單元，自生自滅。這時，系裏一位來自德國的德裔資深教授卻對人十分友善，不僅在工作上給予指點，多方關照，也常在周末邀約初來乍到的年輕教授們到他家中作客，似乎十分了解初來者的寂寞心情。

他叫夫朗茲，是個才情橫溢、內涵豐富的人物，除了本行——應用心理學教得好，課堂上總是十分叫座，很得學生歡心之外，他也是校園裏攝影協會的主持人，對於古希臘羅馬的文化藝術，更是如數家珍。周末他是紐約大都會藝術館的常客，對於百老匯的某些歌舞劇、費城藝術館的某場特別展覽，他都會提出他獨到的看法。更妙的是，他是個美食家，偶爾親自動手，可以烹調出極佳的美味。《紐約時報》的拼字遊戲版，是他閒暇時候的最佳消遣。談到二次大戰，他對德國納粹的種種暴行常感歉疚，儘管那時他還非常幼小，根本無法左右當政者的專橫暴虐，這正說明了他那悲天憫人的性情。和他談天是種享受。大家都戲稱他為「文藝復興人」，對於他周身蘊藏著的古典與現代的知識，實在是十分恰當的恭維。

記得第一次到他家作客，便是一次特別的經驗。他住在賓州的一個小鎮，靠近德拉瓦河，那兒是年輕藝術家群聚的地方。河岸兩旁密密麻麻，全是小店，多半出售手工藝品和當地土產，各樣的陶器、木刻、繪畫、紡織品、布娃娃、蜂蜜等等，夾雜在山光水色之間，別具一格。不遠處還有一家小戲院，是由一座老舊的磨坊改建而成的，巨大風車傍水而立，古雅風趣，是個美麗的觀光之地。

他的住屋前有幾棵高大的楓樹，正值初秋，楓葉黃中透紅，迎著落日，金黃豔紅，十分耀眼。一進門就是光線充足的客廳，裏頭懸掛著極具特色的大幅版畫。順著走廊往下便是地下室，雖是地下室，卻有敞亮的落地門窗，從這兒可以走到外面的草坪，整棟屋子就坐落在小山丘上。地下室是一座畫廊，陳列著許多版畫，多半是當地畫家的作品。原來他既是畫家的朋友，也替這些畫家推銷，可以算是業餘畫商。其中有一整面牆壁布滿書架，密密麻麻，從地板到天花版全是書，其中心理學和藝術史的書籍占了大半，間雜了不少西洋經典和東方歷史，另外還有許多雜七雜八的書籍，也許這正代表了他天南海北的廣泛興趣吧。

那晚他請了八位客人，連主人在內共十人，卻只有兩個女客，換言之，其他三對是同性戀伙伴。那時是七十年代晚期，民風還十分保守，大半同性戀者都不願公開亮相，而他卻非常瀟灑，不以為意。我們見少識淺，對於當晚這樣的組合，最初的確有些大驚小怪，但漸漸發現，那晚大家的話題相當豐富，客人中多的是文化藝術修養深厚的行家。言談間，不得不對他們的風采、見地和涵養感到敬佩。夫朗茲那晚做的主菜是德國烤豬腳，外加乳酪貝殼當作前菜，兩樣都是他從《紐約時報》烹飪專欄學來的，做得非常美味。正餐過後，是一位來客親手做的巧克力慕斯蛋糕，小巧玲瓏，十分精緻，入口即化。夫朗茲的妻子拿出從巴西進口的咖啡豆，現磨現煮，真是異香撲鼻，入口更是莫大享受。

飯後大家坐在陽臺上，清涼月色照著兩株爬在木架上的曇花木，粒粒花苞靜待著將臨的時辰，這帶給我們意外的驚喜。可惜那晚等到午夜，曇花並沒有開，這令我們後來對他家的曇花牽掛不已。夫朗茲答應為我插枝。三個月後，夫朗茲來我家晚餐，果然帶來他的插枝。五、六支葉片各有一尺多長，肥大壯碩，鬚根已經長了出來。非常感謝他的細心與體貼。次日把它們種入瓦盆裏，澆水施肥，只要稍有空閒便去探看，盼望著它們快快長大。隨著歲月流逝，曇花木越長越高，花盆越換越大，卻總不見它們開花。夫朗茲說曇花需要月色，我就把它們搬到陽臺上，晚秋夜涼，再把它們搬回室內，年復一年，曇花枝葉越長越高大茂密，卻從不見它們結苞開花。「要對它們唱歌跳舞，這樣曇花才會開放。」夫朗茲多半時候這樣調侃我。

夫朗茲每年夏天帶學生團到希臘、羅馬、巴黎、伊斯坦堡、開羅、巴塞隆納等各地旅遊，參觀博物館並探訪名人故居，這是他的愛好，也是他的副業。後來他打算組團到中國去，那時中國剛開放不久，一切業務似乎都沒有上軌道，他希望多了解中國，於是和我們的來往就格外頻繁了。每次看到那兩株來自他那兒的曇花，枝葉茂密卻不開花，他就不斷地替我亂出主意。後來他提議說，乾脆再從他家裏插幾枝來好了，也許這兩棵曇花需要女伴！難道曇花也有陰陽之分？可不是嘛！他信口說來，卻總是信心滿滿，弄不清是真是假。然而大家的日子都十分忙碌，曇花的事便沒再放在心上。

沒想到，兩年後的一個夏天，這兩棵老曇花木，竟結出粒粒花苞來。那晶瑩淡雅如纖纖細指的花苞，塗著淡淡的色彩。這真是個天大的喜訊啊！於是那幾天，天天靜靜等待著曇花的綻放，卻也憂愁著那曇花綻放後的命運，真的就只有幾個時辰的燦爛嗎？就這樣一直顛三倒四地盼望著。終於，那個秋天的夜晚，大概是十一點鐘吧，滿枝的曇花竟有兩朵開始開放了！纖細的乳白色花瓣，鵝黃色花蕊襯著粉紅花心，似有似無的清香在夜空裏瀰漫開來。

夫朗茲的曇花木終於開花了！這花朵是這樣尊貴、這樣稀有、這樣短暫，需要這樣漫長的等待！這樣的喜訊只有夫朗茲會在乎，只有他知道其中的等待多麼漫長，他會大聲開懷暢笑，會理直氣壯的說：「我早說過會開花吧！要有耐心！」

可惜他兩年前因為攝護腺癌去世了，那樣倉促，那樣突兀，他說走就走，揮揮手不帶走一片雲彩，一如他平時的為人處事。朋友們為了紀念他，在賓州小城一個博物館的天井裏，為他豎立了一個小小銅碑，因為那兒離他家不遠，他沒事時常去那兒閒逛、捐款。博物館為失去這樣一位好友而難過，為紀念他，天井裏便種植了一棵插枝來的曇花木，我們偶爾去那兒探訪，都能見到那枝葉茂密的曇花木，越長越高大，卻不知何時才會開花。

寫於普林斯頓老宅

本文刊載於《漢新月刊》

二〇〇八年一月三十日重新整理

孟絲簡介

孟絲本名薛興霞。臺灣師範大學英語系學士、匹茨堡大學圖書館碩士。曾任職普度大學四年。後定居新澤西，為美國公共圖書館資深負責人多年。曾向美國聯邦政府爭取到充裕的經費，建立藏書豐富的中文圖書館。創辦了中文書友會，提倡「以書為友，以書會友」。多年來埋首浩瀚書海，作品甚多，所寫之中短篇小說、散文、傳記、報導文學及雜文，經常散見海內外各報章雜誌，並出版成書。現為自由寫作人、《漢新月刊》專欄作家、《新州周報》專欄主持人、新澤西書友會創辦人、海外華文女作家協會審查。

出版有：《永恆之星——富蘭克林》、《漫遊滄桑——名勝古蹟背後的故事》、《旅美生涯——講述華裔》、《紐約風景線》、《紐約的冬天》、《情與緣——孟絲短篇小說選》、《海外新生活》、《申申的煩惱》、《楓林坡的日子》、《吳淞夜渡》，翻譯小說《夏威夷》，小說集《白亭巷》、《生日宴》。

雜憶洗澡

張翎

我的故鄉在浙江南部的一個小城。小城在偌大的一片神州版圖裏細若粉塵，幾乎可以忽略不計，卻因著溼暖的四季和長年柔軟的輕風，生出了一些花紅柳綠、潔淨安恬的街景。當蓬頭垢面的外鄉人走進這樣的街景時，都忍不住讚嘆小城居民的光鮮整潔，但他們一定不知道這背後的曲折故事。凡在這樣的江南小城裏住過的人，大概都不會忘記從前洗頭洗身的窘迫情景吧。

那時的舊城區都還沒有衛生設施，所謂的衛生設施，指的是抽水馬桶和淋浴設備。我家住在老城區的一條小巷裏，沒有自來水，洗菜、洗衣、洗頭、洗澡，用的都是巷底那口百年老井的水。井很深，四壁長著幽暗的青苔，井沿鑿了一行隸書，被歲月銷蝕得只剩殘缺不全的「永嘉」二字，井口有幾個大小不一的圓孔，據說是彈洞。那口水井周遭，春夏秋三季是男人們的天然浴場。晚飯後，女人們自動退回屋裏，男人們則脫得只剩一條褲衩，一根根棍子似地戳在井邊洗澡。說是洗澡，其實只是將一桶水從頭頂淋到腳心，再拿毛巾在胸前背後斜搓幾遍而已。男人們對這種透明度極高的洗澡方式早就無師自通、運用自如，毛巾進入褲衩裏的動作極為敏捷迅速。偶爾有人在那個地段停留過久，便會引來一陣善意的訕笑。在赤裸相呈的那一刻，一切等級界限突然含混不清起來，傳達室的小跑腿也敢和市委辦公室主任開一個無傷大雅的玩笑。笑完了，散開去的時候，身心都有了浴後的清涼。

女人則遠沒有男人那樣幸運，長長的夏天裏洗澡成了她們煩心的事。首先她們要找到屋裏最隱密的一個角落來放置洗澡用的木盆，其次要門好門窗，爬上凳子仔細地檢查窗簾是否有漏縫，然後她們會在事先預備的涼水中摻入熱水，調好水溫，接著在木盆中間擺一只小板凳，等到一切準備就緒，關了燈，才敢小心翼翼地褪下衣服，坐在板凳上擦洗身子。摸摸索索地洗過了，沉沉地把一盆飄著肥皂泡沫的髒水端出門去潑了，拿拖把將溢在地上的水擦乾了，坐下來時，又是一頭一臉的汗。

這樣的日子過了二十多年。我在小城出生、長大，對小城衣食住行的一切習俗細節非常熟稔，從來沒有想過世上還存在著一些其他的生活方式，自然也不知道世上還有別的洗澡方法。只是後來世事發生了一些意想不到的變遷，有些一直在臺上的人突然下臺去了，而另些一直在臺下的人突然上臺來了。當北方的風帶著一些讓人興奮的信息，一次又一次地拂過小城的街面時，小城的人才漸漸明白太平世道已經到來。在這樣一個多事的歲月裏我考上了大學，先離鄉，後去國，在外邊的世界漂流了很久。我先後居住過六個城市，搬過十五次家。離家的日子裏我嘗過諸多沒有金錢、沒有愛情，也沒有友情的日子，遇到過諸多苦苦尋求又苦苦失落的人，常常一覺醒來，看見窗外那一片狹小的星空，不知身在何處。夜裏入夢的，竟是家門前那條鋪著青石板的小路，和巷底那口記載了諸多人世滄桑的老井。

九十年代初，在去國五載之後，我第一次回到小城。驚奇地發現臨街的房子，大都已裝飾一新地做了店面，老屋陷落在一片燈紅酒綠的店鋪中間，猶如一個嫁了多年，被歲月風乾骨血韻致的婦人，無語地憔悴著。出租車在家門前停下，母親迎出門來，未語，已是老淚兩行。伴我走過少年歲月的老貓已經去世，卻新添了一隻兩個月大的幼貓，見到陌生人，就羞答答地湊過來，聞聞我的褲角。哥哥說牠是在嗅洋味兒，眾人便笑了起來。

放下行李，母親帶我去鄰人新開的髮廊做頭髮。老闆是個年輕俏麗的女人，一邊靈活地動著剪子，一邊向我打聽外邊的世界。當她知道我是個學生，便鍥而不捨地問我獎學金的數目。說了，她就吃吃地笑：「我以為呢。街坊鄰居，今天算我請客，不收你的錢。」那天的頭髮做得短短俏俏的，很像回事，只是原本的好心情似乎沒了。

帶著一頭碎髮回家，母親張羅著讓我洗澡。從前用過的那個木澡盆，早已散成一堆碎木片，不知所終。母親從床底下抽出一個嶄新的鋼製大澡盆，又拉著父親幫忙，架起一個一人高的尼龍布篷。見我疑惑，便解釋，這是今年流行的浴篷，保暖、乾淨、不占地方。果真，數分鐘後，母親倒在盆裏的水，在篷裏升騰起氤氳的熱氣。我鑽進去，肌肉瞬間癱軟在水和霧的層層包圍之中。雖然手腳蜷曲，弓腰駝背，卻暖暖地洗去了一身隔洋的塵土。鑽出浴篷，看見小貓正躺在母親為我預備的換洗衣服上，長長地伸著懶腰。穿上溫熱的新衣，就知道我真的回家了。

第二次回家，又隔了五年。母親告訴我，老屋正好落在第一批市政改建區內，明年將要拆遷。拆除的計劃早已確定，搬遷的計劃卻有很多傳言。有人說新房會建在原址，也有人說會蓋在城郊的新區；有人說新房是一幢三十層的純公寓，也有人說新房是商用、民用混合式的，底下三層是店鋪和辦公樓，三層以上才是住宅區。母親相信每一種傳言，於是關於新屋裝修的設計方案，就在各種傳言的夾縫裏一次又一次地誕生，一次又一次地消隕。

走在小城的街面上，腳下的感覺卻陌生如外鄉客，土地雖然還是那片土地，但景致已經完全不是那片景致了。鄉音依舊熟悉，話題卻有些隔閡了。樓很高，路很寬。我站在立交橋上看著霓虹燈在暮色中閃閃爍爍，汽車碾著夏日的熱流，駛進聲音和色彩都很濃烈的街市，洶湧的人流裏，已經沒有一張認得的面孔了。心裏惶惶的，竟有些失落。

巷子裏的那口井還在，似乎更老了一些，也久已無人問津。井壁上的青苔漸漸爬滿了水面，丟一塊石子下去，竟久久聽不見一聲回響。老街坊們如今家家戶戶都修起了裝有抽水馬桶和淋浴設備的衛生間，晚飯後各自關起門來沖涼，再也聽不見井邊人聲和水聲交織出的喧嘩了。我們家裝的淋浴設備是進口的，白色的金屬箱上印著帶有「小蝌蚪」的德國字。衛生間的牆壁和地板上鋪的都是白底夾豆綠花紋的大塊瓷磚，裏邊雖然窄得容不下一只最小號的浴缸，卻足夠讓人在蓮蓬頭底下自在地揮舞手腳了。母親踮著腳尖試過水溫，又拎著拖鞋跟在父親身後一遍一遍地叮囑著：「地滑，小心摔了。」父親大概是怕浪費熱水，只匆匆地淋了幾下就出來了，偏涼的水激得身上微微地起了幾片雞皮疙瘩。母親連忙遞過用文火燉就的冰糖蓮子湯。兩人坐在電風扇前喝著湯，一邊聽著錄音機裏袁雪芬咿咿呀呀地唱著〈十八相送〉，一邊抱怨著電費、水費的昂貴，灰白的頭髮在風裏飄飛著……

我猜想，小城的日子大約真的好過起來了。

張翎簡介

張翎，浙江溫州人。一九八三年畢業於復旦大學外文系。一九八六年赴加拿大留學，分別在加拿大的卡爾加利大學及美國的辛辛那提大學獲得英國文學碩士和聽力康復學碩士。現定居於加拿大多倫多市，在多倫多一家聽力診所擔任主管聽力康復師。

九十年代中後期開始在海外寫作發表。主要作品有：長篇小說《郵購新娘》（臺灣版書名《溫州女人》）、《交錯的彼岸》、《望月》（海外版書名《上海小姐》），中短篇小說集《雁過藻溪》、《盲約》、《塵世》等。曾獲第七屆十月文學獎（二〇〇〇）、第二屆世界華文文學優秀散文獎（二〇〇三）、首屆加拿大袁惠松文學獎（二〇〇五）、第四屆人民文學獎（二〇〇六）、第八屆十月文學獎（二〇〇七）。小說多次入選各式轉載本和年度精選本。其中篇小說《羊》和《雁過藻溪》分別登上中國小說學會二〇〇三年度和二〇〇五年度排行榜。

花園的顏色

邱彥明

晚春初夏之際，我反倒像是隻冬眠的動物，活動範圍僅在屋內與自家的花壇、花園、菜圃之間轉換，隨著陰晴風雨、花開花落，如醉如痴地拍著照。

一日下午在花園裏，突然覺得，無論從任何角度看去，經我親手播種、栽植出的花株，模樣、顏色、花與花之間的關係都叫我怦然心動。於是取來相機，把鏡頭當成畫布，像是繪畫般地擷取不同的色塊，移動鏡頭使畫布呈現不同的顏色組合，不知不覺中就按下了近兩百次快門！

或許有人要問：「那妳家花園一定很大囉？」

嗯，這是個相對性的問題。在某些人眼裏我家的花園很大，某些人覺得還好，但另一些人則可能認為小了點。那麼對我自己而言呢？無花無葉的季節裏它是嫌小了，一眼就能看穿；花開葉茂草盛的時節，天哪！花開得那麼多、那麼美，怎麼看都看不到另一頭，草坪的草為何才剛剪過就又得拎出推草機來了？天熱澆水要花上好幾小時；秋天時落葉又老掃不完……

晚春初夏的季節，我家花園是我心目中最大的時候。

花園開始變大的期間，應該從牡丹花盛放的時節算起吧！別看牡丹花苞只有小嬰兒的拳頭般大，花瓣一崩開，整朵花比我的臉盤子還大。家中牡丹花現今開花的有：白中帶點水粉色的、魏紫色的與深紅色的三種，而白中帶淡粉色的牡丹花集高貴雅致、楚楚動人於一身，尤其在陽光照耀之下，花瓣剔透清亮，冰肌玉骨的姿韻，更驗證了她的國色天香。花朵正中央的雌蕊，花柱窄口圓肚，胭脂紅的色彩鮮豔欲滴，含蘊性感的嬌媚；雄蕊環繞雌蕊四周，亮白的蕊絲頂著鵝黃色的花粉，另有一番英挺的帥氣。雌蕊與雄蕊相依相伴、色彩交融，在翻飛花瓣的掩映下繾綣旖旎。美麗晶瑩的花瓣、暗藏風情的花心，怎樣才能用攝影抓住花的神韻？為了要拍攝牡丹花，我在園子裏伏地、爬高折騰數日，這花園可真大啊！

一大清早，從浴室盥洗臺前的玻璃窗往下看，深綠色的柏樹籬笆與河堤青綠色短草間的菜圃，開出團團金紅與粉紅色的罌粟花朵，頓時惺忪的睡眼一亮，心中燃起甜蜜的情意。

菜圃中留著幾株罌粟花，雖然花枝沒有東倒西歪的開著花，但因有著高高擎舉的紫紅纈草花束、白淨細緻的法國雛菊——瑪格麗特相互倚靠扶持，反倒多了點慵懶閒散的韻致。由於罌粟花色的耀目，菜圃的實用性很自然就被掩蓋了過去；每回我拿著剪刀剪韭菜、以手掐折魚腥草的嫩莖葉，或挾枸杞葉、挖蘆筍時，都得小心翼翼地撥開花枝，細心地在花朵與青菜的交雜之間進行。於是，明明是在菜圃裏工作，卻是鮮花有時留停肩畔、有時環繞耳際頰邊、有時紮繫腰際的景況；花倚著人、人依著花，連心情都暈染了多彩愉悅的顏色。

花園池畔的罌粟花臨水映照，她們與菜圃中的罌粟花風姿大不相同，既突出顧盼明麗的高華神采，更顯現花瓣薄如蟬翼的晶透，增添了纖纖盈柔的輕靈。水邊尚有紫色來路花、黃色大朵鳶尾花、藍紫色小朵鳶尾花、白色瑪格麗特，還有深紫、青綠、水紅、白色的耬斗菜花，以及成串宛如石榴果粒的酸模花果。這些地面上自由無拘的色彩，經由水鏡轉化反射，其倒影便讓一方小池塘變得無限寬廣了。

當各類花草的色澤逐漸減少時，玫瑰花季緊接著登場：園中暗紅色、黃白色鑲紅邊的長莖玫瑰花開了；在藍天的襯托下，拱型玫瑰花架開滿了黃色芬芳的玫瑰花；臨著屋牆的兩株月季，花朵成叢的繞著藍色的側門及窗戶，開放得金黃燦爛。屋前花壇的白玫瑰在書房、廚房的玻璃窗前，盛放得如同插滿窗臺的盈白盆花。

欣賞玫瑰還沒回過神，玫瑰花架旁約兩公尺長、八十公分寬的芍藥花圃，已陸續綻放出上百朵白裏透粉紅的花朵，一朵朵直徑十五公分大小的複瓣芍藥花千嬌百媚，高高低低的形成幾波花浪，白裏紅去，煞是好看。

沿著花園涼棚及園外枝葉扶疏的小樹林，清香的金銀花也悄悄地開遍了藤架。彎翹的花朵，白花、黃花交錯如金如銀的盤纏，調皮而俏麗。

淡紫色、乳白色成串的梨型鐘花，或稱風鈴草花，橘黃的纓絨花、鮮紅的虞美人花、桃紅的麥仙翁花、胭紅色的野蒜花、紫色的薰衣草花……不經意間也亮相了。

我在園裏漫步，看看這處，看看那處，回過頭再看看這處，驚奇自己的眼睛怎麼又有疏漏，花園大呀！看也看不盡。

朋友來，讚嘆花園中花種繁多、花色明美，有人不免惋惜，大朵黃色鳶尾花叢一部分被酸模與繡球花的綠葉壓擠遮掩，立即有人表示不贊同，反駁說：「到彥明家賞花，不能把花與花分開來單獨瞧，必須看整體的色感。」

我聽了僅僅微笑，不予置評。「觀色」確實是設計花園時的重點，以造成色彩取勝的印象。植物因花開的顏色而有賓主之別並不為奇，但園裏的植物不論賓或主，都是經過精挑細選栽培出來的，每朵花仍然值得個別欣賞。觀賞一朵花時，不論她的大小、色澤、形狀，或在園中的位置，她就是唯一的主角。

一陣風雨，芍藥新鮮的花瓣紛紛被打落。黛玉葬花的情緒太過悲涼，鮮嫩花瓣立即入土也太讓我戀戀不捨；心念一轉，頓時歡喜了起來，取來托盤將掉落的花瓣一一收集起來，走進書房天女散花般地把花瓣撒在整個房間的地板上，又從門廳走向客廳，撒下一條芍藥花徑，一直延續到客廳通往花園的側門口……。

如此一來，無論讀書、寫作、打電話、看電視，花瓣就在身畔，花香盈繞不去，而在屋內走動時，也無時無刻不與花瓣同行。這樣的喜悅，把丈夫出差後留下的孤寂感沖淡了許多。

遠洋電話中丈夫聽我娓娓敘述，他想像著書房裏一地的芍藥花瓣、客廳中蜿蜒的芍藥花徑，又替我生出了個好主意：「那麼多的芍藥花瓣，妳去泡個芍藥花浴吧！」於是芍藥花瓣清清幽幽地飄浮在潔白浴缸的水面上，煙靄的水氣間蒸散著甜甜的花香。

我家花園就這樣從戶外漫溢進屋裏，拍照也就從花園沿著花徑來到了室內。快門按不完，花園變得更大，花色也就更加盪漾了起來……。

本文刊載於二〇〇七年六月《逍遙》雜誌第十二期
二〇〇八年二月重新修訂

邱彥明簡介

邱彥明現居荷蘭。世華作協會員、歐華作協會員兼理事、海外華文女作家協會會員。政治大學新聞研究所碩士、比利時布魯塞爾皇家藝術學院油畫系肄業。曾任中國時報記者及編輯、聯合報副刊編輯、聯合文學雜誌總編輯。曾獲一九八七年臺灣新聞局金鼎獎最佳雜誌編輯獎。

出版有：《人情之美》（允晨文化）、《民主女神號航海日誌》（聯經）、《浮生悠悠》（臺灣新新聞、北京三聯）、《家住聖．安哈塔村》（印刻）、《荷蘭牧歌》（印刻）、《荷蘭牧歌——家住聖．安哈塔村》（北京三聯）等。《浮生悠悠》二〇〇〇年分別獲得《聯合報》讀書人、《中國時報》開卷文學類十大好書獎，二〇〇五年入選《文訊》雜誌「專家推薦臺灣新世紀（二〇〇〇～二〇〇四）文學好書六十本」。曾在荷蘭、比利時、臺北舉辦繪畫個展並參加聯展。

說不完的畫

莫非

常覺生命是一塊又一塊的畫布，供人塗滿光影與故事。

雖稱不上是個畫家，但我喜歡畫，喜歡手在紙上徘徊猶疑至下筆成形的感覺。我畫，更為捕捉心中的一些影子，或釋放另一個靈魂。

有時，我會為畫做一點解釋，雖然這永遠不容易，一個人試著解釋自己的畫，就意味著說出心底的話。

說起我的畫，好像總在捕捉同一類的主題：母女。生命中有些感受，似乎要在重複凝視中才能逐漸成形，如中國的多寶盒，又似俄羅斯娃娃，層層剝離，切入核心；往往在最底層的抽屜、最小的娃娃被拉開、拿出、見光之後，生命裏的某些東西才算真正地存在。

「母女」成為主題，好像是近來時代翻轉後才開始出現的現象。一些女兒開始書寫母親，但在她們的文字中，母親已不知何時由「您」字退位成「你」了。這是否因為有些時候把母親的「你」放在「心」上，對女兒是一種創痛？而書寫，便常成為她們逃避母親的一種途徑？

但我的畫不是。我的畫中沒有虐待與遺棄，亦無酗酒、離婚或打罵；沒有憤怒爭吵，也沒有反鎖的門。我只是嘗試用畫來走近、了解我的母親。

比如說這一幅，畫的是「母親的睡衣」。母親一件美麗的嫩肉色絲質睡衣靜躺在地上，薄弱、微皺，似自成熟桃子剝下的一層薄膜，細緻、透明，又似蟬兒脫殼遺留下來的薄紗屍身。

母親懷我時，曾經為了保胎平躺過兩個月，至此，我欠她一生。

畫中隱約可見睡衣的腰身，及手臂、腿與頭的露出之處，小腹下方還有一條細細的縫線，蟬兒便由此脫身而出。

當初，果子即由此正中一刀切下，皮肉初綻，一枚蘊有新生命的果核被取出，桃子的生命也因此進入下一個階段。蛻下之皮在暖陽下煥發著光彩，散發母親特有的氣息。夢般安謐、寧靜，彷若一首優美的田園詩歌。

然後不知何時，朦朧的灰色開始在畫面上瀰漫，母親的身影逐漸模糊。

像這一幅「神秘呼喚」，畫中的母親立於窗前，左手微微掀起蕾絲窗簾，望向窗外，彷彿窗外有什麼在對她召喚似的。

窗外的蘆花搖晃似海。午陽正炙，陽光夾帶碎沫濺潑窗內，灑出一片燦然金紗罩住母親。啊！美麗的母親！光暈穿透母親的身體，母體顯得澄明透亮。光中的母親，宛若一刻於希臘船頭的女神，面向前方，將欲出海。

一旁寧靜邊緣的床上，坐著一個屏息凝望的小女孩，她的臉上滿是緊張的線條，她內裏有什麼不斷地在墜落，扯她下沉的同時亦欲奪喉而出，後來方知那種感覺叫「恐懼」。

猶記有一度母親似乎一點一點地從我的生命中消失，然而母親並未出走或去世。她是被她體內不知為何的東西給擄獲了魂魄，消失在她自己裏頭。所以小女孩恐懼著，當光的浪潮由窗內捲退出去時，母親是否也會被襲捲而出，消失於窗外的大海當中？

母親雖然知道我經常在畫，但這是一個她進入不了的空間。她不善色彩，亦寡言，最擅長的是沉默。所有強烈的悲哀與渴望，全化為沉默，霧般清冷，一波波湧上來，無邊無際。

有時覺得母親的沉默，實和指責同等尖銳。指責這個世界讓她失望，指責我這女兒總填不滿她的慾望。無聲嘶喊，是早自子宮甬道便開始了。

於是她抽離，對這世界冷眉以對。她的愛如山隱入雲間，虛無飄渺，我常在其中失落。

於是我用一生的時間來窺視母親，想挖掘那深藏母親心中的隱痛，並填滿她內心的黑洞。然而一如母親進入不了我，我亦進入不了她。我只能拿起筆，不停地畫著「我們」。

母親喜歡拿我的畫向她的朋友炫耀。我應竊喜，因為自己能提供她一點什麼而讓她引以為傲。但在這之下卻是寂寞的感受，可怕的寂寞，在我的窺視下她從望不見我，即使偶爾轉眼望向我，眼光不經意地穿透我直切身後，彷若那穿透母親身體的透明陽光。

她進入不了我的世界，一個用幻想織成的世界，裏面有仙母，有神奇與魔咒；一個與她分裂，但對我而言才是真正的世界，我在其中方能真正地存在與呼吸。

生活中母親對我的注意力，全放在用她以為正確的方式來拉拔我：將我打扮得像個精美的展示娃娃，頭繫緞帶，身穿洋裝，笑不露齒，話不興多，坐有坐像，站有站像，舉止屢被要求如淑女般合宜。

但她望不見我。這常讓我想起羅青的一首詩：

我站在這裏，你不看我
我站在那裏，你不看我
我耐心站在所有的角度所有的空間
看你——你都不看我
……
於是，我只好乖乖的站在這裏站在那裏
站在一切的內裏，看你看你
我只好把你看成一切，把一切都看成你
我只好把你和一切都看成，我自己

那首詩正叫做〈隱形記〉。隱形，成為我與母親唯一的連結。

然而天地間的陽光並非恆常不變。不知何時，母親多年來隱藏胸中的黑鳥放飛了，瞬間陽光隱退，窗外的世界開始轉黑。此時，母親轉回頭來，望見了我。這一切卻顯得十分陌生，讓人想逃。這中間想必有什麼生命秘密是對我隱藏的。母親曾在我兒時一直身在家，心在外，世界則在窗的外面。但當母親年老時，她忽然轉過身，把窗內擁抱成整個世界，將一生的寂寞迷茫不斷地想融進我的血裏。她開始找我傾訴，不斷地要求我陪伴她。

父親退休，妹妹離家，母親對這世界的絕望，愈坐愈大。過去我隱約感覺自己填不滿她，現在從她的眼光中，我明確地看到她心中的黑洞開始浮現眼裏，其中不斷冒出寂寞的蕊沫，向我索求整個宇宙。

那是我想填滿，卻永遠填不滿的深洞，愈填就愈深。我想盡辦法傾倒進自己的靈魂，但似乎永遠不夠。母親仍可憐地眨巴著眼，小心地窺視著我，眼中伸出兩隻手欲攫取我，無厭之感追逼著我。我閃躲、轉身，想逃，背後卻仍隱約傳來深淵中的聲聲幽咽。

那是一種奇怪的糾纏，需要更大的字眼才能表達——大過「依戀」，複雜過「渴求」，夾雜諸多控訴、責怪與怨懟，一圈圈地纏繞，斬不斷，也消失不了，一條頑強的無形鎖鏈，全在「愛」的名字底下。

我發現自己必須離家遠走，建立另一個世界，才不用害怕會在她的內裏遺失自我。因而這幅畫「道別」，畫的是母女倆站在家門前的景象。畫中的母親，眼光裏有著憤怒與留戀。她手微抬，似欲捉住女兒的手；女兒的神情滿是恐懼與痛苦，眼光中充滿保證，極欲擺脫母親的注視。然而女兒的背影僵硬如弓，飽漲似箭弩待發。她將手置於身後，握緊食指與拇指，伸出三指，像是作出「OK」的手勢，實際上卻是向天討饒的枯枝，猙獰地掙扎、瘋狂地抗拒著。

然後女兒還是跑了。她必須逃離。跑了又跑，路繞來繞去，葡萄藤般地錯綜纏繞，在前門迂迴伸展出去之後，又七轉八彎地繞回房子的後門。終究，一個女兒是無法掙脫出母親的手掌心的。

纏繞女兒的是椎心的罪惡感，是尖銳的痛。女兒不斷地望見母親空洞無望的老年、迅即凋謝的生命和無止盡的幽怨。

這是一個畫不完的主題。到底，罪惡感要怎樣描繪？不管畫什麼，描繪的好像都是女兒那張痛苦的臉。

彈指之間，二十年河西。在鏡中望見自己的細瞇眼、橢圓形臉，豐胸、小臀，與後傾的骨盆，全是母親的線條。微凸的小腹，現已爬上了妊娠紋。如今我亦成為一個女孩的母親。

不再需要藉著踩進母親的高跟鞋，來踩入一個女人的身體。母親的神秘與陌生，不再引誘我脫離自我來尋找自我了。我不再需要從生命中撤退，退入線條與色彩；我已有了成人的眼光，學會怎樣重新看待心底的風景。

有一天，我驚訝地聽到女兒在與人講述她的故事。在她的故事中有一名困惑的女人，曾離家數月想找到自己。聽來怪異，像在說一個遺棄孩子的母親。然而我只是一度需要離家一陣子，只是想在生命中喘一口氣。

女兒的講述中有傷害、有委屈。她講個不停，好似為了廢止過去，為了趕鬼除魅般地趕走任何的困擾，語調堅持而哽咽，像有什麼人和向她辯論似的。

我不禁想，是否每個女兒都有一個故事？這之間是否有什麼隱藏的主題，或者更大的故事？有沒有可能，母親一次又一次意欲逃離的，不是她的女兒，而是她的母親？由最初的產道即逃出來，逃向生命、逃進婚姻，又逃入沉默？她又有什麼傷害、什麼鎖鏈、什麼魔咒需要逃離？

現在的母親頭髮稀薄，腰背傴僂，眼睛緊瞇，拿起杯子的手是抖的，幾乎無法觸唇。忽然發現她也是一個人，有她的一生，也有她的問題，像我。現在我們兩個女人，立於暮色瀰漫的室內，隔岸相望。我必須學著重新認識她，也讓她認識我。我們不只是母女，還是兩個女人，成年女人。

我開始傾聽母親的故事，和她談起外婆。一向不落淚的母親，那天居然用手背擦著腮邊的淚，哭得像個孩子，說了又說，她曾被外婆的忽視與遺棄。

伸出手將她擁抱，我們的關係地平線從此傾斜。她把頭埋在我的胸口。我輕搖她，像搖一個嬰兒，脆弱、衰老卻又輕盈。自此，我成為我母親的母親。

這一幅畫，畫的是一棟房子，一棟子宮形狀的房子。一條溪流由房子底下穿進又穿出，溪流的這一頭有一顆種子，流進我陰暗、潮溼的子宮，再從另一頭流出，水上漂出一朵美麗的蓮花。

我想問問海德爾，當他寫下：「我怕終止」時，是否知道生命中雖然花落、葉落，但樹並未低垂，仍指向天空，仍有它自己恆久的生命姿態？

至少，我知道當我臨終時，我的女兒會將我吸納入她的血液裏，永遠揣帶如一胎兒，行走天涯，正如我現在揣帶著去世的母親，在我的肚臍之下。如一朵摺疊成蓮的奇葩，由我的子宮悠悠地順流而出。

生命，即是如此生生不息……

本文曾獲二〇〇四聯合報散文評審獎
刊登於二〇〇四年十月十八日

莫非簡介

莫非，本名陳惠琬。現定居洛杉磯，長期從事寫作，並主持兩性婚姻家庭廣播與相關主題講座。散文曾獲臺灣「聯合報文學散文獎」、「第一屆世界華文文學獎」、「宗教文學獎」、「臺灣文學獎」、「教育部文藝創作獎」、「梁實秋文學獎」等。小說曾獲臺灣「冰心文學獎」、「宗教文學獎」、「中央日報獎」等。

出版有：散文集《莫非愛可以如此》、《行至寬闊處》、《擦身而過》、《不小心，我撿到天堂》、《雪地裏的太陽花》；雜文集《愛得聰明，情深路長》、《非愛情書》、《紅毯兩端》；小說《在愛的邊緣》、《六個女人的畫像》、《殘顏》、《傳說中的玫瑰香味》、《愛在驀然回首處》，並錄有《愛深路長》、《單身老實說》、《紅毯兩端》等系列錄音帶。

猜您

朱小燕

醫院的南門大廳中聚滿了等著進入禮堂的男男女女，他們都是為了參加每兩個月舉辦一次的追思禮拜而來的。

廳中的那張藍色沙發旁，是您以前躺在活動床上，殷切地盼著我來探訪的地方，如今這裏變得冷清了，不僅少了那位曾照顧您多年，不時為您擦拭嘴角淌出的口水，總是用探照燈般的雙眼鎖定入口處那扇旋轉門的李太太，也少了她每次見到我出現時就傳來的「來啦！來啦！」，那高亢而快樂的嗓音。

這裏也是您中風二周後，我被那位瘦得像人乾似的清潔婦攔下的地方。那天，她心事重重地皺著眉，像是怕冒犯我似的，用一種旁敲側擊的口吻打聽您的病情。她是位仁慈的捷克人，因為見到您突然變得肢體不能行動，面部不再有表情，連吞嚥的能力也失去了，只能倚賴一條細長的管子將奶液輸入腹中來維生時，才來關心的。

此後，便是一連串「猜您」的日子。李太太和我每天都比賽猜您，猜您究竟需要些什麼，猜您心中究竟想了些什麼。當您眨眼示意猜對了時，猜中的人會不禁得意洋洋起來，比中了特獎還快樂，並表現出一副只有這樣的智慧，才配當您知己的驕傲。

猜您的本領，是小學五年級，您出雞兔同籠的數學題考我時學來的，那一籠子的雞頭兔腳真把人弄得糊里糊塗，為了猜答案，我就學會了對您察言觀色，不料這本領竟在您的晚年派上用場，我們就這樣共度了近兩千個猜您的日子。

雖然會瞎猜，但每當見到您的淚水順著雙頰流下時，我就知道，我還沒猜出您被困在那樣封閉的世界裏，究竟過的是怎樣孤獨哀傷的生活。

您二十歲時，身著飛行裝的那張照片中的明眸皓齒，跟隨了您一生，即使後來白了頭，您的美麗依舊受到讚賞。有天，一位新來的護士見到您之後，竟自慚形穢地撫摸著自己的臉孔，對著鏡子問：「天哪！究竟誰才是病人呀？」

念初中時，您每天清晨抱著小弟在送我搭公車的途中，都分秒必爭地考我英文拼音和造句，鄰居的沈伯伯就對我說過：「妳的母親實在太好了。」

我猜，躺著卻不能看些心愛的書，對您真是個無比的折磨！至今我都無法忘懷您帶著我們姐弟三人，迎著晚風，到師大校園散步的許多個夏日黃昏。您讀過那麼多書，而您說故事的技巧又那麼迷人，我就是那樣才認識了哈姆雷特和《基督山恩仇記》中的長老的。

雖然您「秋水伊人」的歌聲，自童年起便不時在我耳邊縈繞，但直到您被困住後的第三天，我才發現您對音樂的需求，竟是那麼強烈。

牧師來了，他站在您床邊大聲疾呼，又向您引經據典，就像有些人站在教堂講臺上聲嘶力竭那樣，終於您煩躁地自喉頭發出了奇怪的聲音，牧師這才打住。直到另一個教會送來了一卷聖樂卡帶，您的情緒才在〈奇異恩典〉的樂聲中漸趨平靜，此後，您的病房裏便聖樂聲不斷。我猜，被困在自己軀體中的無奈，也是在那時逐漸被您接受的。

李太太常用活動床推您下樓，她會推著您走過醫院的每條長廊，最後才來到醫院附設的小教堂裏。我們早猜出您是位常為兒女禱告的母親，但直到臥病後期，我們才意外地猜出，您竟因身上沒有疼痛，因物質生活沒有匱乏而心存感謝，因此後來李太太或我代您出聲禱告時，總不忘為您獻上感恩，您在一旁虔誠地闔上雙眼的神情，我猜，您的心靈一定獲得了釋放。

當我走進禮堂時，燈光已暗了下來。一位身著海藍色套裝的義工，正感性地朗誦著一首長詩，紀念每位離去了的老人，但我的思緒卻回溯到三十多年前，我們都還居住在臺北的日子。那時您常自南門市場買了新鮮果蔬送來，也送來您溫暖如陽光般的笑容。

輕柔的琴聲不停地在禮堂中流動，而那高懸在臺上的巨大螢光幕上，已開始緩緩地打出一個又一個的名字，旁邊還附有出生和去世的日期。在那麼多外國姓氏中，我猜，您或許會感到有點孤單寂寞吧？

朱小燕簡介

朱小燕，臺灣政治大學新聞系畢業。目前定居加拿大。加拿大註冊會計師（Certified General Accountant）、加拿大移民顧問學會會員（Member, Canadian Association of Professional Immigration Consultants）、CSIC會員（Canadian Society of Immigration Consultants）。曾任加拿大國稅局高級稽核、加拿大多元文化部長顧問、加拿大亞伯達省移民定居委員會委員。除從事加拿大稅務規劃外，也從事自由寫作，作品包括《煙鎖重樓》、《翠冷紅斜》、《青春》、《天涯夢迴》、《追逐》、《浪中人》、《我的靈魂不在家》、《與上帝合作的人》、《住在溫哥華時光飛逝》、《情凋》、《移民路上萬事通》、《加拿大節稅錦囊妙計》等書。海外華文女作家協會第八任會長。曾榮獲：加拿大總督頒贈一二五建國紀念獎章、二〇〇〇年中國文藝學會頒贈文學創作海外工作獎章。

蘭花女子

施雨

蘭花是女子，江南女子。

梅、蘭、竹、菊自古被稱為「四君子」，而在水墨畫中則是「四大名旦」。梅雖然清雅美秀，但凌寒留香、鐵骨冰心，更像北方女子。它與松、竹並稱為「歲寒三友」。菊淡，花朵卻過於豐碩、張揚，不似蘭花，輕愁浮雲一般淡薄，淡如知己。

清代著名書畫家、詩人鄭板橋，平生只愛畫竹、畫蘭，我最喜歡的也是竹和蘭，在起居間古色古香的紅木沙發椅後面，養幾枝修竹；在書房西式的窗臺前，擺一盆故鄉的四季蘭花，這便是我的鄉愁，與所有的海外移民一樣，一味、任性地把自己喜愛的故土文化帶在身邊，彷彿這樣就可以把根留在老地方。

江南，魚米之鄉，綺羅絲竹，十里荷花，如詩如畫……而江南女子就是典雅的畫中人。含蓄、細膩、溫婉、羞怯、迷濛，還有一絲似有若無的憂傷，這就是江南女子的韻致，如夢的江南女子，令多少男子意亂情迷。花與女子予人的感覺相似，凡花色妖豔者多無清香；瓣之千層者多不純實。要得全才難矣，故能取其一已經心滿意足。清代作家張潮在《幽夢影》裏說，梅令人高、竹令人韻、菊令人野、蘭令人幽。

蘭花，古時稱之為蘭蕙。北宋黃庭堅在《幽芳亭》中對蘭花有這樣的描述：「一幹一華而香有餘者蘭，一幹五七華而香不足者蕙」。早在春秋時代，中國文化先師孔夫子就曾說過：「芝蘭生幽谷，不以無人而不芳，君子修道立德，不為窮困而改節」。他還將蘭稱之為「王者之香」，流傳至今，足以證明蘭花在中國歷史文化上的重要地位。

蘭花又名蘭草，屬多年宿根性草本植物，喜歡生長在背陰通風、空氣清新、環境幽靜的地方，其花香清幽飄逸，沁人肺腑，被譽為「天下第一香」，極受歷代文人墨客喜愛、稱頌。詩人余同麓有詩為證：「手培蘭蕊兩三載，日暖風和次第開，坐久不知香在室，推窗時有蝶飛來」。在庭園、室內、書桌旁養蘭，格外清雅別致。生長在深山幽谷中的蘭花，還有一個令人遐思的名字——「空谷佳人」。

記得小時候在外婆家，總看到天井旁那幾盆枝葉蔥綠、偶有清香的蘭花。那時候，童年的我感興趣的不是蘭花，甚至不識它是何物，只因為蘭花被養在一棵巨大的無花果樹下，每次踩著花盆，攀枝摘取美味果實的時候，難免要蹬壞幾葉優雅的蘭草，每回都少不了被外公打手心。於是我含著淚，望著倍受寵愛而多事的蘭花，微微的恨意就深深地種在早年的記憶裏了。

再大一點，我對無花果漸漸失去興趣，轉而開始喜歡幽潔的蘭花。十來歲的我，時常端著書，坐在蘭花邊發呆，賞不盡其飄逸多姿的葉片、神韻兼備的花朵、清雅綽絕的芳香……離開故鄉許多年以後，有一次夢回故里，依然見到滿庭蘭花香……甚至那個天井，那些從井臺到青石臺階，再到花盆裏溼潤的、淺淺的苔痕。美國小說家沃爾夫說：「故鄉是不能再回去的」。記憶中的故鄉、童年和少年時光，都在離鄉後越來越完美，越來越迷人。去國多年後返鄉，我依然會固執地在高層建築、樹影車聲、行人商店、寥寥的殘陽晚風中，尋找昔日的三坊七巷，尋找記憶中的蘭花和女子。

母親與外公一樣喜歡養蘭，為了滿足我的心願，她來美國探親時，巧妙地避開海關，在皮箱裏偷偷藏了一叢四季蘭給我。這盆四季蘭花從此在書房裏與我長年相伴，或許是因為在異鄉水土不服，這盆四季蘭一年只開兩到三季，但對我來說沒有什麼分別，有花時賞花，無花時觀葉，都是天香國色。

賞蘭多是指欣賞整株蘭花的姿態美，包括了花姿、葉姿和體姿各個部分的神韻。德國有位哲人說過：「如果你想得到藝術享受，那你必須是一個有藝術修養的人」。如果沒有一定的文化積累和審美水平，是很難在欣賞中獲得韻味的。明代張羽就曾有「泣露光偏亂，含風影自斜，俗人那解此，看葉勝看花」的詩句。

自古蘭花被推崇為「花中君子」，對中國的人文與藝術都產生了很大的影響。過去，凡屬美好的事物常以蘭花加以比喻。歌頌真摯的友情謂之「蘭誼」，優秀的作品讚曰「蘭章」，將傑出的人物去世比作「蘭摧玉折」，把蘭品與人品連在一起，並當之為「養心之花」。

如今喜歡蘭花的人越來越多，除了日本、韓國、新加坡等地的少數人仍保有中國人賞蘭的特點外，大多數人與歐美人士一樣，他們喜愛五彩紛呈、鮮豔奪目的「洋化」蘭花，不少西方園藝家還千方百計地選育新的品種，竭力培養洋蘭和各種奇花異草，追求豐富與多彩。中國人賞蘭大多崇尚自然，把中國蘭的本來面貌、姿態和長勢原原本本地保持著，從靜感方面欣賞蘭花的天然之美，所謂「雖無豔色如嬌女，自有幽香似德人」。

寂靜的午後，和蘭花一起坐在那裏，陽光落在四周，我忽然明白，蘭花若真是女子，是可以成道的，瀏覽千年之後，從桑梓到異域，一樣拈花微笑。

本文刊載於二〇〇七年十二月二十日美國《僑報》副刊

施雨簡介

施雨，本名林雯，現居美國德克薩斯州達拉斯市，一九八八年中國福建醫科大學畢業，一九八九年赴美，先從事醫學科研工作，後通過美國西醫執照考試，曾在達特摩斯醫學院、德州大學西南醫學中心和紐約下城醫院等地工作十一年。現專心從事文學創作，在海內外詩歌、散文和小說徵文中多次獲獎，為美國《僑報》、《明報》、《星島日報》副刊專欄作家。組建海外文學創作團體「文心社」，現任總社社長。出版有：長篇小說《紐約情人》、《刀鋒下的盲點》、《針》等美國醫生系列；詩集《無眠的岸》、《雙人舞──楊平／施雨同題詩》、《施雨詩選》；散文集《我家有個小鬼子》、《美國的一種成長》、《美國兒子中國娘》、《美利堅書生──成長在美國》；譯著《走進馬拉卡楠宮──菲律賓總統阿羅約夫人傳》等十多種。主編兼主筆《「911」人性輝煌──來自恐怖襲擊現場的報告》（明鏡出版社，二〇〇〇）；散文集《中國人眼裏的美國人》（美國：柯捷出版社，二〇〇三）、《文心雋永──文心社作品集》（成都：時代出版社，二〇〇七）。

我的桃花源

石麗東

我的住所距離小城的綠帶不遠，近半年來黃昏時常漫步戶外，享用一餐由落日餘暉所調合的視覺饗宴，如果夕陽偶爾缺席，即令是灰色天空所籠罩下的蜿蜒小溪、樹林和青草地，亦斐然可觀，足可洗滌一日的塵俗與勞乏。

家居附近的這塊「桃花源」，自然天成，地圖上顯示它位居明湖城「綠帶」（Green Belt）的中段，與聯邦政府劃定的自然保護區（沼澤地）毗鄰。二十年前自美國西海岸遷回德州東南隅，一雙子女剛進小學，鎮日打理他們的衣食、接送課外活動、清掃烹煮，並無閒暇顧及天光雲彩和青草樹木。忽倏加入空巢族，緣因去夏一場雷雨驟歇的下午，抬頭望見天邊掛著一道七色的彩虹，驚豔之後，朝著彩霞的方向，跨越社區邊緣的青溪小橋，效法武陵人做起尋覓桃花源的雅事。

占據「桃花源」中央的是一個橢圓形足球場，兩邊羅列數個網球場和籃球場，南北各有一所高中和小學遙遙相望，東西面各以馬路和青溪與外界接壤，地勢空曠平坦，進出便利，絕無迷津之虞，場子的西邊有一座觀球臺，臺後一排南北走向的樹林，每到秋天樹葉變紅的時候，總會引起路人的讚嘆，樹林西沿的溪流斜成一長帶，春秋季節常有白鷺飛翔其間，把一幅靜態的風景變成了動畫。

「桃花源」周遭最溫馨的景象盡在晨光初露，父母送子女上學的時刻，下午放學之後，操場上人聲漸增，高中樂隊、儀隊、啦啦隊、足球隊、學生、老師群集，他們琢磨技藝之餘，也透露了「桃花源」生氣蓬勃、追求真善美的精神，並有前來舒活筋骨的社區居民，或快走，或慢跑，無論男女老幼，皆怡然自得。

操場的東面矗立一幢天藍色的玻璃大廈，每至落日西沉，就變作一片大螢幕，映出夕陽與彩霞，紅一片，黃一片，還有灰、藍點綴其間，畫面隨著時光的脈搏而推演變化，尤其天色將暗的時候，大廈閃耀的光輝有如一盞寶藍燈，讓你驚異現代科技（如玻璃建材）也能結合自然現象，展現如此賞心悅目的美！這應可算是巧奪天工吧？

年少時一直以為尋覓「桃花源」乃可望而不可及的莊嚴使命，如今漸入老境，竟垂手而得。

寫於休士頓

石麗東簡介

石麗東，廣西義寧縣人，高雄女中、臺北政大新聞系、研究所畢業。休士頓大學研習西洋歷史及政治課程，曾在中央通訊社擔任編譯，並於美國休士頓郵報資料部工作十五年。一九九一～一九九三年任美南華文作協首任會長，二〇〇四～二〇〇六年任海外華文女作家評審委員，二〇〇七～二〇〇九年任美南作協理事會召集人。現為自由撰稿人，居休士頓東南郊明湖城。

出版有：《萬國公報及西化運動》（臺北記者公會叢書，一九七七）、《當代新聞報導》（臺北：正中書局，一九九一）、《愛跳舞的女文豪》（與王明心合著，臺北：三民書局，一九九九）、《成功立業在美國》（共有科學及人文篇兩冊，紐約：天外出版社，二〇〇六）。

一九九七年《香港明報》在紐約創刊時之徵文比賽第二名，一九九八年以〈移植金山的一株蘭〉一文獲世華作協及中央日報主辦的「華文創作獎」第二名，二〇〇四年以〈行者無疆〉一文獲華僑文教基金會華文著述獎「新聞報導類」第一名，二〇〇六年以《成功立業在美國》（Success Stories of Chinese Americans）獲得華文著述獎「書籍類」第三名。

四點半

卓以玉

「泣別了白山黑水，走遍了黃河長江，流浪逃亡，逃亡流浪。流浪到哪年，逃亡到何方……」三歲時離開了北平老家，王駙馬胡同四號，那優美古雅的駙馬府。去上海，再去香港。六歲時又回北平看爺爺、奶奶。兒時的記憶裏，有兩隻大石獅子守著高高的紅門。五、六個孩子環抱的百年老樹；假山、魚池、亭閣、修竹、長廊；月門連接各院兒。棗樹上滿結又甜又脆的大棗兒，石榴樹上綴著累累的大紅石榴。

七歲那年，日本人攻打香港，爹和在中央信託局的幾個同事，經柳州、貴陽輾轉到了陪都重慶；娘帶著哥哥、弟弟和我，在一個天還未亮的嚴冬清晨，離開了北平老家，開始了多年的飄流。途經徐州的火車站，滿地皚皚白雪。有幾個戴圓形黑邊眼鏡的日本兵，兇兇地在那裏問話，娘叮囑我們小孩不許開口。幸好我們都穿著特別用陰丹士林藍布做面、外加一層白布裏子的皮袍，看上去像藍布棉襖，卻暖和多了。

到了自由藍天下的界首，驚喜的遇見了堂叔卓孚來和許多流亡大學生，我們結伴一齊往內地走去。記得有一段沿著黃河邊的路，一隻輪子的架子車上堆滿行李，大人、小孩都得跟著走。那段黃河的河床經過大旱，乾枯得像老太婆布滿裂紋的臉。有一個頑皮的年輕大學生在上面走走跳跳，忽然間就陷入了軟泥之中，並且越拔越深，大喊救命。要不是有好心人，把他硬拉回來，可能就永遠留在黃河底了。而令我印象最深的是，因著旱災饑荒，路邊有黃瘦的老人爬在樹上吃嫩葉的景象，叫人感到揪心……

我們途經洛陽、潼關、寶雞……看見那些闖關的火車，車頂上都坐滿了難民。其實我們也是難民，坐在運貨大卡車高高堆起的貨物上頭，車開時要緊緊的拉住車頂上的鐵條，免得摔下車去。在洛陽城外見到「龍門滿山雕」，幾十年後念藝術史時才知道看到的竟是國寶。貨車路過棧道時，有一個大學生坐得太高，額頭碰到凸出的岩石，血流滿面。大家因為同情我娘，一個女人帶著幾個孩子，都特別照顧我們。我就跟著這些叔叔姑姑們學著唱：「我的家，在東北松花江上，那裏有森林和煤礦，還有那滿山遍野的大豆和高粱。我的家，在東北松花江上，那裏有我的同胞，還有那衰老的爹娘……」、「我們都是神槍手，每一顆子彈……」等抗戰歌曲。六十多年後的今天我還會唱。有這些大學生為伴，唱唱笑笑，這一隊的運貨卡車穿山越嶺，到了成都，有一大半的叔叔姑姑們到達他們的目的地，真捨不得與他們分別。

風吹、日曬、雨淋……有一天，我們的大卡車終於到了陪都重慶，和爹重聚，全程走了好幾個月。現在回想起來，還真是難為了娘。在重慶時，我們住在中央信託局的宿舍，很是舒暢。書房面對浩浩長江，在貨船拉縴夫「嗨呀嗨，嗨呀嗨」的吟唱聲中，爹耐心的教我背論語、孟子、唐詩……

抗戰八年，終於勝利了。機票很難買，我們一家分四批，坐那種兩排、面對面的飛機回南京，再轉上海。因為先前在內地，英文程度太差，考入中西女中時被「壓班」了，多念了一年特級，才升初一。在中西住校，是我這輩子最難忘的兩年。

白先明（白先忠、白先勇的姐姐）、趙無宣（畫家趙無亟的妹妹）是我日間的同班同學，也是夜裏睡在我兩旁的最好朋友。中西女中的校園非常美，老師特別嚴，讓我的英文、數學、心算等科目都打下很好的基礎。我學會了怎麼念書，而每晚熄燈後，則偷偷在被窩裏用手電筒看完一本又一本的世界名著，其中包括許多蘇聯的短篇小說。

一九四九年五月，爹娘又捨棄了好不容易才安定下來的家，帶著我們四個孩子，提著兩個皮箱，擠上飛機，飛廣州，再轉香港。一九五三年夏天，我從聖瑪利女中畢業，九月乘克利佛蘭總統輪，飄洋十八天，過海來美念大學。自小深深受到表姑林徽音的影響，在伊利諾大學主修建築。一九五七年，和學長胡百昌結婚，搬來加州。等孩子培為、欣儀都上學後，我又回學校念了室內設計及藝術史。一九六八年，開始在聖地牙哥州立大學任教。每周五去一百二十哩外的洛山磯加大（UCLA），跟著勞幹、周鴻翔等教授修完博士課程。一九九七年，得恩師祖炳民教授賜一聯邦獎學金，請假去舊金山大學寫了論文《中國美學與齊白石》。一轉眼，回聖地牙哥州立大學又教了二十年。直到年前，我終於完全退休了。

即將離開這教了三十三年的大學，架上的書都捐給學校，圖書館派人來搬空了，而牆上的照片、獎狀、字畫等也都已取下打包了，但就是那抽屜裏的照片和那一字一紙，不捨丟去，一張張的看了又看。這其中包含了多少年的一語一笑……咬著牙、閉著眼睛，狠心地把那一頁頁的書、記、情、誼，都放手了。還有那最後的一些，將其封入紙箱，誰知何年何月才會再打開？帶著所有珍貴的回憶，輕輕地拉上了辦公室的門。抬頭一看，走廊上的鐘是四點半，而我這輩子，最愛的時間就是四點半……

兒時最愛四點半
午睡休止可起床
玩
少時最愛四點半
放學回家　書包拋　點心甜
饞饞
為人妻母時最愛四點半
切炒燜烤　小屋裏溫馨溢揚
香香香
華髮漸疏時依然最愛四點半
體尚健　眼仍明　耳猶聰
含飴滿懷　抱抱親親
回首此生　祖蔭厚恩情深
滿滿滿滿

卓以玉簡介

卓以玉，現居南加州爾灣市。

學歷：伊利諾大學專修建築，聖地牙哥州大修習室內設計、藝術史。洛杉磯加大中文博士課程，舊金山大學博士。

經歷：聖地牙哥州大亞洲研究中心主任、中國研究所所長，負責中國文學與語言課程。北師大珠海分校文學院名譽院長。聖地牙哥市文化藝術委員六年。美國參議院透過布希總統任命，擔任美國國家文藝委員六年。文化藝術大使。

獲獎：聖地牙哥州大傑出教授獎及最高學術獎——大學研究講座、美國全國協會最傑出人道獎、聖地牙哥亞裔文化傳承獎、文學藝術哲學傑出成就獎、臺灣金鼎獎。

畫展：曾於臺北國立歷史博物館國家畫廊、臺灣省立美術館、普林斯頓大學、哈佛亞瑟塞可樂（Arthur M. Sackler）博物館、聯合國、珠海博物館等舉辦畫展。

著作：《中國美學與齊白石》、《新詩的開路人——聞一多》、《中國書畫》、《千年松》、《卓以玉的詩畫世界》、《風水與色彩大智慧》、《從詩看中國文化》、《玉的光輝》等。

兩代情一生愛

莊維敏

春天降臨，又是一片姹紫嫣紅，那意味著為女兒奔馳效命、應對諸多活動的時節又到了。

先是社會、科學展覽賽，前年的「淘金」模型、去年的「總統生平探究」，才剛為她忙得焦頭爛額，怎麼今年的「春雨」計劃又已迫在眉睫？

女兒說：「老師要求一定要和父母合作完成，除了加強親子關係外，更希望讓父母多多參與校際活動、關心學校。」就是因為這道「聖旨」，女兒大可有恃無恐地做她這「不急」的「小皇帝」了。

首先她開出「材料採購清單」、策劃幾項「設計藍圖」，此後就成了「總監」，運籌帷幄地指揮我家這票「老太監」為她「鞠躬盡瘁」，搞得人仰馬翻。好不容易如期交了差，女兒得了個「A」，她還不滿地埋怨：「媽，如果妳捨得像蜜雪的媽媽一樣花上一百二十元，我就能贏得獎杯了。」老爸、老媽跑來跑去，絞盡腦汁、出錢出力的「苦勞」，非但沒被感念，反因「投資」不夠，成了沒能得獎的「罪魁禍首」，我氣得七竅生煙，而嚴重失憶的老母，還在一旁助長聲勢、火上加油：「人家說：『兒女放個屁，父母斷了氣』、『養兒方知父母恩』，這下妳可了解當年妳媽的苦心了吧？」我無言以對，黯然若失。

中文詩歌朗誦比賽就要開鑼，「我達達的馬蹄是美麗的錯誤……」，我一遍遍地帶著女兒背誦，忙著去溜冰、心似平原走馬的她，教了半天還記不熟，我的耐心就快失控，她亦滿懷委屈地哭訴著：「媽，我覺得我已經念得夠好了，妳為什麼總不滿意？人家蜜雪連一句中文都不會講，也沒挨罵，實在是太不『Fair』了！。」

恨鐵不成鋼的我正在氣頭上，母親卻又來「製造混亂」了：「什麼詩不學，偏選一個『錯誤』的來教？妳教得『錯誤』，難怪她背不起來！不過話說回來，妳女兒也實在被寵得不像話！小小年紀就會頂嘴，要是換成我做她的媽呀！包準兩巴掌甩上去，先打了再說，『不打不成器』嘛！」

「時代不同啦！妳那個自比『慈禧太后』，在我看來卻是『末代皇后』的專制年頭早就過去了，現在流行的是『愛的教育』，用鼓勵代替責罰，否則會惹上麻煩的！」

眼淚還沒擦乾的小女，居然耳尖，馬上接腔：「外婆，妳如果打人，就算『Child Abuse』，我們老師說要打『911』電話，警察就會上門把妳帶走。」

「造反啦！竟敢打電話找警察？笑話！我又沒犯法，誰敢碰我？」

奇怪呢！痴呆的母親一副「勇者無敵」的模樣，對比「美國妞」「依法辦事」的「鐵腕風範」，一家三代，各自表態，我的心好沉好沉，居然從那麼一首典雅、美麗的詩詞中，也能導出警力圍攻的事件，我這「中生代」的「夾心餅乾」，如何化解危機，為母、為女都得面對「智商一八〇」的高難度挑戰，這是什麼時代？在我做兒女時，「母權至上」，我是「敢怒不敢言」，等我直升「為母階級」，可是為了成就「愛心媽媽」的美名，還得做個「孝女」；我何其幸運，年紀一大把了，還有老母同居，可是又很無奈，還得為「寵女」的「失職」，接受母親的嘮叨管束。

母親杏壇春暖四十載後退休，我教學三十年仍弦歌不輟，兩人皆自以為是作育英才無數，桃李滿天下，但那是在教別人的孩子，一旦碰到自家的，我們這兩個「教育工作者」竟沒有交集。然而我卻無由爭辯，因為她是我的老母，年逾八十，外帶痴呆徵兆，不知還有多少人生歲月？我必須嘗試體諒，方能無愧於未來。

近日，好友炒了一盤青翠欲滴的空心菜，孰知兒子尚未舉箸，就皺起眉頭抗議：「怎麼又是『No Heart 菜菜』」，讓她很感慨，我們這一代為兒為女，剝肝剖肺，「先孩子之憂而憂」，總是為達成他們那些似乎永無止盡的「願望」，而竭盡一切努力，就怕看見他們傷心的模樣，結果是他們不「傷心」了，我們就得「傷心」！「No Heart 仔仔」的結局，令我們做父做母，只徒然換來一場「咎由自取，何可怨哉」的清醒覺悟。我不知道自己有沒有讓父母這樣的傷心過，但我卻清楚地明白，而今我面對母親的狀況，可是非常非常地擔心……這樣的認知遂牽引著我走向時光的長廊，憶起和母親共處的點點滴滴……

「人皆有父，翳我獨無」，雖不至於「人皆有母，翳我獨無」的悲苦境地，但高堂老母形體雖健，然而智商往下紮根，荒唐往上結果，每天在我們繁瑣的生活中投下許多變數。她怪異的花招層出不窮，更陷我們的心弦，永遠如拉扯到頂點的彈簧，下一秒就可能會有崩斷的危險，真是「惶恐灘頭說惶恐」。

譬如說她有事沒事就爬到洗碗池中擦紗窗，我看到她「高高在上」，重心傾向窗櫺，一個不留神便即將墜樓的危急狀況，嚇得腳軟，張口結舌，不敢出聲，唯恐加速意外的發生，好不容易像治安人員一般，輕輕靠近，一把抱住她的雙腳，好言相勸，曉以大義，才辛苦地把她連哄帶騙的勸了下來，風波雖然平息，我卻已驚嚇過度。

肚子好餓，在冰箱裏翻「寶」，冷不防摸到一包捆綁得緊密紮實的袋子，心想先生又大肆「補貨」了吧！怎知費力地打開袋子，竟是一袋裝滿蝦殼魚骨的垃圾，臭氣沖天，把人差點薰昏，再往冰箱裏摸進去，更離譜的是，抓出一桶漂白水，冰冰地，教人涼到心底……她老站在一邊，狀甚無辜地責罵：「這是哪個糊塗鬼幹的好事？真是汙染冰箱，缺德！」奈何！這是「痴呆的聰明」，還是「聰明的痴呆」？

還記得小時候，梅雨時節和多颱風的六、七月，被迫足不出戶，我們幾個小蘿蔔頭，就只有環繞一方大鐵桌，比賽背書。我個性急，劈哩啪啦地幾分鐘就把課文背好，媽媽在盛讚之餘，又要求我乘勝追擊，繼續作文。偷懶的我，為了貪玩，三言兩語就將文章速寫完工，結果被媽媽罵得狗血淋頭，幾度重來，這就是我寫作的「悲愴緣起」，是責備，也是難堪，很不快樂，也有很多不服。好強的我，就這樣寫寫擦擦、塗塗改改，摸摸索索、跌跌撞撞地迎向前去，然後參賽，即使得名，媽媽還在雞蛋裏挑骨頭，評頭論足，好像監察院，除了彈劾外仍舊是批評，「玉不琢、不成器」，或者這種苛責也是一種教育，為我的寫作生涯埋下伏筆。

有一天，她捧著《世界日報》的一篇文章念給我聽，評論是：「這篇文章文筆流利、情節感人，可惜結尾太過倉促急迫，否則會更精彩。」我的天！那篇作品的原作者，居然是她一輩子總不滿意的在下——她的女兒，她讀了半天卻沒感應，真沒默契！然而她愛挑剔的毛病，即使是已經發表的文章也不放過的特質，卻昭然若揭，始終如一。

讀朱熹的「半畝方塘一鑒開，天光雲影共徘徊」時，痛悟兒女小時，就好比一方池水，平平靜靜，父母則似江河，浩浩蕩蕩，等我們急急忙忙長大，想要奔赴河流，和父母「天光雲影共徘徊」之際，父母卻已老邁，甚且無力等待，「子欲養而親不待」的悵惘，真是「人生長恨水長東啊」！

感念有母親所支付的劬勞操煩，才讓我平安長大；想起因著她對我的多方責備，我的求學生涯才能一帆風順；想起她對我寫作的多所挑剔，方可成就我今天的成績；想起她在我待產的無依時候，放下臺灣退休後安逸悠閒的晚年，馳赴萬水千山外的美國給予的「臺援」，才讓我無後顧之憂地繼續工作，想起……想起……還有很多很多的「記得」，我是多麼期望，母親現在也能和我如此這般地憶起我們曾經執手，共同創造、經營的那麼多、那麼深的「記憶之歌」，那麼我們還在一起的此時此刻，將是多麼甜蜜而無憾？

然而，環顧現實，昂首窗外，灰濛濛的夜，一片模糊，恰似母親逐漸老去的「記憶方舟」，漸行漸遠，加重的醫生處方，不知會將它劃向何方，我只有無語問蒼天。要如何做，才能留住這葉順著低處水波泛游而去的扁舟，不要在遺忘的江海中繼續沉淪？但聞穹蒼無語，靜夜無言，唯有我的憂愁陪著我一塊嘆息……

顧盼兩代深情、一生至愛，唯有祈求上天憐憫，賜我智慧，讓我時常擁有回首的光亮，才能折衝在上、下兩代的「愛的漩渦」中，遊刃有餘地繼續扛起這份美麗的「愛的負擔」。

本文榮獲矽谷女性協會二〇〇六年母親節徵文第三名
並於矽谷女性協會網站、藍袋鼠網站刊出

莊維敏簡介

莊維敏，福建省福州市人，國立臺灣師範大學國文系畢業。曾於國立臺南商職擔任國文教師兼導師。一九八七年赴美，寫作之餘，一直在洛杉磯教授中文，目前任教於美國南加州聖瑪利諾中文學校及南加州Yamaha功學社中文班。一九九四年九月總集《飛夢天涯》獲華文著述佳作獎；二〇〇五年十月總集《今天星期幾》獲華文著述佳作獎；二〇〇七年十一月出版《兩代情、一生愛》一書（創意年代發行）。從事文藝創作三十年，曾在《中央日報》、《中華日報》、《民眾日報》、《民生報》、《宏觀報》、《國際日報》、《少年晨報》、《南華時報》、《世界日報》、《彩虹寶寶雜誌》、《婦女雜誌》、《環球彩虹雜誌》發表作品，為《南華時報》「你聽我說」探討海外華文教育之專欄主筆。指導學生寫作，學生作品常在《中央日報》、《世界日報》兒童版園地發表。

曾以〈祝你平安〉一文參加《世界日報》發刊周年徵文，入選《花旗夢》專輯；以〈我愛散步〉一文參加《中央日報》徵文，入選《天涯心事家鄉情》專輯；以〈做什麼，像什麼〉一文參加《中華日報》徵文，入選《生命中的一盞燈》專輯；以〈大器晚成〉一文參加《中華日報》徵文，入選《我的另一半》專輯；以〈鄉愁燃燒的歲月〉榮獲《世界日報》創報周年徵文比賽佳作；以〈兩代情、一生愛〉榮獲矽谷女性協會母親節徵文第三名。

不寄的情書

廖書蘭

冰雪的天空

昨夜一夜未眠，寂寞包圍著我；今天午後，不覺睡著了，卻在夢中被自己的哭聲驚醒，睜開眼睛，幾行熱淚滾滾淌下，溼了枕頭、溼了髮。

被自己歇斯底里的哭聲吵醒，意味著什麼？

我從空寂的世界走出來，又回到空寂的世界去。漫天飄著雪，無聲無息；我向前望，一直望到路的盡頭，沒有人；回頭望去，一直望穿大地的末端，沒有一景一物。只有雪，雪告訴我，世界仍有生機，生命仍然在活動。

我的一片天空，竟然只是無嗅無味、無聲無息的冰雪。

落花飛絮

舉目望去，人間盡是凡夫俗子，終日營營役役於名利與女人之間；不斷享受追求，不斷享受放棄、再追求。這是男人生命的原動力嗎？唉！也許這就是男性與生俱來的本質吧！

而女人一心嚮往的真愛，是情有獨鍾的痴迷與專注。多少人笑說傻，但不痴不迷，又怎能稱作「落花飛絮，生死相隨」呢？

花花世界，男女相遇有如在萬花筒裏，匆匆地來來去去，而我卻情願痴痴等待，苦苦守候。孤寂的感覺，彷若一粒浮塵，在天地間浮遊，不斷尋覓、期待、失落又尋覓……。

浮塵

記不清多少年了，究竟什麼時候開始，我竟變成一粒浮塵，在香港的半空中，浮遊、飄蕩。覓不著一處定點著落，或者說，沒有一個定點可讓我著落。偶然的佇足，也只是落得一陣風吹，浮塵再現，虛虛晃晃……。

經歷了多少個日月星辰和餐風露宿？我累、我倦，而我依然尋覓。仰頭只見灰煙滿布的天空，分不出白晝與黑夜；低頭卻見百怪千奇的人間，分不清東南西北。一粒浮塵，沒有形體，沒有顏色，只載著滿滿的哀與愁。

還要飄多久？還要蕩多久？沒有人知道。

無人車站

此刻，我淚流滿面，靜坐燈下。又是一個孤單寂寞的夜，夜很長，夜很冷，夜，總是把我忽略，把我遺漏。

十多年來多少個夜晚，多少個時針、分針與秒針的滴答？我心煩意亂，不知如何是好，只能將那些充滿理性的鉛字，撒在客廳的地氈上，我再彎腰將那些冰冷、無情無愛的文字，一個個拾起，重新排列組合，直到天際泛起了魚肚白。

最後，讓自己累不可支，才能倒頭入睡。

是否辜負了自己的青春，辜負了欲念的列車？我不是燃燒的火焰，推動不了冰冷的列車。沒有原動力的人生，只是一片寂寞與惘然。

我無奈的望著前方，一直望穿列車的終站，沿途沒有人上車，沒有人下車，只有空寂的列車和死寂的車站。

水月鏡花

夢生夢滅，愛聚愛散，是否真是宇宙的一種定律？年有四季，日有晝夜，誰能違反自然？誰能扭轉乾坤？

問世間情為何物？即使是生死相許，結果也是水月鏡花一場，悲傷嗎？哀怨嗎？

生無可戀棧，求死又不能。於是，一粒充滿了孤寂的浮塵，在喧囂沸沸的人間飄過，在荒野山嶺飛過，在無邊無際的海洋度過……除了孤獨寂寞，還有什麼可以添入我情感的行囊之中？

不眠春風惱人

如果孤寂，給我帶來充實，我願意；如果無人疼愛、無人憐惜，卻為我帶來心靈的豐碩，我願意；如果我只是一隻美豔的蝴蝶，在空谷中孤單飛翔，我只好認命。

多少個寒來暑往，多少個陰晴圓缺？我究竟還要再等多少年？遙望灰極的遠方，穹蒼下，我只渴求一個好男人，給我愛的火種、情的浪花，重燃我對愛情的信念，再次衝擊我對生命的激越。這樣的要求，算不算過分？

我問天，天不答，我問地，地不語。淚水像幽谷山澗，傾瀉而下，滴滴淚珠盡是寂寞，我寧願那是相思淚，相思包含愛與被愛、牽掛與被牽掛；而寂寞只是孤燈下，影子伴我、隨我、追我，當燈熄盡時，影子也將我遺忘。

心湖的波浪

你來了，小心翼翼地、試探性地走了進來，我也小心翼翼地，帶著創傷和悲情，關上了門。你敲門，愈敲愈急；我立在門內，以背脊用力的抵著門，汗珠與淚珠潸然而下，心跳聲比敲門聲更響更慟。

你手中竟有鑰匙，昂然闊步的闖進來，我無力說不，因為已經被你征服。

心中有個湖，本來平靜無波，清純見底。有一天，你攜著濃情，翩然降臨湖邊，投下一顆小石，泛起一個小圈，引起一陣漣漪；後來，小石愈投愈多，愈投愈急，小圈愈來愈密，泛起的漣漪，足以成為心湖中翻滾的波浪。

情絲如絹

我如絲絹的旅途，飄著相思林裏如夢的落花飛絮；想你的惆悵，依如濃春的薄霧。你暖暖的氣息，像春風拂過，使我來回蕩漾。夏夜等你所流下的痴痴淚水，像雨後的荷花，靜靜滑落一池的寂寞。雷聲咚咚，在我的五臟六腑，奏起想你的音符。

這午夜，每一根琴弦，都是愛你入骨的幽怨哀愁。

心意綿綿

我的肝，是想你的痛，我的腸，柔轉千百回，仍被你勾掛著，卻被你剪成片片段段。風中的眼淚，是灑落大地的水晶，它是否敲擊了你寬厚的胸膛？

天地連線的地方，站著一個等愛的女人，傷過、痛過、哭過、笑過……經過人世間的聚散離合，縱然千錘百鍊，最後也只是披著一件冑甲似的外衣。縱然愛情的海浪沖得多高，也只是迴響空谷，浪過無痕，燕過無跡。

早已千瘡百孔的愛情，是否仍然禁得起無情風雨？

當風停雨止，驟然驚覺自己仍有水樣的柔情。

平行的愛情線

睡夢中哭醒，淚眼望他，竟成你！是你躺在我身邊，是你回來，還是夢？驚喜的眼，顫抖的心，屏息一看，原來不是你，停在半空中的手縮了回來，側著身子，退到一角，相思的眼淚，滾滾氾濫。

我的心需要你疼愛，我的唇需要你熱吻，我的身軀需要你撫摸。

懷念你的氣息、你的味道，只好將自己的手，放在你經常吻過的地方，一遍遍，一次次，低聲呼喚你的名字……「我要你。」

每一次想你，眼淚就像三月的雨，如泣如訴，無邊無際……如果我能，真想痛痛快快地流一場淚，將相思流盡，從此不再想你。

世上的情與愛，早已死去多年，是你讓它醒來，然才剛醒來，你就走了，像一陣風，捉不著，也留不住。

我每看一次時間、望一次手錶，就想起你，現在你在哪？正在做什麼？

你我本是兩條平衡的線，你比我長，我比你短，在生命的偶然處，我倆有幾秒鐘的電光石火；之後，你呼嘯而去，繼續走你的路。

午夜、清晨醒來，我看不見臺北，看不見大陸，也看不見倫敦，只見到香港，一個山青水秀的新界。我別無選擇，只好連著前方的線，繼續走下去……

千年望夫石

愛我的日子遠了，忘我的日子近了。你是人，是一個男人，又怎麼離得開那定律？

電話少了，信少了，我忍不住煎熬，撥電話去，感覺你對我漸淡、漸遠、漸生……為什麼我的體內，仍留有你的溫存？我的身上，仍留著你的手印、你的吻痕、你的汗與淚，而你已如黃鶴而去。

是不是，我只是個女人？世上只有千年的望夫石，沒有一天的望妻岩。

記得你曾說：「妳是我的唯一。」

你又說：「妳是我最後一個女人。」我知道你很認真，在當時。

你甚至說，要把我放進口袋裏，帶著走；感受你的心跳，每一次的心跳，都是一句句：「我愛妳！」

還記得你曾說，我是你最心愛的女人……情話綿綿，語音猶熱，只是始終將冷；我不想「它」冷，只好拚命抱著，用我的身體抱著一堆情話，哪怕淚滿衣襟，溼滿臉頰。

風從那裏去

記得《情來自有方》這部電影嗎？那個孤寂的女孩，嚷了一陣後，又回到孤寂的世界裏。故事快結束時，她死命的護守著那道門，不准任何人進去，震耳的音樂從天而降，直到有人提醒她：「他可能已經走了」，她才打開門走進去，只見窗簾在飄，那個男人真的不見了，她走進窗口望天、望雲、望地。

只有風，風來了，又去了。

如今，又是一年來去，不覺匆匆歲月染白髮。

悄悄地你來，正如你輕輕地走。

思念的風箏，將你的眼神與笑容，掛得很高很遠，尤其在清風明月的夜晚，如心影般擾亂我。且讓我熄燈吧，燈滅後，可以與你更貼近。黑夜裏，我在等你。我相信，你會來的。

廖書蘭簡介

廖書蘭，文學博士班學生，祖籍江蘇省，生長於臺灣臺北，定居香港。現任香港新界鄉議局增選議員、西貢區議會增選議員、公民教育委員會西貢區委員、新界文化資料中心籌備委員、香港藝術發展局文學委員會審批員、香港崇正總會理事暨海峽兩岸關係研究中心研究員、民政總署贊助全港青年學藝比賽大會評判、香港散文詩協會副會長、香港文學報編委；香港作家聯會永久會員、香港詩人協會理事、香港新聞傳播文化協會理事。

出版有：新詩集《放飛月亮》、《書蘭中英短詩選》；散文集《煙雨十八伴》，《黃花崗外》即將付梓。曾任亞洲電視普通話新聞播報員、亞洲電視周刊記者，曾獲亞洲華文作家基金會文藝獎最佳散文獎、香港大學中文學會會長頒贈文化建設金鼎獎。

第七篇

愛海的女人

迷海與海謎

叢甦

對於海，我有著一份「說」不清理還亂的痴迷，但同時又怕它、懼它，對它感到不解。或許正因如此，這份痴迷也就更執著與不可理喻了。我對海最早的記憶是在青島。抗戰勝利後，熬過八年戰亂烽火而避難他鄉的父母，將家搬回了這傍海的玲瓏城市。紅頂灰身的西式樓房、潔淨的柏油街道、夾道成蔭的墨綠梧桐、拉客疾奔的人力車夫，這些景象對一個在逃難中赤著腳、拖著鼻涕，將血紅的桑椹汁塗滿嘴臉的野孩子而言，都是新鮮事兒。

當然，更新鮮的是那一大片繞著這城的、永不休息的、望不著邊兒的、藍得駭人又吐著白沫子的「大水」。這就是海？它是什麼？它怎麼不累？怎麼老愛翻滾不停，它在著急什麼？那層層滾浪之下蘊藏著些什麼？可有什麼巨大的精怪，不耐煩時就口吐白沫、鼻噴水柱？海底可真有海龍王、水晶宮、小龍女、美人魚？

一個幾歲的孩子，對這些都充滿了困惑，甚而疑慮，但這並不能阻止她和姐姐與玩伴們赤著腳，踩過潔白柔軟的沙灘，去那稜角凹凸的岩石縫中或沙底下抓覓一些姆指大小的螃蟹與蛤蠣。這些無辜的、自以為隱匿得安全的小生物是海的子民，孩子們卻是陸地的動物，海與陸儘管相互傍依，但前者的子民卻不時地被後者侵犯。這可是海的宿命？

當海心平氣和時，它的確十分可愛，當然最好頂上有一片潔淨純藍的天，天上浮著幾朵厚軟得令人想抓一把、擁個滿懷的白雲，絲絲微風吹著，風送到唇邊的，是溼溼的、鹹鹹的海的呼息。這時，你毋需玩浪或踩水，你甚至毋需沾溼你的腳趾，你只要安然躺下，微瞇著眼，仰視藍空，任憑陽光、細風和身下柔軟溫存的暖沙嬌慣著你。海的呼息是規律的、和諧的，它一起一伏，催眠式地輕擊著岸邊。那含蓄的、低沉的中音，彷彿吟詠著一首來自遠古洪荒的、略帶悲愴的詩篇。不論是青島的海灘，或百暮達的細沙沿岸，或愛琴海的白淨沙灘，你只要有雲朵、天空和暖沙、微風，放下煩惱的剎那，你就能偷享天堂的燦爛。像我這般泳技只限於浮水的旱鴨子，去親近大海，也只是為了那窺探天堂的瞬間。

當然，令人痴迷的還有那千變萬化、時低時昂、時泣時吼、時細語時咆哮的濤聲。惡浪洶湧時，一波波浪頭緊跟著、簇擁著，你推我擠，毫不相讓，此時它奏出的不是天籟，而是駭人的、直撼靈魂深處的驚怖。我們生得太遲，不曾經歷天地朦朧、宇宙初創時的壯烈，在我們這充滿怠慵的現代文明裏，也許只有鼓起勇氣去凝視一片狂浪翻滾的無涯汪洋，才能略略體會那種場面。在陰幽低沉的穹蒼下，那片擁著天地初啟時的憤怒、活力、衝動與瘋狂的，要淹沒一切、擁有一切、征服一切、吞噬一切的大水啊！除了「大水」之外，我們還能稱它什麼？

凡是對海既愛戀又懼怕的人，都無法遺忘那數年前吞噬了數十萬生命的大海嘯！那是海的咆哮與怒吼！轉瞬間，那滾滾猛浪自遠而近，衝天水柱像腳踩滑輪的巨人們前仆後繼地衝撞而來。它們來自何處？要做什麼？討命？威脅？洩怒？那巨浪彷彿有自己獨立的生命與意志，挾著龐大的憤怒與蠻力，橫衝直撞，粉碎一切。鬼哭神號的人群、摧毀傾倒的建築、被連根拔起的樹林，文明累積的成果剎那間化為烏有。岸邊雜物浮沉的混水中，一個嬰兒的手搖玩具令我們掩面哭泣。天地不仁，以萬物為芻狗；狂浪無情，化生靈為泡沫！

多少年前，在北挪威我們又體會到對大海的「恐懼」（Fear）與「戰慄」（Trembling）（恕我借用丹麥哲人祈克果的專用名詞）。挪威的北極岬據說是地球的極北端。在追尋午夜太陽的險旅中，我們驚詫地痴望著一個血紅的圓餅垂掛在昏暗的蒼穹之下。那可是太陽？它沒有光亮，在這冷風刺骨的陰森裏，只有垂死的絕望……但與不遠處絕岩下的陰幽汪洋相較，這詭譎的太陽反而顯得友善可親了。我們不曾也不敢到斷岩絕壁處探望，我們知道它就伏趴在幽暗裏，因為我們聽到它那低沉的、威脅的、壓抑著憤怒的喘息聲。它像一隻伺機待撲的巨獸，挾著遠古洪荒的野蠻與殘酷，在冰寒裏劈劈啪啪地擊打著礁岩。那可是我們記憶中溫馨海洋的低吟？抑或是死神追命的呼喚？

據說在我們這賴以為生的大地母親的軀體上，海洋占據了十分之七的面積，在那深不可測的神秘王國裏蘊藏著什麼？可有那吞噬船隻的百慕達神秘三角洲？抑或是柏拉圖所謂的「亞特蘭特斯」（Atlantis）古文明遺蹟正靜臥海底，等待發掘？又據說，由於文明的人類恣意蹂躪地球這母親，在可見的未來，她的汪洋將升起，陸地將沉，沿海城市將消失……那麼，我們是否應該重建諾亞的方舟？或者我們即將淪為另一個亞特蘭特斯？

對曾親近海洋的溫柔，也目睹過海洋的暴虐的人來說，對它的痴迷也只是對大自然神秘的繾綣與困惑。如同一個善變難測的情人，它既美麗又醜惡，既溫柔又殘酷，既可親又可怖。海明威的老漁夫聖地牙哥（《老人與海》）與易卜生的艾麗達（名劇《海上夫人》的女主角）都曾沉溺地、固執地、無藥可救地愛戀著它，但也都驚惶地、戰慄地、絕望地懼怕著它。它既象徵著生命，也意味著死亡，既是活力，也是毀滅。

孱弱如我輩，又怎能掙脫這引發嬌夢與夢魘的無涯大水，和它的永恆呼喚？

叢甦簡介

叢甦，祖籍山東，一九四九年舉家赴臺。在臺完成小、中、大學教育。六十年代赴美進修，獲華盛頓大學英國文學碩士、哥倫比亞大學圖書館學碩士。曾任紐約洛克菲勒辦公室圖書館主任二十四年。自七十年代中期至二〇〇六年，在臺、港、東南亞等地的報章雜誌撰寫文章及專欄。已發表的中、英文雜文、散文、評論達千篇。已出版書籍（小說、散文、遊記等）十餘種。目前退而不休，為國際筆會（International PEN）的聯合國NGO代表（今年為第十四年）。個人興趣：旅遊、古典音樂、觀日出日落、聽海。

看海

黃美之

江湖是見過的，雖然在山城之中長大。

第一次看到湘江，在小孩眼中雖然也是浩瀚大河，卻也只迷戀那薄荷綠的河水。中學時代曾坐木船，從學校順著資江滑下，那些石灘上的急流粗暴地推動著木船，船夫呼叫著，緊張地帶動一船風，心中懼怕，但對走這水路並沒有一絲懊惱。和同學們坐在船艙裏，又叫又笑，有時也目瞪口呆的不敢出聲，怕打擾了船前船後撐竿的船夫。這麼多年了，我仍常夢見自己坐在那木船裏，似仍聽見木船的船底刮著河底石頭的聲音。

從小讀地理，知道長江的偉大，但看到她時並不覺震撼，反覺失望，因江水太黃，失去了美感，而世局是那麼紛擾，做了大學生之後感到前途渺茫，站在船頭，任風吹髮，東去的江水，卻令我羨慕起橫槊賦詩的古人，其實他們也是亂世之民，何足以……，我的思緒是紊亂的，或許說是茫然，更為恰當，因為畢竟還是個少不知愁的青年學子。

後來和姐姐去廣州中山大學借讀，那是我一生中最快樂的歲月，有很好的教授指導我們，有很大很美的校園，又常常不是學生罷課，便是教授罷教，我們真是玩到連漫天的烽火和動地的戰鼓聲全都不見不聞了。有一回的一個長周末，一位從金陵男大來中山大學借讀的李怡凱，邀我去他在香港的家裏玩。我知道他家開的公司，從天津、北平、上海、武漢、廣州，一直到香港都有，所以我這個客人不會造成負擔，便欣然接受。

我和他坐火車去，火車的清潔，讓我覺得像是出了國。大約過了一兩個小時吧，火車穿過一座山洞，眼前映著一望無涯的銀藍，耳邊傳來規律而和諧的拍擊聲，我一時不能領悟，只覺透不過氣來……「海啊！快看海！」我終於叫出聲，並站起身來，但其他人都沒有任何反應。或許是對我這個一見到海便發出驚呼的女孩感到新鮮吧，李怡凱只是張大著眼，滿臉笑意的看著我。我急了，更緊張地指著窗外，喊道：「李怡凱，看海，看海呀！」同時我的心也飛到了窗外。我驚訝於海水的喧騰波蕩，像神的大筆，沿著金色的沙岸勾畫出白色蕾絲，溫柔而奇妙；浪打在岩石上，那狀闊的聲勢令我為之悸動，抬頭又見到海天竟是一色的藍亮，無涯無盡，我的心像長了翅膀，要向那兒飛去。我突然領悟到什麼是「豁然開朗」，從來沒有過此般痛快的心情，這洗刷了所有我從畫和詩、文學和電影中所得到的對海的印象。對大自然的深情從我心底深處甦醒，那是種無牽無掛的忘我。

後來也常看到海：北海、大西洋、印度洋，現在又常與太平洋打照面，海洋總是那樣浩渺澎湃，而我卻不再有那種「豁然開朗」的領悟和飛揚，在夢中也不曾有過。

我深信這樣的經驗，在人的一生中，只能有一次！

黃美之簡介

黃美之，原湖南沅江，南京金陵女子大學歷史系肄業。一九四九年赴臺，曾任復興電臺編輯、內政部勞工司國際勞工組職員，一九六三年與美傳禮士（Fleischman）先生結婚，婚後與夫駐非亞各洲。一九七二年回美定居，服務於美國郵政局十九年。一九六〇年開始寫作小說、遊記、散文，作品散見於臺、港、星、馬及美國之華文報章雜誌，並活躍於北美華文文壇。現為美國德維文學會會長。

女人花

陳瑞琳

三十歲那年，覺得長安城裏的日子過得太慢，想法子撮弄著先生來了美國，卻不知這十年的歲月過得倒是飛快，人忽然間就老了。回想當年，倚在西北大學教工樓的窗前，痴痴地看著城牆上的太陽怎麼還不落下，手裏的書有一頁沒一頁地翻著，彷彿從前唐朝皇宮裏犯閒愁的仕女，黃昏時獨上西樓，一眼望斷那天涯路。如今真的在天涯了，外面的世界精彩卻也無奈，跟著歲月跌跌撞撞地穿梭，才發現女人的老其實罪不在時光，而在那時光帶給你的磨難。

記得小時候母親教地理，常常陪媽媽看地圖，由此養成了一生難改的嗜好，門後總懸著一張世界地圖，其中看得最多的當然還是美國，而美國中看得最多的則是休士頓。早晨起來，端一杯檸檬茶，就開始盯著那個塗在墨西哥灣邊上的黑圈圈發呆。有時看久了，耳根裏竟能聽到南面海岸上拍擊的海浪，恍惚看見蓋爾維斯頓島上的熱風裏盛開的花朵。

想到花兒，就讓我習慣性地想起女人。這些年看得最多的，還是女人們演繹的事；雖然身為同性，但在我心裏，愛女人實在比愛男人要來得多。放逐的世界、飄泊的人，尤其是各地的華埠，或風月，或風雲，有多少移自東方的花朵濺著她不為人知的血淚，在海外悄悄地綻放。

那是一九九二年，我在美國中北部的一個大學城裏厭倦了「紅袖添香」，偏偏又是冬天，出門一片林海雪原，我怕自己會得憂鬱症，想找個地方掙錢，於是求先生放我「千里走單騎」。我騎的是一輛「大灰狗」，一路唱著「不要問我從哪裏來」，午夜時分抵達了這美南的邊陲重鎮——休士頓。

多年不見的表姐在市中心的高樓下等我。這個當年在北京城裏研究「馬列」（馬克思、列寧）的乖乖女，二話不說，把我帶的鍋碗瓢盆都裝進車內，唰地一下開上高速公路，儼然是久經考驗的美國白領。

按照表姐的指引，我先到中餐館去找工作。運氣還好，雖說沒什麼經驗，但第一天就碰上了一個北京女孩，名叫莉莉，是那家餐館的熟手，綿綿的白襯衫穿在她窈窕的身上顯得特別有味道。看我手忙腳亂、笨手笨腳，她不忍老闆對我開罵，總幫著我，還不時地提醒：「開心點兒，別把眉頭皺老了！」

有天夜裏，打工累過頭，難以入睡，正當這時，聽到有人敲門，原來是莉莉！她竟帶著一身撕破的睡衣和一臉淚水站在門口。坐在客廳的地上，她告訴我，她當年在北京時愛上一個有婦之夫，懷了孩子，但那男人不要，她想要，於是就倉促嫁給一個臨時住在他們酒店的休士頓石油工。她不想隱瞞，而那美國人也願意，肚裏的孩子就這樣在美國出生了。誰料到來美國後她一直被鎖在家裏，她開始反抗，出去打工、交朋友，便常常被打，這回是連人帶棉被被扔了出來。我問，那孩子呢？她擦乾眼淚，說要先掙錢，再把女兒搶回來。

過了些日子，我們的餐館關門，莉莉決定去夜總會跳脫衣舞，說那兒掙的錢多，我則被人拉去當華文小報的記者。分別的時候，我想勸她，她卻揚揚眉毛：「你是用學問掙錢，我用身體掙錢，性質其實都一樣！」我頓時啞然，看著她義無反顧地遠去。

做小報記者大多不用英文，正合我意，只需要常常在華埠裏轉悠。有天去一家新開張的職業介紹所，忽然看見椅子上坐著一個嬌小玲瓏的女子，長得甚是可愛。一問，是個上海姑娘，她看看我，立刻就很信任，告訴我她是剛從墨西哥邊境偷渡過來的，而且是被裝在大木箱裏。據她說，當時只給了她一瓶水，過境時差點兒被熱死，最可怕的是大木箱驗關時要從卡車上扔下來，她的脊椎骨差點兒摔斷。我問她來找什麼工作，她說按摩女掙錢快，自己當初花了五萬元的偷渡費。我真想對她說：「有五萬美金在中國過得多好！」但我不忍說，按摩女的命運在等待著她，後面的路我連想都不敢想。

喜歡逛中文書店，那年聖誕節就鬼使神差地當上了中國城一家書店的老闆。店裏的客人除了一些喜歡談兩岸風雲的老僑，多是女人。喝下午茶的女賓，竟沒有一個是上班族，她們買的中文書，或菜譜，或茶藝，或品酒，偶爾也有人讀李碧華或王安憶。有錢的女人也多有不開心，我最怕碰見那種「空中飛人」的眷屬，將大把的銀子存在銀行裏，卻在海外過著孤燈守寡的日子，每天不是擔心老公偷養了小老婆，就是擔心哪天被送上法庭。常來看我的一位大姐，淚眼汪汪地說，她就是不能明白，為什麼三十年的夫妻說散就散了。

人說美南物賤，只要兩、三年的功夫就能買幢大房子。有了宅子趕緊邀友人來玩，第一個飛來看我的，竟是早年讀大學時的同窗女友。她八年前公派考察美國，一下飛機就「叛逃」了，用五十美元闖天下，如今聽說在舊金山靠海的山上買了更大的房子。她笑著「引誘」我：「告訴你呀，早起看雲，傍晚看霞，晴天的時候還能看見蒼蒼茫茫的中國！」可惜她回不去，她必須拿外國護照才能回去看自己的親人。想當年她在明尼阿波利斯城裏念書、打工、辦身分、談戀愛，一樣都不少，讓我自嘆弗如。我再仔細端詳這位中文系教授的獨生女，真是練就了一身的豪氣，但美麗的臉頰上卻布滿了褐色的雲斑，她說那是在餐館工作時留下的見證。說到婚姻，她說是嫁給了外國人，丈夫長得像鱷魚鄧迪。她自我解嘲說：「像我這樣的老姑娘，中國男人覺得過期，但在老美眼裏，我還是個小姑娘！」

這年頭，中國女人嫁給老外的還真不少。看看我身邊的女友們，好些個都是青梅竹馬的丈夫來了美國倍感失落、毅然離去，留下了母子在異鄉苦苦掙扎，最後都成了美國新娘。運氣好的被捧在手心裏當明珠呵護，運氣不好的就只能得點兒零花錢，關在家裏苦悶。這婚姻的熔爐裏實在摻不得假，摻多少就會有多少苦痛。

我的書店是開不下去了，因為看書的人越來越少，有空兒的人只留神看電視劇，大家便勸我好好創作。消息不知怎麼就傳了出去，有天夜裏，一個神秘的長髮女郎找上門來，說要給我看一樣東西。忙不迭地迎進屋，見她懷裏抱著一疊書稿，她說不是書稿，是信！呵，如今還有這樣的痴情人，我倒要看看。這是一疊寫給一百二十個女子的情書，作者是這位女郎的美國丈夫！原來這位姑娘在網上結識了這位美國的「情聖」，情書寫得五彩繽紛，讓姑娘愛慕不已，於是便以新娘的身分嫁到美國來了。機場中相逢，先是看見一雙破舊的球鞋，那新郎抱著一把黃玫瑰卻看不見臉，並非羞澀，而是他個子太矮。姑娘痛心疾首，但休士頓這地方不相信眼淚，她沒有退路，只好跟著這個在機場做搬運工的藍領「丈夫」回家。姑娘的傷心並沒有就此結束，走進那低矮的簡易房舍，她才發現這美國男人一無所有，有的只是一臺電腦，每日「網戀」是他生命中唯一的嗜好。更可怕的是，他竟然同時跟世界各地一百二十個女子在網上談情說愛！姑娘徹底驚呆了，為了保護那些單純的女子不再受騙，她正投身於一場「解救」的鏖戰。姑娘在說這些故事的時候幾次哽咽：「你看，這都是我偷著列印出來的情書，請你幫我把它們翻譯成中文，發表出去，告誡天下的同胞姐妹，網絡新娘是多麼可怕的一條路！」

我開車送她回家，午夜的路上燈火闌珊。每個人活著，都在追尋自己的那盞燈火，尤其是女人，青春只有一次，飛蛾投火，往往無法回頭。CD裏唱的正是梅豔芳的那首〈女人花〉：「女人花，搖曳在紅塵中，女人花，隨風輕輕擺動」。女人如花花似夢，這夢有好夢也有噩夢。天地不能圓滿，人也不能圓滿，花兒們就更難圓滿。只是這世上的花兒，並非怕風雨，怕的卻是那美豔的季節還沒有真正到來就徹底摧敗了。

陳瑞琳簡介

陳瑞琳，一九六二年生於中國西安，一九七七年考入西北大學中文系，獲文學碩士學位，畢業後任教於陝西師範大學中文系。自一九八三年起，已有百萬字研究成果在海內外報刊發表。一九九二年赴美，擔任報刊社長兼總編，現任國際新移民筆會會長。著有散文集《走天涯——我在美國的日子》、《「蜜月」巴黎——走在地球經緯線上》等。二〇〇〇年散文《他鄉望月》曾榮獲世界日報暨洛杉磯作協聯合徵文首獎。散文《巴黎尋夢》榮獲二〇〇五年香港舉辦的「全球華人旅遊文學徵文大賽」優異獎。早期遊記作品曾被收入《二十世紀名家旅遊經典》一書。在創作的同時，並密切關注近年來海外新移民的文學創作，二〇〇五年榮獲中國文藝報十大「理論創新獎」，編著有《一代飛鴻——北美中國大陸新移民作家小說精選與點評》，二〇〇六年出版《橫看成嶺側成峰——北美新移民文學散論》。

一個陌生女人

劉慧琴

我常在這菲莎河的堤岸上和她相遇，坐在長椅上看落日、看晚霞。我看得更多的，卻是晚霞映照在她臉上似悲似喜、似嗔似怨的神情，其中隱含著似水柔情，卻又飽蘸著人生的苦澀。在這之前，我們從未交談過，微笑就是我們全部的語言。

「有沒有興趣一起品龍井茶？」她在石桌放上一套精緻的茶具，神交已久，而今天是我們友誼的正式開始。她慢條斯理地從提包裏拿出保溫瓶，「這是我出來前剛續進去的開水，到這裏剛好是泡龍井的最佳水溫」。

「你就住在這附近吧！」在西方住久了，習慣尊重他人的隱私權，我只是客套地說了句應酬話而已。她笑了笑，沒有回答。

她有條不紊地沏好茶，一股龍井特有的清香隨著微風飄入空中，我品茶，也品她。說她是「徐娘半老，風韻猶存」？這形容並不恰當。她的確不年輕了，眉梢的皺紋洩露了她的年齡，而眼神中有種無奈但不乏平靜，讓人感到她在人生中所經歷的滄桑。她沏茶的動作給人穩重的感覺，她不是一個浮躁的人。她生得很端莊，中等身材，一身素雅的服裝，自然帶笑的臉龐，是個比較隨和、易於相交的人。

「我們也算是相識有些日子了吧！可從來沒有交談過。」她小口地呷著茶。

我一星期至少有三天坐在這裏看落日，「是啊！這也是緣分嘛。」人與人的相識，更多的是偶然。在這張石桌旁相遇過不少人，有的散步經過，在此歇腳，彼此點個頭，說聲「哈囉」……也許她和我同樣執著，認定這張長椅，認定這個時段，我自己都覺得有些好笑。倒是她，先沉不住氣，打破了沉默。

我還沒找到開場白，她就已經打開了話匣子。

夏日的黃昏來得比其他季節晚些，而溫哥華的日照時間又比別處更長，菲沙河的河水永遠是那麼寧靜，河對岸的山更是默默無語。黃昏的堤岸雖然多了散步、跑步的人，但人們尊重彼此間的空間，少許的熱鬧反倒是淡化了她眼神裏的憂傷，雖然我還不知道她的身世，總覺得這眼神背後藏著一個故事。

我已記不清她是怎樣開始講述她的經歷的，因為她一提到一九六六年，就把我帶回到那個人人瘋狂的年代，它出其不意地揭開了我內心深處的傷痛——她的傷痛折射出我早已深埋的往事。

一個歸國僑生，學西洋古典音樂的，當了中學老師，就這幾個頭銜，在那個年代也夠「踏上千萬隻腳」，叫她永世不得翻身了。也許是年代久遠，她已經麻木，又或許是在那個年代曾有過的刻骨銘心的愛情，蓋過了大家所共有的傷痛。她說得那麼平靜，彷彿是在敘述別人的故事。

「我那時剛從師大畢業，當了一年的中學老師。我曾經以熱烈的心情迎接當時認為偉大的文化大革命運動。」是啊！記得當年剛過而立之年的我，也曾熱血沸騰、滿懷激情地投身運動。單純、熱情、盲目，是那一代青年共有的特點。我不也曾以鄙視的目光，毫不猶豫地放棄了那本外國護照？當激情被嚴酷的現實擊得粉碎，才意識到我的幼稚，帶給我的是一生的磨難。

「一個女孩，還沉浸在對故土的無限愛慕中，頃刻間就被捲入了狂濤駭浪裏。我在那裏沒有親人，過去的朋友、同事一夕之間盡成陌路。」我杯裏的龍井茶已經涼了，喝進嘴裏，還帶有一絲苦澀。她的眼裏含著淚光，強忍著沒有流出來。她握著茶杯的手，輕輕地顫抖。

「我從未抱怨過他們，人們都怕受到牽連呀！」這是一個人人受苦的年代。我是從那個年代走過來的，我能體會她的心情。

「我和同樣被鬥的一位美術老師由互憐生愛。」她似乎自語著，又似乎在對我訴說。說得那麼簡約，沒有世俗愛情的纏綿悱惻，沒有海誓山盟的浪漫，如果說苦果的回味是酸甜，大約就是這樣了。

「是在那不該愛的年代，是在那共同受難的年代，我有了我們的孩子。」她的聲音平靜中帶有一絲不易察覺的哀怨，我屏住呼吸，怕驚擾了她神遊故國的思緒，我感受到兩顆破碎的心，在狂風暴雨中融為一體。

「他沒能經受住那場殘酷的鬥爭，沒能挺過來。他用他的生命畫下了最後一幅圖畫，鮮紅的顏色在陽光下更為燦爛，那是他墜樓後流出的鮮血。他已沒有了生命的氣息，而我連哭的權利都沒有。我們既沒有合法的名義，我們也沒有表白愛的權利，又何況同是被批鬥的對象。」

在雲翳中外露的霞光，灑滿了黃昏的菲莎河。「不久，政策有了變動，我獲准回原居地探望我病危的父親。在這裏，我生下了我們的孩子，一個永遠見不到父親的孩子。我只是為孩子而活著，是他在孩子身上的影子陪伴我度過流浪的歲月。」她的聲音是平和的，這是歲月的沖蕩，在經歷人世間種種磨難之後，心如止水的平和，無怨無尤，但落在我的心靈上，卻仍然像把重槌。

我也經歷過那段煉獄般的歲月。她又說了些什麼，那些字句卻已模糊。我不由自主地神遊回二十多年前。我曾幾度徘徊在死神的大門外，活著比死去要艱難得多。我的摯友緊緊拽住我：「再艱難也要活下去，為你年幼的孩子留下一個母親的生命吧！」我對我自己說，我的生命早已終結在那個年代，今後的歲月只為孩子而活著。

「一個單身母親，雖然由於父親的遺產，物質生活無憂，但畢竟我還年輕，家裏人勸我重新開始。我帶著年幼的兒子，做了一位僑商的續弦。那是一段沒有感情的生活，你別笑話我，雙方都不是第一次，只是為了組織一個家庭而走在一起，相敬如賓，帶著面紗生活。三年後，我們結束了這樣令人窒息的日子。也許在人的一生中，認認真真地愛過一次就夠了，那一次，雖然短暫，卻足以陪伴我一生。我當了鋼琴教師，在琴聲中尋找逝去的歲月。也許是天賦，也許是基因，兒子從小就喜歡畫畫，他父親的生命已經在他身上延續。如今他已是個小有成就的畫家……」

我想插上一句，問問他兒子的姓名，她似乎覺察到我的心意，輕輕地搖了一下頭。我陷入沉思，也許人們的生活各有不同，故事各異，如果一生中能真正愛過一次就已足夠。

在落日四周的雲翳有的更濃，有的淡出，有的像手臂似地輕輕攬著落日。朝日曾有過的輝煌、陰雲遮蔽的鬱悶，也將隨著落日隱入蒼穹。

我抬頭一望，才發現石桌上的茶水已經撤下，而她也已經走了，遠處還可依稀見到她的身影。我還沒有問她的姓名、住址。第二天也沒見她來。一周、兩周、一個月、兩個月；青山不改，綠水長流，長凳上再也見不到她。在夕陽的餘暉下，似乎有好幾次感覺到她的身影，卻都只是我的幻覺。

也許她說得對，有緣相遇，不必曾相識，我們都是人生旅途上偶然相遇的過客，來也匆匆，去也匆匆。她是自語也好，傾訴也好，也許在一個不知名的陌生人面前，她終能打開她心靈的窗扉，第一次也可能是最後一次。

原以筆名「阿木」發表於二〇〇七年六月八日加拿大《環球華報》楓林副刊

二〇〇八年二月十四日二稿

劉慧琴簡介

劉慧琴，畢業於北京大學西語系，曾作為以茅盾為團長，老舍、周揚為副團長的中國作家代表團譯員，出席一九五六年在印度新德里召開的亞洲作家會議。曾在中國作家協會、中國社會科學院外國文學研究所《世界文學》雜誌擔任編輯。一九七七年移居加拿大，曾任溫哥華中華文化中心理事、加拿大華裔作家協會會長，現為溫哥華加華筆會及大華筆會顧問。

已出版的主要翻譯作品有：《在路上》（美國凱魯亞克著，合譯）、《早晨的洪流》（韓素音著，合譯），電影電視劇本《白求恩大夫》、《宋慶齡的兒童》、《中國邁向二十一世紀》等。所撰寫之《胡蝶回憶錄》在臺灣、大陸多家出版社出版。論文、小說、散文、隨筆在北美、大陸、港臺等地的雜誌報刊發表，曾先後為《明報》、《星島日報》專欄作者。作品被收入多種選集，亦參與主編及編輯多種文集。

青鳥

葉文可

「幸福的家庭都是相似的，不幸的家庭則各有各的不幸。」這是《安娜卡列尼娜》的經典開場白，而我的聯想似乎不太相關：愉快的旅行總是那回事，不愉快的旅行呢，也就是那樣。

若要回憶最愉快的一次旅行，那種帶來美夢感覺的旅行，那應該會是一九九七年的地中海、愛琴海之旅。這趟船遊始於西班牙巴塞隆納，終點是土耳其伊斯坦堡，八、九月的豔陽天，行經法國尼斯、摩納哥王國、義大利的羅馬、蘇連多海岸、卡布里島，以及希臘的雅典、克里特島、聖托里尼島、羅得島……這些都是歐洲沿海最美麗的小鎮與島嶼。當時的心情很愉悅，不知生命之陰暗將至。而當十八天的船遊接近終點，船行至希臘羅得島時，不意走進一座聖母院，站在黝暗的小教堂內，一絲靈氣忽然襲上心頭，微乎其微的靈光閃現，沁入深處，寧靜美好，熨貼心底，絕非世間任何感受可以比擬。反觀生命如漂泊的旅途，疲憊、空虛總在等待著，生命畢竟不可能圓滿無缺！

「寧為過客，不做歸人。」旅遊泰半是精心設計的，旅者被放置在優美的景點，享受著其中的旖旎風光。然而，生命的艱苦掙扎舉世皆同；旅行是另一種逃亡。一位女作家曾寫道：「每當出門旅遊，飛機一起飛時，我就有種幸福的感覺。」這是否正是逃亡的快感呢？

希臘曾是旅途中的美麗回憶，幾年前寫過一篇文章，形容愛琴海聖托里尼島的翡拉小鎮那種接近天堂的氣氛：

未去希臘以前，聽說希臘的天空如何如何，總覺帶點詩的浮誇與想像。直至到了翡拉，我的天啊，完全沉浸、陶醉，掉落到這片希臘的海天之中，這就是最接近天堂的地方吧！希臘的天連著海，有一種近似魔魅的力量。翡拉鎮座落於一千呎高的火山黑石上，高聳的黑石山，搭建著石灰白的典型希臘屋宇。坐在臨近愛琴海的咖啡座，遠眺四周的天和海，有種難以言喻的靜與美。溫柔的明麗、耀眼的晴藍、微醺的空氣，形成一股沉默的攝受力量，從四面八方將你完全籠罩，軀體與這片海天交接，立刻被催眠似的進入心靈深處，使你不由自主地想坐下，想安安靜靜的看天、看海，融入這片安寧至美……

心中一直懷著對希臘的追念，沒想到一場出差的機會，帶我回返希臘。但第一時間的反應並非歡欣雀躍，而是：「去希臘？去希臘的什麼地方啊？」出差時因時空之不能掌握，可能會讓人體會生存的粗糙面。旅居希臘時正在翻譯一本書，譯序中曾提及派特拉（Patra）經驗：

二〇〇五年春末，我在希臘派特拉海港的旅舍住足一個月。雖然周末遊歷希臘伊奧尼亞群島、米提奧拉聖山、德非爾聖殿，碧海藍天，如臨天堂，可周一至周五待在近海港的旅舍，落地窗外渡輪鳴笛，火車轟隆，汽車、摩托車來來去去，吵得不可開交。

當時譯書的一段故事，竟使我得到安慰與共鳴。澳洲女演員崔西曼在尼泊爾長期閉關時，每日被山谷傳來的印度音樂打擾，相同的歌曲不斷播放，晝夜無休，使她無法專心靜坐。她既憤怒且沮喪，最後必須運用修心來面對挑戰。這段歲月，使我體悟：世界就是如此，喧鬧是永遠存在的，如何覓得另一顆心來面對喧鬧的處境，正是所有人的功課。

這場希臘行，對旅途之樂有另一種解讀：快樂的來臨彷若夾縫中之生存，如同炎陽下偶爾也會吹來一陣清風……一個黃昏在派特拉的燈塔餐廳吃晚餐（派特拉是個乏善可陳的簡陋小海港，甚至連一杯鮮榨果汁也喝不到），忽然看見一位老人正背對著我們拋網捕魚，希臘暮色映照下的潮水與老人的古樸背影，使人一時為之神往；在伊奧尼亞群島中的一個小鎮，行行復行行，正感倦怠之時，忽然在轉角瞥見幾株青蔥色的傘蓋，亭亭玉立地覆蓋著太陽椅座，立刻感到神清氣爽；在尚未被鳴笛與車塵所污染的派特拉海港，大清晨站立陽臺上，仍可嗅到海風送來港口的一絲新鮮滋味……就是這般小小的歡喜，時常成為生命的出口。

二〇〇五與二〇〇六這兩年住在上海，也是繞著地球昏頭轉向的一段歲月。有一回從舊金山飛東歐，遊歷維也納、布達佩斯、布拉格，甫回舊金山，還來不及細細反芻這趟藝術饗宴，席不暇暖，又披星戴月地趕回上海出公差。記得在旅館裏昏睡過去，甚至還必須找服務生來開門，把我叫醒！前往希臘出差，從上海轉機米蘭前往雅典，半夜抵達後，又馬不停蹄地乘計程車，凌晨三點到達派特拉，感念守候的旅館侍者一臉慈悲。在希臘待了一個月後飛返上海，曾抱怨上海的嘈雜，但在希臘派特拉吃了近一個月的旅館西餐，回到上海，公寓旁近地鐵快餐店的香椿豆腐、麵筋、白飯、排骨湯，都被吃得杯盤朝天。有一次從舊金山順道經過日本旅遊，對日本乾淨的環境印象深刻；又有一次從上海飛曼谷到尼泊爾加德滿都，加德滿都飛揚的泥土使隱形眼鏡蒙塵，水果攤上的蒼蠅一隻接一隻的爬，從普拉哈利寺聽完誦經下山還遇見暴動，親眼目睹軍警手拿盾牌驅趕暴民，當街放槍，下榻的凱悅旅館門前也被丟砸一地的爛瓶子，有驚無險。

自從因公因私的東南西北大跑幾趟，如今對於旅行愈發覺得可有可無，愉悅的旅行就是那麼回事，不愉悅的呢，也就是那樣罷了。昔日喜歡旅行，總愛利用假日計劃出遊新地。有一回去法國普羅旺斯逐夢，結果在休士頓轉機時，六月天竟遇上大颶風，在機場度過生日。運氣不好，精心設計的旅遊也會變成災難，而過多的旅行，不是享樂，倒成了顛沛流離。繞著地球跑的歲月中，上海的風雨陰晴全都走過；在普陀山那連石地都冒煙的炎熱中，曾因買到一瓶結冰的「康師傅」而難忘；在大理的滂沱大雨中，崇聖寺走透透，兩雙鞋也溼透透；黃山的三天四夜，日出、雲海、雷雨、萬里無雲的景象都經歷過；十月中下旬的布拉格雖陰冷而掃興，但登上橋頭城堡的頂樓，任瀟瀟雨水澆淋，也無法熄滅眺望四周建築景觀的深切感動。電影《遠離非洲》裏，男主角開著小飛機，帶女主角從機上遠眺非洲的壯闊雄美，為腳下景物所動容的女主角，只是緊緊握住他的手，而她臉上的表情，令我想起自己在冷雨中從橋頭城牆遠眺布拉格建築的宏偉極至……

在電影《Onegin》中，來自莫斯科的貴族男子用「Provincia」來形容鄉村人，也就是所謂的「鄉巴佬」，當時這個字眼抓住了我的注意力，從此就一直記在腦海裏。昔日以加州為定點生活，也是個相當加州化的鄉巴佬，甚至在四季如春的加州，有一次還對著兩位久居東岸的文友大呼：「加州冬天好冷啊」。在上海時，對冬天的來到甚不放心，厚綿褲與羽毛衣皆買妥，沒想到十二月去北京探親時遇上寒流，凍得我跳腳，簡直需要蓋上一床大棉被才能上街。可是朋友沒去過北京，只好冒著寒風相伴（幸好沒下雨），在高廣深闊的京城步行觀景，任風吹颳。此後回到上海，再也不擔心冬天，只覺得上海的冬天委實溫柔而友善。不過當年沒遇上今年的大風雪，不知若真的碰上了會如何。

回到灣區，往日視為理所當然的平淡生活，似乎有了一層不同的意義。曾經不起眼的拉斯加圖斯小公園，而今成為周末的好去處；買一杯拿鐵，坐在小公園裏曬太陽，看著農夫市場中的形形色色，小孩歡笑、大人寒暄、狗兒奔逐，美麗的藍天、綠樹和噴泉，宛若一幅印象派圖畫。美國人懂得欣賞自己的生活環境，每逢夏日，各個公園入夜後常會有音樂會，燭光野宴。可知在世界其他角落的夏夜，戶外充斥蚊蠅蚋虻，根本不能久待！在公園內享受如水的涼夜和優美的音樂，老友相聚，舉杯言笑，這不也是人生最溫馨的時刻嗎？走遍世界，領略到自家門前亦是幸福之所在，彷彿童話故事中尋覓青鳥，跋涉千山萬水卻徒勞無功，回到家園，才發現青鳥一直懸掛在自家廊前。對於一些昔日讀過的經典語句，如今也有體會，譬如《大亨小傳》的開場白，敘事者引用父親的良言：「當你想要批評他人時，請記住，並不是所有人都擁有像你這般的福分。」近年來，愈發察覺一些看來平靜淡然的話語，原來都反映了對生命深刻的理解與同情。

葉文可簡介

葉文可，生於臺北，祖籍福建。國立政治大學中文系學士，曾任中央日報記者。其後赴西雅圖華盛頓大學亞洲語文學系研究。婚後定居加州灣區，獲得加州聖塔克拉大學碩士學位。一九八〇年開始從事寫作，著作計有長、中、短篇小說與散文，曾以長篇小說《菩提樹下》獲得一九八七年中山文藝獎，中篇小說《風景》曾獲得中央日報評審獎，並以長篇小說《失落的銀河》獲得時報優秀作家獎。其他作品有：長篇小說《火蓮》，散文集《另一種美》、《夏日的禪味》等。近年開始從事譯著，譯有《人生中不可不想的事》、《雪洞》、《慈悲》、《心湖上的倒影》等。創作與譯著目前共約二十本。

踏上歸途

江嵐

鄉愁之於我，真是剪不斷，理還亂。

提起我的家鄉，那是個大大有名的地方。唐宋詩篇裏盛讚其「山水甲天下」，奇峰挺拔、綠水縈迴的桂林，城在景中，景在城裏，是一幅渾然天成的水墨畫卷。不知有多少遊客曾經感慨：「寧作桂林人，不願做神仙」，可我這土生土長的桂林人卻離開了那洞天福地，跑到異邦來了。那時候還真是年輕，相信外面的廣闊天地更適合自己發光發熱，於是遠渡重洋，頂一帆風雨、上三千里路，把骨肉家園抛在身後。

若干年來在美國讀書工作、生兒育女，對異域天空下的風土人情慢慢地適應了，唯獨吃飯時用筷子怎麼夾，都不是記憶中家鄉的風味；手捧清茶，怎麼喝都沒有一點廣寒香；讀詩詞時，怎麼吟也成不了滿江漁火。

既然想家就應該常回去看看吧，十幾個小時的飛機而已，並非遙不可及。偏偏身在人地兩疏的江湖，有千般萬般的不得已。首先必須求生存，生存下來以後還必須謀發展，太平洋是地球表面最大的一片水體，想飛越它，主觀的願望再強烈也不管用，還需要很多客觀條件的配合。結果竟落得一顆歸心，夜夜暗隨流水到天涯，歸期卻是一而再，再而三地不可期，蹉跎又蹉跎。鄉愁三年五載地堆積，逐漸凝聚成一團越來越厚的雲團，不能輕易碰觸，否則轉眼間大雨傾盆。

今年初，一篇紀念已逝祖母的文章意外地獲獎，換得一張從紐約到香港的來回機票。這薄薄的一張紙，挽成了滿滿的一張弓，將歸心一箭射了出去，再也不能回頭。顧不得頂頭上司的臉色有多麼陰沉難看，告假單就遞了上去。我要回家，我要站上那疊彩的峰頂，看彩霞紛飛的天空下，江似青羅帶，山如碧玉簪。

行期一訂好，第一件事就是通知國內的親友：某月某日，將帶著九歲的長女雪兒，經香港回桂林。兩天以後，國內親友的反饋開始透過電話、電子郵件越洋而來。首先是哥哥，打電話來說：「已到銀行去開了一個戶頭，為你存錢若干，你回來後用的手機也準備好了，號碼 xxxx，你什麼都不用帶了，只要人回來就好。」這個哥哥是大姑母所生，以血緣論應該算是我的表哥，不過我們跟著祖母一起長大，自小以兄妹相稱。幼年時在外面被人欺負，他總是挺身而出，為我撐腰。我二十一歲那年突然間雙目失明住進醫院，醫生說需要多次少量輸血，第一個挽起袖子捐血的，也是這個哥哥。

小叔叔依然端著家長的架子，讓小堂妹發電子郵件來，命我打電話回去給他。閒時讀《太平廣記》，看到數篇文章裏用「猶子」、「猶女」代指侄兒、侄女，旁邊注釋著：典出《禮記》，「兄弟之子，猶子也。」，意即兄弟的孩子，稱為「猶子」。可我總覺得這句話，更像是「兄弟的孩子，猶如自己的孩子」。別人家的叔侄之間是否能夠親密如父子、父女，我無從得知，而我家小叔叔待我，除了「視如己出」四個字之外，確實沒有別的詞彙能夠形容。

當下電話接通，他在那頭慣常地、粗聲大氣地說：「這麼大個人了，怎麼做事還是沒個準譜？到了香港沒人接怎麼可以？你一個人拖著孩子、提著行李，怎麼回得來？」我邊聽邊笑，想想我已年近不惑，二子之母，連紐約那種地方都橫行豎過了，香港還有什麼可怕的？但親戚朋友們只當我還是當年那個本性潦草粗疏、脆弱無知的小姑娘，事無巨細，都要仰賴他們為我調度安排。

舊日的同學們則是另外一番興奮：「還記得我們那年春遊去過的地方嗎？如今變化很大呢，回來帶你去看！能聯絡上的老同學都通知了，你想吃什麼趕緊說！你還會說家鄉話嗎？不要見了面，講一口洋文嚇我們啊……」彷彿整整一個太平洋的阻隔從未存在過，彷彿十幾年的光陰從未溜走。

接下來一邊料理手邊的急務，一邊採購給眾親友的禮物，並整理行裝。雪兒也非常興奮，迫不及待地廣而告之，她在此地的老師、同學、朋友們，所有人都知道她又要回桂林去了。

雪兒在美國出生，我們希望她長大以後，能從精神上認同自己的華裔血統，且能使用中文與人交流。所以近幾年來，我們夫婦雖然回不去，每逢暑假都把她託付給朋友帶回國。有時飛到北京，有時飛到上海，不管到哪裏，每次她一踏出海關，必有親友迎候她，再把她送回桂林。

其實，雪兒對國內的生活有諸多的不習慣，比如少有抽水馬桶，必須用下蹲式的廁所；比如沒有中央空調，氣候潮溼悶熱，還有蚊蟲追逐叮咬……等等。可是每年暑假一到，她還是想回去，因為——「桂林有我的親人和朋友哪，他們是那樣的愛我！」

啊！想來那鄉愁，不僅僅是月下雨中不斷幻化出的萬笏千筍水中鋪，不僅僅是夢醒時分念念難忘的滿樹桂花一城香，也不僅僅是桌上爐邊挖空心思仿製來的那碗桂林米粉，更是那些始終把我們捧在手掌心上，血脈相連的親人；是那些曾經和我們攜手走過某一段人生路，相知相惜的朋友。他們恆久仔細的關愛呵護，如酒，越陳越舊、越香醇；如絲，越長越遠、越堅韌。

因為有了他們的笑語喧嘩於其間，家鄉才如此真實而豐滿，才能成為牽扯天涯遊子心靈的地方。

終於到了動身那天，到紐約的 JFK 機場登上飛機，機身啟動，在跑道上越開越快，終於仰頭向上，奮力衝入藍天。我靠進椅背，從小窗裏看見地上的城市、公路、河海，驀然約縮眼底，漸遠、漸小，漸被白色的雲縷舒捲隱去。所有流浪的利害得失，所有漂泊的紛擾糾葛，都隨之淡出畫面。

家鄉，漸行漸近。就要回家了，到了家，一切都好了。

江嵐簡介

江嵐，祖籍福建永定縣，出生於廣西桂林。美國裏海大學教育學院教育技術學碩士，蘇州大學文學院古典文學專業博士研究生。現於美國聖彼得學院語言文學系教授中文，並兼任該學院中美教育文化交流項目主任。業餘時間從事寫作，已發表短篇小說、散文、隨筆、紀實作品約六十餘萬字，小說、散文曾先後多次獲得各種文學獎項。作品先後被收錄於十八種不同的文集，分別在美國、加拿大、臺灣、香港、新加坡和中國大陸出版。個人短篇小說專輯《故事中的女人》於二〇〇七年五月由北京燕山出版社出版，主編之報導文學專輯《旅美生涯：講述華裔》於二〇〇七年十月由太白文藝出版社出版。現任加拿大華裔作家協會美東聯絡員、火鳳凰文化協會副會長。

第八篇

異域女性手記

閒話石頭

龔則韞

石頭有神有情乎？

幾年前，一位南京來的同事送我一個錦緞盒子做見面禮，我打開一看，是五顆鴿蛋般大的石頭，朋友看我滿臉錯愕，便說：「這是出名的雨花石。」當時我還是一個從未踏上神州大陸的異鄉人，只耳聞雨花臺，不知雨花石。我拿起一顆雨花石，貼在臉頰上，涼涼的。我搓著、滾著，雨花石溫熱了，我的心也沸騰了，異鄉人的中國魂飛越太平洋，飄在中國的天空裏。這些石頭，帶來了神州歷史的情意。

話說盤古開天，三皇治世，五帝定倫，世界分四大洲，海中有一座花果山，正當頂上有一塊仙石，受天真地秀，日精月華，感之日久，遂有靈通之意，因而內育仙胞，迸裂見風，生出一隻石猴，目運兩道金光，射沖鬥府。石猴天生異稟，生出即能走能爬。這隻石猴就是家喻戶曉的水簾洞洞主——美猴王「孫悟空」，日後學會長生之道並練就一身奇術，是保護玄奘西去取經的大聖孫行者。大聖有仁有義、全心護主的精神，正說明了石頭的有神和有情。

石頭的情意也出現在《紅樓夢》第一回裏。話說女媧煉石補天時，剩下一塊未用，棄置在青埂峰下。此石經鍛煉之後，靈性已通，自去自來，可大可小，四處遊玩。後來此石成為赤霞宮神瑛侍者，見靈河岸邊三生石畔有棵嬌媚可愛之絳珠仙草，遂日以甘露澆灌，時日一久，仙草得天地精華，復得甘露滋潤，久之泛化成人，修得女兒身，欲以一生之眼淚還報這塊鮮瑩明潔的石頭。於是石頭變成了啣玉的賈寶玉，而絳珠仙草則化成葬花的林黛玉，寶哥哥和林妹妹下凡，紅塵走一遭。因此《紅樓夢》的原始書名就是《石頭記》。

一九九七年八月，我正好赴臺講學，趁機拜訪住在臺北士林的詩人陳克華，主要是因為久仰陳家的石頭收藏（與主人的詩作齊名）而登門造訪。他家的大門邊就擺了一堆石頭，一進客廳，四壁的架上陳列了各式各樣的化石和天然石塊，臥室裏也是一樣，就連洗手間也處處是石頭，情深意重。主人閃亮著眼睛，興致勃勃地告訴我們每塊石頭的來歷，我則是心無旁騖地輕撫石上的紋理章意，想像它曾經滄海的腳程。

「哇……哇……哇……你怎麼收集了這麼多石頭啊？看來你只能一直住在這兒，不能搬家……」對於那些石頭，我不禁一再驚嘆。

「為什麼？」陳克華笑著問我。

「誰搬得動它們？」我環視一下四周後又接著說：「假如闖空門的跑進你家來，也會被嚇跑的。」陳克華笑瞇了眼，隨手拿起一顆菱形的透明石頭放在我的右手掌心，說：「送給你做紀念。」

陳克華是眼科醫生，也是著名詩人，既非考古學家，亦非地質專家，年紀輕輕卻對冰冷的石頭情有獨鍾，莫非詩人要以心中的詩火將石頭熔成金紅岩漿？

我握著掌心裏的水晶，杞人憂天的問陳克華：「如果有一天你又買了新寶貝回來，可是已經沒有空間給你放了，怎麼辦？」

「那就成立一座石頭博物館嘛！」他雙手揮向天空，瀟灑地說。這些沉甸甸的石頭彷彿長了雙翼，帶著故事飛上了天，而我的思緒也跟著飛進記憶的寶庫，想起了美國的西部。

一九九五年八月，我們帶著兩個小可愛，開車馳騁於美國西部十天，玩遍大峽谷（Grand Canyon）、布萊斯峽谷（Bryce Canyon）、帝峽谷（King's Canyon）、錫安國家公園（Zion National Park）、彩虹石橋（Rainbow Bridge）、拱橋國家公園（Arch National Park）、界石谷（Monument Valley）、彩畫沙漠（Painted Desert）。天空彷若一張塗滿藍色的畫布，乾淨得沒有一丁點雜色。踏著熱火輪的阿波羅使勁地灑下白花花的光芒，愛撫那一片光禿禿的紅土地，盡情地熱吻高山峻嶺，也任性地擁抱深淵低谷。地上無樹、無花、無草，天上無鳥、無雲、無風，一片靜悄悄裏聳立著沉默的巨石，夾著白土、紅土、灰土、棕土，很像令人垂涎三尺的三色冰淇淋，更像中國西安出土的秦俑，個個垂目肅立，或沉浸歷史，或冷觀世間，或奔向未來，或超然物外，那不停流動的科羅拉多河和它的姐妹河割蝕土地的嚓嚓聲，形成轟然不變的主旋律，日夜不斷的吟唱，催眠師般地圈住這一大片傲然的巨石林。聖經上說，上帝在開天闢地後的第三天匯集海洋，造出旱地，想來大概就是眼前的這種光景，驚心動魄又嘆為觀止，令人屏息靜氣，久久不捨離去。

其中的彩虹石橋是世界八大奇觀之一，是印第安人首先發現的，以為是天神的聖殿，不准任何人趨近，後來一位猶他大學的教授無意闖入，才將此奇景公諸於世。從此，聖殿變成了觀光勝地，世界各國的遊客絡繹不絕。但據估計，一億年後此石橋將風化殆盡。

蘇東坡說長江「浪淘盡千古風流人物」，這裏的巨石則從史前走到今日，縱觀世代交迭，橫觀人生百態，足以寫成一本厚厚的大書。我們來到名為「三兄弟」的三座並排的石頭山前，大女兒芝華說：「天天看石頭，我把我一生要看的石頭都看完了。」小兒子聽到姊姊這麼說話，趕緊有樣學樣地說：「天天看石頭，我也把我一生要看的石頭都看完了。」童音裏透著老氣橫秋，我想石頭山老公可能要搖頭笑話他們：「我天天看你們，從不敢說我把我一生要看的人都看過了呢！」我自顧自地笑彎了腰，兩個孩子也跟著我笑翻了天，咯咯的笑聲在石頭縫中滾來動去，酣暢淋漓。

二〇〇〇年八月，我們又帶著兩個小可愛去看用大岩石砍鑿出的四個美國總統頭像（Rushmore, South Dakoda），走遍黃石公園，遊蕩於瘋馬景點（Crazy Horse），看到的也是一大片又一大片的石頭，藍天仍然藍得像海底的水晶，連一絲雲朵都沒有，萬里晴空，太陽能彷若廉價品，不斷地傾銷，讓我們走得滿頭大汗，只想趕快找機會鑽回汽車裏。而在這裏已矗立億萬年的石頭們卻是昂然英姿，英雄氣魄絲毫未減。兩個星期的旅遊中，小可愛們仍然愛說傻話，但已深刻領悟到人類在大自然中的渺小，相對而言，石頭看了億萬年的風風雨雨，於是打從心底尊敬石頭，用小手摸摸巨石，他們都覺得自己和歷史搭上了線！

石頭非但有情，而且據說還和一個人的身體健康、事業興旺、家庭幸福、愛情生活等有關係，譬如撫摸白水晶會加強體力，紅瑪瑙主掌事業順利，藍大理石可維持家庭和諧，橘花崗岩會讓愛情起死回生……因此，書桌型的迷你石頭和噴水瀑布的擺飾風行一時；女人喜愛的寶石，諸如鑽石、藍寶石、紅寶石、白玉、翡翠等，更將石頭的魅力發展到極致。

儘管石頭似乎有超乎想像的魔力，文人自古愛石卻是為了篆刻的藝術。一位書法家朋友王粹人說，文人篆刻的取材很廣，譬如竹根、藍晶石、瑪瑙、象牙、木頭、水晶、瓷塊、陶塊、紋石、玉石、大理石、壽山石都可以用來篆刻，而印石則講究石色、石品與手澤。石色以黃（黃芙蓉、田黃）、紅（紅芙蓉、醉芙蓉、雞血石）、白（白芙蓉）為上色；石品以感性（又分神品、妙品、玄品）和方高大為上品；手澤越多越美，但雞血石和白芙蓉絕對忌諱手摸。文人篆刻家的最愛是田黃、芙蓉、雞血石，可是「一兩田黃，三兩黃金」，文人只能捨棄最愛而屈就其他印石。

王粹人說山坑石、水坑石、田坑石、牛蛋黃、桃花洞都屬高價位的石頭，文人都負擔不起，但印石又是最佳的禮物；我從沒買過印石送朋友，也不曾從友人那兒接過這樣的禮物，倒是有一位美國同事送了我兩個橫切圓桶狀的鐘乳石做為聖誕禮物，這到底是禮輕意重或是禮重意輕？可能要依美國文化而定了。

其實父親也收集了很多石頭，都陳列在書架上，我每一次回家，都會發現又有新石頭出現。我認得其中的牛蛋黃、壽山石、雞血石、玉石。父親沒有像陳克華那樣向我詳述這些石頭的來歷，也不准我碰觸它們，只准我用眼睛觀看它們的神采；是內斂、飛揚或無精打采，由石頭所透顯的光彩中我大約都可以判斷出來。我知道它們都來自父親的泉州老家，帶著家鄉味兒，它們都變成了父親的寶貝。不過，父親更寶貝我這個女兒，他陸續給我一只玉觀音、四只玉光杯、一塊壽山石、兩方雞血石、一片三色石，讓我帶回美國家裏擺飾，也可一解對家人、家鄉、家國的相思。我仍然時時與它們脈脈相對，因為它們帶著祖國的信息與祝願。

石頭有神有情乎？答案是肯定的，而且是神定心平深情款款，氣足樣穩長意綿綿……

二〇〇〇年八月二日寫於馬里蘭州波多瑪克

本文刊載於二〇〇〇年九月四日《世界日報》副刊

龔則韞簡介

龔則韞，祖籍福建省晉江縣，生在臺灣，長在臺灣。美國加州大學柏克萊分校公共衛生學院環境衛生科學與毒理學博士。現任美國國防醫科大學輻射生物科、醫科和藥理科教授。獲多項科研獎章，擁有發明專利。業餘愛好文學、音樂、寫作、戲劇、拉大提琴、唱歌、旅行，曾應邀演出曹禺《雷雨》中的「繁漪」。自小特愛大自然，養過許多小動物，種過許多花，喜爬山涉水、越野翻嶺，藉以擁抱藍天大地與黑山白水。愛將行雲流水編成玲瓏詩歌；願將基因奧秘譜出生命旋律。曾任美國大華府華文作協副會長，得過多項文學獎。出版有：《荷花夢》（散文集）、《種瓜得瓜，種豆得豆——遺傳學之父孟德爾》、《雀鳥與蘭花——達爾文》、《十大排毒抗癌蔬果》、《你吃對維他命了嗎？》、《不會生病的吃法》等書。

石頭城記

陳永秀

夜色朦朧，半個月亮尚在空中徜徉，我們這四個遊子忽然被一種如歌如訴、婉轉低迴的聲音喚醒，剎那間幾乎不知身在何處，睜開眼睛看著天花板，才想起在到土耳其的飛機上，一位土耳其女人曾經告訴我們：「天還沒亮，你們就會被清真寺的喚文吵醒。」

原來清真寺正用擴音器向全城的信徒呼喚，近處、遠處，此起彼落的聲音唱著、說著：「來呀！不管你是怎樣的人，來呀！來呀！我們的清真寺不是喪氣之所，你即使犯了一百次錯，我們還是歡迎你來……」在這呼喚聲中，我們開始了土耳其之行的第一天。

我們沒在擁擠的首都安哥拉久留，馬上租了車直駛卡波竇西亞區。公路上車輛不多，路兩旁廣闊的原野，偶爾有稀落疏散的竹籬茅舍點綴其中，風吹草動之下一波又一波的綿羊群不時在眼前、在天邊出現；愈行愈遠、也愈行愈荒；原野逐漸改變了色彩，從墨綠到草黃，從草黃到土棕，平地變成了起伏丘陵，丘陵上又冒出一堆一堆的大石頭來。「那是嗎？」「那就是吧！」、「那就是了！」我們三個乘客異口同聲地說，權做司機大人的外子，馬上把車子靠在大石堆旁停了下來。

放眼望去，大堆大堆的嶙峋怪石，或形單影隻，或雙雙對對，或三位一體，或成群結隊，或大或小，或高或矮，正肅靜地、耐心地等著我們這幾個罕見的中國人……它們等在那兒，等著，等著，從火山爆發後開始等，風吹日曬，人來人往，它們就等在那兒，這一等恐怕也有數億年了吧！

我們巡視著石頭群，從頭到腳打量著：這個太胖，這個太細太高，這個帥勁十足，這個怪模怪樣；我們爬上爬下、繞過來轉過去，忽兒高攀頭頂、忽兒腰上橫行……這大石頭上面有洞！是門洞嗎？從門洞進去，裏面原來已經被挖空，牆上有窗洞、有敲打出來的階梯，還可上樓，從圓洞鑽上去，我們驚訝地發現，大石頭原來是一群古人的家，多麼不可思議！而我們還把腳踩在古人的足跡上，這些足跡，這些成千成萬的足跡，屈指算算，竟有一千五百年了。

由於人類的智慧和生存的本能，他們試著用鑿子鑿刻，石頭硬梆梆的外表下竟是疏鬆的灰質岩，只有在接觸空氣後才會硬化；他們於是敲敲、挖挖、刻刻、鑿鑿，點點滴滴鑿出一個個教堂、房舍和馬廄來。

這些人是些什麼人呢？原來是一群希臘的修道士、他們不滿拜占庭王朝羅馬人的統治，於是騎著馬，騎著驢，尋尋覓覓，尋尋覓覓……終於找到卡波竇西亞這個巨石林立的窮鄉僻壤來修築教堂，以維護他們的希臘正教，他們之中精於建築的，就開始在大石中敲敲鑿鑿，鑿出有圓頂、半圓頂、大圓柱子的教堂，也鑿出奇形怪狀的住所；精於繪畫的，就在圓頂、半圓頂和牆上畫壁畫，壁畫取材自聖經，耶穌坐在正中央，四周則是門徒和天使的事蹟。

粗石其外，教堂其中，外壁色調灰撲，內壁色彩瑰麗，如果不經人指引，還真看不出大石群中的那一塊石頭其實別有洞天呢！這群逃亡者，終於清靜、安定地在這兒隱居，長達六百年之久；土耳其的鄂圖曼王朝推翻了羅馬的拜占庭王朝後，蘇丹大帝把這批近萬的東正教徒送回希臘本土，後來阿拉伯回教徒騎著駱駝來襲，也只能破壞牆上的壁畫，如果當時信徒尚未離去，後果就不堪設想了。

我們在一塊叫「神仙的煙囪」的地方看到當年苦行僧西米歐的庇護所，他為了苦修、磨練自己，先把自己關在地窟多年，又在水桶中住了好幾年，然後到山上將自己用鏈子鎖在一塊大石上，這樣勞其筋骨、苦其心志，終於修成「人上人」，賦有異能，可以為人祈禱治病；瞎眼的、跛腳的、身患不治之症的，都來找他顯現聖蹟，求的人愈來愈多，他不勝負荷，身心交瘁，就輾轉逃到這狀似蘑菇的大石群一帶；他先挖空、住進一個矮小的蘑菇石，後又搬至一個「三位一體」的蘑菇石中，還嫌不夠隱蔽，最後搬進一個鶴立雞群的大蘑菇石上層，人們即使來求他，他也不下來，只在上面替病人祈禱，所以被奉為「高石上的聖人」。

當年絲路從這兒開始，駱駝隊商馱著羊毛、羊皮經過波斯（現在的伊朗和阿富汗），一直進入新疆、甘肅等地，羊毛、羊皮換來中國的絲綢、瓷器和茶葉等；他們愛喝茶，稱茶為「菜」，稱絲為「衣匹」，五千多年前中國人發明蠶絲，壟斷世界的絲市場將近四千年之久，直到兩個俄國僧侶從中國騙取了一些蠶卵，放在竹筒中偷帶到拜占庭王朝來，歐洲的絲工業才開始發展，我在博物館裏看到他們當年的絲織衣服，和中國的絲製衣飾相比，不只相去甚遠，且是望塵莫及。

十三世紀時，成吉思汗幾乎打敗拜占庭王朝，占領整個小亞細亞，如果不是一時大意，被一小撮土耳其部落軍打敗，他的版圖恐怕可以延伸到歐洲大陸，歷史也會為他改寫。他逃回蒙古，不少蒙古軍人卻留下來成家立業，所以土耳其人說他們的歷史是從成吉思汗開始記載的，現在從一些土耳其人臉上似乎還能捕捉到蒙古祖先的影子，這發現使我們在這絕對陌生的國家，感到些許民族認同的驚喜。

撒彌像所有土耳其人一樣，唇上留着八字鬍，他在中學教法文，周末客串當導遊，賺些外快，但他的英文程度只限於幾個單字而已；當他毛遂自薦要帶我們去看一些剛發現的古穴居時，我們覺得不忍，就答應了他。我們的對話在比手劃腳、連畫帶寫，和簡單的英文單字中進行——當年在絲路上想必也是這樣辦交易的吧——常常耗費了極大的力氣才恍然大悟。

撒彌在紙上畫了個土耳其地圖，一面指著東邊一面搖搖頭說：「不好，東土耳其，不去。」我們問他為什麼，他說：「東土耳其人是阿拉伯人，不好、兇，伊朗人，兇，他們，政治宗教……」他把兩根食指放在一起，我們馬上說：「哦！不分，政治宗教不分，不好。」他點點頭，然後指指自己：「我們，土耳其人，政治，宗教……」他再把兩根食指分開，我們又說：「分，應該應該。」我想我們已經理解了他想表達的意思。

他帶著我們到處跑，看了覆蓋在山石下的幾千年前的穴居，看了泥土堆砌的小鎮，看了他的鎮長朋友，看了蜿蜒連緜的大石殿堂（苦修院）；他帶我們住進他朋友新開的旅館，帶我們去他朋友新開的小飯店吃土耳其料理，帶我們到他朋友開的地氈店喝茶……他和許多路人打招呼，不管和對方熟不熟，我們笑說：「撒彌，你該去競選市長。」他回了我們一個笑容，但我們並不確定，他是否聽懂我們的笑話。

我們在土耳其碰到的土耳其人都彬彬有禮，商賈也不例外，沒有人態度驕橫，沒有人口出惡言，沒有人愛理不理；從沒聽說土耳其是個禮儀之邦，真不知他們的「禮儀」是從那兒學來的？

在小城的最後一天，我們住進一間竹筍形狀的石頭旅館裏，這旅館自然沒有一般現代化的旅館舒服，但頗發思古之幽情，能步古人後塵、睡古人石床，已是此生難忘的經驗，誰又在乎那灰暗的燈光呢？

石床難眠，大早即起。三位男士仍打著鼾。我踏著淡淡的晨光，獨個兒在石頭城中散步，我們將要離開，而我，對這奇妙的石城有點兒依依不捨，想臨去掃秋波，再捕捉點奇風異俗，留待他日說夢痕。我漫無目的地往山上走去，大筍石此起彼落，人們在筍石間蓋起奇異的房舍，有傍石而立的，有架在石上的，有搭掤在兩塊大石之間的，有的乾脆住進筍石裏，加扇木門、木窗，街頭巷尾不斷出現奇屋妙舍，讓我看得目不暇給。

這時，有個年輕的土耳其女郎在門前掃地，她看見我就朝我友善地招手，我毫不猶豫地走了過去，她對我說了一堆土耳其話，我只聽懂一個「茶」字，她把手指向屋內，並欠身要我進去，我正對屋裏的布置充滿好奇，這邀請正合我意。進屋後，她忙著把兩個小女兒叫起來，一邊收拾床被，一邊招呼女兒梳洗；蓋被拿走後，坑樣的睡床搖身一變成了沙發，她請我坐「上」沙發。

她頭上纏著土耳其女人用的黑紗，身著布上衣、格布長裙褲，在九月的大熱天，她全身裹得密不透風；她面目姣好，語聲低柔，手掌都因作粗活而發黑。我們交換姓名，她說她叫西琪卡，大女兒叫米芮，小女兒叫哈娃，米芮和哈娃在我身邊團團轉，一會兒從沙發下拖出一隻貓兒來，一會兒要我看她們的作業，一會兒給我聽她們的小收音機，一會兒又把一個美國洋娃娃放在我的手上。

我正忙著和她們「打交道」時，西琪卡已經拿出一張短腳圓桌子，往沙發上一放，兩個女孩兒馬上上了沙發，一邊坐一個；她端上一盤炸的麵包、幾個烤洋山芋、一盤杏蜜餞、一碗羊起士粉、四杯蘋果茶，我這才了解原來她要請我吃早餐，我原以為只是喝杯茶而已呢！

將錯就錯，即來之則安之。吃吧！一切都是那麼順理成章、那麼單純自然，好像她早在那兒等著我似的，我們喝著蘋果茶，邊吃邊用手語交談，說到哪兒算哪兒，懂多少算多少，不刻意傳達什麼，不勉強了解什麼；我想告訴她，這頓異鄉的早飯將永生難忘。我想告訴她，卻只有笑笑，她也朝我笑笑，孩子看我們笑來笑去，也咯咯笑個不停，大家一團和氣，莫名其妙地傻笑著。

馬上我們就要各奔前程，我將下山坐著汽車、坐著船、坐著飛機離去，而她將騎著她的小毛驢兒下山上山，下山上山……，我們不會再見面，但我不會忘記她——西琪卡，一個住在小亞細亞的土耳其女人。

走回旅館，外子和兒子正在吃早飯，看見我後驚喜參半：「失蹤人口回來了，我們以為你被土耳其人拐跑了呢！」等我把我的奇遇說完，那三雙半信半疑、似笑非笑的眼睛，直叫人有口莫辯，「昨晚作了個夢吧！」「早上出去找寫作靈感了吧！」「這種地方最容易讓人胡思亂想了。」我能說什麼呢？只有拍拍我的 Nikon 相機，心中有恃無恐，待回美國後再讓真相大白吧！

本文刊載於一九九〇年《世界日報》副刊

陳永秀簡介

陳永秀，臺灣成功大學化工系畢業後，在美取得化學碩士學位。因為想全心照顧孩子及料理家務，並未從事化學方面的工作，在家陸陸續續寫了十多本兒童讀物，早期有《貓咪的歌》、《雪花飄》、《麵人的故事》、《蘑菇鄉》等，後期有《讓天鵝跳芭蕾舞的柴可夫斯基》、《孤傲的大師塞尚》、《半夢幻半真實的盧梭》。編有《飯牛畫石與磊磊石》詩畫冊。喜歡畫石，也喜歡寫散文，在《世界日報》副刊上發表過多篇作品。

味蕾的記憶

靖竹

移居菲國千島即是自立門戶的開始，小家庭首先要面對的是一日三餐的民生問題，雖說燒飯煮菜不是難事，然而不是自己張羅的炊事工具，用得不順手，也夠手忙腳亂的了，所幸尚可用新手上路、不熟悉狀況等理由來搪塞一下，不過用慣了倒也得心應手，廚娘架勢擺將起來還是有模有樣。

從姑娘時代起就喜歡窩在廚房裏偷師妗婆、母親的廚藝，燒幾道小菜並難不倒當時的新嫁娘，可是為了抓住老公的胃、博取公婆的歡心，好歹多學吧！翻開味全、傅培梅食譜，一道道學學煮煮，讓親友笑話這樣做菜，廚房裏可得備個秤子量分量，一時間真窘得人面紅耳赤。但一邊煮一邊學，確實累積不少經驗，在我家那口子認可說好吃的同時，偏偏我自己不滿意，只覺得入口的菜肴硬是少了些媽媽味、妗婆香；同樣是大米飯，為什麼菲律賓米煮出來的就硬得難以下嚥？我想念那香香、QQ的蓬萊米！

提籃上市場也有問題，熱帶蔬菜的種類不多，可是菲國華人叫的菜名又和我所知道的有所出入：茄子是「紅菜」，洋蔥是「巴蔥」；蒿菜叫「黎珠菜」……，後來才明白「黎茱」是音譯；我要的「spinach」其實指的是「菠菜」，但給我送上的卻是又老又粗的「莧菜」，我冤啊！這是在雞同鴨講嗎？

想娘家的心，一再讓人覺得臺面上的盤飧也變了質，我不奢求自己燒出曹雪芹筆下榮國府那教劉姥姥還吃出雞味兒的茄子，只想做一盤簡簡單單的油燜茄子，卻怎麼也燜不出姈婆燒出來的那種油紫鮮嫩，為什麼我炒出來的茄子外皮是晦暗的深紫色，入口的茄子不嫩，也少了一絲清甜？魚香茄子又哪有母親做的香、辣？從此我明白了，記憶可能因為時光的久遠而淡去，可味蕾的記憶卻忠貞不二，容不得些許差異。

一九八六年，菲律賓百姓以人民的力量，和平推翻獨裁二十年的馬可仕政權，結束軍統戒嚴、取消進口貨物的種種限制，各種的中式調味作料源源進口後才恍然大悟，原來食品風味的差異源自於調味品的不同。記得有一天，饑腸轆轆的大兒子一進家門，就對著空氣猛嗅，連說：「好香好香！」、「和外婆煮的味道一樣」。他這舌頭還真是精！那天我用金蘭醬油做紅燒肉啊！用本地土產的調味品、食材燒出的菜似乎就有那麼一點點不同，有時便成了吾家戶長揶揄的「出世仔」菜。（注1）

近年來有一些人在馬尼拉鄰省大雅臺（Tagaytay）一帶開發蔬菜種植業，因此，偶爾也能在菜市場看見那皮色鮮紫、肉質細白的中國種茄子，啊！記憶深處的茄子本當如是，怎能不買？喜孜孜地燒出一盤魚香茄子，我讓味蕾來當評審，老爺、兒女們都頻頻稱讚那天的茄子特別好吃。

一直覺得住在神州本土的「老中」有很多崇洋的習慣，而住在海外的某些中國人則特別堅持傳統，例如我家公婆移民菲島，三代下來，吃飯時仍用筷子，不像許多華人的用餐習慣皆已菲化，飯端在大盤裏不用碗盛，且改用湯匙、調羹進食了。老公嗜食中菜的結果，是我不會煮菲律賓菜，僅會做一道酸魚湯，炎炎暑天，清淡鮮美的虱目魚湯極為下飯，看到大家舒爽大啖，便令做湯人大感告慰！其實，各民族都各有其特殊的佳肴美食，不懂品嘗，損失至大矣。

自從中國改革開放以後，沿海各省大批父老兄弟姊妹們落戶千島，會做年糕的，誰不想在春節期間賺他一筆？於是，甜年糕也像中國的人口一樣，從中國城鋪天蓋地的擺到郊區，紅咚咚的年糕盒到處可見，不像從前只有幾間老鋪在農曆新年前後蒸一些販售應節。三十多年前第一次看到本地外賣的年糕，心中一愣，怎是如此賣相？吃起來糖分顯然不夠，頗有偷工減料之嫌，並不是我特別嗜甜，而是糖分不夠的年糕很容易壞。吾家年糕以豆皮墊底，蒸熟後撒上芝麻，熱騰騰地在冷空氣裏散發香甜，最後由外婆把紅棗兒嵌在年糕上，使那年糕看起來既「堂皇」又細緻！至於那呂宋蘿蔔糕就別提了，吃不出蘿蔔味啊！於是，我自告奮勇要蒸年糕。

自家蒸年糕對婆婆而言是件不可思議的事，當然也怪她不得，身為唐山鄉裏首富的么女，家中飯食都由專業廚師伺候，她哪裏懂得這些？十二歲來到呂宋以後，買塊年糕拜拜就算過年了，因此，當那剛出籠、撒上白芝麻、嵌著紅棗兒的年糕，甜滋滋、喜洋洋地攤在桌上時，她高興地拿去送給鄰里親友，至於蘿蔔糕啊！令吾家不喜歡吃外邊買的孩子，和原本不吃蘿蔔糕的戶長也從此愛上！小姑、兒子、女兒全學會了如何蒸蘿蔔糕。每回赴美探親，總是和母親一起做蘿蔔糕，那製作過程也正是我們享受天倫的好時光。前時，透過 E-mail 教會文友周芬娜用微波爐做蘿蔔糕，讓她今年樂得在美國以蘿蔔糕度過春節；外婆、妗婆泉下有知亦應含笑，為吾家獨門配方的廚藝代有傳人，甚至開枝散葉到海外而感到欣慰吧。

我愛過農曆年，可是身處蕉風椰雨的國度，哪能在冷颼颼的季候中圍爐夜話？少了那冷氣團，年味大失！然而三十五年的季風季雨，多多少少沖褪了我對老家的思慕眷戀，終於習慣在這沒有溼冷空氣的熱帶過年，就算看不見滿園奼紫嫣紅的杜鵑花，心情亦同樣歡喜；日子再忙碌也一定要蒸幾塊蘿蔔糕應節，一饗孩子們和老伴的口腹，至於甜粿嘛！總是有人送，就偷懶免做啦！

戊子鼠年伊始，菲人鄰居早已開口要甜粿了，為了敦親睦鄰，大年初一早上，煎了一些友人贈送的坊間甜粿送給他們品嘗，也留了一點點給老爺和孩子享用。才入口呢！老爺便咦了一聲，說：「怎麼不甜？」

甜粿不甜？隨即咬一口嘗嘗，糖分確實少了些，我們家做甜粿，糯米和糖的比例是一比一，一斤糯米要放一斤糖啊！難怪坊間的年糕吃起來不夠甜，糖、糯米、瓦斯、水費、電費……價格可是大異以往了呀！在菲律賓最能象徵華人春節的甜年糕，難道也像許多移民一樣，來到千島以後，外貌不變，事實上卻已經發生質變了嗎？

注1：菲國華人稱中菲混血兒為「出世仔」。

靖竹簡介

靖竹，本名施純青，祖籍福建晉江，一九五二年出生，臺北德明技術學院銀行管理系畢業，海外華文女作家協會菲律賓分會會員，定居於馬尼拉。任教於菲律賓中正學院中學部。一九八七～一九八八年為菲律賓《環球日報》撰寫「爐畔雜記」每日專欄，現為菲律賓《世界日報》「反思集」、「拾貝篇」兩專欄撰稿人，一九九四年獲第二十七屆中國語文獎狀、獎章（海外文藝寫作類別）。

使苦難變得更尊貴

王育梅

住在美國加州棕櫚泉的一位畫廊老闆 Lawrence Kirwood，看完我的畫之後說：「初次遇見妳並欣賞妳的作品，強烈地感受到一股熱情。再走近一些，以透視的角度來看它們，我從每一幅不同的創作中，看到原始和史學的動力、精神……」

因為這些原因，他不但收購了我的九件作品，並在二〇〇〇年十二月，為我在他 Palm Spring 的畫廊舉辦畫展。

從我家到炎熱的沙漠地帶，來回車程四個多小時，心情是匆忙且緊張的。走出畫廊時，仍是日正當中，但我的身心卻急需釋放。

在那富人居住的高級住宅區裏，無法隨荷包內的「小孫中山」找個廉價餐廳，但我對自己說：「Who cares!」

車子在陌生城市裏繞了好幾圈，發現一個品味十足的餐廳，令我心動不已。白淨餐廳裏掛著幾幅另類的抽象畫，桌上鋪著優雅的紫色餐巾，一盤清淡的鮭魚特餐，頓覺生活十分美好。

離開那炎熱的沙漠地帶，獨自開車回家的路上，我緊握方向盤，仰望一望無際的山路，不禁稍作停歇，我無法克制心底的激動，喃喃自語著：「至愛的上帝，感謝您！」

淚珠不聽使喚地流下，雖直說要忘記過去，但此刻卻不能忘懷昔日踩踏的艱險里程。

一九九九年接受《新生報》副刊主編袁言言的精心策劃，在新生畫廊舉辦首次「衣錦繡」作品展，當媒體得知不到一年時間，就創作了四十件風格迴異作品的我，居然從未接受過任何藝術專業訓練時，令他們十分驚奇，而後又得知始終面帶微笑的我，是個離婚、得過癌症的單親母親，更為訝異：經歷如此多重苦難的小女人，如何能畫出這般驚豔世人的畫作？

《康健雜誌》的記者黃惠鈴說：「畫家王育梅的作品敷色華麗，誰想得到她曾經走過黯淡的人生路途？」在訪談的過程中，她不解訴說苦難人生的我，怎會是哈哈笑聲一片。作家邱秀芷在我的「衣錦繡」作品展致詞時說：「每一幅作品都代表著她的心從黑暗中跳脫出來。」

不少人說，從我的爽朗笑聲或豐腴身材，聽不出，也看不出我曾經歷那些苦難。我曾面對的或許是苦難，或許不是；只是在這所有一連串的故事背後，它的意義究竟何在？今日的我體認到：「苦難可以使人變得更尊貴。」

做為單親母親，日子比別人稍苦些。身兼嚴父的我，努力地給小牛豐富的愛，教導他要學會愛別人。我相信修女德雷莎所說：「能夠付出愛的人永遠都會快樂，而且活得有意義。」

在流浪生活裏，我告訴小牛英國劍橋大學三座特殊門牆（「德性之門」、「謙卑之門」、「榮譽之門」）的故事。我不斷提醒他，雖然我們的生活不同以往，但我們學習過有尊嚴的生活，也不能忘記德性、謙卑和榮譽的重要性。能懂得尊重他人，才更能明白真愛。

一位來自雲南的少數民族藝術家，看我的作品時半天不語，離去時說了一句：「你的作品像是一個神秘世界！」

作品可反映人的情感，儘管色彩多麼鮮豔華麗，但總有意無意地顯露它內在不為人知的真實心緒。當時《自由時報》的記者邱旭伶說：「王育梅的作品經過實驗，表現出既華麗又頹廢的美感，有張愛玲的味道。」

我從未想過，自己會從文字工作者變為藝術家。如果說，苦難是「化妝後」的祝福，而愛的源頭是考驗，我都曾有過這樣的生命體驗。

那年，我搬進二萬多呎的老屋，在徬徨無助時，經年輕的姐妹天瑤鼓勵，我重回教會，我相信宗教信仰必能為我帶來啟示與力量。

雖然，我不認為上帝該對我的苦難負責，但我卻祈求祂保守我的身體，盼望祂能賜予勇氣與智慧。

那時，朋友分別借給我兩本書：《善有惡報》、《裏外更新》。朋友藉由這兩本書，與我分享他們所經歷過的苦，我這才明白，人都有各自無法痊癒的傷疤，儘管用各種方法，也只能短暫的掩飾一些，而無法抽除傷痕裏的痛楚。

面對一片自然原野，幼年的田園生活再度浮現，我的餐桌上多了《清貧思想》、《愛默生選集》與《湖濱散記》等舊書。突然想做名農婦，以賣有機農作物為生。我將名牌服飾、鞋子收起，重返一九八四年流浪紐約的「苦行僧」心境。

那時，到我家探訪我的朋友，曾暗地笑我種菜，好比當年大陸的「大躍進」與「土法煉鋼」，同時又擔憂和惋惜，他們覺得我浪費上帝賜給我的才華，甚至想以投資的方式，幫助我往設計珠寶的路線發展。

自我封閉太久，自卑與恐懼織成重重心結。那段期間，我跑到附近的山上，利用凌晨無人的安靜時刻，試著禱告。我問上帝：「你給我苦難，卻又給我愛，你幾次將我從危險邊緣拉回，這一切是為了什麼？」從書本和友情中，我逐漸領悟：與其問為什麼，不如學習「活在當下」。若能從這門功課中學會珍惜生命、熱愛生命，在面對痛苦、磨難時必能堅強而勇敢。

一九九八年的中秋節，作家吳玲瑤到我居住的小屋來看我。當她看到牆壁上一幅「中國服飾畫」時，好奇地問：「這是誰的作品？」她獲悉那是我八年前的創作時，很誠懇地鼓勵我以「作畫」代替珠寶設計工作與寫作，接著旅居洛杉磯的詩人及文友分別收購我的作品，同年十一月返臺，又受到臺北文友的鼓勵，我因此走上了「藝術創作」這條不歸路。

從創作到開作品展，時間還不滿一年。在「新生畫廊」的開幕酒會上，有近一百位嘉賓光臨，臺灣的電視臺及平面媒體皆到場訪問。

很多人問我，為何會創作「衣錦繡」的畫，問我畫的尺寸等問題，甚至有人好奇我花了多少公關費等等，而我的回答是「不知」（創作可說是隨手拈來）和「沒有」。這樣的另類創作展被友人笑稱「奇蹟」，還有人搖頭說：「簡直被妳打敗」。

一九九九年七月三十一日的「衣錦繡」展，雖叫好不叫座，但我已經覺得很棒了。我帶著滿筐的感恩，依依不捨地返回美國。

王育梅簡介

王勝璋，筆名王育梅、王婕，祖籍河北省高邑縣，自幼生長於臺灣南部。臺灣世新大學廣電系畢業，曾在電臺新聞部從事編輯工作，亦曾擔任貿易工司會計一職。曾替臺灣婦女雜誌寫關於「藝術」的報導；替洛杉機《AM1300周刊》寫關於「雲、貴少數民族」的文章；替美國《星島日報》寫「太平洋彼岸」、「海濱閒談」、「養生寶典」專欄，並在洛杉磯佳音社主持「文藝沙龍」節目。喜歡文學、藝術、烹飪。一九九四年滿庭芳出版社出版《生活與智慧》，神州出版社出版《異國生活中國情》；一九九九年七月三十一日於臺北新生畫廊舉辦「衣錦繡」創作展，一九九九年十月於洛杉磯創辦「音樂藝術關懷協會」，二〇〇三年九月二十七日於洛杉磯偉博文化中心舉辦「戰爭與和平作品展及感恩音樂會」。

秋夜

彭順臺

夏天的時候，母親從臺灣來避暑，逛商店時給我和女兒買了一個三人座的搖椅，放在前院裏。由於北美日光節約時間的關係，傍晚七、八點時天還是亮的。祖孫倆巡完園子，把剛摘下的水果在門口的水龍頭下洗乾淨，坐在搖椅上，邊吃邊搖，還講伊索寓言中狗狗把骨頭弄掉到水裏的故事，直到天色暗了都還不肯進來。

暑假過後，樹上的果子都摘光了，母親也回臺灣去了。開學後，生活步調非常緊湊，連園子都很少去了。等到十月底夏令時間一過，五點多天就暗了，搖椅更是沒人理會，空盪盪的積著灰塵。

某天彈完鋼琴、洗過澡，正準備上床時，女兒忽然說：

「媽咪，我們可不可以出去坐在搖椅上搖一搖？我們好久沒有搖了。」

「外面好冷耶，又黑！」

「我們可以蓋被子啊！」

我想了一下，才說：「好吧。」

於是兩人半圍半抬著我的大花被，到院裏的搖椅上坐下。不久，她 Daddy 也抱著他的被子，加入了我們的行列。

門前開著小燈，空氣很清冷，我們擁著被子，面對著大草坪，有一種在露營的感覺。女兒擠在我們中間的一堆被子裏，只露出一個小頭，閃亮的眼睛，像一隻小動物。

此後，只要想起來，我們就會出去搖一搖。

這天 Daddy 很早就睡了，只有女兒跟我出去搖。她把腳縮起來放上搖椅，頭枕在我的腿上，舒服極了。她的眼睛隨著搖椅的擺動，眨呀眨的，最後終於閉上，睡著了！

周圍非常安靜。我們住在鄉下，每家都有幾畝地。馬路上沒有街燈，黑暗中零零星星點著住家的門燈。遠處傳來隱隱約約的車聲，偶爾還有鄰居的牛鳴。

前院有一棵高大的白樺，我下班回來時注意到它的葉子已經全部變黃了。月色從樹間穿過。忽然，我聽見嗶嗶剝剝的細微聲音，接著，在每個嗶剝聲之後就有一片樹葉掉落。原來葉落不是無聲的，即使是一片葉子，它脫離母體時也必須經過一番掙扎。一陣微風吹來，沙沙的吹落不少葉子。風再大些，更多的樹葉紛紛落下。草地上已經積了許多落葉，等周末小朋友來玩時，她們會用扒子把落葉堆起來，然後一起歡呼，跳進落葉堆裏。

月光照著熟睡中的小天使，我望著寧靜的庭院，輕輕的搖著。時光凝結在清冷的空氣中，我願意永遠這樣地搖下去。

本文刊載於二〇〇三年十二月二十四日臺灣《中央日報》副刊
二〇〇四年二月六日北美《世界日報》副刊

彭順臺簡介

彭順臺，臺灣中央大學大氣物理系畢業，紐約奧伯尼大學大氣科學博士。家住美國加州矽谷南邊。現任職於美國海軍研究實驗室，專研動力氣象。工作之餘喜好藝術和文學。著有短篇小說集《咖啡與香水》（臺灣：九歌出版社）。

聖誕夜的甜品

黃梅

生長在菲律賓這個天主教國家，小時候最喜歡過的節日，莫過於充滿夢幻般色彩和歌聲的聖誕節了。

聖誕期間，街頭巷尾不斷響起那洋溢著祥和與歡樂的聖誕歌曲；家家戶戶的窗戶上掛著用彩紙紮的星形大燈籠；屋子裏矗立著一棵剛從碧瑤運來的新鮮大松樹，翠綠的針葉上掛著各種小飾物和五彩燈串，樹底下則擺放著早已知道內容，卻又被花紙包裝好的聖誕禮物。而更值得期待的，是聖誕夜裏母親所準備的宵夜，那是用本地的巧克力塊所熬煮出的、熱騰騰的巧克力奶，另外將整隻燻乾的熟火腿泡軟後再切片、煎熱，塗上鳳梨和糖蜜製成的醬汁，夾進剛烤好的班黎剎麵包中，那真是無與倫比的美味啊！童年時對聖誕節的熱切盼望，便也在那悅耳的歌聲、燦爛的燈光、繽紛的彩飾，及平日難得一嘗的食物中被滿足了。

現在，一年一度的聖誕節又來臨了。這是生命中第幾個聖誕節了呢？恐怕得用兩隻手掌翻個幾翻才數得出來吧！今年戶外的聖誕歌似乎放得並不怎麼起勁，大街小巷各家的窗口，也很少掛著那種傳統的彩紙星形大燈籠，各種新穎巧妙的電子產品已取代了它。畢竟一切物質形式都會隨著時間的流逝而改變，但願那最可貴的聖誕精神，不會隨著時代的更遞而消失。

每逢過年過節，我們一大家子都會聚在一起。因為八十多歲的老母親和三弟同住，近年來，他家成了我們團聚的地方；而由母親所衍生出的近四十口人的大家庭，就會以她老人家為中心，構成一個四代同堂的歡樂場面。

三弟喜歡熱鬧，也是最會製造歡樂氣氛的人，由他來籌劃、主持這種過年過節的家庭團聚，都能讓老少同歡，共享天倫之樂。聖誕節到來之前，他早已把家裏布置得充滿節日氣氛，臨街的客廳大窗上，掛著一個彩貝綴成的星形大彩燈；高及天花板的聖誕樹，樹身會自動變換出不同色調的亮光，樹下當然也擺著準備送給家人的禮物；嶄新的音響裏，不間斷地播放著大家耳熟能詳的聖誕歌曲。這時候，童年時過聖誕節的快樂情景，似乎又再度重現……

天還未黑，母親就打扮得光鮮整齊，坐在沙發上等著兒孫們到來。她老人家最近因為各種小毛病纏身，總是悶悶不樂，經常唉聲嘆氣，此刻卻挺有精神地問東問西，點算著各家成員的出缺席，哪家什麼人還沒到，她可都是清清楚楚。誠如心理學家所說，當人心情愉悅，快樂指數升高時，人也就跟著格外有精神。

終於，在母親不斷的詢問和期盼下，各家的大人、小孩都陸續來到。大人們彼此熱烈地寒喧著，孩子們則一一上前跟各個長輩行見面禮。有的是親熱地在阿嬤、阿姨、嬸嬸、叔叔、舅舅、舅媽們的臉頰上輕輕一吻；有的則是牽起對方的手，恭恭敬敬地貼一貼自己的額頭，而來自唐山的老阿嬤，也早已習慣這種混合著本土和西方文化的見面禮。

母親其實是在本地出生的第二代華人。當年外祖母原是被留在唐山的「番客嬸」，只是後來因為躲避家鄉的土匪之亂而來呂宋避難，就在這裏生下母親，因而母親也就擁有一張洋名為「安娜」的出生證明。只不過還在牙牙學語的她，被外祖母帶回唐山去，在那兒成長，直到跟父親成婚後，才又回到她的出生地來，並在這裏生下一大群孩子，繁衍成一個有四十多口人的大家庭，也才有今日這個四代同堂的溫馨場面。

當然，這中間還有個男主人，那就是已經去世多年，來不及看到第三代成長的父親。在父系的大家族中，第一代的移民先鋒是曾祖父，已有妻小的他，隻身飄洋過海來呂宋謀生，那已經是上上個世紀末的事了。當他在這裏找到一個可以安身立命的工作之後，便縮衣節食地將每個月的工資積存下來，寄回去養活妻小，自己則要等上好幾年，才肯花點路費回鄉一趟。後來孩子大了，就把他們一個一個接過來，成為移民的第二代，而他老人家，五十歲不到便告老還鄉了。

伯祖父是第二代中的佼佼者，年輕的他，從沒上過正式的學堂，但很快地英語、菲語全都朗朗上口，並且還從事一份不簡單的營生——幫人蓋房子。那時候他所雇用的工匠，全是他買人家的「大字」（注1），把他們從唐山帶過來的。自家人更不用說，一個個全成了「番客」，家鄉新建不久的「洋樓」便成了空宅，後來就被一些遠親給占住了。

當年父親便是做為伯祖父的兒子來菲的，所以他的英文名字叫「唐大」，當然還有名叫「唐二」、「唐三」的。正因為伯祖父把侄兒們都當成兒子般地接過來，所以早年我們在這兒可是一個結合好幾「房」人聚居的大家庭，熱鬧得很呢！記得大宅裏的眾多唐山人當中，有時還會出現一位身著美麗傳統服裝的菲律賓婦人，她是伯祖父的岳母，因為他的繼室是個「出世仔」（注2），那時候母親和幾個嬸嬸們都還不會講「大家樂」（注3），真不知她們是如何跟這位親家母溝通的。

大弟媳也是個菲女，母親和她在溝通上不會有問題，因為母親的「大家樂」已經說得很不錯，甚至在她所講的閩南話中，已習慣性地夾雜著幾個菲語。譬如她要說「因為」，就很自然地說成「KASI」；「總之」，她會說成「BASTA」；「瓶子」她就說是「BOTE」。最好笑的是她要說「味道」時，愛用菲語「LASA」，而「沒味道」就自然而然地被說成「沒拉沒沙」，諸如此類。平時我們也都習以為常，但沒想到當她返回唐山跟家鄉的親人說話時，也會不經意地夾雜著這些常用的菲語，讓對方聽得一頭霧水，後來才發現她說的是「番仔話」而哄堂大笑。

「阿嬤，來去吃飯了！」是哪個孫女在招呼老祖母去用餐？這應該是正統的閩南語了吧？反正「來去」和「吃飯」大家都聽得懂。這時大廈頂樓的天臺那邊已經擺好了豐盛的自助餐，有中式的炒米粉、西式的義大利麵、本地的涼拌粉絲，全隨個人的喜好自由拿取，其他的主菜也都是多樣化的烹調，但可別忘了，還有一道可口的甜品——哈樂哈樂（注4）。是的，島國的多元文化，就展現在一杯冰涼的「哈樂哈樂」裏。

注1：早期華僑對「外僑居留證」的代稱，擁有者告老還鄉後可以將之轉賣給他人使用。

注2：華僑對中菲混血兒的代稱。

注3：菲律賓國語「TAGALOG」之閩南語譯音。

注4：菲語「HALO」的意思是「混合」，「HALO HALO」則是一種混合著多種乾果、豆子、蜜餞，加上牛奶和碎冰屑攪和而成的一道甜品。

黃梅簡介

黃梅，本名黃珍玲，原籍福建晉江，生長於菲律賓，為第四代移民。在菲接受華文教育，中學畢業後，以僑生身分回國升學，就讀臺灣師範大學國文系，畢業返菲，服務於菲華文教界，曾任菲律賓中正學院中學部主任及大學部講師，並兼任菲律賓《聯合日報》文藝副刊主編，業餘愛好寫作，著有《黃梅散文選集》。現任亞洲華文作家協會菲律賓分會及菲華文藝協會常務理事，熱心推動菲華文運，曾獲中國文藝協會第四十屆文藝獎章「海外文藝工作獎」。

神洲勁旅馬蹄香

譚綠屏

生得逢時，家父九十慶

二〇〇七年十月十三日，一晚徹夜未眠的收拾行李，頂著頭皮發麻的精神壓力，拖著超過一半是禮品、四十多公斤的兩只滾輪箱，一路丟三忘四地回到南京的家中。

十四日一早，還處在德國午夜睡意正濃、眼瞼腫脹的我，便跟上弟弟開的車，一家人來到江蘇省美術館。這天，由北京徐悲鴻紀念館、中國美術家協會、南京師範大學等十多家單位聯合，在此地為家父舉辦聲勢浩大的慶生會。省立美術館面對會場的大門上高懸巨幅的紅色標語：「徐悲鴻嫡傳弟子譚勇教授九十華誕　中國畫作品回顧展暨《譚勇傳》出版首發式」。徐悲鴻夫人廖靜文的親筆賀信在大會上被宣讀，徐悲鴻的女兒徐靜斐也從合肥趕來為大會致詞，而家父精神抖擻、聲音宏亮地做了答謝詞。展出作品雖是文革中劫後餘生的作品，仍能看到家父勤勉教學之餘勤奮作畫的一生。從年輕時的人像寫生、人物創作，到中年時的山水建築，至晚年的花鳥，令各門行家驚異竟出自一人之手。家父從藝七十年，教學六十五年，桃李滿天下，弟子、同仁加上乞壽粉絲摩肩擦背，人潮洶湧。蛋糕被瓜分一淨，紅酒亦舉杯痛飲，禮品袋拎在手上，翻閱厚重的《譚勇傳》更是當務之急。看看書中的圖片，年輕時的譚勇還是個英挺的美男子，風度不凡！

此時此景，令人不由得想起同樣身為徐悲鴻嫡傳弟子的家母，不堪文革迫害，病逝已三十一年。想當初、比今天，社會進步變遷，彷若天上人間。

畫家如明星，藝潮超盛唐

十月十九日，我們的「當今德國畫家赴南京畫展」由南京市文聯、市美協共同主辦，在南京美術館隆重開幕。儘管頭緒萬千，但作為總策劃和組辦人，只有我最了解全局，不得不由我自己充當主持人。多次到德國表演的二胡演奏家董金明，以精湛的琴藝拉開序幕，我的書法學生沙特，則用中文引人入勝地背誦出他事先準備好的講稿。高齡老父一九八九年秋天曾到德國辦畫展，早與本次赴寧參展的藝術家海格、沙特結下友誼。為避免他「人老話多」，字斟句酌的擬了半頁講稿，讓他得以慷慨陳詞。畫廊女經理克絲蒂娜代表德國畫家全體致答謝詞，緊接著知名水彩畫家伯麗紀特代表全體參展畫友，給我奉上了一大束鮮花。克絲蒂娜將自己專題創作的、一人高的大幅炳稀畫「南京—漢堡」贈送給南京美術館，得到王館長頒發的收藏證。市文聯張書記邀午宴謝幕，席間還細心指導老外們如何先吸湯後嘗餡的「小籠湯包吃法」。

二十四日晚上，我作東，席開三大桌，盛宴招待老外們和我的家人親友，共同向家父祝壽。十年前，我的學生卡特琳和庫娜參加家父的八十壽慶；二年前，克絲蒂娜和約塔參加我的個人畫展，同時也參加了家父的八十八米壽慶，而且當時即約定要來「慶九十」。父親收到許多來自遠方的美好禮品，合影中高興的他恰如歡顏童少。

隔日交接售畫款項，志得意滿。伯麗紀特、克絲蒂娜為有作品留在中國而自豪；年紀最輕的蘇珊娜第一次到中國，因歐元升值後消費變得便宜，高興得像隻快樂的小鳥。小帥哥瓦爾德瑪告訴我，他已遍訪南京的每家晚間酒吧，下次可以當我的導遊，約耿更是樂不思蜀，巴不得留在中國，不回德國了。

民間情誼，如魚得水

我們的畫展選在租金便宜、地處窄巷的南京美術館，而非價錢貴上三、四倍的江蘇省美術館，一方面我們的畫家實力絕對「酒香不怕巷子深」，另一方面我們遠道而來，是純民間、最基層的自費組合，我們沒有任何官員或集團為我們出資鋪路，其結果反倒自由鬆快，如魚得水。

畫展的五天展期中，友誼邀宴太多，以致不得不婉言推卻，連在展場輪值的老外也被熱情的觀眾請去午餐。南京美術館王剛館長見證了我先前的介紹：「老外畫家個個都是布展的老手」，驚訝於他們連鎚子、釘子等工具都自備好了，一個個熟練地在各自分配到的牆面一一完工就緒，讓人嘆為觀止。

在與中國文化的撞擊中，老外們特別感受到中國人普遍保有的、禮讓謙遜的特質，有教養、樂於助人者越來越多，他們也親身體驗到中國人當中的富裕人家，幾乎已至「朱門酒肉臭」的奢華地步。期間也遇到某些觀念錯誤者，以為老外個個都是富翁，不揩他們一下油，就覺得對不起自己。伽蒂的一件立體作品就在展場被毛賊盜竊。我不得不一再說明，二十年來德國的福利直線下降，稅金卻直線上揚，購物指數銳減，藝術市場首當其衝。因此許多外國畫家不在德國久留，另尋其他通途。不過德國畫家普遍安貧樂道，自求心靈滿足。而中國炒地、炒房、炒股、炒畫，中國的畫家時來運轉，瞬間爆富。當然，德國目前仍享有心理平等而層次更高的社會物質資產，德國社會福利絕對保證了社會貧民的不失溫飽。面對許多想到德國辦畫展的要求，宏揚中國文化，情志可嘉，然想賺得回程，其箇中辛秘務必細細盤算。

文學之旅，廈門、廣州

我們的老外畫傑們志得意滿，各分東西，而我也從南京飛廈門，參加第七屆東南亞華文研討會。二十七日大會開幕，這是此研究會二十周年的盛會。和多位學者教授和知名作家重逢，文人禮讓，祥和之氣平升。我的講題是「介紹歐華作協的幾位大陸作家」，雖然嗓子啞了，文中立意卻被全場的掌聲所激勵，心情得以寬慰。

廈門這個美麗的新興城市，空氣清新，綺麗風光勝似漢堡，卻沒有漢堡寒冷的冬天，其美術館的規模，印證了當前國內繪畫藝術的發達。

二十九日傍晚，不得不推辭特別的晚宴邀請，我臨時轉飛到廣州。前廣州市美協秘書長黃亦生雖已退休，仍然不減當年的活力，緊急安排、邀約了幾個廣州文學、文化方面的精英同我見面。看他們個個俊男靚女，年輕有為、才氣橫溢，讓我直覺後生可畏，豔羨不已。我在他們這個年歲的時候，只有讀「老三篇」、學老農種地的分兒。黃太太趁黃先生電話聯絡的當兒，陪我找了附近手藝最好的理髮師為我作頭髮，還搶先替我付帳。祖籍廣東的我，一股鄉情、親情頓時溢滿心田，多年前我到廣州時，父親的弟媳七嬸也是這樣執意地領我去理髮，為我付帳。

理深情重，無錫太湖

為了趕時間，在廣州只停留了一天一夜便拱手告別，倉促返寧。稍事休整後，隨即奔赴無錫，參加「中國新文學會第二十三屆年會」暨「底層創作與和諧社會學術研討會」。張永健教授特地給我安排了一位「秘書小姐」許陳穎，可別看她貌似柔弱，實則是講師級別的中文教師。向來天馬行空、獨來獨往的我（老公不愛遠遊），一下子添了位熱情活脫的「馬前天使」，一切忙亂頓時變得從容不迫。

會議程序密集，上午、下午、晚上都排滿了，每位學者各抒高見。我承蒙大會厚愛，得機發表我的講題：「底層創作與和諧社會的世界意義」，我在文中介紹了偷渡到德國的難民所寫的紀實小說——《人蛇潮的背影》。

緊接著兩個白天的文化考察，觀訪了類似電影城的太湖三國城，欣賞到我特愛的馬術表演，遊覽了太湖多個知名景點——東林書院、鼋頭渚等，拍得許多喜歡的照片，其中身著唐代騎士服的馬術表演，無論其規模、陣容、技巧，都遠勝於我在東歐所見。

最後一天，我們拜訪了理想主義的實現樣板、農民的天堂——華西大隊。鑒於當今世界文明的走向，貧富的兩極分化，中國政客屢懲難戒的貪腐，我在他們的文史展覽館之中流連許久。

家母是無錫人，我對無錫地區自然特別深懷厚情，況且家母在文革後期罹患絕症，此病即因帶學生到華西大隊務農，於雨中泥濘跋涉所致。遊覽車穿過金頂輝煌的華西醫院時，我不禁潸然淚下。

歸心似箭，喜訊迎面

回南京分寄會友書籍、辦理朋友所託之事項、拜別相助的家人親友，特別向半年多來全力幫助我打字交接、跑腿張羅的鄰家義妹增琴致謝。不懂外文的增琴妹、不懂中文的老公延斯，和不懂電腦、家中也無電腦的我，三人硬是力挫煩難，完成大量中外文字和圖片的校對工作，成功組辦了德國畫家赴南京畫展。

而後備馬駕鞍、整頓行裝，又是一個忙碌的不眠之夜。有道是馬不停蹄、打道回府，且一路福星高照，多逢俠士仁人幫抬重箱；原以為在法蘭克福出關必定會耽誤火車時辰，居然海關也開恩免檢，大開方便之門。

先生準時接我回到漢堡溫暖的家。隔日即收到天津寄來老年文學大型徵文畫類一等獎證書。打開德國《華商報》二〇五期，我們南京畫展的報導已赫然見報——〈德國「中國迷」，南京辦畫展〉，可見好事也會「長腿出門傳千里」，而世界文化遺產網上也早已公布當天畫展的消息。我們的德國畫家們迫不及待地分頭組織相關的攝影、錄影展，並在德方報紙上報導。演員出身的伽蒂滿懷對中國的深情，畫出新作「上海」，並寫出熱情洋溢的德文記實〈漢堡、上海，南京、漢堡〉。同時，大家也計劃、籌備著二〇〇八年「漢堡中國時代」的匯報展。笑語連天的尕比在給大家的電郵開頭稱「Liebe Lao Wais」，意即「親愛的老外們」，老外是拼音，「S」則代表複數。親友、文友、畫友，中國人、外國人的新年賀卡、賀詞溢滿平信郵箱和電子郵箱……

問我快樂嗎？我想我不能高興得太早，還有積欠一年的家務事等著我呢！

二〇〇七年十二月三十日凌晨初稿
二〇〇八年一月八日完稿

本文刊載於二〇〇八年一月德國《華商報》刊載，此處有部分刪節

譚綠屏簡介

譚綠屏，漢堡藝術家，中國書畫教師、世界短篇小說研究會歐洲理事。出國前為江蘇省旅遊品銷售公司外賓部現場畫師。一九八四年遊學西德，多方應邀舉辦畫展和「中國畫的欣賞」專題講演，繪畫作品常刊載於德國多份華文刊物的頭版和封面。一九八九年獲遵義杯書畫大展大賽獎；一九九四年獲國際水墨大展楓葉獎；一九八六年在《歐洲日報》發表處女作；一九九〇年第三篇作品獲臺灣《中央日報》文學獎；二〇〇二年出版文集《揚子江的魚，易北河的水》；二〇〇五年於江蘇省美術館舉辦個人畫展，南京市作協舉辦個人作品座談會，江蘇省《花鳥畫研究》月報刊載個人專頁，短篇小說選入《二〇〇五年世界華語文學作品精選》；二〇〇七年策劃、組辦德國畫家十五人赴南京市美術館畫展，獲得老年文學海內外徵文書類一等獎。

如果沒有樹

心笛

如果沒有樹，這世界將變成什麼樣子？

如果沒有樹，地平線上將變得平庸無奇，豎立的只有鋼骨水泥、高樓大廈，灰灰沉沉，方方板板，一片枯乾的工商氣息。

如果沒有樹，山將會失去所有的靈秀，即使山上有野花、草叢，沒有古木沖天，沒有綠蔭托衫，光禿的山又怎會雄偉壯麗？

如果沒有樹，所有的水，都將失去生氣。湖旁溪邊，雖長著軟草和花朵，但任水如何清澈，若沒有挺立的樹幹橫斜參差，沒有葉影飄忽，湖與溪都將顯得沉寂。

如果沒有樹，森林將從地球上消失，成群的野獸不能安居林中，將向城市入侵，或消形滅跡。

如果沒有樹，城市與鄉村、公路與庭院，都會變得蕭索；沒有樹蔭遮陽，沒有樹枝伸入穹蒼，縱使種植奇花異草，也填補不了城市的空寂、旅途的單調、庭院的無味，鄉村也因為沒有樹而失去了氣韻。

如果沒有樹，夕陽西落、星起月升時，除了屋脊之外，就沒有剛陽的樹影相映。

沒有樹，在有太陽的日子裏，再也看不到透明如翠玉的葉片在疏密有致的枝椏上掛著；在下雨的時候，再也尋不著晶亮的水珠滴綴在枝梢，更別想躺在草坪上觀看枝葉空隙間特別奇美的藍天。

如果沒有樹，霧來時，不能繪成一片迷離朦朧的美景，亦不再有遠處詩意洋溢的霧林，只是厚厚的死白，潮溼而空洞。

如果沒有樹，小松鼠將失去躲藏的高樓和爬躍的遊戲區，蟲蟻和知了也將移居低矮的樓層底下。

如果沒有樹，你我的窗前不會有搖曳的葉影，風起時，也聽不見枝葉拂動的聲音，清晨和傍晚，小雀們也不能在高枝上探頭清唱，你我的窗，將成寂寞的窗。

如果沒有樹，紙張將變得奇貴，書本將漸漸變少，愛書的人將難以擁有世間的名著，只能使用電腦來閱讀。朋友的信將不再寫在紙上，而報紙也全都透由電腦來發行。

如果沒有樹，詩人的心將枯萎，畫家的靈感也會消失，人們的眼神將不再向上投射，由地面隨著樹的枝幹仰看蒼穹。

如果沒有樹，這大地將失去無盡的美，人的精神因此而乾枯，爭奪因而叢生，戰爭更成為家常便飯。

如果沒有樹，我的心將會哭泣。

本文刊載於二〇〇七年六月一日《今晚報》
《中央日報》副刊刊載之日期則不詳矣

心笛簡介

浦麗琳，筆名心笛。江蘇常熟人，出生於北平清華園。流浪海外半世紀餘。美國聖瑪麗學院學士、紐約大學經濟學碩士、紐約州立大學奧本尼校區圖書館學碩士。多年來任職於美國南加州大學圖書館。著有新詩集《貝殼》、《摺夢》、《提筐人》等，與人合編《白馬社新詩選：紐約樓客》。曾獲二〇〇四年臺北文藝協會海外創作五四文藝獎、二〇〇四年僑聯文化基金會新詩獎第一名。散文曾發表於臺北《中國時報》人間副刊、《中央日報》副刊、《香港文學》、《明報月刊》、《傳記文學》、《文匯讀書周報》、《天津青春閱讀》、《今晚報》等。詩文被收入《二十世紀中國新詩辭典》、《中國詩選》、《盈盈秋水》、《海外華人新詩選》、《海外華人散文選》、《記憶辛笛》、《今文觀止》等。

兩種聲音

陳瓊華

余光中有這樣的詩句：「今生今世，我最忘情的哭聲有兩次，一次在我生命的開始，一次在妳生命的告終」，而我今生今世，最難忘的兩種聲音，一是爸爸腳下木屐的嗑嗑聲，一是媽媽腳踏縫衣機的嗟嗟聲；童年的我打從心裏討厭這兩種聲響，殊不知這正是他們為了家庭生計，勞心勞力的象徵，我們七個兄弟姐妹能如願的進學堂，就是嗑嗑聲和嗟嗟聲換來鏗鏘的銅幣聲，供一家人糊口度日。

早年父母親和一般的唐山人一樣，離鄉背井，出外謀生，他們以無比的堅毅、無比的勇氣，在人生地不熟、「呂宋錢淹腳目」的菲律賓打拚，相信他們一定經歷過無比的煎熬和掙扎，忍受過無比的辛酸和苦痛，他們的處境，只能無語問蒼天，唯一的安慰，就是看到成群兒女健康成長，那是他們心靈的寄託和驕傲。

記得父母親做過多種的小本生意，結果都失敗了，直到開「菜仔店」才穩定下來，他們同甘共苦，趁早、摸黑做到夜幕低垂，我印象最深的就是父親腳下木屐的聲音，嗑、嗑、嗑的音波震動了整個屋子。父親高個子、五官端正，稱得上是美男子，可惜的是，粗俗的鄉下佬就是不喜歡穿鞋子，或許是將皮鞋視為一種奢侈品吧。父親喜歡聽「南音」，每次唱著唱著，木屐就跟著打起拍子來，雖是「弦外之音」，聽來卻挺和諧的。那踏進踏出的嗑嗑聲，是勤勞的象徵，是我家不可缺少的韻律，因為那是父親健康的腳步聲。

母親是個文盲，纏足、梳高髻，是位中國傳統風俗培養出來的古典婦女，更是位被公婆、姑嫂、妯娌欺侮的小媳婦，在大家庭專制的壓迫之下，塑造出她忍耐性高、啞巴似的性格，這也是父親離鄉背井的原因之一。

母親嫁雞隨雞，來到異鄉生根，貧困家境的重擔幾乎讓她喘不過氣來，但她做得不亦樂乎，因為那是她自己的家庭，是身為人妻、人母應盡的任務。當年的「菜仔店」只能勉強維生，在捉襟見肘的情況下，母親做起女紅補貼家用，她縫製學生制服出售，當時她售衣或買布料，抱著大包小包過馬路或上下車的辛苦，稚齡的我完全幫不上忙，頂多只能幫她提提較輕的包袱而已。從此，家裏又增添了縫衣機的噠噠聲，噠噠聲於夜闌人靜時更為響亮，三寸金蓮踏著車盤的聲音越勤快也越吵雜。

念佛經是飽經風霜的母親唯一能靜下來休息的時刻，她可能不懂得深奧的經理，至少文盲的她也認識了不少漢字，從中她得到心靈的舒坦和平靜。日子一成不變的流逝，母親濃密的黑髮稀疏了，泛起霜花，噠噠噠，踏得腰身不再挺拔；父親也經歷風霜歲月的洗禮，雙眼失去了光華，直到全然瞎盲。父母親為家庭辛勞付出，見到成群兒女都健健康康的成家立業，他們才能高枕無憂地含飴弄孫，過著無求的日子。

〈跪羊圖〉歌詞中有一句：「父身病，是子勞成疾，母心憂，是憂兒未成器」，每當唱起這詞句，總覺對父母親健在時不夠關懷而汗顏，汗顏地尋覓著父母的噓寒問暖。

兩老都活到九十高齡，記得父親過九十歲生日的那一天，大嫂一早下廚煮完麵線，正高興地要叫醒父親吃壽麵，怎知父親已往生了……父親的生辰和忌日是同一天。一年後，母親也在無意識的狀態裏，手握念珠走完她的人生路程。我們尊照佛儀，不翻動她的身體，並給予八小時的助念。

那已消聲匿跡的嗑嗑聲和噠噠聲，依稀在我耳畔翻攪著……。

本文刊載於二〇〇七年十一月六日菲律賓《聯合日報》之耕園周刊

陳瓊華簡介

陳瓊華，筆名小華，菲律賓土生土長之華裔。擅長小說與散文。出版《小華文選》，編有《春華秋實》。

歷任亞華作家文藝基金會董事、亞華作協菲律賓分會及耕園文藝社常務理事、《聯合日報》之「耕園周刊」主編、王國棟文藝基金會董事長。

陳瓊華秉承其先夫王國棟熱愛文藝之遺志，創立「王國棟文藝基金會」，舉辦過三屆文學獎，至今為菲華文藝界人士出版九本個人作品專輯，「王國棟文藝叢書」為菲華社會保存一筆珍貴的文化資產。

陳瓊華除接下其先夫的事業和耕園文藝社社務外，並積極參與海內外文學活動，業餘乃不忘筆耕，亦努力促進菲華文運。九十年代先後榮獲中國文藝協會海外文藝工作獎、臺灣省文藝作家協會中興文藝獎、世界華文作家協會海外華文文學貢獻獎。二〇〇一年作品被中國鷺江出版社選入「東南亞華文文學大系菲律賓卷」。

除了對文學有濃厚的愛好，對繪畫、音樂俱有才賦。運動是自幼培養的興趣，如今步入老年，仍做晨跑、健身操、打羽毛球和保齡球，從不間斷。如今投入「佛教慈濟慈善事業基金會」菲律賓分會，承擔文宣筆耕之一。

女兒的眼神

郭鳳西

大女兒衣玄和羅安生在布魯塞爾市政府辦好結婚手續，元月底就在倫敦安頓下來。羅安生的工作二月上班，而衣玄的最後兩門課轉到倫敦借讀，興業銀行的實習四月開始，連畢業後的工作也有了著落。這兩個人精打細算，全力拚搏，再加上一點點運氣，一步步踏上了坦途。

喘息甫定，衣玄就打電話來說：「媽，我們運氣真不錯，一切粗定。房子滿好的，你們來住幾天吧！」三月十八日（星期六），趁周末去看女兒。「歐洲之星」海底快車才剛開始運作，布魯塞爾最早的一班七點半開，只在法國的里爾停一次，九點四十分就到倫敦了（時差一小時）。

一出海關，他們便迎了上來，兩人的臉色都紅潤潤的，充滿了喜悅和自信。想起三個月前他們從巴黎回到比京，羅安生倫敦的工作還沒敲定，衣玄最後的學程和實習，以及畢業後的出路，都還沒有頭緒，兩人惶惶如喪家之犬，每天對著電腦和電話全方位衝刺，和今天的景況相比，還真是天壤之別。

他們在市中心海德公園旁邊找到一棟小樓的底層，有一房一廳，廚廁俱全，前後都有個小花園，鬧中取靜，交通方便，月租一千磅（約合美金一千四百元），在倫敦算是很難得了。

剛才坐下，女兒的話匣子就打開了。

「媽，你還記得北京的那個凱恩嗎？他是比國最驕傲的男生，畢業後就在倫敦一家投資銀行工作。去年我向他請教怎樣才能進他們銀行上班，他卻勸我不必枉費心機，倒是巴黎學校的學長提供了一些資料給我。」

「摩根（Morgan Stanley）和古德曼（Goldman Sachs）是世界上頂尖的投資銀行，他們兩家爭生意，也搶人才。兩家都給我十幾次的面試，也寄來合約。簽約前每天都打電話來。我最後選了古德曼。我打電話給凱恩，他還不信呢！」

「來倫敦參加面試的，都是世界各名校的高材生。專業知識和普通常識我不差，法文和英文略勝一籌，加上流暢的中文，他們就想錄取我了。看來爸爸當年送我回國升學是很有見地的。」

「媽，羅安生這幾天就可領到九千磅，先還你們的緊急貸款吧！」

衣玄在比國出生。高中畢業後，以僑生身分保送臺大，五年念完西洋文學和政治兩個學系，再去巴黎讀ＭＢＡ。她從大二起就在師大歐語中心教法文，在巴黎又開辦中文班賺學費。這方面她受羅安生的影響，認為成年人不應該再依賴父母。羅安生是美國人，家境很好，但上大學後就半工半讀。他在巴黎念的 INSEAD 學費很貴，花的全是他自己幾年來的積蓄，和美國銀行的助學貸款。他們來倫敦安家時分文不名，女兒要他向我們借五千美元應急，言明用第一份薪水歸還。

她又說：「媽，七月十五日教堂的婚禮和宴客費用不愁了，可是無論如何羅安生的爸媽應該出一份的，不能和他們馬虎，我已寫信給他媽媽了。」

比利時是天主教國家，教堂的婚禮最隆重，但不具有法律效力，結婚必須經過地方政府公證。他們舉行婚禮的教堂和宴客的古堡，去年夏天就訂好了，但為了去倫敦方便，就先辦了公證手續。這一切都是他們自己籌劃的，費用方面也有個默契，就是他們兩個和雙方家長平分。衣玄對羅家親子間的經濟關係很不習慣，生怕我們吃虧，所以一切要先講明。這就是中西文化的衝突表現在親子關係上的情況。

在倫敦的三天十分豐富，少不了要一飽口福和眼福。感覺上倫敦的市容比以前整潔，地鐵站、中國城、嬉皮方場……都比三年前乾淨一些。

女兒花了很多精力讓我們看了一場現代歌舞劇，是穿滑輪鞋表演的，歌唱、演技，尤其是滑輪上的舞藝，都令人嘆為觀止。一個成功的節目可以連演好幾年，正在上演的歌舞劇「悲慘世界」就是從八年前開始的。

羅安生去外地出差，衣玄兩天沒去學校，陪我們參觀、購物、吃飯、逛街，遇到好事物時，總想著她妹妹。回程的火車是三月二十一日（星期二）下午五點。早晨去公園散步，開春第一天，陽光普照，但寒意仍濃。我們穿過女王的花園，再從海德公園回到家裏。休息一下，便帶著行李，去吃倫敦有名的「日本大排擋」。

女兒拖著我們的行李，上上下下，轉彎抹角，走進那家飯店。一個大廳，比學生餐廳還擠，黑鴉鴉的坐滿了人。來這裏主要是吃麵。吃湯麵用大海碗、一雙筷子和一只木杓。這家飯店有一套哲學，他們標榜衛生自然，且食物皆是物美而價廉。兩、三百個位子，依次入座，井然有序，從無虛席，生意好總有它的道理。

歐洲之星的車站與其他各線分開，全都是新建的。乘車像搭飛機，女兒在海關前停住，眼巴巴地看我們走進去。回頭看她還在那裏，不由得想起她很小的時候，送她去托兒所，我們走時她不哭叫，兩隻大眼睛卻牢牢地盯著我們看。幾次回頭她都還在那裏，依然是那一副眼神。

本文刊載於一九九五年三月《中央日報》副刊

郭鳳西簡介

郭鳳西，出生於眷村家庭。父親郭岐是抗日將領。文大商學系畢業，與黃志鵬成婚。生女衣玄、衣藍，其間拿學位、開飯店、貿易公司、珠寶店、現已退休，整天遊山玩水度日。興趣廣泛，愛交朋友、旅行、文藝活動，著有《旅比書簡》、《黃金年代的震撼歲月》、《歐洲剪影》，並曾獲得中央日報創作獎。現任歐洲華文作家協會秘書長、比利時比京長青會會長。

與疾病搏鬥的日子

李宗恬

「十年生死兩茫茫，不思量，自難忘。」引一句蘇東坡最淒美的詞句，先夫去世正好十年，癌症奪走了他的生命，那年他才六十歲。他不吸煙，不喝酒，家裏沒人得過癌症。一九九三年九月他開始有點乾咳，並不嚴重，一直咳到十一月才去看醫生，結果發現癌症已擴散到肝和肺。他立刻接受化療。當時我們對癌症知道不多，聽朋友說吃「靈芝精華」能抗癌，他同時還吃高蛋白質補品，不知是否是因為吃這麼多補品的關係，他在化療時並沒有太大的痛苦，只是四個月化療對他都沒有任何效果，只見他頭髮脫落，日益清瘦，看了令人心酸，醫生宣布一切治療無效，勸他和家人一起度過最後的時日。

四月間有人介紹一位聖荷西罹患肝癌的病人，他聽說臺灣有肝癌病人去日本治療，腫瘤逐漸消失，於是這位聖荷西病人也去日本九州找熊本醫生治療。熊本醫生正在研究一種新藥治癌，這種藥非常毒，要注射進脊椎，如注射時有藥物流出，會導致嚴重的胃潰瘍。這位來自聖荷西的病人已經去過一次，花費上萬美金，他勸我們也去試。第二次他從日本回來後，變得非常虛弱，七月從《世界日報》訃聞得知他已去世。

當醫生宣布治療無效時，我們也去看中醫，拿回大包中藥，每天在家中熬藥、燉燕窩，遠方許久不見的朋友都來拜訪，想和即將離去的老友再聚一次。

五月好友來訪，問還有什麼方法醫治？我告訴他說，日本九州有位熊本醫生有新藥治癌，友人鼓勵我們去試，他願意出旅費，這友情是多麼感人啊！我和熊本醫生通電話，他要我們立刻前往，但先夫說去日本之前，他要到舊金山大學醫院再檢查一次。醫生把他的X光片拿出來比較，一月時肺上出現白點，四月時白點已滿布，肝內的腫瘤也已超過七公分大，於是先夫決定不去日本了，他要安安靜靜地和家人共度最後的兩個月。女兒四月已從哈佛休學回家陪爸爸，早晨迎著朝陽和遠山在院中散步、在走廊上看報，晚上遙望著山下的燈火輝煌，坐在父親的腳邊看電視，她也經常建議全家去有情調的餐館吃飯，或坐在玫瑰園邊談他喜愛的詩詞。

七月中他需要戴氧氣罩才能呼吸，可是頭腦一直非常清楚，最後一個月開始用嗎啡止痛，八月十一日在親人圍繞中瀟灑地走了，沒有遺憾，沒有留戀，也沒有什麼痛苦，他的長逝令所有朋友震驚，為什麼一個這麼健康的人，不到一年就去世了？

我認為照顧癌症病人的親屬比病人本身更痛苦，而這兩種經驗我都有，眼見自己的親人受癌症折磨，真不知該怎麼做才能替他受苦、才能挽回他的生命。舊金山那位中醫說，許多病人家屬對他下跪，求他救救自己的親人，我非常能理解那種心情。家屬們焦急而無奈，精神上的壓迫非常大，那是心力交瘁的、面對著生離死別的日子，直到葬禮後，發現自己還活著，下一步是如何從憂傷中站起來。我有一個信念，覺得總有一天我們都會在那虛無飄渺中再見面，正如李白所說的「相期邈雲漢」，所以我不絕望。其實死亡並不代表煙消雲散、無影無蹤，他是存在的，只不過換一種方式存在罷了；摸不著他，他是無形的，聽不見他，他是無聲的，雖然他永遠沉寂，可是他仍然存在；我要編一本紀念集，把他的生平小故事都寫下來，加上照片，他就是具體的再生了。

自己得癌症的時候就容易很多，因為只有肉體的痛苦，沒有心靈的煎熬。在世上我已無牽掛，兒女都成人，老母無疾而終，如果生命終止的時刻已到，我毫不留戀。二〇〇二年一月偶然地發現左乳房上有硬塊，切片化驗後，確定是乳癌，當時我沒有恐懼，也沒有怨恨，既然生病就要盡全力醫好。首先我向得過乳癌的朋友問明治療的一切經過，她們給了我許多忠告，最有效的是準備一本筆記本，看醫生前寫下要問的問題，看醫生時則讓旁邊的家人記下筆記，這是非常重要的。

乳癌治療的第一步是切除腫瘤，我選擇了局部切除，我的腫瘤已經三公分半，有一個淋巴結感染，是第二期，開刀後必須接受化療及放射治療，我耐著性子、按部就班地接受治療，最毒的化療藥物分四個月（一個月一次）注射入靜脈，回家後躺著喝水，承受身體上的各種不適，讓藥性慢慢過去，化療後接著是七周的放射治療，每天自己開車到醫院，治療完畢後吃抗乳癌藥五年——每日一粒 Arimidex，以減少復發機會。這種藥有副作用，會使骨質變脆，吃了七個月後，手指變彎曲、關節變大，眼睛有時亦模糊不清，我幾次要求醫生換藥，他都說：「你就這麼吃吧！所有的藥都有副作用。」八月二日放射治療結束，我開宴會慶祝，並感謝所有關心我的友人。九月開學，回校教書我也能勝任。

病好後，我的飲食和生活都有所改變，腦子裏總想著美好的事物，不看悲劇，不聽苦難殘忍的事，我畫美麗的花鳥、寧靜的佛像，修剪院中花草，睡前讀幾篇詩，保持內心的平和。我對飲食非常注意，不吃任何醬料（如甜麵醬、海鮮醬等），少吃醃漬菜，少吃醬油，少吃肉類和魚蝦，每天吃深綠蔬菜、五穀及亞麻子粉。同時運動也很重要，每天練一小時氣功，每周去健身房三或四次，每次運動一小時。病時友人告訴我她曾得乳癌，因體質關係，完全不能承受化療，有人勸她吃靈芝，數月後腫瘤全部消失，現在她吃靈芝的分量減少，但不敢不吃。靈芝是我國古老的藥物，從東漢的《神農本草經》到明代的《本草綱目》都推崇靈芝，已有兩千多年歷史，靈芝結構複雜，能治多種病症，一般認為靈芝中有抗腫瘤的成分，又能加強免疫功能。中國人吃了兩千年靈芝也沒什麼副作用，既然無害，我也應該試試。放射治療完畢後，我開始大量吃靈芝，八個月後減低分量，現在仍是每天吃，很難說它是否一定有效，因為每人體質不同，不過我確知它對我無害。我正努力的活著，希望癌症能不復發，不過當生命終結的時候到來，我也會毫無遺憾地飄離紅塵，飄向永恆的寧靜之中。

本文榮獲美國癌症協會北加州華人分會與《世界日報》合辦之徵文比賽第一名

李宗恬簡介

李宗恬，臺灣師範大學畢業，現居美國加州。譯作有：法譯中《小王子》、英譯中《夏綠蒂的網》。另著有《共產主義的創始者馬克思》。

在「迷古拉席」節裏遇「鬼」

汪永

入夜燈亮後，我和兒子剛好在餐廳裏吃飯，突然闖進了三個裝扮奇異的人，引來餐廳裏眾人們的陣陣騷動。

「看！看！是迷古拉席（聖人，Mikuláš）和切兒特（鬼，čert）來了！」「呀！還有，那個天使（Anděl）好漂亮啊！」兒子一口氣就說出了這三人的名字。住在歐洲的小孩們，差不多都認識他們。「她的竹籃裏有什麼好吃的呢？」我還沒回答兒子的問題，這三位特別的客人就已經走到我們的面前了。

「請問，可以問你的兒子一些問題嗎？」站在三人中間的那個穿著白色長袍、頭上戴著鑲紅色十字高帽的人，像是一位和藹可親的「長輩」，輕聲地問道。

「當然可以，沒問題！」我轉頭看看身邊的兒子，他雖然有點緊張，但並沒有面露懼色，「是不是啊？羅賓漢！」

兒子點點頭，使勁地瞪著那手拿鐵鏈、背馱麻布口袋的黑臉人，並悄悄拉拉我的衣角說：「媽媽，那個鬼裝得不太像耶！」

「你叫什麼名字？」有著一大把白鬍子的這位「長輩」俯身問我的兒子。其實他就是聖人迷古拉席（Mikuláš）。

「羅賓漢！」兒子似乎對他充滿了信任，老老實實地回答了。「你今年的表現好嗎？」他輕輕地撫摸著兒子的肩膀。「好！」兒子拼命點頭。

「尊敬父母和老師嗎？」「是！」兒子回答得肯定。「學習好嗎？」「好！」

「哦！你真是個好孩子！應該要獎勵你，我要送你一點小禮物。」迷古拉席（Mikuláš）說完後，側頭向天使（Anděl）示意，要她從竹籃裏拿出禮物。

「No! No! No! 嗚嚕嗚嚕嗚嚕！（鬼在說話時的口音），我還不知道他說的是真話還是假話呢！」面孔漆黑、頭上長了兩個紅角的「鬼」跳到了兒子的面前，邊抖動他的鐵鏈邊說：「我要考考你！一和一在一起，是多少？快說！」

「是十一。」兒子不加思考就回答了。

「啊！這個問題太簡單了！不行！不行！」這「鬼」搖頭晃腦，又舞又跳地說：「要證明你學習得好，還需要唱首歌，或者朗誦首詩！」

「如果我不唱呢？」兒子大膽的問。

「那你就得不到禮物啦！你的禮物就歸我囉！」這「鬼」在他的麻袋裏抓了兩把，「不過，你還可以得到我的土豆加煤球哦！哈！哈！哈！就讓土豆和煤球陪你好好學習吧！」這「鬼」說得陰陽怪氣。

兒子一聽，立即站起身來，大聲唱起了讚美歌，這「鬼」便馬上繞著他翩翩起舞，還跟著他唱了起來……

以上便是捷克「迷古拉席」節（Svátek Mikuláše）時的場景！對小孩們來說，這是在點亮聖誕燈後一個好玩的節日，節日本身雖是十二月六日，但活動卻在十二月五日進行。據說，迷古拉席（Mikuláš）本是修道院裏的一個普通院士，因為他的心腸很好，經常送點心、糖果和學習用品給孩子們，基督教會就把他樹立為榜樣，尊稱他為「聖人」，並將每年的十二月六日訂為他的命名日，作為紀念。而現在的這位「聖人」，每年出現時都會帶著他的兩位助手——天使和魔鬼——這也是他的兩件重要武器！他用「天使」來護衛孩子們，表揚、鼓勵他們，並送他們禮物作為獎勵，又用「魔鬼」來威脅孩子們，給他們一點警告。不過，這些「鬼」都裝扮得有點好笑，都是用玩笑的口吻來逗孩子們的，讓孩子們有點怕「他」，卻又有點喜歡「他」，這些「鬼」對孩子們而言，可是深具魅力的呢！

過完這個節日之後，我和我的孩子們還有點懷念這些「鬼」們。對大多數人而言，要當「聖人」是很難的，要變成「天使」也不容易！那麼或許可以裝扮成這樣的「鬼」，稍微嚇嚇孩子們，讓他們老老實實地作人、尊敬父母和長輩、好好學習，然後再給他們變幾個魔術、說說笑話、出幾道小小的難題，逗得他們開心大笑……

總之，做這樣一個「開心鬼」，也是不錯的呢！

本文刊載於二〇〇七年十二月《捷華報》

汪永簡介

汪永，筆名溫妮（Winnie）。四川省成都市人。畢業於西南師範大學。教過書、寫過書、當過記者、寫過報導。一九九八年與珠江電影製片廠合作，創作了電影劇本《布拉格有張床》。中國作協四川分會會員、海外華文女作家協會會員。一九九三年在布拉格開餐廳至今。工作之餘，期盼能重拾自己喜愛的文學，寫出更好的文章。

那個陣雨的周末

林寶玉

不知不覺，遷居紐西蘭已堂堂邁入第十五個年頭。一年一度在漢彌爾頓舉辦的「熱氣球活動」，卻一直停格在「不知其詳」、「聽說」的階段，終於……。

無意間，「熱氣球節一日遊」這個活動，映入因為結算成績、寫學生評語而迷離數日的眼簾。霎時，精神為之一振，「何不給自己一天假期」的念頭，迅疾閃進已遲鈍不堪的腦海。就這樣，連夜致電臺灣婦女會活動組組長 Emily 報名。

那天——四月八日（星期六）清晨，陰霾的天空，略顯冷清，溼漉漉的街道，明白地告知了這個特別的日子，也許不會是個令人興奮的「出遊日」。果然，正當大伙兒興高采烈地驅車前往「Pakuranga Community Centre」，與其他朋友會合之際，老天爺哭喪著臉，唏哩嘩啦的灑下一陣及時雨，嚇得興致正濃的姊妹滔們個個花容失色。雖不能說遊興盡失，但也不免擔心這場滂沱大雨，會不會澆熄了熱氣球的燦爛。

也許老天爺被大伙兒的熱情所感動，當一切就緒，準備開始計劃中的行程時，朵朵白雲衝破了烏黑的天幕，依偎著蔚藍晴空，露出亮麗的笑臉。一片歡呼、驚喜聲，使車廂溫度倏地上升了幾度，讓人也跟著暖洋洋起來。

原本就丹田飽滿、天真活潑又美麗的組長 Emily，隨著升溫的喜樂情緒，甜美的嗓音也提高了些。「朋友們，以前在臺灣吃過糖炒栗子吧！今天我們就來拜訪一下位於 Gordonton 的栗子家園（Chestnut Orchard）！」「別忘了橡皮手套、塑料袋……。」「別忘了……」「樹下的用腳踩，小心被針刺扎到腳……」「樹上有的沒熟，小心扎到手……」Emily 窩心的叮囑猶在耳邊，一大群人已使出參加越野賽的氣勢，奮力衝向果園，進行第一站的任務：「採栗子」。

偌大的果園裏，有的昂首、有的低頭，星羅棋布的「採栗人」，儼然當年臺灣草莓園開放遊客自行採摘的景象。有人埋頭苦幹，認真採收；有人呼朋引伴，互通訊息，整個園子裏洋溢著滿足、興奮的笑聲，彷彿重返童年歲月。人手一個飯盒、一碗味噌湯，外加一罐茶水，坐著大巴士穿過大街小巷，最後停在一處翠綠的草坪前。

「這不是漢彌爾頓花園嗎？」眼尖的人已發現身居何處。「是啊！這裏有美國花園、印度花園、日本花園、中國花園。待會兒可以一面欣賞各個時代的花園造景，一面享受置身不同國度的樂趣。」也許是為了配合手中的「Japanese Lunch」，一行六、七十人，在「Japanese Garden」享用了豐盛的午餐。

「在紐西蘭的婦女，有很多事情不能用臺灣的思維方式來面對，今天我們就利用短暫的午餐時間，來談談女人最常遇到的問題吧。」主講人稍做停頓後，單刀直入的說明她的座談主題，並滔滔不絕的介紹了汪律師的背景：預立遺囑、家庭信託、養老年金、婚姻財產……。汪律師如數家珍地一口氣說了許多關於女人婚前、婚後，乃至離婚時，可能會面臨到的各項法律問題，一時間，無論男士、女士，個個聽得津津有味，發問連連，欲罷不能。

離開美麗的花園後，為了趕在天黑前參觀熱氣球的秀場，遊覽車直奔目的地：Innes Common, Hamilton Lake。一連五天的各項活動，吸引了來自國內外成千上萬的熱氣球同好一起共襄盛舉。人山人海的大公園周圍，排滿了各式小吃攤，另外還有小火車、小汽車、旋轉車等各種遊樂器材及大型的表演舞臺，讓人不知是走進了夜市，還是誤闖了兒童樂園。而綠油油的草坪間，除了布置好今天的重頭戲──點燃熱氣球、煙火表演的行頭之外，有人丟飛盤玩耍；有人大啖熱狗、薯條；有些小孩拖著氣球跑；有些情侶卿卿我我、摟摟抱抱，將整個場子點綴得格外醒目。

正當人們期待著絢爛煙火和熱氣球照亮夜空之時，忽然飄起濛濛細雨。這時，一朵朵五顏六色的傘花倏地展開，鄰座 Kiwi 有感的說：「Might be nothing」。哇！若真是如此，豈不是太傷感情了？

「雨停了！雨停了！」身後青少年雀躍的驚呼，劃破了靜謐的世界。「熱氣球膨脹了耶！」「哇！彩色熊！」「又一個大氣球，身上還背了一隻鳥！」「五彩斑斕的孔雀……！」「嗯！熄火了……」「喔！又亮了……」一陣陣火光，時明時滅的從氣球底部往上衝，使得球身不斷脹大、再脹大……，通體深紅，彷彿一個個燒熱了的火球。這時「Hamilton Night Glow」活動進入高潮，觀眾的情緒也 High 到了極點。「怎麼不升空？怎麼還不升空？」引頸企盼的觀眾，好生訝異，低聲咕噥著。

「是啊！整個球體都已逐步往上浮起，為什麼還不飛上去呢？」

「走了！走了！再不走，可能會堵車，回奧克蘭就太晚了！」腦海裏正思索著熱氣球為什麼不升空時，同行在耳邊小聲提醒，大伙兒只好在五光十色、繽紛奪目的煙火下，一步一回頭，結束這難忘的一日遊。

林寶玉簡介

林寶玉，輔仁大學中文系、師範大學國文研究所畢業。奧克蘭大學應用語言研究所（Auckland University）、懷卡脫大學東亞研究所（Waikato University）碩士。

經歷：國中中文教師；國語日報寫作班教師；新移民教育課程指導員；紐西蘭AMI476中文廣播員；紐西蘭華文作家協會秘書、副會長、會長；紐西蘭奧克蘭藝文協會副會長。

出版有：《紐西蘭的漢語教育》（世華出版社）（榮獲海外華文學術論著獎第二名）、《兒童故事選集》（紐西蘭中文教師協會出版）（被選入紐西蘭中、小學生中文閱讀教材）、《帆都小箚——生活在紐西蘭》（臺灣師友月刊雜誌出版社）（榮獲海外華文著述散文獎）。

翱翔在絢麗的天空

雲霞

新墨西哥州素有「迷人之地」（The Land of Enchantment）之譽，它奇特的半沙漠景觀與豐富的多元文化，吸引了世界各地的遊客前來觀光，但它蜚聲國際的卻是每年十月的第一個星期六，在阿布奎基市舉辦的、為期九天的熱氣球嘉年華盛會（Albuquerque International Balloon Fiesta），許多愛好熱氣球飛行的人都會前來共襄盛舉。

氣球節是州政府主要的收入來源，因此政府大力推廣，在占地三百六十五畝的公園（Balloon Fiesta Park）內，撥出五萬九千平方呎，興建了氣球博物館（Anderson-Abruzzo Albuquerque International Balloon Museum），館名以當年率先駕駛熱氣球飛越海洋與大陸的兩個土著——Ben Abruzzo 與 Maxie Anderson 的姓來命名的。該館介紹過去三十年來熱氣球活動的發展，以期增進遊客對它的認識，許多以熱氣球為設計圖案的周邊產品也應運而生：胸針、書籤、拼圖、夾克、咖啡杯、運動衫、棒球帽、鑰匙鍊、購物袋、皮帶環扣等，甚至是汽車牌照，都在在加深了遊客對氣球節的印象。

清晨五點左右，遊人們排隊依序進入公園會場，看熱氣球如何升空。熱氣球由球囊、吊籃和加熱裝置三部分構成：球囊是採用耐熱堅實的尼龍布料做成；吊籃位於球囊下方，由籐條編製而成，著陸時能發揮緩衝的作用，內可載約四到五位的駕駛員與乘客；氣囊口採用防火的材質，內裝燃爐，吊籃四角放置四個石油液化氣瓶。工作人員先在地上將球囊鋪展開來，然後將吊籃與之連接，再用一鼓風機，將風吹入球囊，點火加熱，火焰達二到三呎高時，發出一聲巨響，沒多久，熱氣球便鼓立起來。燃爐將氣燒熱後，球內的空氣比周圍的空氣輕，於是氣球得以緩緩升空。

場內萬頭鑽動，氣氛非常熱烈。大家抬頭仰望，瞬間各種設計新奇的氣球，像朵朵彩雲飄浮於天地之間，呈現出鋪天蓋地的氣勢，美得令人嘆為觀止。球囊除了傳統的淚滴形狀外，也有許多造型特殊、色彩斑斕的創意設計，在空中爭奇鬥豔，吸引了眾人的目光，如乳牛、雛菊、海盜、辣椒、富國銀行（Wells Fargo Bank）篷車、羅馬建築與啤酒、莫斯科與北京間的東方號快車……等，充分展現了設計者的才華，不只給人視覺上的享受，更達到替公司廣告的商業效益。難怪企業家們會踴躍加入這全世界矚目的氣球節活動，冀望在浩瀚的晴空中，展現出一件件有別於他人且突顯自身特色的絢麗藝術傑作。

氣溫與風向是決定熱氣球飛行成功與否的重要因素，阿布奎基市能成為此項活動的重鎮，即得力於它得天獨厚的地形與氣候，而日出後一小時與日落前一小時的風向，是最利於飛行的。駕駛員操控氣球時，除了豐富的經驗與明瞭當時的風向與緯度外，還需靠點運氣。曾有人失控，氣球意外降落在居民的屋頂，亦曾因突起的大風，發生氣球掛住無線電的高塔，乘客爬出吊籃，沿著塔柱小心翼翼地爬至地面的驚險畫面。

許多人嚮往駕駛熱氣球，可享受一覽無遺的藍天、白雲、大地，及微風輕拂、空中漫遊的舒暢，但駕駛熱氣球是需要執照的。在美國，私人熱氣球駕駛員需十六歲以上，身體健康，有十小時的飛行時數，通過筆試、口試及實際飛行測試，由聯邦航空管理局方發出證照。如係商業飛行，則需三十五小時的飛行時數（至少二十小時的氣球飛行，其他可為駕駛飛機時數），其餘條件皆與私人熱氣球駕駛員相同。

金秋十月，陽光和煦，一簇簇熱氣球懸掛在淡金色的光影裏，將阿布奎基市一向安靜蔚藍的天空點綴得熱鬧繽紛。於此節日，願與大家一起分享這翱翔在絢麗天空的熱氣球美景。

本文刊載於二〇〇七年十月《藝術收藏＋設計》雜誌

雲霞簡介

銀代霞，筆名雲霞，四川省銅梁縣人，畢業於臺灣大學外文系。曾任教於私立中學，後轉職於金融界。先後服務於臺北美國商業銀行、多倫多美國商業銀行及大通銀行共三十年。一九九九年提前退休，還居美國，現居於新墨西哥州。喜愛文學、繪畫、書法、音樂、舞蹈、園藝、旅遊等，更熱愛且珍惜與朋友間的交往互動。二〇〇七年四月，將數年來刊登於報刊的作品彙集整理，出版了《我家趙子》一書，希望能與讀者分享生活中的真善美。現為海外華人女作家協會會員。

是邊緣還是自由自在？

周密

在當今的世界觀之下，所謂華文文學的界限越來越模糊。到底什麼是華文文學？四月天滿是春意，粉嫩的花兒怒放於樹梢，繼番紅花、水仙花之後盛開的是鬱金香。華盛頓大學校園裏，年輕學子東一群、西一落地坐在草地上，青春氣息更勝春日。華大棠克廳裏，幾位著名作家談起過往的創作歷程，相較於窗外的春華洋溢，更添幾許歲月漂流後的沉穩。

因緣際會下，紐約的施叔青、香港的平路、臺灣的駱以軍、馬來西亞的黎紫書，及聖路易的裘小龍和蘇友貞共聚一堂，討論的主題是「華文文學：文學創作與地緣關係」。

施叔青尋求香港人的本質

主持人華大東亞語文系教授陳綾琪首先請施叔青發言，談她住在香港十餘年時所寫的幾部作品。施叔青的先生擔任某大銀行高級主管，他派駐香港時，她在香港藝術中心的表演藝術廳上班。這樣舒適的生活，照理說，沒有必要搖筆桿去窮思苦想。然而，施叔青的創作欲求促使她辭去工作，專心書寫周遭港人的生活。她筆下描述的，主要是事業有成的單身女子的故事，寫她們的工作、她們的感情，和她們對香港社會的使命感。

在香港的生涯中，一件驚天動地的事件徹底改變施叔青局外人的角色，讓她生起與香港同生死的緊密感情，無力與無望的低沉愁嘆，繼之而起的是另一波創作動力。她開始尋求屬於香港人的本質，探討香港在殖民地時期的發展和風俗文化，她雄心萬丈地完成包含《她名叫蝴蝶》、《遍山洋紫荊》和《寂寞雲園》的香港三部曲。

平路：小說的精髓就是一個問號

以女性角度來寫歷史，平路也展現其獨特的才華。長篇小說《行道天涯》歷經七、八年才完稿，以孫中山和宋慶齡的愛情故事為主線，藉以想像革命生涯及現代民國史。寫這本小說的緣起，是想一探孫中山是怎麼樣的一個人，她看到許多資料和照片，包括孫中山最後一任妻子宋慶齡的照片，被她的風華儀態所深深吸引，因而想進一步了解其中的關係。平路說，小說的精髓就是一個問題、一個問號，在追尋的過程中，在真實或虛構的時空下，雖辛苦，但趣味無窮，比寫小說本身更有興味。

就華文文學的討論主題而言，文學是作者的家鄉。她在寫《行道天涯》時，居住在美國，對臺灣、中國大陸來說，海外的作家的位置是邊緣的，而女性在性別角色上也同樣是邊緣的。如果可能，她最想問宋慶齡的一個問題是：愛情與革命這二者，到底是哪一個因素吸引她和孫中山在一起的呢？

駱以軍想效法張愛玲處理密室的人際關係

臺灣的省籍衝突，讓很多人非常困擾，陳綾琪請著有《月球姓氏》等書的駱以軍，以外省人第二代的身分來談談這方面的寫作走向。駱以軍巧妙地以一個發光的房間來說明他的迷思。他回憶就讀成功高中時，同學爭相於傍晚遙望對街一棟大樓的奇特景致。那是一家奉行天體主義的人家，父母姐弟皆一絲不掛的待在屋裏，青春期的男孩子當然特別想望年輕姐姐的身材。對此色情詩意的想像，駱以軍可以重建整個回憶的劇場，所有細節及聲音，包括馬路的車潮洶湧在內，不過那發光的房間裏的實際關係，他卻無法建立。他試著從事這個學習的過程，想效法張愛玲處理密室的人際關係的絕佳手法。

黎紫書不希望在文學創作上變成一個「四不像」

馬華文學新秀黎紫書著有《天國之門》和《山瘟》二書。她表示，不在意她在華文文學可能面對的定位問題。慧黠的她，是馬來西亞華人第三代移民，會講流利的廣東話、華語、英語、馬來西亞語。她不希望在文學創作上，變成一個「四不像」。她想建立屬於馬華文學的聲音，其層次足可與中國大陸、港、臺文學相比，而不遜色。馬華作者在臺灣已有很好的表現，土生土長的她，當能找出馬來西亞語文文學的心聲。馬華年輕人已經失去對祖國的想像和情感的牽掛，他們不想用中華文化的象徵符號，如長江、黃河等，去寫本土的事件。黎紫書說，「文學斷奶」的主張，造成新一輩寫作者與前輩的不愉快，其分裂現仍存在。

裘小龍想做一個現代中國的忠實紀錄

如果華文文學與馬華文學有中心和邊緣的差距，也許所謂的華文文學應該用廣義的層面來界定。然而，對主要用英文書寫中國的裘小龍或蘇友貞而論，華文文學的標籤是否還適用呢？裘小龍的三本英文偵探小說寫的都是中國，而且是以中國人的情感來書寫的。他常在語言的層次上做些實驗，發現一些已被濫用的中文成語，如「雨後春筍」，被轉換成英文後，竟然頗受好評，認為意象清新。歐洲讀者對裘筆下的中國饒感興趣，他們覺得和過去所想像的中國很不一樣，過去中國故事的主人翁常是沒受教育的，不是女人纏小腳，就是男人留長辮子，十足的「舊中國」意象。而裘小龍塑造的上海偵探會講英文，還愛吟詩、作文章，挺新鮮的。中國正處於急速轉變的狀態，包括價值觀，一切皆在改變，如小說《當紅是黑》（When Red is Black），寫的已不光是破案，更重要的是，這樣的事件，是在什麼樣的時代背景下所產生的。

像剛剛平路提到的「邊緣」（Marginal），裘小龍不認為是負面的詞彙，存在主義常講，許多事是在邊緣之下才會出現的。他說：「現在美國作家承認你，但認為你是中國作家；回中國去，又被問你為什麼用英文書寫？」在邊緣的好處是，看東西的角度不同。

蘇友貞：華文文學的界限越來越模糊

同樣以雙語寫作，擅長寫小說和文學評論的蘇友貞接著說，現代人很少承認自己不在邊緣徘徊。在中國文學中，莫言寫的是地方性的東西，而傷痕文學是被迫害的，不是主流。很少人願意承認自己是主流，好像很不時髦。古今藝術家和作家多半處於邊緣狀態。現代人的成長、遷移經驗，也很容易讓人產生邊緣的感覺。

「四不像」或許是一種自由自在。在當今的世界觀之下，所謂的華文文學界限越來越模糊。

到底什麼是華文文學？我不知道答案，可能也不需要答案。探討的過程比得到一個確切的答案更加有趣，書寫的過程也比結果還來得有意思。

本文刊載於二〇〇六年五月七日美國《世界日報》副刊

周密簡介

周密，筆名覓舟，現居於美國密蘇里州聖路易，美國印第安納大學藝術史碩士（現代藝術）及中國文化大學藝術史碩士（中國藝術）。現任聖路易博物館（Saint Louis Art Museum）亞洲藝術處研究助理，並任美國世界日報記者及臺灣公視宏觀電視記者。曾任國語日報編輯、臺灣省政府教育廳兒童讀物編輯小組編輯，及聖路易華文作家協會會長等。現為海外華文女作家協會及世界華文作家協會會員。

出版有：《海上大學一百天》（星光，一九八二初版，一九八四再版）、《莊子的世界》（教育廳，一九八四）及《小龍遊藝術世界》（聯經，一九八五初版，一九八九再版）。曾獲臺灣省政府新聞處及新生報合辦之「關懷」散文徵文比賽佳作獎（一九八八），以及天下文化與三十雜誌主辦的「星雲模式的人間佛教」百萬徵文比賽社會組參獎（二〇〇六）。

一個女駕駛者的告白

林婷婷

常聽有人埋怨說，在北美居住，如果不懂英語又不會開車，度日將如坐牢一般。我有一對夫婦朋友，雖懂英語但不敢學開車，只能選擇住在市中心，以方便解決每日三餐所需，想遊玩或應酬時都得靠別人接送，活動範圍無形中受到侷限，也少了一份隨心所欲的行動自由。雖說一般城市的公車系統相當完善，但假如所住的地方離公車站還有一段距離，遇上雨天或寒冬，更是舉步維艱。因此我常鼓勵移民朋友們把開車列為學習的首要項目，趁身體健康和眼力還行，多擁有一技之長，少一份依賴，這種獨立精神正是西方社會所力行和尊重的。

我在移民前已會開車，回想起自己的駕駛經驗，也有一番心路歷程。在還沒學開車之前，每每在街上看到女性開車族，總覺得她們很時髦，羨慕得不得了，因此常常幻想著有朝一日自己開車的模樣：手上戴著繡花手套，鼻上架著名牌墨鏡，耳朵搖晃著誇張的耳環，如果再搖下車窗，讓頭髮隨風飄散著，那應該有多麼神氣呀！等到學會開車之後，才知道女性開車並不是那麼摩登的一件事。

就拿爆胎來說吧，我的第一次爆胎經驗發生在菲律賓，那時候我剛學開車不久，為了尋找研究的參考資料，經常自個兒開車到市郊的菲律賓大學圖書館。那天是個星期六的下午，大學部不上課，只開研究生的課，我離開圖書館時已是黃昏，廣大的校園更顯僻靜。行駛在校園裏，想到還要開一個多小時的路程，天又快黑了，心就慌亂起來。距離校園門碑尚約兩公里處，突然聽到一聲爆響，然後覺得方向盤不對勁，就趕快靠邊煞車。下車一看，前方的右車輪已經洩了氣。

我知道後車廂裏有個備胎，工具也一應俱全，差就差在我沒有任何換輪胎的經驗。那個時候手機尚未流行，也沒有類似「BCAA」或「TRIPLE-A」的公司可以求助。舉目四顧，沒有商店，沒有住宅，只有兩旁樹影幢幢，街上既無車聲亦無人影。我站在路旁發呆，呼天天不應，求地地不靈，不知如何是好。後來只好把車門鎖了，朝校園出口處和大街的方向走去，我頂著被風吹亂的頭髮，昏暗天色中還戴著近視墨鏡，又累又害怕地慌忙走著，真是狼狽至極。走了好一段路，快到大街口時，才看到一輛三輪車迎面而來，我如獲救星般地猛向車夫招手，請他送我到附近的加油站求助。如今回想起來，猶心有餘悸。

再說停車吧，在像馬尼拉那麼擁擠又缺乏規劃的都市開車，要找個停車位，不但要靠運氣，還需練就一手停車的好功夫。路旁多不設置停車計費表，收費由人工計收，除非是星期天或假日，平常商業中心的街道兩旁，都是一部車挨一部車地停得滿滿。有次和一位朋友帶兩位臺灣的作家參觀馬尼拉的唐人街，本來只想開車轉一圈，卻幸運地看到一個停車位，想到朋友遠道而來，實在該讓他們多看看，就決定把車停進這個空位。我打起閃燈，把車往前開到與空位前面那部車平行的位子，然後開始倒車；可是「看似容易倒時難」，進進退退地就是無法把整部車倒進去，我越著急車子就越不聽話。一看後照鏡，這狹窄的單行道上已有好幾部車被我堵住了，三位朋友一看情況不妙，同時下了車，他們一個站在右前方，兩個把守後方的左右兩側，開始在車身上拍拍打打地指揮著我。一位熱心的行人，也站在前方向我打手勢，胳臂上上下下地指示著我打方向盤，就在這一陣拍拍打打的發號施令中，我終於成功地把車子倒進了停車位，不僅嚇出了一身冷汗，也困窘得無地自容。

來到溫哥華，樂見到處都有寬敞的停車場，以為不會再有類似的問題發生，豈知有一次，要離開一個商場的地下停車場時，發現旁邊後來的一部廂型車正停在車位線上，我車位的右手邊又有一根柱子，使得車外兩旁只剩下極為狹窄的空間。當時我小心翼翼地倒著車，可是不管怎麼倒，不是快碰到柱子就是碰到旁邊的車。折騰了好一陣子，突然有位華人男士走近對我說：「我可以幫妳嗎？」我驚喜地趕快下車，站在一旁看他熟練又準確地倒著車，一下子就把車倒出車位，我只有自嘆弗如。向他連聲道謝時，我竟忘了請教他的尊姓大名，在異鄉能獲得素昧平生之人如此熱心相助，實在令人感激又感動。

會開車也要會認路，但我天生就沒什麼方向感，老是分不清東南西北，我認路的方式，往往是以商店的廣告招牌或建築物的特徵為依據，沒去過或是市郊較遠的地方，通常不敢獨自前往，即便預先看了地圖，一旦上路，路和圖就是對不上。移居北美，幸虧有老公帶路，在列治文總算熟悉了幾個地方。不過我仍然有迷路的恐懼症，曾經嘗試自己開車去溫哥華有數層地下停車場的購物中心，每次不是忘了車停在哪裏，就是從不同的出口出來後，往往得繞上好幾圈，才能找到和來時的同一條路開回家。

有位年輕的移民朋友找到一份送貨的工作，在正式上班前一個星期，他每天利用清晨四、五點交通不繁忙的時間，帶著地圖開車到大溫區各處認路，也特別注意辨認高速公路的出入口，因此他後來工作勝任愉快，一帆風順。我也有一位主婦好朋友，非常有恆心，前前後後考了七次才考到駕照，如今車開得比我還好，每天在高速公路上逍遙自如。他們兩位的學習精神，是我望塵莫及，而常引以自勉的。

最近也聽朋友說，以前溫哥華有個「恐橋會」的組織，成員們都是不敢開車過橋的「恐橋症」者，真是不可思議；不管這會是否還存在，我常以此安慰自己，因為若單就這個項目來評分，我的開車技術應該比他們略勝一籌吧！

本文刊載於二〇〇三年冬《加華作家》季刊第十期

林婷婷簡介

林婷婷，祖籍福建晉江，生於菲律賓馬尼拉，是菲華第二代移民，獲菲律賓大學文學碩士，曾任教於菲律賓拉剎大學，八十年代開始活躍於菲律賓華人文壇，並發表作品。她的散文集《推車的異鄉人》曾獲臺灣僑聯總會一九九三年華文著述獎散文類首獎，其他華文作品散見菲華及加華報刊，並被選入多種文集，也出版英文兒童書及文學研究論述。她翻譯的菲律賓話劇曾於一九八八年由臺北文學藝術試驗室演出。一九九四年移民加拿大後繼續寫作並熱心文學活動，曾任加拿大華人筆會會長、加拿大華裔作家協會會長，現亦為國際筆會菲律賓中心理事、海外華文女作家協會會員。

跋／鐫刻在時間和生命之舟

呂紅

古人有云：「跋山涉川之任敢辭於艱險」，無論寫作，無論旅行，都像是一段段既美好愉悅而又辛苦跋涉的旅程。翻開這些精彩的篇章，幾乎每位海外女作家都從千山之外而來。從青澀年華到繁花盛放；從短暫的相聚到永久的別離；因那荒蕪歲月最長久的堅持，也因海外女作家內心最深切的愛戀，終以文字流傳在記憶之海，鐫刻在時間和生命之舟。

《新世紀海外華文女性文學獎作品精選》幾乎囊括了海外所有知名女作家的佳作，足可謂之「數風流人物還看今朝」。在女性文本的字裏行間、文思脈絡，甚至是某些命題中，都隱約可見現代文學大家的筆觸對華文女性書寫的影響；上個世紀六十年代至九十年代，以至新世紀好幾波留學生文學潮起潮落，亦留下或深或淺的印痕。女性作家作品所呈現的獨特風貌、所顯露的細膩情思，深入幽微的潛意識領域，探索心理變幻，鉅細靡遺；有的拗澀幽婉、有的驃悍豪放、有的略帶詩詞傳統的感傷色彩；或明快切直，兼有巾幗不讓鬚眉的氣勢，或蘊含女性特有的柔韌舒緩，或有意無意展現動人的女性書寫特質。恰如女性書寫的形成取決於女性的語感，而風格迥異的語感，成就了海外女作家們的文體特色。之所以能呈現出斑斕的藝術成就，乃因她們之中數十載春秋仍辛勤耕耘，創作不輟。

當今整個世界的女性寫作逐漸蔚為大觀，惹人注目。近年榮獲諾貝爾文學獎的女作家埃爾弗里德・耶利內克（Elfrie de Jelinek）、多麗絲・萊辛（Doris Lessing）等暫且不論，就以海外華文女性寫作來說，亦如星空璀璨、異彩紛呈——受過良好教育的女性作家以遊動的、多重的、跨國的、超時空的方式，來架構文本的宏觀背景；以兩性世界的裂縫處來開掘女性情感世界的縱深與豐富；以社會歷史思辨為經脈，作品內涵體現了全球化視域下中西異質文化碰撞、融合的歷史。她們關注社會背景變異中的人的命運，對精神層面的追問和尋找貫穿始終，並在各具特色的書寫中有更多的文化超越。

感性與細膩永遠是女作家的強項，多年中西文學的修養與薰陶，對世界的感知和人生體驗，平和沉靜地浸入了她們筆下，將內心宇宙及當下生命之存在作鮮活細緻的描述，可謂千姿百態、奼紫嫣紅；那些探索社會與人性、體現生命關懷的作品，為忙碌浮躁、趨於速食和流行文化的現代人，提供了異域女性生命體驗的獨特文本。

作品精選不僅是海外女作家頗具規模的群體亮相，更是海內外學者、評論家熟悉海外創作實力的契機，希望能建立兩岸與海外華文女性創作和評論雙向交流的橋樑。

當這本新書與海內外讀者見面之時，首先我們要感謝臺灣秀威資訊科技股份有限公司迅捷拔得頭籌，獨家攬得中文繁體版出版權。與此同時，大陸出版界與學術界專家學者積極運作，撰寫評論——相信此書將成為二〇〇八年九月在拉斯維加斯拉開帷幕的海外華文女作家協會二十周年的獻禮之作，並成為更多關注女性文學研究的主要文本參照。

願以此為契機，再接再厲地編纂出全面反映當代海外女作家創作成就及藝術風貌的大型女性文學叢書，將更多海外華文女作家的小說、散文自選集構成系列，寫出一個個「大寫」的女人，以充滿新意、敢愛敢恨、收放自如的新女性形象，鮮活地展現在讀者眼前，藉以領略女性的為人為文、永恆存於心底的正義，和天生的那份慈悲之心。讓海外女性書寫充分展現蓬勃生機、呈現更寬闊的視野與博大的胸襟；讓我們努力，讓我們分享，願女性文學擁有更頑強的生命力，一如蒲公英，遍地盛開；且讓微茫弱小的種子，隨風吹向更遠更遠的地方！

寫於二〇〇八年春

國家圖書館出版品預行編目

新世紀海外華文女性文學獎作品精選 / 吳玲瑤,
呂紅主編. -- 一版. -- 臺北縣永和市：海外
華文女作家協會出版 ; 臺北市：紅螞蟻圖書
經銷, 2008.07
面； 公分.

BOD版
ISBN 978-986-84477-0-7（平裝）

855 97011740

新世紀海外華文女性文學獎作品精選

作　　者 / 吳玲瑤、呂紅主編
執行編輯 / 詹靚秋
圖文排版 / 林蔚靜
封面設計 / 蔣緒慧
數位轉譯 / 徐真玉　沈裕閔
圖書銷售 / 林怡君
法律顧問 / 毛國樑　律師
出　版　者 / 海外華文女作家協會
編印發行 / 秀威資訊科技股份有限公司
臺北市內湖區瑞光路583巷25號1樓
電話：02-2657-9211　傳真：02-2657-9106
E-mail：service@showwe.com.tw
經　銷　商 / 紅螞蟻圖書有限公司
臺北市內湖區舊宗路二段121巷28、32號4樓
電話：02-2795-3656　傳真：02-2795-4100
http://www.e-redant.com

2008 年 7 月　BOD 一版
定價：480 元

讀　者　回　函　卡

感謝您購買本書，為提升服務品質，煩請填寫以下問卷，收到您的寶貴意見後，我們會仔細收藏記錄並回贈紀念品，謝謝！

1.您購買的書名：______________________________

2.您從何得知本書的消息？

□網路書店　□部落格　□資料庫搜尋　□書訊　□電子報　□書店

□平面媒體　□　朋友推薦　□網站推薦　□其他__________

3.您對本書的評價：(請填代號　1.非常滿意 2.滿意 3.尚可 4.再改進)

封面設計____　版面編排____　內容____　文/譯筆____　價格____

4.讀完書後您覺得：

□很有收獲　□有收獲　□收獲不多　□沒收獲

5.您會推薦本書給朋友嗎？

□會　□不會，為什麼？______________________________________

6.其他寶貴的意見：____

____

____

____

讀者基本資料

姓名：____________________　年齡：______　性別：□女　□男

聯絡電話：________________　E-mail：____________________

地址：____

學歷：□高中(含)以下　□高中　□專科學校　□大學

□研究所(含)以上　□其他_______________

職業：□製造業　□金融業　□資訊業　□軍警　□傳播業　□自由業

□服務業　□公務員　□教職　□學生　□其他__________

請貼
郵票

To：114

台北市內湖區瑞光路 583 巷 25 號 1 樓

秀威資訊科技股份有限公司　　收

寄件人姓名：

寄件人地址：□□□

(請沿線對摺寄回,謝謝!)

秀威與 BOD

BOD（Books On Demand）是數位出版的大趨勢，秀威資訊率先運用 POD 數位印刷設備來生產書籍，並提供作者全程數位出版服務，致使書籍產銷零庫存，知識傳承不絕版，目前已開闢以下書系：

一、BOD 學術著作—專業論述的閱讀延伸
二、BOD 個人著作—分享生命的心路歷程
三、BOD 旅遊著作—個人深度旅遊文學創作
四、BOD 大陸學者—大陸專業學者學術出版
五、POD 獨家經銷—數位產製的代發行書籍

BOD 秀威網路書店：www.showwe.com.tw
政府出版品網路書店：www.*gov*books.com.tw

永不絕版的故事・自己寫・永不休止的音符・自己唱